石原慎太郎
短編全集
II

幻冬舎

石原慎太郎 短編全集 Ⅱ

石原慎太郎短編全集Ⅱ

目次

カバー写真／渡辺尚希
ブックデザイン／幻冬舎デザイン室

青木ケ原（完全版）

俺はもう四十にもなって青年団は卒業したし、今年から村の議員にもなったからあの仕事はもうやめにしてくれといってたんだけど、消防の方から他に慣れた人間がいないから、今年で最後ということで村から出かける仲間の指揮をたってと引き受けさせられてしまったのよ。

年に一度、富士五湖周辺の町や村の消防団あげての作業だがあまり楽しいともいえない仕事だしな。一日ただ働きで三、四百人もの働き手を揃えるのは並大抵のことじゃない。

しかし、とにかくみんなしてあの中に入ってみれば、年によったら十人を超す遺体が見つかるんだからな。季節を問わずわざわざあの中に入っていくもの好きなハイカーや、自衛隊のレンジャーの練習なんぞで、延べ何十もの遺体が上がるんだ。

俺は読んじゃいないが、もう大分昔なんとかいう作家があの森のことを聞いて、あそこを主人公が自殺する舞台に仕立てた小説を書いてから変な流行《はや》りになっちまい、どうせ死ぬならあそこでということになったんだ。

しかしそれが読まれたことだけでなんであそ

こが自殺の聖地になっちまったのか、何につけ世の中には流行りってもんがあるんだな。

ましてニ十年ほど前『完全自殺マニュアル』なんてふざけた本が出て、その中にも、あの森にいけば巧く死ねるなどと書いてあるもんだから死人が急増して、去年なんぞ前の年の五十五人から七十四人にまで増えちまった。それとて全部見つけられたという訳じゃない。

確かに、いつか誰かが持ってきてた磁石を使ってみたら、溶岩が爆発の時に帯びた強い磁力のせいで磁石の針がくるくる回ってしまって方角がまったくわからなくなる。だから一人であの原生林に入ってしまったら簡単には元に戻れない。

昔は自殺の名所は熱海の錦ケ浦だったが、今じゃすぐその横を拡幅された県道が巻いて通っているし、すぐ手前には大きなホテルも建ってしまって、あれじゃ身投げする方も気が散るだろうからすっかり流行らなくなった。代わりに、東京から近いということで、今じゃあそこが名所になっちまった。

あの森で収容した遺体は事件性がない場合は「行旅死亡人」として発見場所の自治体が引き取ることになってる。樹海にくっついてる南都留郡の鳴沢、足和田、西八代郡の上九一色の三村が火葬した後引き取って保管している遺体は、それぞれ毎年少なくとも十から多い年は二十を超すんだよ。鳴沢じゃ納骨堂が満杯になっちまって去年スペースを拡大した。

足和田じゃ八年前に納骨堂を建てたが今までに六十箱の骨を預かってる。内の二つは身元がわかったのに遺族が、こんな奴もう家族じゃねえって引き取らないんだそうだ。死んだ奴も浮かばれねえわな。何にしたって地元には迷惑な話だよ。

青木ケ原ってのはどこからどこまでという区分がある訳じゃないが、富士スバルラインの三合目辺りの展望台から見下ろした北西麓斜面に広がってるおよそ三十五平方キロほどの原生林だけど、確かに眺め下ろしてみると、なんかこう引きこまれるような気がしないでもない。自分で死んでしまおうなんて気になった人間でも、やっぱり場所を選びたくなるのかね。どうせなら錦ケ浦の断崖の下の綺麗な水だとか、青木ケ原の真っ青な樹海だとかさ。

そうなんだ、あそこにしても、あの樹海が紅葉を過ぎた頃にはもう死にに入る人間は少ないそうな。やっぱり樹海が青々してる時が最適ということらしい。

あの晩、富士吉田の親戚に用事があって出かけたついでに久し振りに月江寺のカッちゃんのバーに行った。奥のテーブルに三、四人の客が一組、そしてカウンターには吉田の市会議員の古株の中村のトミさんが一人でいて、先輩面《づら》されていろいろ説教を聞かされてまいった。適当に相手を立てて聞いていたらいい気になりやがって、明日ゴルフをつき合えという。

明日は例の青木ケ原の捜索で村の若い者を連れて出かけなくちゃならないからといったら、

「なんだ、議員になってまでそんなことさせられるのか。ならしゃあないな。選挙運動と心得てやれや」

「そうなんですよ。県警は人を駆り出しといて酒一本出す訳じゃなし、終わった後の慰労は全部こっちの持ち出しだからね」

「ま、それも功徳《くどく》だわな」

「功徳？」

「そうよ、見つけた仏へのよ」

「あんなとこで勝手に死んだ奴等に、こっちゃあ何の関係もねえよ」

「関係なくてもそれが世の中ってもんだ、しょうがねぇさ」

「どう、しょうがないのよ」

「世の中、持ちつ持たれつということよ」

したり顔でトミさんはいったが、

「どう持ちつ持たれつなのかね。ただ人騒がせというだけのこったぜ」

「あそこは、中へ行けば行くほど森が深くって方角がわかんなくなるっていうが、捜索してて二重遭難なんてないのかね」

カッちゃんが聞いた。

「それはないな。数多く出かけていくし、互いに声をかけ合ってるから」

「でもさ、誰かがどこかで先に見つけて呼んでくるとほっとするよ、手前が行き合わずにすんだって。去年は十一も見つけたが、運のいい奴は一つも行き合わずにすむからな」

いったらトミさんも黙ってうなずいていた。

「しかし誰が見つけようと、見つかったものを眺めずにすむことはないんだろ」

カッちゃんがいったら、

「ああ。でもお前そりゃ、どれもみんな半端な姿じゃねえんだよ」

諭《さと》すようにトミさんがいった。

「そんなに嫌なもんかね」

「松茸を探しにいくんじゃねえんだよ、なら明日でもこいつについて行ってみろ」

「だってあんた、功徳だっていったじゃないの」

「とはいえ、こっちはただお上にいわれて行くだけのことだ、そうでもなきゃやってられねえよ。大体、死ぬなら何も酔興にあんなとこまで入りこんで死ぬことはねえ、こいつがいう通りはた迷惑な話だぜ。やるなら手前の家の中で首吊るなり、近くの鉄道に飛びこむなり、どっかのビルの上から飛び下りりゃいいんだ、死ぬのは同じよ。

何にせよ死にたての仏とは違うんだよ、さんざ雨風に晒《さら》され、獣に食いちらかされたりしてな。土左衛門と同じで、人間でもこんなに変わり果てるもんかと思うよ」

「一番いやなのは、動物に食われてる代物だよな」

「そうだ、ありゃひでぇ。あれを見ると情けなくなる」

「どうして」

聞いたカッちゃんに、

「どうしてって、あれ見ると、人間も畜生も結局同じ動物なんだなって気がするのよ。お前ならわかるだろうが」

「わかるね」

「食い尽くされて骨だけというならまだいいが、獣も勝手でな、適当に食っちまって後は残してる。だからいっそう無残なのよ」

「動物ってどんなのがいるのかね、あの辺りには」

「そりゃ山犬や、狐も、狸も」

「狸が人を食うかい」

「飢えりゃ食うだろうが。鳥たちだってな」

「鳥もかい」

「鳥だって食うさ。奴等が好きなのは目ん玉だよ」

「ふうん、死んじまってても鳥に目玉を食われるのは嫌だろうな」

カッちゃんは肩をすくめてみせた。

「そうなんだよ、いつか木で首くくってたのがあって、足が地べたに届いて膝つくみたいな姿勢でいてさ、獣はなぜだか地面に着いてる足だけ食って膝から上の方はそのまま残してやがった。けど鳥が、その上のぶら下がったままうつむいてる顔の目ん玉だけ食っちまってたよ」

俺がいったら、磨いていたグラスをカウンターに下ろして眉を顰め唾でも吐きたそうな顔をしながら、

「あそこで死にゃあ、そんなことになるのはわかりそうなのに、なんでわざわざあんなとこに入りこんでまでして死ぬのかね」

カッちゃんがいった。

「だから当節の流行りなんだよ。原宿の竹下通りにそこら中の餓鬼が集まってくるみたいに。どうせ死ぬならあそこでとな」

「いつだったか、俺が見つけた仏の身元がしばらくしてわかったら、なんと遠く九州の長崎の人間だったぜ。向こうにも、いい死に場所くらいありそうだがな」

トミさんがいった。

「それにしてもなんでわざわざ、あんなとこま

で出かけていくのかね。やっぱり流行りか。連中もそれなりに凝っているということかね」

磨きかけのグラスを手にしなおしながら首を傾げてみせるカッちゃんに、

「だろうな」

「でも、どうせ死ぬんだろうにな」

「そりゃまあ、どうせならいい病院で死にたいというのと同じじか」

「雰囲気かね」

「そりゃまそうだろう。最後は自分一人しみじみ死んでいきたいということだろうよ」

したり顔でいうトミさんに、

「どうせ死ぬのにかい」

かぶせて聞くカッちゃんに、

「うるせえな、俺にそんなこと聞くな」

「でもねトミさん、あんたほどじゃないけど俺も長いことあの仕事につき合わされてきたけど、後で身元のわかったのは何人かはいたが、身元がすぐわかるように、側に遺書を書いて置いているって奴はいなかったな。なぜだろ」

「そりゃお前、人目忍んで死にたいからだよ」

トミさんはいったが、

「でもそうかな、あの作業をやってて俺が今までに感じたことは、矛盾した話だけどさ、わざわざあそこまで出かけていって死ぬ癖に、死ぬ奴はみんないつかは誰かに見つけてもらいたいと思ってあの森に入っていってるんじゃないのかってね。どうもそんな気がするな」

「そりゃどうしてよ」

カッちゃんが聞く。

「だってさ、俺たちいつも入った限りは行けるところまで徹底して行くんだよ。でも遺体が見つかるのは結局どれも比較的世間に近い、つまり周りの道からそんなに遠くないところばかりなんだな。連中は結局、一人で死ぬ気になったところで最後は誰かに見つけてもらいたい、やっぱり世間には繫がっていたいということじゃないのかね。

その証拠にっていうか、不思議に遺体を見つける途中で結構いろんなものを見つけるじゃない。どっかのコンビニの袋とか、煙草の空き箱とか誰の持ち物か知らないが、やっぱり死んだ当人のものじゃないのかね。いつかは見つけてほしいってことでの手がかりじゃないの」

「そういえば、そうだな」

うなずいたトミさんに、

「そりゃ、自殺する人間ほど孤独だろうが、だからこそということなのじゃないのかね」

カッちゃんがいった。

「なら、なんでもっと簡単に見つかりやすいところにしないんだ。わざわざ長崎からあそこまで出かけてきて死ぬことはねえ」

「そこらが矛盾しているけど、なんだかわかるような気もするな」

「どうわかるんだ」

トミさんがいう。

「遺書がほとんどないってのは、連中はやっぱり途中迷いながら来るんじゃないのかね。だから一度あの森に入っても引き返してきた奴も大勢いたと思うよ。でもふん切りのつかない自分を前に引っ張るために、一度入ったら滅多に元には戻れないというあの森を選ぶんじゃないのかね」

「わかるようなわからぬ話だな。なんだろうと手前で死んじまうような奴は俺ぁ嫌いだ」

多分今まで一度として自分で死ぬ気にどころか、自分もいつか必ず死ぬということなんぞ考えたことのなさそうなトミさんは吐き出すようにいってみせた。

「でも明日はどんなことになるのかねえ、こんな時世だしなあ」

「そりゃお前覚悟していけよ。景気はひでえし、癌も増えてるからな、今年は例年になくってことだろうぜ」

明日はゴルフというトミさんは他人事でいってくれた。

間もなくトミさんは帰っていったが、俺はそのままだなんとなくカウンターで飲みつづけていた。そしたらまたカッちゃんが前まで来て、何か躊躇した揚げ句のように、

「実はな、俺の一番上の兄貴ってのは自殺しちまったのよ、ずうっと昔のことだけど」

「あそこでか」

「いや、北海道の河っ原でさ。真冬に雪の中で睡眠薬を沢山飲んでウィスキーを一瓶空け、眠ったまま凍死してた」

「へえ、なんでまた」

「仕事がうまくいってなかったのと、あわせて失恋らしかったな。遺書はなかった。丁度入院中だった親父にいわれて俺が代わりに遺体の引き取りにいったんだ。

行くにも不便な石狩川の上流の河っ原だったから人が見つけるまで三日もかかったらしいが、凍ったままの死に顔眺めて、なんてのかな、感動したの覚えてるよ、そりゃあ綺麗な顔してた

な。

で、その時思った、というより感じたんだけどさ、なんだろうと自殺する人間というのは、それぞれそれなりに筋道立てて死んでいくんだろうなってな」

首を傾げ、遠いものを思い出そうとするような目つきでカッちゃんはいった。

「筋道ね、どういう意味だい」

「美学、ってのかね」

「美学だと」

「だってあんた、手前で死んじまうってのは大変なことだぜ。ただ普通に自然に死ぬのとくらべればさ」

「人間ほっときゃ誰でもいつかは死ぬんだからな」

「だからそれを自分からしちまうというのは大変なことだよ、勇気もいる」

「勇気ね」

「そりゃ世間じゃ、勇気がない奴だから手前で死んじまうんだといいたがるが。でも考えてみれば、首吊るにせよ飛びこむにせよ、自殺ってのはやっぱり怖いことだよな」

「そりゃま怖いよな、思っただけでも」

「何にしろ誰にとってもまったく初めてで、まったく最後のこったからな。それを手前でやっちまうということなんだから」

「で、なんでそれが美学なんだ」

「だってあんた、誰も世の中思いの通りになるもんじゃないが、最後の最後だけは自分の思った通り決着つけるってのはやっぱり大したことだと思うよ。俺はあの時、兄貴のあの死に顔を見てそう思ったんだ。ああ、こいつはこいつなりの思いこみで筋道通したんだなあって」

「ま、お前がそう思うのはそれでいいだろう。でもな、明日俺たちがどんなものを見つけるかは知らねえが、あそこで目にするものを見たら、とてもそんな気にはなれないぜ」

いったら、

「いや、見てくれの問題じゃないんだよ。いくら鳥に目の玉を食われていようと、そこまで行ってそうした奴の、なんてのかな、生きざま死にざまということよ。そこまでしちまう奴の心の中での道のりを考えてやれば、大変なこったぜ。死ねずにいる、死なずにすんでるそこらの人間たちよりも倍の倍も一人っきりでさ」

「そんなことというならあんたも明日いっしょに来て、あの森にいる奴等にあんたの深い理解と同情を示してやりなよ」

「いやいや、俺は兄貴一人で沢山だ。そんな酔興はもういいよ。他人のことなんぞどうわかるものじゃないからな」

「こっちは酔興でも同情理解でもなしに、ただの迷惑千万、お上から駆り出されていくだけだよ」

「でもあんたがいってたことは、いいとこ見てるって気がしたけどな。あんなトミなんぞと違って、一人であそこまで死にに行く連中のことを思ってやってると思うよ、一人だからこそ、世間とどこかで繋がっていたいんだろうよ。矛盾じゃないよ、まったくそうだと思うね」

「私もそう思いますね」

後ろから声がしたので振り返ってみたら、さっきまでトミさんのいたカウンターの奥に見知らぬ客がいつの間にか座っていて、俺たちのそれまでの話を聞いていたみたいで、話に割りこむように相槌を打ってきた。

「いくら姿を隠して死んでも、心のどこかじゃ、きっと誰かにいつかは見つけてもらいたいと思ってるんですよ、きっとそうだと私も思いますね」

なぜだかえらく真剣な顔をしていう相手に、こっちは戸惑いながら肩をすくめてうなずいたら、今度はカッちゃんに向かって、

「だって人に見つけてもらわなけりゃ、筋道通したってことも伝わらないもの、それじゃいかにも寂しいですからね」

いいながら相手は手元のグラスに残っていた酒を一息で空けて次を促した。

「それにしても、ご苦労ではありますね」

向きなおっていう相手に、

「なんならあんたも、体が空いてたら明日いっしょに行ってみたらどうよ」

笑いながらカッちゃんがいった。

「でも、ちゃんと決められたメンバーがいるんでしょ」

「そんなことはないよ、手が多けりゃ多いほどいいんだから。年に一度の山狩りをやる前にも、物好きな奴等があそこに入っちゃ結構の数見つけてくるんだから」

「そうですか、じゃ私も一度行ってみようかな。滅多にないことだものね」

いうから、

「おいおい、本気かね」

いったら、

「本気ですよ」

売り言葉に買い言葉みたいに、

「いつ、どこに行ったらいいんですか」

「じゃ明日朝七時、スバルラインから横に入った、樹海の手前の観光名所の大風穴の前に客用の駐車場があるからそこへ来なよ。明日は一日捜索本部が置かれて看板も出てる、広場にはテントが張ってあるから」

かぶせるようにいったらどうやら本気らしくうなずいてみせた。

あらためて見なおしてみたら、俺と同じ年頃の四十すぎそこらの男で、度の強い薄く色のかかった眼鏡をかけ、何の帰りか黄色の地に胸だけ黒く三角の色合いのビニールのウインドブレーカーを着ていた。

「あんた、どこの人よ」

「東京です」

「俺は忍野《おしの》村の班を指揮してる松村だけど、じゃ俺の班に入るんだな」

「お願いします」

相手は頭を下げてみせた。

ということで俺はそのまま店を出てきた。

次の日仲間との乗り合いで村から出かけていった。朝はめっきり冷えこんでいたが天気は上々で、辺りの森の紅葉は一段と進んでいる。下から仰ぐと五合目から上の岩礫ばかりの斜面は一面雪に覆われていて山の上はもうすっかり冬だった。

森の始まる風穴の駐車場の南正面にいつものようにテントが張られ、「青木ケ原樹海一斉捜索本部」と書かれた看板が立ち、中に鑑識のための刑事官、調査官、警察歯科委員、富士五湖消防本部長、村長といった連中が座っていた。

集まった連中は七班に分かれて整列し、俺たち忍野村のメンバーは第二班に組みこまれて、副班長の俺は後ろに並んだ仲間に番号点呼させ総勢の数を班長の警部補に報告した。

総勢二十七人だったが、丁度点呼が終わった頃後ろの方から遅れて昨夜のあの男がやってくるのが見えた。男は昨夜と同じ黄色と黒のウインドブレーカーを着てい、黒く太い縁の薄茶の度の強い眼鏡をかけている。皆てんでんばらばらな格好ではいたが、男は着ているものの色からしてよく目立った。

いっていた通りやってきた番外の仲間を、数に加えて班長に報告しなおしたものかどうか迷ったが、慣れぬ相手はこの自分が連れていけばいいと思ってそのままにしておいた。男の方も向こうから俺を認めてやってき、俺の前に並んだ隊列の後ろに来て立っていた。

互いに連絡をとりながら出来るだけ散らばって捜索するよう、歩く途中も何か手がかりの品が落ちていないか注意せよ、目にしたものは注意深く収集せよ、発見した遺体には決して手を触れずに検視官と刑事官を待てと、いつもの訓示があって全員散開しての捜索が始まった。

二班の班長の警察官は初めて見る顔だったが、彼よりも慣れている我々に段取りを任せてきて、俺が山中湖村から来たもう一人の副班長と話し合って持ち分を決め、皆をさらに散らばらせて作業を開始した。

あそこに行く度に思うけど、富士山という山はとにかくでっかくて、高くはあってもそう急な勾配じゃないから裾野の広がりは都会の人間が考えてるより遥かに広い。忍野あたりでもそうだが、すこし上の山中湖くらいまでいくと、ゴルフ場でプレーしてても一つのグリーンでもはっきり裾野の勾配がある。ちょっとした別荘だと、建物の山側と裾野側じゃ表の一階の床から延長の先の裏側では地下室がとれるくらいだ。

樹海に入るとそれがもっとどでかく切りないい感じで、上に向かって斜めに森をよぎっていきながら、溶岩のつくる激しい凹凸はあっても裾野全体の傾斜がいつも感じられて、奥へ踏みこむにつれ茂っている樹が高くなり山の頂《いただき》なんぞ見えずに、見えるのはせいぜい空だけだし、いつもの平衡感覚が狂ってきてなんだか位相の違う世界にいるみたいな気がしてくる。ここへ死にに来た人間にとっちゃおあつらえの、浮き世とは違った別世界の感じがするだろう。

とにかく、富士山というこの国一の山が昔、といったってつい最近江戸の頃までは噴火していて、その爆発が広い周囲の裾野をつくった。この辺りがいつの頃噴火し溶岩が流れ出してつくられたのかは知らないが、その溶岩の上にさらに年月を経て土が積り、そこへ樹木の種が飛んできて芽をふき根を伸ばして立ち上がり、この原生林をつくったんだろう。

そう思って見回すと、人間の生きてる間の時間なんか屁みたいなものだとつくづく感じられるんだよな。だから、自分で死ぬ気になってやってきた人間にとっちゃ、自分の生活とか人生とかがしょせんのものでしかないという、しみじみした気分になれる絶好の場所じゃないのかね。

俺だって、死ぬ気なんぞじゃなしに何かで一人でここにやってきてみたら、なんとなく変な気に、ってより日頃考えないようなことを考えたり感じたりするんじゃないかという気がする。人間にとってこうやって生きているということとか、生きてる間の長さ短さとかさ。つまりまあ、ここに来ると世間一般での広いだの狭いだの、昨日だの明日だのってことをすっかり忘れちまいそうになるんだよ。自殺しようって人間にとっちゃつくづく格好な場所だよな。

磁石は利かないから空を仰いだり、樹木のつくる影で太陽の角度を大方計りながらそれぞれ決めた方角に向かって、溶岩のつくっている丘をかわしたり、深い茂みの間を縫いながら進んでいった。

最初は村から今度初めて参加した高村の政雄と組んで、それに昨夜カッちゃんの店で会ったあの男が後ろからくっついてきて、左右に離れた村の仲間とは声をかけ合いながら進んでいったが、その内皆段々に慣れてきて離れていてもなんとなく人の気配はあるし、なんといったってあれだけの大人数で入っているんだから安心感もあって呼び交わす声もなくなっていった。というより、みんな山の大きさに飲みこまれていったという感じだな。

昼前に呼び子の笛の音が二度ほど聞こえたが、遠すぎて駆けつける気もせず、その内にそれぞれ勝手に休んで昼飯を食ったら並行して進んでいる仲間との距離の間合いもわからなくなってしまった。

飯の時は政雄が側にいて、あの男はどこかすこし離れたところにいたと思っていたのに、午後の分を歩き出したら政雄はどこかに離れてしまっていて、俺のすぐ後ろにはあの男だけがいた。

しばらくして振り返り目で政雄のことを質《ただ》したら、顎で斜め後ろの方を指してみせるので声に出して呼んでみたら、他の仲間の声と重ねて声が返ってきたのでそのままなお進むことにした。

午後の行程は高度も増したせいで、森の勾配も段々きつくなってきてかなりの難行苦行だった。

昔の噴火の具合がどんなものだったのか知らないが、今まで以上に大きな溶岩の塊が行く手をはばむように険しい丘をつくって続いていて、その丘を抱えるように岩塊の間にきわどく、しかしがっちりと根を回して張った巨《おお》きな樹木がはびこっていて岩と樹に遮られ辺りも薄暗い。

とても同じ地上の風景とは見えず、どこか違う星の世界にでも迷いこんでしまったような気分がしてくる。今まで何度かこの作業のためここにやってきはしたが、この辺りの風景は特別に怪奇というか不気味な感じで、連れなしにはとてもいたたまれぬ気分だったな。

その内また目の前に小高い溶岩の丘が現れ、うんざりして、ここらで引き返そうと思った。手元の時計を確かめるともう三時を回りかけているし、陽も傾き辺りも冷えてきていて、帰りの道のりもあるから後ろにいる彼に振り返ってみたら、自分はまだ大丈夫というようにまだ前に向かって促すようにしてみせる。

しかたなしに、ならばこれ一つだけこなして帰るつもりで、

「よし、この先で帰るからな」

いって、丘の裾を左右二手に分かれて確かめながら登るように示し合わせてから上がり始めた。

険しい傾斜のその丘は下で眺めたよりももっと巨きく長く、登るにつれてさらに横に広がって行く手をはばんできて、登りきって上の台地にたどりつくまでに二十分近くもかかった。そしてその行く手をさらに塞ぐように、今越えてきたよりも密々に大木の覆った、城壁に似た小高い溶岩の壁が目の前に連なっていた。

ここらが切りだと思って立ち止まり、逆の側からやってくるはずのあの男の姿を探して待っていたが一向に現れない。途中転ぶか足でも踏みはずしたのではないかと案じて、声をかけながら台地を逆側にたどってみたが返事も姿もない。

それで一度立ち止まってみた時、何かの気配を感じたんだ。

気配というより、風だった。こんな深い森の中で風なんぞ吹いてくる訳はなかったが、立ち止まったその地点でだけ確かに風を感じたんだ。で、その風に向かって振り返り、風の吹いてくる方に向かって歩いていった。

何の風道だったのか、立ち止まった俺に向かって細い、しかし確かな風が吹きつけている。山の上とか森の脇の隙間から吹いてくるのと違うんだ。風は間違いなく目の前を塞いである溶岩の壁の中から吹きつけてきていた。

正面の大きなブナの樹と樹の間から風は吹き出していて、樹に近づいて向こうを覗くと、樹の向こうの溶岩の壁に大きな穴があった。穴というより壁が縦に裂けて割れた隙間だった。樹の間を抜けて岩の隙間に身を乗り入れ覗いてみると割れ目の奥は大きく広がっている様子で、ついもの好きに持っていた懐中電灯をともして中を照らしてみた。

顔を入れると髪の毛が乱れるほど強い冷たい風が吹きつけてくる。こんなとこにもこの山独特の風穴があったのかとそのまま穴に入ってみた。奥までは行く気はしないがせめて戸口の辺りだけでも覗いておこうと割れ目から入ってみると中はでっかいドームで、その奥の方から体をよろめかすほど強い風が吹きつけている。手がかじかむほど冷たい風だった。

こいつは夏向きのとんだ新名所を見つけたかと思って、もう一度洞窟の戸口の周りを照らして眺めなおしてみたら、左側斜め上の小高く棚みたいになってる溶岩の上に、回した明りに照らし出されて何か光るものが見えた。

白い、と思ったがよく見ると黄色っぽい何かで、花でも葉っぱでもない人工の何かという気がした。こんなところに何がと思い、近くの壁際の岩に足と手をかけてよじ登り棚と水平の高さから間近に照らしてみたら、そこに男が寝ていたんだ。

うっ、と思ったがなぜだかすぐにそれが誰かわかったんだよ、昨夜からのあの男だと。

ここまで来る途中陽の下で見てきたよりは色褪せて見えたが、黄色に黒のウインドブレーカーを着て、両手足を真っ直ぐに伸ばし仰向いたまま、あの黒縁の度の強い眼鏡をかけていたよ。

思わず、

「おいっ」

声をかけてみた。返事はなかったが、なぜかなんだか納得出来たような気がしていたんだ。

声をかけられても男は動きはしなかったが、代わりに着ているウインドブレーカーが棚の上を吹き通っている風に、音は立てないが小さくはためいて揺れていた。

頭の横には空になったワンパイントのウィスキーの瓶と、中身のない何かの薬の瓶もあった。

こいつは今までここにどれくらいの間いたのかな、とふと思ったな。

外へ出てみたら辺りは暮れかけていて薄暗く、崖の上で呼び子を吹いてみたが仲間には届かない。しかたなし今登ってきた岩の丘から降りて戻りかけ、気づいて足跡の代わりに所持品を幾つか落としておいて、笛を吹きながらしばらく戻ったらやっと返事の笛が聞こえてきた。

落としておいた道しるべをたどって仲間といっしょにあの風穴に戻った時にはもうすっかり日が暮れていた。

勿論あの男はあそこにあのまま寝ていたよ。

伝令が検視官と刑事官を呼んでくるのを待って、その後、長い道のりを五体そろったままのあの男の体を皆して抱えて本部のテントまで戻ったらもう七時を回っていた。

どうやって判断したのか、検視官の話じゃ遺体は二年以上前のものらしかった。でも、あの冷たい風穴の中に寝ていたせいで、冷蔵庫で保存していたみたいに腐りも風化もせずにいたそうな。

八時すぎての最後の点呼で数を確認し、副班

長の俺が班長に、
「忍野村班、二十七名、全員異常ありません」
と報告したよ。
元々、あの男は員数に入れてはいなかったからな。

それからしばらくしてカッちゃんの店に行ったが、なんとなく、彼にはあの男の話はしないでおいた。

なぜって、俺がいってたように、あいつもあそこで寂しくなって、わざわざあの店まで俺を迎えに来ていたのだといってみたところで、誰も信じやしまいからな。それに俺がいってたことがどうやら正しいってことをあの男が教えてくれたんだといったところで、それで何がどうなるもんじゃないよな。やっぱり、死んじまった奴は死んだ奴でしかないから。

あれからひと月くらいたってかな、またあの男に会ったんだ。本当の話だ。夢かと思ったよ。

その日仲間と地元のゴルフ場でゴルフをしていた。

レートの高いベットでワンラウンド終わったら俺の一人勝ちで、仲間は悔しがってもうハーフやろうということで日没を追いかけるみたいに早足で回って、背後の富士山の肩に陽が沈んだ頃には八番までたどりついた。

それでも俺が相手二人にそれぞれフォアアップとツーアップで、四つ負けていた奴がプッシュをかけてきやがった。

クリーク越しのパーファイブの八番ホールはバックティーからだと距離もあるし、左右に高い木立ちのラフがあって勝負どころではある。前のショートホールで上手《うま》くピンにつけバーディをとって負けを一つ減らしていた相手がその気になってプッシュをかけ、オーナーで打ったティショットがフェアウェイのど真ん中で、こちらも気負ってプルボールを打って相手を越してやろうとしたら、ショットがすこし速すぎフックがかかり左手の木立ちの奥深くまで入ってしまった。

ボールの消えた辺りの木を確かめていたので大丈夫とは思ったが、一応プロビジョナルを打ってラフに入っていき、木の根に挟まって止まっているボールを、アンプレイアブルのワンペナを払って動かしフェアウェイに打ち出した。

そのまま戻ろうとしたんだが何かが気になって、小川の縁に沿って立っている金網の向こうを見たら、あの男が立ってたんだよ。あの黄色いウインドブレーカーを着て。

まさか、というよりも、お前また何でここにと思って声をかけようとしたら、それが伝わったように小さくうなずいた。で、前へ踏み出したら、もう薄暗くなっていた木立ちの中へすうっと、本当にすうっと吸いこまれるように姿が消えちまったんだ。目をこすりなおしてみたが、見たものは確かに見たんだ。

フェアウェイからプッシュをかけた仲間が呼んできて、パーオンをすました相手が何やら自慢げにいっていたが俺としちゃそんなこともうどうでもよかった。

それより、たった今見たものは何だったんだ、確かに俺はあいつをまた見たぞ、あれはあいつに違いない、あのウインドブレーカーの色からしてあいつに違いない、それがまたなんで現れてきたんだとしきりに思った。

それでもそのホールは四打で乗せて、十メートルの下りのラインのパットを上手く決めて相手のプッシュを潰してやった。そのパットを決めた瞬間も、なぜかもう誰もいないはずの後ろの木立ちの中に何かの気配みたいなものを感じてた、と思った、いや確かに誰かの視線みたいなものを感じていたんだ。

そして同じことがまた起こった。

三日後、うちでやっているペンションの庭の芝生が伸びたまま枯れかけているので、手伝いに来ているアルバイトに明日刈らせておこうと、敷地の奥にある物置に収《しま》ってある芝刈り機を取り出しにいったら、小屋の右側に沿って流れている小川の向こう岸の深い草むらにあいつが立っていた。

もう薄暗かったがかけている眼鏡と、あの黄色いウインドブレーカーで奴だとわかった、というよりそう感じたな。

お前こんなところで何をしてやがるんだと声をかけようとしたら、そのまま踵《きびす》を返してすうっと消えてしまった。

二度とも二人の間に、幅は大してないが雪解けの頃には水量の多い深い小川を挟んでいて、飛び越して追いかけることは出来なかった。

追いかけても相手が相手だし、それでもあいつとは青木ケ原じゃ他の仲間が離れてはぐれてしまったのに長いこといっしょに並んで歩いていたんだからな。

で、これは一体どういうことなんだろうかと思って、死んだ親父の上の上の兄貴の本家の総領で、村の寺の住職をしている従兄に打ち明けて相談したのよ。

そしたら、

「そりゃ、あんた頼られているんだよ」

って。

「頼るって、どういうことだ」

「だからまだきっと、お前に頼むことがあるんだろうな」

「俺を引っぱり出し、俺にくっついてきて手前の死んでいるとこまで案内して見つけさせた上で、まだ何があるというんだね」

「それは仏当人に聞かなければわからないな。しかしまだお前にしてもらいたいことがあるんじゃないかね。でないと本当に浮かばれないんだろう。

第一だな、二度とも川を隔てて向こうにいたというのは、それは三途の川だろうな、それがまだ渡れないでいるのよ」

「そんな川があるのかね」

「あるのよ」

妙にきっぱりとあいつはいった。

「それが渡れないというのはどういうことだね」

「つまり、成仏出来ないということだ。死んでも死にきれないということだろうな」

「成仏ねえ」

「で、お前が見つけたという仏は身元は知れたのか」

「身元って」

「どこの誰かということよ。何であんなところまで行って死んだのかは知らないが、家族はちゃんと弔いをしてやっているのかね」

「それは知らねえな。身の周りにいろいろ遺品があったけどな」

「一度警察に聞いてみたらどうだ」

「しかしあそこで死んだ奴等には、身元が知れぬまま焼いて骨にして地元の寺で預かったままというのがいっぱいあるそうだよ。今までのじゃ入りきれずに、納骨堂を継ぎ足したほどだとよ」

「ならその仏もそうかもしれないな」

「だとしても今さら俺に何を頼ってくるんだ、迷惑な話だぜ。預かっている寺の坊主がなんとかしたらいいじゃないか」

いったら相手は黙っちまった。


「この頃の坊主は怠慢だからな」

「いや、とにかく警察にその後の事情を聞いてみることだね。仏の身元について調べるのは警察の仕事だからな」

いわれて俺もうなずいた。


で次の日、富士吉田の警察に行って飲み仲間の見知りの刑事を呼び出し、親戚の坊主のいったことも含めて今までのいきさつを話した。

「そいつは妙な話だな」

相手も眉を顰めていったよ。

「警察に幽霊の話を持ちこまれてもなあ」

「俺は警察に頼まれて出かけていっての話だぜ。警察に尻をぬぐってもらわなけりゃ、こっちが浮かばれないよ。だからあの幽霊の身元がわかっていたら教えてほしいのよ」

「教えて、あんたどうするね」

「どうするかって、まあ俺は俺なりに当たってみるよ」

「それならいいが、そいつの地元の警察に今さらこっちから妙な依頼は出来ないよ」

「わかってる。でも最後はやっぱり警察に頼むことがあるかもな」

「その最後というのは、何だね」

「そんなことまだわからない、俺にもな。とにかく、わからぬことばかりだよ」

それから四日して例の刑事から電話があった。いろいろわかったことがあるから都合のいい時に署までこいという。

出かけていったら、彼が肩をすくめて、

「いろいろわかったが、わかったようでわからぬこともあるんだな、これが」

「それは、どういうこと」

「だから気になるなら、あんたが調べることった」

「何を調べろって」

「だからあんたがそんな目に遭って気にしてるというならな。俺は幽霊なんて信じないが、しかしはなっから不思議な話だよなあ。案外――」

いいかけて口を閉ざすので、

「案外、何かね」

「いや、あんたの親戚の坊主がいったみたいに、頼られているのかもな」

「だから、何を頼ってるんだ」

いったらまた肩をすくめて、

「それは警察にはわからんよ。そんな仕事をここへ持ちこんでも無理な話だぜ。人命救助とは違うからな」

「しかし自殺した連中の遺体の山狩りは警察の仕事だろうが、だからこっちも動員されて行ったんだ」

「いや、だからあくまでそこまでの話だよ」

「わかった。だからそっちでわかったことだけ教えてくれよ」

いわれて相手は手元の書類を開けて読み上げた。

「仏の身元はわかった。滝本道夫、四十二歳。住居は東京の中央区築地、五の十三の二だな。家は地元の新富町で古くからの紙の問屋をしてる。かなり有名な店だそうな」

いった後、

「ということだが、何かわかったら教えてくれよ」

相手はいった。

「教えてくれったって、あんたは刑事じゃないの」

「いや、俺も興味が湧いてきたよ。世の中変なことがあるが、こいつは飛び切りだな。仏の家の事情も何かありそうだし」

「どんな」

「仏は二年前に家を出たきりだと。婿に入って仕事を継いでいたらしいがね」

「で」

「いや、向こうの署からいってきたのはそんなとこだけだ。ただな、仏は見つかったが、身元の家では骨を引き取るのは拒んだそうだ。当然家で葬式は出していない。だから無縁の納骨堂に入れた」

いって刑事は肩をすくめてみせた。

「世の中、人間それぞれいろいろ事情があるわな」

「二年前に家を出たっきりというと、その後あそこで死んだということか。その間家族は捜索願いを出してはいなかったのかね」

「らしいな。地元の署ではそんな依頼は受けていないみたいだ」

「なぜかな」

「なぜといわれても、依頼があれば調べもするが、依頼のない訳まで調べはしまいが」

いわれて立ち上がる俺に、

「おい、何かわかったら教えろよ」

刑事はいった。

あの男の身元という紙問屋の店はすぐにわかった。地元ではというより、東京でも有名なその筋の店の一つだそうな。

町の大通りにある店は六階建てのビルで、店はその一階と二階にあり、その上の階にはテナントが入っている様子だった。

聞かされていた通り店の中には一見して高価らしい、主に和紙だろうな、いろんな紙の分厚い束が置かれてあり、高そうな団扇《うちわ》のサンプルもあった。

応対した年配の店員に名刺も添えて名乗って、買い物ではなしに聞きたいことがあって来たといった。

この店の多分主人だったと思うが、二年前に家を出たという滝本道夫さんについてといったら、相手はたちまち顔をしかめ身構える様子になった。

「あなたはこの店に古い人だと見うけるが、彼のことは当然ご存知でしょう」

いったら、

「それは、まあ。道夫さんが何かご迷惑をおかけしたのでしょうか」

眉を顰めながら声を落としていった。

「いや、まあ迷惑といえば迷惑だけれど、ちょっとこみいった話があってね」

「お金で、何か」

「いや、まったく違う」

手を振っていったら相手は急にほっとした顔になって、

「ここでは何ですから、どうぞ奥へ。私ここの番頭をしております者です」

奥の事務室の片隅の仕切りのある商談用らしい小部屋に通された。

「その名刺にある通り私は山梨の忍野村で議員をしている者ですが、実はこの私があの男の、ここの滝本道夫さんの遺体を見つけたんですよ、青木ケ原で」

いきなりいったら相手は小さくのけ反ったな。で、始めから話の概略を話してやった。親戚の坊主の見解も含めて。相手は段々困惑した顔になって聞いていたよ。

「とにかくも、お宅ではあの仏は引き取らないといわれた。なぜ引き取らない、引き取れないのかね。それで迷って俺のところへうろうろ来られてもこっちも迷惑なんだよ、わかるでしょ」

いったら相手は一度深くため息して、

「なるほど」

とはいったが次の言葉をどう探していいのかもわからぬ様子だった。

「あんたここの番頭さんだったら、折角見つかった仏を家で引き取らぬ訳はご存知でしょう」

「はあ」

といったきりうつむいて言葉を探していた。

「だからね、彼が三途の川が渡れないでまた俺のところへうろうろ現れないように、せめて骨だけでも家に戻してやったらどうなのかね、是非そうしてやってもらいたい。どんな事情かは知らないが、番頭さんのあんたから家の方にそう取り次いでもらえませんかね」

いったらしばらくうつむいていたが、顔を上げると、

「いや、それは出来ません。いっても無理と思います。あなたのご迷惑は重々わかりますが」

「なぜかね」

問い詰めたらはっきり俺を見つめなおし、歪んだ笑顔で、

「あの人はむくいですよ」

吐き出すようにいった。

「何のむくいよ」

「あの人はいかにも勝手でした、誰が見ても。若奥さんがかたくなになるのは当然だと思います。大奥さんもあの人を許せぬと思います。警察から報せをもらった時、むしろ大奥さんの方がはっきりしていました。

うちはあの人のお陰で、会社としてもどれほど迷惑をこうむったことか。

それは先代も道楽でいろいろ大奥さんを困らせたことはありましたが、程というものがありますからね。たとえあの人が婿でなかったとしても、自分の店の金を使いこむにも程がありますよ。会社といったって、たかの知れた問屋で

すから。その揚げ句女と行方をくらましていきづまり、ああして自分で死んだんですから」

番頭は番頭なりに胸に溜めていたことがあったんだろう、一気にそういってのけた。

「なるほど。しかし仏は仏、死んだ人間は死んだ人間だと思うがね。一度は所帯を持っていっしょに暮らしていたんだろう。子供は」

「おりますよ、二人、育ちざかりの。それなのに一体なんで」

「でもね、大方の事情はわかったけれど、俺はそう聞いただけでそうですかと帰れないのよ。あんたが番頭さんでも、やはり家族の人にいうだけのことはいっておかないと。第一、またあの男が出てきた時に、誰に、何といったらいいのかね」

いったらそれをどう取ったのか眉を顰めて窺うように、

「この話は、他にお話しになっておられますか」

なるほどと思ったので、

「不思議なこったから、知れりゃ世間では面白がるだろうな。だから、おたくの中だけで収っておいた方がいいのじゃないの。俺はただ家族の誰かにきちんと話を伝えればいいんだよ」

いったら怯えたような目で俺を見なおした。

「だから、彼の奥さんなり、その母親なりにこの話を伝えさせてもらいたい。俺はそれだけで引き取るよ、他に何をいうこともないのさ。ただ」

「ただ」

窺うように見なおしてきたから、

「じゃなけりゃ、こんな話をどこへ持っていけばいいというのよ」

いったら怯えた顔でまじまじ俺を見つめて、

「わかりました。私から取り次がせてもらいます」

すこし待ってといわれて、どうやら二階のどこかから電話しにいった番頭は説得に手間取ったのか二十分ほどもしてようやく戻ってきた。

「こんな藪から棒の話、そりゃ奥さんたちも戸惑ったろうな」

いわれても顔をこわばらしたまま殊勝にただうなずいて、

「私がご案内しますから」

促され彼の運転する店の車で十分ほど離れたあの男の家族の住むマンションに行った。

最初に出てきたのは滝本道夫の妻の母親、彼の姑だった。子供の声は聞こえなかったが、応接間の扉ごしに隣にいる人の気配ははっきりと感じられた。それがあの男の奥さんだろうこともわかったが、それをとりたてて何をどういったらいいのかわかりはしなかった。母親には親としての娘への思いやりもあったのだろう。

彼女に促され番頭が引き取って店に帰った後、

「この度はたいそうなご迷惑をおかけしましたそうで、何ともお詫びのしようもございません」

慇懃《いんぎん》にだが、にべない気配で彼女はいった。

「番頭さんからお聞きになったと思いますが、これは実際にあった話なんです。でなけりゃ見ず知らずの私が突然ここへ現れることもないでしょう」

いったらことをどこまで納得してるのか硬い

表情で、それでも相手はうなずいた。

「これも何かの縁といえば縁かもしれないが、私としてもただ不思議だといってすまされることでもありませんのでね。信じる信じないは別にしても、あの男、彼が浮かばれていないというのは確かなことのように思えますよ」

いったら、

「それは私たちも同じことです、私たちも、とても浮かばれないままにいるのです」

「それはどういうことですか、何があったかは知らないが、彼はそのことで責任とって自分で死んだのじゃありませんか」

「責任ですか、どんな。それはまったく違います」

塞いで突き放すようにいった。

「どう違うんです」

「それは私たちだけのことですから、他の方々にはわかりますまい。わかっていただこうとも思っていません。しょせんこちらの身から出た錆でもあるのでしょうから」

いわれて俺としては話の接ぎ穂が見つからずちょっとの間相手の顔を見つめるだけでいた。

相手は相手で何かを懸命に防ごうとでもするみたいに、俺から視線をそらしうつむいたままそれ以上かたくなに何もいわなかった。

で、

「彼の骨は地元の寺でちゃんと預かってはいますが、当人はそれではなんというのかな、満足してない、つまり浮かばれないでいるんですよね」

いいかけたら、

「それは無理です、私たちにはとても無理です。

あの人は覚悟してこの家を出ていったのだと思いますから」

相手がいったら、突然隣の部屋の扉が開いて若い女が出てきた。

何かいおうとする母親をたしなめるように強くうなずくと、俺に向きなおり、

「滝本道夫の家内でございます。本当にご迷惑をおかけしております。でもお許しくださいませ、私たちにも今のようにしかとても出来ないのです。あの人が今そんな具合でいるにしても、きっとその内彼も忘れることが出来るでしょうし、あなたにも忘れて頂くことが出来ると思います」

一言一言嚙みしめるようにいった。

「その、忘れるというのは、どんなことをですか」

質したら、自分にいいきかすようにうつむいていった。

「いえ、私にも、私たちにもまだよくわからないんです」

いわれて母親の方を見返したら、

「あの男の、勝手ですよ。たとえ私たちが彼の骨を預かっても、あの男はここへは帰ってこれませんよ、いえ、帰るつもりはないと思います」

吐き出すようにいった。

どうもそれ以上とりつく島がありそうになかった。ただ残された彼女たちが彼女たちのいう彼の勝手を、許さぬというより、今でもひどく憎んでいることだけはわかった。

これ以上ことを質しても俺までが憎まれそう

なので、それきりにして立ち上がり部屋を出てきた。

一つ気になることがあったので、さっき行った滝本の店に戻ってあの番頭にもう一度会ってみた。

戻ってきた俺を番頭は困惑した顔で迎えたが、俺が一つだけ聞きたいといったら覚悟したみたいにうなずいて向きなおった。

「あんたはさっきここで、彼は好き勝手なことをして揚げ句に、女と行方をくらまし行きづまって死んだといったけど、それは確かかね」

いったら怯えた顔で見返してきた。

「いや、男が道楽で家をほったらかしての女沙汰なんぞどこにでもある話だから、そんな詮索をするつもりはまったくないよ。ただ、向こうじゃ結局何も話してもらえなかったし、俺としちゃ何を納得も出来はしない。せめて彼が死ぬ気になったその訳に関わりありそうな女がいた、というなら話の輪郭くらいは聞いておきたいと思うがね」

いったら番頭は迷うみたいな顔で見返してきた。

「当人は大分前に死んじまってるんだし、もう誰に迷惑のかかることでもないでしょうに。ただ家族の人たちの心情ってものはあるだろうから、せめてはたの人間からでも聞いておきたいのよ。断っておくけど、それもここだけのことだ。何だろうとことさら余所へ売りこむような話でもないからね」

いわれて番頭は何かを思い出そうとするように首を傾げてみせた。

「女がいたことは確かですが、私は誰とは知りませんん。ただその女を、あの人に紹介したとかなんだとか、間に介在していたあの人の友達のことを奥さんたちが恨んでいうのを聞いたことはあります」

「遊び友達かね」

「いえ、たしかライオンズの方での」

「ライオンズ」

「クラブがあるでしょう、集まって寄付だとかいろいろな行事をする」

「ああ、あれか。彼はこの地域のクラブに入っていたということか、その中の仲間のことだな。で、その友達の名前は」

「いえ、私は知りません、何人か親しい仲間があったようですが。でもそれを奥さんに聞いてもおっしゃらないと思いますよ」

塞いでいった。

それでも何かのきっかけはつかめたような気がしたが、その日は時間がなくて東京での他の用事に回ってから村へ帰った。

翌日例の富士吉田の知り合いの刑事に電話してみた。

「そうか、女沙汰のせいで遺族は仏の骨を受けつけないのか、身から出た錆ではあるな。しかしそれにしても遺族も厳しいもんだな」

そしてあの男の地域のライオンズクラブと、そのメンバーの中で身元の知れたあの男と親しかったらしい相手を探すくらいは出来るだろうともいってくれた。

四日して刑事から連絡があった。

あの男が所属していたのはライオンズの城東第二支部で、クラブでは企画委員を務めていたそうな。教えられた情報はそれだけだった。クラブの中で誰とことさら親しかったかは、大分前のことだし顔ぶれも入れ替わっているので事務局では責任のあることはいえぬと。

「ま、後はあんたが調べてみるこったな」

「俺がかね」

「警察はそれほど暇じゃないよ」

「俺もだぜ」

「しかしあんたはまあ、乗りかかった、何だ、幽霊ってことだからな。ここまできたらやってみなよ、俺としても興味はあるから手伝えることとは手伝うよ」

ということで翌週また東京に出て、教えられていた支部の事務局を預かっている会員の会社に行って聞いてみた。

事務局は会員有志の持ち回りで運営されているようで、相手は昨年から受け持っていて、会長も新規に代わったばかりで以前のことはあまりよくわからないと思うがということだったが、二年前まで会員をしていた滝本道夫のことは覚えてはいた。

「でも二年ほど前に退会していますがね」

手元の名簿資料を見ていった。

「その退会届けは誰が出したのですかね」

「それは本人か家族でしょうが」

いわれて余計なことはいわずに、当時のことに詳しそうな前の会長について聞いてみた。

前任者は人の良さそうな運送会社の社長で滝

本のことをよく覚えていた。

「彼はクラブのためにはよくやってくれてねえ。いろいろアイディアのある人で、クラブとして地域のために新しい貢献も出来ましてな、私も会長として鼻が高かったです。地域への貢献はクラブのモットーですからね」

「そんな彼がいなくなって残念でしたでしょうな。なんで辞めたんですか、まだ若かったのに」

「そう、突然でした」

「何か病気でですか」

聞いたら相手は初めて用心するような顔で見なおしてきた。

「知りません」

「何かで家を出てしまっていたとも、聞きましたがね」

いったらまじまじ見返して、

「どうしてあんたが、それを」

「いえ、すこし仕事の上での関わりがありましたんで。今になっていろいろわかってきたこともあってね」

「なるほど、で」

「家族に聞いてもわからぬことがありまして、誰かライオンズのクラブで彼と親しかった会員の方にでも質したいと思ってね。どなたか思い当たる方はいませんか」

「金銭のことでですかな」

構えるような顔で尋ねるので、

「まったく違います」

いってやった。

「それならいいが――」

「クラブの仕事のことででして。実は私も富士吉田の方のライオンズにいますので」

いったら俄に安心した顔で、

「ああ、そうでしたか。で、あの滝本さんとはお知り合いでしたか」

問われて少し考えたな。

「ええまあ、妙な縁で親しくなりまして。で、彼とごく親しかった会員の方というと――」

「それならあなたもうご存知かもしれないが、彼とクラブの企画の仕事をしてくれていた片山さん、それと松前さんでしょう、三人でよくやってくれていたからね」

名簿でその二人の仕事と住所を確かめて出た。

松前洋一郎は都内の薬屋のチェーンの持ち主、片山建彦は弁護士だった。

初めに片山の事務所に行った。

相手は差し出した名刺を見ていぶかるように見なおしてきた。

「実は私は、山の中で滝本道夫さんの遺体を見つけた男です」

いきなりいったらまじまじ見つめてきた。

「あなたは彼が家を出てしまった後、自殺して見つかったのをご存知でしょうが」

「なぜっ」

堅いものを飲みこむような顔をして見返してきた。

「その前にね、まずこんな話を聞いてもらいたいんですよ」

と、一段の話をしてみせた。

相手は段々身を乗りだし、その内身動《みじろ》ぎもせずに聞いていたよ。

そして何で俺がここへやってきたかも。

「で、あなたはあの番頭がいっていた、彼がいっしょに行方をくらましたという相手の女についてご存知でしょう。そして彼女と彼の関わりについても」

「なぜです」

「なぜって、番頭の話だと彼の遺族はライオンズで親しかった友だちのことを、恨んでいたとか。なぜですかね。私が会った当時のクラブの会長はあなたがた三人してクラブのためにいろいろ良いことをしてもらっていたと、感謝もしていましたが」

いったら遮るように首を傾げてみせた。

待って見つめる俺に向かって、言葉を選ぶようにゆっくり口を切った。

「まず、彼が家を捨てていっしょにいなくなったらしい女性のことは、知っています。彼の遺族が、恐らくそのことで私や松前さんのことを恨むというのもわかる気がします」

「なぜ」

問おうとする俺を遮るように片掌を上げて、

「私は弁護士ですから、それ以上のことはいえません」

「なぜさ」

「まず、失踪した彼の相手だった女性が今どこにどうしているのかわからない。ですから、私がいったことが彼女の何かを傷つけることにもなりかねません。それにあなたが今何のためにここにおいでになっているのかもわかりません」

「だからそれはただ、あの男をなんとか浮かばせてやりたい、そのためにということだけですよ」

いった俺を遮るように相手は微笑してみせた。

「しかし何もかも有り得ぬというか、誰にも信じられぬ話ですからね」

「でもあんた、俺の身にもなってごらんよ。知りもしない男の遺体を見つけさせられて、その上そいつの幽霊にまでつきまとわれて。でもあんたらには何らかの責任はあると思うけどね」

「なぜです」

身構えるようにしていった。

「だって彼の遺族は、何だかは知らないがあんたたちに恨みがあるようじゃないか。俺は弁護士を脅すつもりはないが、こいつは誰も信じたがるまいが、でも面白い話だよ。証拠もあるしね」

「証拠」

「あいつの、幽霊の骨だよ。それが誰なのかも警察の手でわかっている」

いったら、

「わかりました。それなら一つ申しましょう」

譲るようにいった。

「あの女性はもう亡くなったと思いますよ。生きてはいないでしょう」

「なぜ」

「厄介な病気にかかっていましたからね。白血病、血液の癌ですよ。あれは滅多には助からないらしい」

「それと、あの男と関わりがあるんですか」

「あると、私は思います」

「何なんです」

「いやそのことでは私よりもう一人、あなたが前の会長から聞いた松前さんにお聞きになった方がいいと思う」

「なぜです」

「あの女性と滝本さんとのことについては彼の方が、詳しい、というより間近で知っていたと思います。彼は滝本と高校も大学もいっしょの仲のいい友人でしたからね」

「あんた、そういって逃げるんですかね」

いったら彼はゆっくり、なぜだか迎えるように微笑《わら》ってみせた。

「確かにこの世にはあなたがいったように、不思議な、というより人間の理屈では通らぬことがありますな。私には深くはわからないが、滝本さんとあの女性との関わりは、出会いからして、不運、ということだったんでしょうかね」

「だから――」

といいかけた俺を掌で遮ると、

「私は逃げていうのじゃない、あの二人のことは松前さんの方が詳しく、というより深く知っていると思います。彼に聞かれて、彼が話し足りないことなどないと思うが、まだ何かがあったらいつでも来てください」

いって彼は誓うみたいに目をつむってみせた。

彼から紹介の電話をしてもらった松前洋一郎の事務所へ回った。

片山弁護士の紹介は俺を前にしてえらく簡単なものだった。あの男のことには一言も触れずに、大事な用件で是非この俺に会ってほしいとだけ。まあその方が、話が話だけに良かったろう、弁護士がいきなり電話で幽霊を持ち出す訳にもいくまいし。

片山からの電話が通っていて、滝本の店のある新富町の一角の松前ドラッグチェーンの本店一階の店員に彼の居場所を尋ねたら、上からすぐに人が来て三階の社長室に案内された。部屋といっても半透明な衝立《ついたて》で囲われた事務所の片隅で、松前は他の社員と同じユニフォームの青いジャンパーを着ていた。

「一体どんなご用ですか。片山さんはえらく緊張してたみたいだけれど。あの人、いつもはあんな話し方はしないんですがね」

いいはしたがその割りには退屈しのぎに、一体何がという顔だった。

で、俺も気をもたせるように、ゆっくりと、

「あなたは、二年ほど前に行方不明になった滝本道夫さんの親友だったそうですね、学校も同窓の。片山弁護士とはライオンズクラブで企画のことで三人仕事もしていた」

まず念を押していったら、相手はこの俺がいきなりあの男の名前を出したのを怪訝そうに首を傾げながらうなずいてみせた。

「実はね、この私が自殺したままだったあの人の遺体を見つけたんですよ、地元の青木ケ原での山狩りでね」

いったらまじまじと見なおしてきた。

「そのことはご存知ですか。彼があそこで見つかったということは」

いったら迷うように宙を目で探して、

「それはなんとなく、聞いてはいたけれど」

「遺族からでしょうが、あの人たちもあまり話したくはなかっただろうね」

いったら黙ってうなずいた。

で、また一連の話をしてやったよ。

聞く内相手は段々顔をこわばらせその内うな

だれて、さらには両手で頭を抱えてしまった。

それを見て、こいつはあの遺族たちよりもあの男のことを今でも思っているのだなと思った。

話し終えて見なおしたら、いつの間にか両掌を握り合わせてその目には涙がたまっていたな。

「それにしても遺族は何で、あんたやあの片山さんを恨んでいたんですかね」

「それはわかりますよ。あの人たちに恨まれる筋はないが、しかし恨むでしょうな。でもそれには長いいきさつがあってね」

「どんな」

「その前に、あなたが彼をそうやって見つけてくれた。でも本当に彼はそこに一人きりでいたんですか、私はてっきり二人で死んだものと思っていたのに」

覗くように見返してきた。

「え、いやそれは初めて聞かれたな。でもなぜ」

「彼が姿を消してしまった時、私は、ああああ二人はどこかでいっしょに死ぬ気だなと思ってた」

「それほど深い仲だったんだ」

「ですよ。しかし深いというより、何ていうのかな、あれは呪われた縁とでもいうかね」

「そいつは大変だ」

「この世の中は、善意だけがまかり通るというものでもないからね。そしてもののはずみというやつも」

「その女と彼の関わりは、あんたたちのやっているライオンズの仕事と関係があったんですか」

いったら、はっきりうなずいた。

「その通り。しかしクラブの慈善活動が結局は仇《あだ》になってしまったんだな。発端は彼女の勤めていた保育園に頼まれてライオンズから中古でしたがピアノを寄付したんです。それまではオルガンしかなくて、それでとても喜ばれた。

彼女はその弾き手の保母さんだった。元々ピアノで身を立てようとしていたらしいが、家の事情であきらめたらしい。

クラブもそうそう金持ちではないし、ピアノの寄付の依頼は他からもあったので三台とも中古を探しましたが、中古だったせいで調律に問題があって。その度クラブを代表して彼が恐縮して出かけていっている内に、彼女と親しくなっていったんです」

「片山さんがいってましたが、彼女は何か厄介な病気にかかっていたそうですね。血液の癌とかいう」

いったら固唾《かたず》を呑みながら俺を見なおして、

「そうなんだ。あれさえなければまだ――」

「何です」

「そうね、二人とも地獄に行くことはなかったろう」

「地獄」

「その彼女を何とか救いたいと、あいつは思ったんだ、しょせん無理なことだったのに。そのためにあいつは彼女をアメリカの病院にまで連れていった、そんな費用は保育園の保母には出来ないからね。

あれはクラブの仲間の医者の紹介でいった東京の病院からの差配だったようだけれど、その医者はしょせん無理だろうといっていたが、彼はもう一途になっていたから。元々昔からあいつはむきになると突っ走る止まらないところがあった。俺も似たような気性でね、だから仲も良かった。学生の頃何度か二人して、負けるのがわかってる喧嘩もしたことがある、だから気が合った。そのときの傷がまだ残ってるよ」

いいながら懐かしそうに右のこめかみの古い傷跡を指してみせた。

「でね、彼の結婚もこの俺にも責任がある、きっかけは俺が作ったんです。奥さんとは同じ町で見知りだったし、ある場所で紹介したら気が合ってしまってね。彼の家はかなり大きな電気工事の会社をやっていて、あいつは長男だったし、弟はいたが当然家を継ぐはずだったが、親も反対したが姓まで変えて滝本の婿に入っちまった。そこまでしたのにその後彼女とああなってしまって、奥さんや家族にしたってまったく違う話だったろうな」

「しかしどうしてまたそこまで」

「男と女の仲は、わからないよ」

松前は嘆息してみせた。

「でもね、いい人だった。気のいい可愛らしい。それに不幸な生い立ちで、それへの同情もあいつの一途の引き金になっちまったのかな」

思い出すように目を閉じていった。

女の両親は小学校の頃交通事故で亡くなり、引き取られていった叔父の家では歓迎されず、習っていたピアノもあきらめ学校の体操で痛めた足の治療をろくにさせなかったためにまともに歩けぬ障害にまでなってしまった。

その内高校の時、叔父は仕事に失敗して店をたたみ、家族もばらばらになって施設に預けられた。学校中退の後ある人の縁で保育園の手伝いに入り、園長に見こまれて保育士の資格をとり正式に保育士となった。

「そんな境遇があいつの同情を引いたんだろうな。でもその割りに、そんな生い立ちを感じさせない明るい女だった。

それに、あいつには何かで足が不自由だった妹がいて、その子がそのため避けきれずに事故で死んだんだ。その思い出が足の不自由なあの人に重なってもいたと思う。人間の感情の底にあるものなんて誰にもわかりゃしまい。それとまあ、やっぱりああいう老舗での婿という立場の鬱屈もあったろうかね。

そしてあの厄介な病気のせいで、あいつはあの人に夢中になっていってしまったんだ」

「するとあの番頭がいっていた、店の金に手を出したというのはそのためか」

「そうですよ」

相手はきっぱりといった。

「とにかくアメリカの病院まで彼女を連れてもいったんだから。その他この他なまなかな金じゃなかったと思うよ。俺もいくらか用立てたこともあったな」

「どれくらいの金をかけたんだろう」

「俺にはわからないが、彼が相談を持ちかけたクラブの仲間の医者なら大まかは知っているだろうな」

「でも結局、彼女は助からなかったんだね」

「と思う。だから二人して死んだんだよ」

「二人してか。でも――」

いいかけて止めた。

紹介されて回ったクラブ仲間の奥田医師とは診療の終わった六時すぎに面会出来た。

「先生にうかがいたいのは、あの滝本道夫ライオンの紹介した患者の白血病についてなのですが」

いきなり持ち出してみた。

こみ合っていたらしい患者の応対でくたびれた様子で、私の目の前で電話した松前からの紹介も、ただ以前に死んだ会員仲間の不思議な出来事についてということで、迎えた客の用事の筋に見当つかぬまま相手は仏頂面だった。

「そんな依頼を受けたことは覚えているが――」

なぜだか身構えるようにいった。

それでも俺としては、また一段の話を語ってみせる以外になかった。

医学と幽霊の関わりがどんなものかは知らないが、する内相手は眉を顰め首を傾げながらも段々身を乗りだしてきた。

「先生にお聞きしたいんですが、ずばり彼女はもう生きてはいませんかね」

いったら、

「ああ、それは間違いないですな、まず有り得ないと思います」

「確かですか」

「確かというのは、同業から彼女の死亡を聞くなり私自身が死亡を見届けたということだろうが、学術的にいってまず間違いないですな。

あの病気は治療の方法とタイミングによっては一度良くなることはある。我々はだからそれを普通、治癒とはいわずに寛解《かんかい》というんですよ。

よくあるケースですが、あの病気の特性としてそれは一種の小康状態で、往々再発する。彼女の場合もそうだったな。そして再発した場合はまず難しい。だから何カ月かに一度は異常白血球細胞の数の検査を一生の間でも続けませんとね。

再発した白血病細胞は抵抗性が非常に強くて、化学療法や放射線治療が効きにくく死亡率も高い。それで、彼女は再発してしまったんです。そうなると残された方法は骨髄の移植ですがこれがとても簡単にはいかない。

他の臓器移植と違って骨髄のＨＬＡ型、白血球の血液型が滅多に適合しないんですよ。適合率は他人同士だと数百万から数万分の一、同父母の兄弟姉妹間でも二十五パーセントといわれてますから」

「で、彼女はその移植はしたんですか」

「無理だったでしょう。骨髄バンクの登録も世界中でも数が知れてますからね」

「聞いたところ、彼女は孤児で血縁者はいなかったようですな」

「その前に出かけていったアメリカの病院では一番進んだ化学療法を受けたはずですが、それでも再発してしまった」

「つかぬことをお聞きしますが、そうした費用はかなりかかるものですか」

「それは、この国とアメリカとでは医療体制も違うし。かかるものはむしろこちらでするよりももっとかかったでしょうな」

「再発は、アメリカでの治療の後どれほどしてからだったんでしょう」

「それは詳しくは知りません。私が紹介した友人の第三国立病院で担当の高松医師が知っていると思いますがね」

で、紹介を頼み、日を改めてまた東京まで出かけて第三国立病院へ行ったよ。

もうここまでくると妙な意識が働いてきた。あの刑事からそそのかされた訳じゃないが、思わぬ刑事本能というか、乗りかかった何なんだろう、見知らぬ他人のあの男の幽霊に乗せられてかね、ある人間の人生を思いがけなく覗きこむ興味の、実は思わぬ深さというものか。

どんな説明を受けてか、高松医師は大分以前の特殊な患者、加納純子のカルテまで用意してくれていた。

彼女がニューヨークのコロンビア大学病院で受けた治療の詳細、それは俺が聞かされても理解に遠いものだったが、医師が念のためにか尋ねあの男が答えたのだろう、向こうの病院での経費まで記録されていた。

およそ五万五千ドル、当時の邦貨にしておよそ五百万円強。旅費と滞在費を加えればかなりのものだった。それを多分あの男がほとんどまかなったんだろう。それにこの国での検診治療のあれやこれや、保育園の保母の身分では逆立ちしてもどうなるものじゃあるまい。

日本に戻って一年もたたぬ内に病気は再発してしまったとあった。

「それで骨髄移植は、相手を探しても結局無理だったんでしょうね」

医師は黙ってうなずいてみせた。

「で、再発すると、病気はどんな具合に進んでいくんですか」

カルテを見なおし、

「いろいろありますがね、どれもまあ楽なものじゃない。彼女の場合も同じでしたよ。正常な血球が減少しますから感染症による高熱発熱、貧血による常時の目まい、動悸、歯肉の膨張に出血、そしてリンパ腫。彼女の場合も全部出てきましたね」

「そいつは難儀だったろうな」

いった俺にうなずきすこしの間黙って見つめたままでいたが何かを決心したように、

「まだあったんですよ、併せて」

「何がです」

「あの人最後に妊娠していました。その子供を産みたいなどというから、それはとても無理だと諭しましたが、当人は自分の病気をよく知っていたし間もなく死ぬとさとってもいたんでしょうな。産めなくてもお腹の子供といっしょに死にたいといいはっていましたが。それが死期を早めたということもあったかもしれない。でも――」

何かいいかけて、一度俺を見なおすと、

「あの人は自殺されたのじゃありませんか」

「なんでまた、彼女が死んだか生きているかなんぞ俺は知りませんよ、俺が見たのはその相手のあの男の幽霊だけだから」

いったら思いなおしたように肩をすくめてみせた。


保育園は川に面した高いマンションの陰に潜むようにしてあった。

勤めからの帰り道、預けていた子供を連れて家に戻る最後の母親が引き取り最後まで残っていた保母が挨拶して帰った後、待っていた俺に恐縮したように茶をいれなおすと初老の園長は事務室の椅子に座りなおした。

　今までの経緯を語りなおした俺を、今までの誰とも同じように園長はまじまじ見つめなおしてきた。

「それで滝本さんの関係者、というよりここにピアノを寄付してきたライオンズクラブの仲間の話だと彼は加納さんといっしょに失踪して死んだのだろうということですが」

　いったら園長は激しく頭を振ってみせた。

「私はそんなことまでは存じません。ただ加納さんはピアノの縁であの方に随分お世話になっていたということだけは確かです、アメリカの病院に行く時も私に断ってのことでした。あの方も心からあの人に同情してのことだったと思います。私から話したことですが、加納さんは、それは本当に気の毒な身の上の人でした。両親に死なれ叔父さんにも捨てられて」

「だからあなたが彼女を拾ってやった」

「いえいえ、私たちに出来ることといったらそんなまでのことですが。それにあんな病気にまでなって。ですから滝本さんたちがおられなければ、あの人は好きだったピアノも弾けず、あの病ですぐにも亡くなってしまったでしょうに」

　いって園長はゆっくり合掌してみせた。

「あの二人の仲がどんなだったかは私にはわかりません。でも――」

　いいかけ何かを決心したように向きなおると、

「そんなことをいったら他の誰かを傷つけるこ

とになるかもしれませんが、あの人亡くなる前は、今までになくとても幸せだったと思いますよ」

園長はいった。

「ということは――」

いいかけた俺を塞ぐように彼女は黙って目をつむってみせた。

「そうか、あの女に子供が出来ていたのか。それだけは知らなかったなあ」

松前は座ったままのけ反るようにして天井を仰いだ。

「あいつ、なんで俺に打ち明けずにいたんだよ」

叫ぶようにいったが体を起こし、また叫ぶように、

「いやそう知ったからこそ、二人して死ぬ気になっていたんだ」

「待ってくれよ、なんであんたは彼等が二人して死んだといい切れるんだね」

「だってそれしかないよ、ないだろうが」

「じゃ何であいつはあの森に一人でいたんだ。俺をあそこへ案内したのも彼一人だったぜ」

「いやきっと、あいつはあの子を自分で殺してからあそこへ行ったんだ」

「どこで、どうやって」

いったら何かを懸命に思い出すように堅く目をつむると、

「そうなんだ、そうだったんだよ。あの頃あの二人ものすごく幸せそうだった。アメリカから戻って向こうでの治療が成功したみたいで病気も落ち着いて、毎晩のように彼女のとこへ行っ

て励まし合い、彼女のピアノを聞いていた」

「どこで」

「あの子は住む家がないから、保育園に住みこみで働いていた、だから夜は一人きりでいた。俺もつき合って、酒を持ちこんで三人して飲んだこともあるよ。あいつは仲間とどこかへいくふりして、いつもあそこにいっていた。でも何でこの俺に――」

「それは誰にもいうまい、と思うな。子供なんぞとても無理だとは二人とも知っていたはずだ」

「病気の再発でか。ならやっぱり二人して死ぬ気になっていたんだ」

「どうして二人なんだ」

「どうしても、二人なんだよ。俺にしかわからんことなんだ」

わめくようにいった。

「いや、ついね。あんたには悪いが、あんたがいなけりゃこんなことまでわかりはしなかった。あんたのお陰であいつらのことが本当にわかってきたんだからな」

その後松前は何もいわず天井を仰いだまま堅く目をつむり何かを懸命に考えていた。それがあんまり真剣そうなので俺は待ちながらただそんな彼を眺めていた。

しばらくして向きなおると、

「すまないがもう一度、彼を見つけた時のことを話してくれませんか」

で俺は話した。

「季節はいつ頃」

「九月の終わり頃だな」

「何時頃」

「四時くらい」

「辺りの様子は」

「様子って」

「穴の中だったんだろう」

「ああ、あの山の裾野のあちこちにある風穴だよ」

「明りは」

「あんた何をいいたいんだよ」

「四時じゃもう外も暮れかかっていたろうな」

「ああそうだ、太陽はとうにでっかい山の向こうにいたからな」

「じゃ穴の中は暗かった」

「そうだよ」

「だから明りなしには探せなかったろうね」

「ああ、だから持っていた明かりをつけた」

「どんな」


いわれて相手を見返したね。

「いつも持っているこのペンライトだよ」

「それで余所も照らしてみたの」

「みたさ」

「仲間を呼んで彼を収容した時、他のもっと大きな明りはあったのかね」

「いや、あれは外が暗くなるまでやる作業じゃないしな、俺は偶然に持っていたが。それまでに風穴の中を探したことなんぞなかったし」

相手は黙ってじいっと俺を見つめてきた。

「あんた、何をいいたいんだね」

「いや、あんたに感謝こそすれ咎める者などいやしない。でもね、もう一度そこへいく必要があると思う。俺を是非連れていってもらえないか」

「おい、本気かね」

「本気だよ、頼みます。あの後あいつが二度もあんたの前に現れた訳はそれなんだ」

両手を合わせていった。

「わかった」

思わずいってしまった。

この松前があの男のどんな友達だったのか知らないが、いわれて感じるものがあったんだよ。あの出来事の中で、迫っていた時間と事の意外さにあおられ見落としていたものがなかったとは俺にもいい切れなかった。

帰りの車の中で思った、だけじゃなし声に出してあの男にいってやったね。

「お前わざわざああやって現れたのなら、何で一度で片づけさせなかったんだ。こっちは忙しい体なんだぞ」

次の夜早目にカッちゃんの店に行った。俺としても今度の山行きには誰か確かな同僚が要るような気がしてならなかった。

そもそもは彼の店から始まったことだったが、今までは彼にも話していなかった。彼のかみさんてのがとても怖がり屋だったし。

「実際の話かね」

眉を顰めてカッちゃんはいった。

「あんたあの時、実は一番上の兄さんが北海道で自殺してたんだっていったよな」

「ああいった、あんたらが明日青木ケ原へ自殺人の山狩りに行くといってたからな。じゃなきゃあんなこと打ち明けはしない、確か吉田の市議のトミがいたよな、あいつが見つけた死体のことでいろいろ蘊蓄《うんちく》傾けていやがったし」

「あの時そこの隅っこの席にいた見知らぬ客が

興味を持って、わざわざ自分も連れていってくれと頼んだんだ、で連れていってやった。その客だよ」

「そういえば、いたな。何か派手な色の物を着ていた」

そこでまた一連の話。

聞き終えてカッちゃんは長いこと黙ったまま俺の顔を見つめていた。

「で、あの刑事は何といってた」

「あいつにはまだ全部は話してない。でも何かわかったら俺にも教えろって、刑事にしても半分は本気にしてるみたいだな」

「そりゃあんたのいうことだもの、馬鹿なとはいうまいよ。でもそこまで聞いといて、何かわかったらというのは、何かね」

じいっと見つめて、

「あんたその彼の友だちのいったこと、どう思ってるのよ」

「いわれてみりゃ、あの時あそこはもう真っ暗に近かったからな。俺にしてみりゃあの奥の岩の棚の上にあいつの黄色いウインドブレーカーが風にぱたぱたあおられていて、確かめたらあいつがそこにいた、ついさっきまでいっしょに歩いてきた奴がまさにあそこにいたってだけでもう十分だったよ」

「そりゃそうだ。あんただからよくもったことだ」

「ああ、腰を抜かす暇もなかったぜ」

「で」

カッちゃんは俺の顔を覗きこむようにしていった。

「でだな、あんたもいっしょにいってくれないかな」

いわれたことをゆっくり嚙んで呑みこむようにして、

「なんでだね」

「いや、ここまで来たらこのことに俺なりの確かな証人が要る気がするんだよ。あいつらは間違いなく二人して死んだはずというあいつの友だちがいる限り、勿論その男も連れていくが、彼のいってることが当たっていようがいまいが、とても俺一人で納得しきれないような気がしてね。あいつに会ったのもこの店でだったからな」

いったら黙ってしばらく俺の顔を見つめていたが、

「そうだろうな」

頷いてくれた。

「あの刑事は」

「いや、あいつは俺たち三人の後にだと思う」

「そうかもしれないな」


三日後東京の松前に電話し山中湖のインターで待ち合わせて青木ケ原に向かった。

素晴らしい天気で富士山は裾野から頂上まで見はるかせた。東京者の松前は目的を忘れて途中で車を止め、山を仰いでしきりに感動していた。

自衛隊の演習地の辺りはススキが真っ盛りで、見渡す限り一面銀色の穂が連なって山を背景に眺めると、裾野をまるで大きな川が流れているようだった。

季節はあの時とすこしずれていたが、時間は早く余裕はあった。それでも辺りの景色にそう見覚えがあるはずもなく、見当はつけていったがあの斜面の中の小高い溶岩の丘にたどりつくまでに二時間近くかかった。

あの時と同じように裾の左側から巻いて上がり、覚えていた二本の大きなブナの間に風の吹き出す風穴の暗い入り口が見えた。

立ち止まり二人に振り返って、

「ここだよ、間違いない。あの穴の中だ」

いったら二人はためらうみたいに立ちすくみ、固唾を呑みながらうなずいてみせた。

風はあの時よりなぜか強く吹き出してくるように思えた。

今度は三人とも手元に十分な明りを用意していた。

俺が先頭きって入ろうとしたら、松前が立ち止まり穴に向かって両手を合わせた。なぜだかカッちゃんもそれに倣《なら》ってみせた。しかたなしに俺もそうしたよ。しかしあの男はもうここでは出迎えてはいまいと思ったがね。

中に入って振り返り、

「入れよ」

促したが松前の方が臆したみたいに立ちすくんだままで、カッちゃんの方が大胆にずかずか入ってきた。そして松前もおずおずと。

そのまま惚けたように立ちつくし押し殺した声で、

「ここかね」

「そうだ、ここだよ」

俺はいって明りで指すようにあいつのいた左手奥の岩の棚を照らしてやったが、松前は逃れるみたいに手元の明りで天井とか逆の奥の方ばかりを照らしていた。

ぼうっとした顔で立ちつくしたままでいる松前に俺はもう一度奥の岩棚を照らしてやり、

「あそこに、あんたの友達がいたのさ」

いって促すように相手の顔を照らしてやったら、彼はまぶしさに顔をしかめながらそれでも明りに向かって深くうなずいてみせた。

「あんたが上って見てくれよ。俺は彼女の顔を知らないからな」

いったら、

「わかった」

うわずった声で答えてうなずき、俺と入れ替わって岩の棚に手をかけた。その時なぜだかカッちゃんが俺の袖を手で強く引いたが、俺は、ああやっぱりこの男はあいつのいい友達だったんだな、と思った。

棚に上りきった松前が上から俺に振り返り、

「そのもっと奥をだ」

俺はいってやり、彼は奥に向かって這いずっていった。

何かを越えようとして苦労する息遣いが聞こえ、しばらくしたら何かうめくような声が聞こえてきた。

「どうした」

叫んで尋ねた俺に、何ともいえぬくぐもった低い声で、

「いたよ、やっぱり」

彼は答えた。

あの男が寝ていた岩棚の奥にさらに右から張り出した岩があった。そしてそれを越えた左に曲がって広がる棚の上に女がいた。あの時あの

時刻に、俺の持っていた小さな明りでは照らしてもとても届かぬ場所だった。

二人して引き出し下からカッちゃんが支えて下ろした女は、あの時のあの男と同じように冷気に晒されるままに透き通ったように白い顔色で、それでもそのまま起き上がってきそうな、多分まったく元のままの姿だったろう。

穴の外まで抱え出し地面に横たえた女をあらためて眺めおろしながら、

「間違いないんだな」

俺はいい、

「間違いない」

松前はいった。

「あんたのいった通りだったな」

「ああ、やっぱり間違いなかった。あいつはこういう奴だった。絶対に一人で死ぬことなんぞなかったんだ」

俺を見つめなおし強い声でいった。

「そうか、なら悪かったな。あの時俺は急いでいたし——」

「いや、あいつもこの人もあんたには感謝しているよ、絶対に」

いいながら促すみたいに横たわった女に向かって手を合わせてみせた。

で、俺もつい手を合わせて、

「遅れて悪かったなあ」

いってやったよ。

見つけた彼女をそのまま背負って帰る訳にはいかず、富士吉田の刑事を呼んだ。

刑事は間もなく他の同僚を連れてやってきた。

風穴の前に横たえられた女の遺体を眺めて絶

句し、俺を振り返ると、

「やっぱりそういうことだったのか」

「そういうことだったよな」

「俺にはわかるようでわからん、わからんようでわかる気がするよ」

「それはどういうことよ」

いったら肩をすくめ、

「警察にもわからんことは沢山あるよ。しかしこれは、俺たちの手をまったく離れたとこの話だ。そうだろう、だからあんたが頼られたんだ」

「民間の協力ということかね」

「そうさ、警察なんて狭い世界をしか扱ってないんだ。だからあんたが選ばれたってことだ」

身寄りがないのはわかっていたから、遺体はすぐに荼毘《だび》に付され、松前のいうことを聞いて青木ケ原の無縁を預かっている納骨堂に、寺に頼んであの男の遺骨に並べて置いてもらうことにした。


それを見届けて帰った日の夜一晩中、季節には早いみぞれ混じりの雨が降り強い風が吹いた。その真夜中に、外の嵐の音を聞きながら夢を見た。

俺は先日松前と一緒に見た富士山の裾野のススキの原の前に一人で立っていた。

空は晴れ渡り一面のススキの穂が風になびいて川の流れのように見えた。その内にそれが本当の川になって音を立てて目の前を流れている。その遥か向こうに、もう肩に雪を帯びた富士山がくっきりと聳えて見えた。

そしてふと気づいたらその川を渡ろうとしている人間がいた。二人連れで手を繫いで広い川を渡ろうとしている。危ない気がして声をかけて止めようとしたら、それで気づいたように男の方が俺に向かって振り返った。

あの男だった。黄色いウインドブレーカーを着ていたよ。

俺がまた叫んだ声が届いたように男はうなずいてみせた。男は女に向かって何かいったみたいだが、女は振り向きもしなかった。

そして男が促すと手を取りなおし、二人はそれきり振り向きもせずにススキの川を渡って真っ直ぐに富士山に向かって消えていった。

やや暴力的に

救急病院にて

救急医療に関してはこの地域では最も充実しているとされている病院の構内の一角にある認知症患者用の病棟から、患者の一人が転倒しどうやら骨折したらしいとの連絡があり、宵の口でしたがその夜は当直の予定の私が出向きました。

患者は見知りの老女でしたが、いつもならなぜか私をすぐに見分けられる彼女は怪我のショックのせいか、ただ無表情に私を仰いでいました。転倒し骨折した苦痛で認知症が加速するという事例はままありますが、それにしても今見る彼女は別人のようで、薄目を開いたままどこかを凝視して何かわからぬ言葉をつぶやきつづけていました。

それまでは彼女がなぜかこの私だけを視認することが出来たのには、ある挿話がからんでいたと思われます。いつか入院患者全体への回診の時、内科医に同行していった初対面の私に、彼女は新規に見るスタッフにいつも自分の身の上について同じことを話しかけるのだそうですが、実は自分の家は神田の本屋街の中にある薬屋で、隣の店は医学書専門の有名な松野書店だと話しかけてきました。

私は以前松野書店にはよく出かけていて、実家が割りと裕福だったせいで親にせびっては外国の新しい外科手術に関する医学書を買い求めたり盗み読みしにいったものでした。

その隣に薬屋があったかどうかは覚えていませんが、松野書店と聞いてなつかしく、私がよくそこへ行ったものだと応じたら彼女がそんな私を昔よく見かけて覚えているといい出しました。私はその隣の薬屋でものを求めたことなど一度もなく、彼女が何年も前に隣の本屋に時折出入りしていた私を認めて覚えている訳などありません。驚いて問いなおそうとした私を横にいたヘルパーがたしなめる仕草で、

「そうよ、そうなのよねえ、先生もあなたのお店を覚えているそうよ」

いわれたら彼女が顔を輝かせて、

「そうでしょ、そうなのよ、だから私もあなたを覚えているの」

手を差しのべていうので、私もうなずいてその手を取りました。

部屋を出て聞いたら、ああした認知症の老人たちのある者は、それなりに忘れ去られようとしている人生の記憶の部分にすがっての作り話で、わずかでも立ちなおれればと努めるそうです。それが何をどれほど取り戻すよすがになるかはわかりませんが。一種の防御本能のなせる

術《わざ》でしょうか、それを「作話」というそうです。

しかしそれ以来彼女は私の顔を見ると、あの後ヘルパーに聞いたらしい私の名前をはっきりと口にするようになりました。それは彼女にとっては新しい「認知」なるもので、少なくともプラスの現象だということでした。

私の専門は外科ですから何かない限り認知症患者の病棟に出向くことは滅多にありませんが、あの後彼女が時折私の名前を口にして会いたがっている様子だというので、暇な折には散歩のつもりで顔を見せに出向いてやることもありました。

そんなある時、入院患者たちのおやつの時間でしたか、七、八人がサロンに集まっていた時に顔を出すと、彼女は私のことをなぜかまた得意気に神田に住んでいた頃からの見知りで、今はこの病院の外科の先生なのだとみんなに紹介しました。それが間をおいて二度、三度、四度と続き、紹介される側の私からすると同じ話をくり返す彼女も、それにその度うなずいて納得をくり返す老人たちもやはり異様なものではありました。

そしてその内彼女が音頭をとって、昔々の新派狂言「浪子と武男」の悲恋物語『不如帰』の主題歌のもの悲しい数え歌を歌い出したものです。

その数え歌は、私の祖母が孫の子守の折々に歌って聞かせてくれていたもので私もおぼろげに覚えていました。

「一番初めは一宮」「二は日光の東照宮」から始まって、十まで地名とその土地のお宮の名前を歌い上げ、「さんざんこれだけ願かけて、浪子の病気は治らぬかー」、と。

彼女の人生の中でその歌がどんな意味合いを持つのかは知りませんが、彼女が懸命に歌い出すのにつられて同じ年頃の老人たちが、彼等の人生の遠い記憶のどこかに繋がるのでしょう、みんな目を細め小さく手を叩きながら彼女に従って歌うのでした。

歌の文句が六、七まで来た後、突然彼女が口ごもり、

「あら、八、ああ九、駄目ね、忘れてしまったわ」

つぶやいてうつむき、首を傾げ目をつむり懸命に努める様子で、

「ああっ、十、十はそう、十は東京の大神宮よねー」

そうして気を取りなおし、

「十は東京の大神宮。さんざんこれだけ願かけて、浪子の病気は治らぬかー」

なんとか歌いおえたものでした。

そして皆はそれを称えるように一斉に拍手していました。

そんな光景を眺めながら私は感動ともつかぬある奇体な思いに駆られていました。

この痴呆という忘却の魔の手に捕らえられた老女たちの喪失に晒《さら》されている記憶の淵での、忘却の中でのさらなる忘却とは一体何なのだろうか。もし誰かが横で彼女が忘れてしまったこの数え歌の八番、九番を口移しに伝えてやったなら、それをきっかけにして彼女が喪いつつあるものの何がどれほど蘇るのか。

あるいは、何かが挟まって半ば動かなくなっていた機械が、突然それが外れて蘇るように、

また完璧に動き出すことがあるのかないのかと。

しかし残念ながらこの私も昔聞き覚えていたはずの、あの数え歌の喪われた八番と九番を思い出すことは出来はしませんでしたが。

並みの人間の物忘れと痴呆での物忘れとは決定的に違います。普通の人間は百から七を引かせ、さらにそこから七を引かせれば、幼い子供でない限り大方九十三から七を引いて八十六と答えられますが、認知症患者は九十三まではいけても、その九十三が覚えていられないから次の計算が成り立たないのです。


そしてその彼女は手洗いで転んで右の股関節の骨を折っていました。そのショックは彼女の痴呆をさらに深めたようで、彼女は駆けつけたこの私を最早認知出来ませんでした。


彼女の股関節の手術は私が執刀して無事に終わりました。

しかしその後が厄介なのです。股関節は人間の生活にとって欠かせぬ部分で、ここで体を支えぬと身動きが取れず生きてはいけません。そのためには手術後出来るだけ早くリハビリの作業に努めぬと歩行は不可能となり、普通の人間でも老化が進みます。

この先彼女は果たしてどんな人生の軌跡をたどっていくのだろうか。


その日は日が暮れてから急に雨が降り出し、うそ寒い季節の暗い陰気な夜になりました。こんな夜には交通事故が起こりやすいものだよなあと夜食をとりながら同僚の医師と話していた矢先、救急車から連絡が入り近くの街道でとんでもない事故が起こったとの報《しら》せでした。

事故の現場は最近開設されつつある未完の街道で、そのせいでまだ街灯の整備もなく、そこを飛ばしてきたバイクが、カーブのある路上で荷降ろしをしていたトラックが後ろの荷台の壁板を作業の都合でか水平に倒したままでいたところへまともに突っこんでしまい、バイクに乗っていた男の首が刀で殺《そ》いだように切り裂かれてしまったそうな。

「で、その首は」

尋ねた私に救急車の乗員は、

「折れているようですが、繋がってはいます」

「わかった、ならっ」

私は答えました。

状況からすれば当事者は多分死亡していることでしょうが、頭部離断していない限り現場の救急隊員が死亡と見なすことは出来ません。列車への飛込み自殺を図った者にしても、たとえ手足がばらばらに轢断《れきだん》されていても首さえ繋がっていれば「社会死」ということにはなり得ない。私は事故者をこちらへ搬送するよう指示しました。そうした事故の当事者の死亡を判断出来るのは警察ではなしにあくまで医師でしかないのです。

運びこまれてきた若い事故者の体は血だらけで、無残極まりないものでした。トラックの荷台の鈍く厚い鉄板が、かなりの速度でつっこんできた男の首を殺いでしまったのです。

彼の頭のねじれた位置角度から見ても、呼吸のしようのないことからも、一目見るなりことが切れていることがわかりました。しかしたとえ皮一枚でも首が胴体に繋がっていれば、警察も救急隊員もその体を救急病院へ運ばせなくてはならない。

これは法規による規定というよりも、周りで扱う人間たちの他人ながらも生への執着というか、それとも現代の医学への期待というのか、ともかくも社会的規範なのです。

私は一応手術台の上に乗せられた体を点検して死亡を宣告し、警察への手続きをまとめました。

そして遺族がやって来る前に警察立ち会いの下で、皮一枚の首を胴体に繋いでやる作業はしておきました。

その作業が終わってすぐにまた別の救急報告が届きました。

夜十時すぎにある駅で何の弾みでか女性が電車とホームの間に落ちて挟まり、片足が引きちぎられたそうな。救急車からの報告では片足は切断されたようで、当人は失神状態だが脈拍はあるとのことでした。

間もなく運びこまれた患者は二十歳そこそこのまだうら若い女性でした。

一見して足は股関節の下十五センチほどの辺りで挟まったまま電車に引きずられてねじ切られ、彼女もまた先刻の男と同じように、足の腿《もも》の肉ははじけていましたがまさに足の皮一枚に繋がれてはいました。

救急隊員が足が切断されていると報告してきたのはむべなるかなということです。

しかし私たちは合議し、砕けた大腿骨を切断せずになんとか繋ぎとめようと決めました。こんな若い女性が命はとりとめてもこれからの一生片足で過ごすよりも、足の機能は損なわれてもなんとか両足を備えて生きていければそれに越したことはない。足の機能を果たすための神経が巧く繋がらずに、足の動作のための神経を通じての電気信号が十全に通じはしなくても、五体そろって生きていればこれから恋愛もし結婚も出来るはずだろうから。

切開してみると骨盤も事故の衝撃で骨盤輪が粉砕骨折していてかなりの重傷でした。そんな状態で足を切断するかしないかの判断の方程式は血液の循環が保たれるかどうかですが、現代では血管の縫合の技術は格段に進歩していて、神経の繋ぎは予後を見なければわかりませんが、血管だけは自信がもてます。

その前に砕けた骨盤を繋ぎ合わせ元の形に修整し、各部分にボルトを通して金属の棒で患者の体の外のベッドの上の梁《はり》に繋いで骨盤を固定させました。

現代の医学の進歩は助命に関してはたいそうな進歩をとげていて、その意味では救急病院の仕事は大掛かりなものになりました。うちではあまり例がありませんが、火傷にしてもベトナム戦争の頃は戦闘で全身火傷をした兵士を、熱傷面積を減らして命だけは救うために両手足を切断したりしたそうですが、今では皮膚の移植技術が進んでそんな乱暴なことはせずにすみます。

外科手術の進歩は戦争のお陰といえそうです。アメリカのように始終あちこちで戦争をしている国であるからこそ、兵隊の助命のために外科の技術が進歩したというのは皮肉な話です。

彼女の救急手術も粉砕された骨盤の修復から腿の骨の接合、そのためにまず血管の縫合と多岐にわたりましたが、後から駆けつけた医師たちとの協力作業でなんとか成功しました。十時間にも及ぶ大手術でした。

手術が終わった頃はとうに夜も明けていましたが、患者の足はなんとか切断されず繋がったままですみました。

私は過去に似たような手術に立ち会ったこともありますが、その時は患者の足はどうにも繋がらずに切断されてしまいました。患者はかなりの年配者でしたが手術台に残された片足を眺める医師の心境と、今回のまだうら若い女性の足が切り離されずにすんだ時の感慨はしみじみかけ離れたものです。

それはなんといおうか、医師という個人の感慨などではなしに、こんな病院があってよかったという妙に広々したものなのです。それにしても昨日から今朝にかけての出来事の連続は、私にとってもかなりのものでした。

しかし爽やかな朝ではありました。

計画

半島の先端に近い高台の屋敷の広いサロンの、床から天井に届く巨《おお》きな一枚ガラスを連ねた窓越しに、眼下の磯の彼方に広がる相模湾が一望に見はるかされた。遠い水平線にくっきりと島影が見える。海は凪《な》いで、はだらに淡い風の影が広がっていた。

「あれは」

指して問うた客たちに、

「伊豆の大島だよ」

主人が答えた。

「随分近く見えますが、ここからどれほどあります？」

「四十キロほどと聞いているな」

「そんなに。しかしもっと近く見えますな」

「ああ、日よりによってな。この分だと明日は雨だよ。雨の前にはああして島がよく見えるものだそうな、家に魚を届けにくる漁師から家の者が聞かされた。確かにそうだな、ここへ移ってきて、海についていろいろ教わることがある。

もうじき日が暮れると島の風早崎《かざはやさき》の灯台が光って見えるよ。灯台というのは海を隔てて見るといいものだな」

「しかし、随分凝られたお宅ですなあ。軽井沢の方は飽きられましたか」

「元々海の方が好きだったんだ。あっちは昨今どうもやたらに開けすぎたな。新幹線までやってきちゃあ、そこらの並みの町と変わらないよ。ここらの海辺は元々限られた者たちのものだったし、今でもそうだ。この上の台地は隠居の世界さ。ものを考えるには実にいいよ」

いわれて客たちはこもごも、初めて訪れた家の広いサロンをあらためて眺めなおした。

コンクリートを打ち放した壁と天井を太い無垢のチークの柱と梁が支え、床は磨きぬかれた純白の大理石が敷かれ、正面の壁には五十号を超す大幅《たいふく》のマネが飾られ、向かいの壁にはこれもかなりの大きさのカンジンスキーが掛かっていた。そして海に開いた窓と向かいの奥の壁には李朝時代の凝ったコファの上に、正に本物の、見事な唐三彩の馬が一騎据えられていた。

「立花も間もなくまいります、久里浜の防大での講義を終えてその足でですから。しかしそれまで、この眺めを前に一杯頂きたいものですな」

一人がいい、

「結構だ、しかし飯は話の後にしよう。ことがことだからな」

肩をすくめながら主人がいい、客たちはうなずいた。

「飲み物は自分たちでやってくれ。他に要るものは持ってこさせるが」

片隅に置かれたスピリッツからリキュールまで二十本近い酒瓶を並べた車つきのワゴンを顎で指し、

「シャンパンも冷えているがね」

「前祝いですかな」

いった一人に、

「そうともいえまい。本来はせずともいい、せずにすませたい仕事じゃないか」

「ま、そうではありますが、これは必ずいい示しになると思いますよ」

「そう願いたいもんだな」

いわれた一人がワゴンに近づき酒瓶を物色しながら、主人に振り返り、

「会長は何にされます」

「私かね」

「いつか軽井沢の別荘で頂いた、手作りのマテイーニの味は忘れられませんな。あなたにあんな腕があるとは存じませんでした」

「別にことさら凝っている訳でもないよ。マテイーニは男の酒だからな、口にしてまず、じぃ

んと強いものじゃないとね。今さら講釈するつもりもないが、そのためにはまず入れ物を十分冷やすことさ。そしてジンをジンとは感じさせずに、しかしベルモットはあくまで入れてもその味を立たせないほどにだな」

「なるほど。でも、どこでそんなことを覚えられたんです」

「若い頃、道楽の合間にね。私の父親がよく使っていた昔の東京會館のバーテンダーから教わったよ。しかしこの頃じゃあそこのバーもろくなカクテルは作れんな。代わりにビールを置くようになった、時世だな。

しかし、もう今さらそんなことをいってもしかたがあるまい。こちらも酒や女に凝る根気もなくなったよ」

「ならば後は、国家だけですか」

「まあ、そういうことかね。この相談は私が君らに残せるせめてもの遺産ということか」

いった主人を二人の客は黙って見返し、うなずいてみせた。

立花がやってきた頃、他の客たちは食前酒のワンラウンドを終えていた。

立ち上がって迎えた主人に深々低頭する客に、

「いやご苦労だったな。で、君はあそこで何を受け持っている?」

「情報分析を軸にした国際関係論です」

「で、学生たちの受けはどうだね」

「立花の講義は防大の名物の一つであります」

他の客の一人がいった。

「それはいいな」

「いえ、私なりのことをのべているだけですが、ただ、していていささか虚しい気もしないでもありませんな、政治が今の体たらくでは。学生たちは真摯《しんし》に聞いてくれますが、彼等がいつか将来命も懸けようという事態の時、この国はそのために一体何が出来るのでしょうかね」

「まったくだな」

主人はうなずきながら新規の客に酒を促した。

「いろいろ懸案もありますが、特に政府がやろうとしている中国との新規の通商条約はたいそう危険なものに思われます」

口を切った中岡を封じるように、

「いや、思われるどころか、危険そのものだ。危険を過ぎて、まさに売国的だよ」

大川がいった。

「そんなに危ういかね」

念を押した主人に、

「覚えておられませんか、大分以前のことですが、クリントン政権の末期にアメリカは突然多人数のデリゲイションを送りこんできたことがございました。目的はわが国におけるデューアル・ユース・テクノロジーの調査ということでした」

「デューアル？」

「はい、日本ではごく当たり前、日常の用途のために使われている技術に、実は軍事目的に転用すれば極めて有効なものがあると気づいてのことでした。発端は二〇〇〇年の初め頃にSONYが発売した子供のゲーム機器に搭載されているマイクロチップの機能が、当時としては世界最高の百二十八ビットあったことです。彼等は仰天しましてね、なにしろ当時のアメリカの宇宙船の搭載機器に使われていたチップの容量は大方が三十二ビット、特に重要な機器に収《しま》われていたものでも、せいぜい六十四ビットでしたから、連中は腰を抜かしましたな。

能天気の日本人に、それをそのまま北朝鮮や中国に輸出されたらかなわんということで、例の年次改革要望書の内容にも勝る特例として、当時の政府に要望というか、秘密裏に禁止の命令を携えて押しつけてきました。

そのついでに、連中にすればいかにも業腹なことに日本から供給を仰いでいる、すべての高性能軍用機や大型旅客機のコックピットのダッシュボードを形成しているセラミックと、精密計器の文字盤のリキッド・クリスタル、液晶体ですな、それを自国の生産に切り換えようと、企業秘密部分にも属する生産工程の開示を強引に迫ってまいりました。

あちら製の液晶体は軍用機、特に戦闘機の場合、ドッグファイトでの急上昇急降下の際、気温の瞬間的な変化で液が濁ってしまうようです。

私は当時通産省の次官でして、当然反対を唱えましたが官邸に押し切られました。しかし結局、彼等はあきらめましたな。同質のものを造るには倍の時間と金がかかると悟って、やはり日本からの供給に委ねるしかないと。

しかし相手が中国で、しかも先端技術に関する新規の条約を結ぶとなると、内容如何では、逆手どころか、うかうかと連中の軍事強化のために大きな貢ぎ物をすることになるでしょうな」

「今その伝でいけば、アメリカを含めて世界中の国が恐れをなしかねぬ、この国からの貢ぎ物として何があるかね」

主人が質《ただ》した。

「私は技術のさしたる専門家ではありませんが、かなりのものがあるでしょうな、例えば――」

目で促された立花が、

「例えば、二年前、途中故障しましたがそれを基地からの遠隔操作で克服し、七年かけて六十億キロでしたかな、宇宙を飛んで小さな惑星の砂を拾って戻ってきた宇宙探査機のはやぶさ、あれは太陽光のエネルギーを捉えて飛行してきましたが、彼等が心がけている宇宙からの世界戦略にとっては垂涎《すいぜん》のものでしょう」

「かつて中曽根内閣当時、三菱重工がＦＳＸ、次期支援戦闘機の開発計画をしたことがありました。アメリカはそれを嫌いまして、計画を強引に潰しましたな。当時の最先端機Ｆ15、Ｆ16の性能をはるかに上回るものでしたから。宙返りの半径がＦ15、Ｆ16の半分ということだったから、ドッグファイトとしてかなう戦闘機は有り得なかった。で、彼等の提案はというより押しつけは、Ｆ15を共同改良して二国だけで使用しようということでした。

結局それを飲まされた中曽根首相のいい分は、あまりアメリカを怖がらせてはいかんという、訳のわからぬものでしたな」

「しかしその後レーダーに映りにくいステルスのＦ22が出来たら、アメリカは実戦シミュレイションの結果Ｆ22の圧倒的な高性能故に、日本には売らないといい出したな」

「しかしステルスの機体に塗る特殊塗料は日本製だったがね」

「ですが会長、こと相手が中国となるとそれではすまぬと思いますよ」

立花がいった。

「彼等はアメリカとは違って、当然、航空機に限らず最新鋭武器の共同開発を持ちかけてくるでしょう。日本も当面の利益のためにそれを受ける。その過程でわが方の技術はすべて盗まれます。今度の条約にはその規制がない。かつてドイツから盗んだリニアモーターカーの技術と同じことに必ずなるでしょう」

「なるほど。しかし中国というのは思っていた以上に早く厄介な相手になったものだな」

慨嘆した主人に、

「それも自業自得でしょう。この国はろくな外交も出来ず、アメリカの囲い者のままにきたのですからね」

「まったくそうだな、私ぐらいの年の人間はこの国のまさに栄枯盛衰を今まで眺めさせられてきたからね、またもう一度この国が倒れるのを見たくないよ。ただそう願っているが、願うだけではしかたがないからな」

「ですからこそ、なんとかしませんとね」

「その一つとして――」

「その一つか」

「一つ一つ積み上げていくしかありますまい。昔誰かがいっていた政府が軍を使っての反クーデタでもせぬ限り」

「ま、それは無理だな」

「でしょうから」

「しかし今の政府も結局昔と変わらんな、政治家という手合いは何を考えているのか、というより何を願っているのかね」

「結局ただの保身でしょう。そしてそのための金、ですか」

「金かね」

「今度の条約も、いい出している当人とあの国の関わりはかなりきな臭いものですな」

「しかし総理はそれに気がつかないのか」

「総理も一蓮托生かもしれませんな。彼の関心は経済経済ですから、煎じつめれば金ということになりかねませんな」

「その額が大きければ大きいほど国民は気づかない。何年か前、出来事からしばらくたってアメリカの政府筋が発表した例の湾岸戦争の折の日本からの戦費の拠出額、驚きましたな。ただの百億ドルということでしたが、実際には当時の財務長官のブレディが飛んで来て、最初は政府を脅してまず四十億ドルせしめて帰り、それに味をしめて半年後にはさらにもう九十億ドルといってきた」

「そうでしたな、私は当時内閣官房の審議官でいましたから、あの騒ぎは横で眺めておりました。政府もさすがに一存ではすまされず補正予算を組んで、九月に臨時国会まで開いて拠出しました、併せて百三十億ドルです。ならば後の三十億ドルはどこへいったのですかね。ブッシュ大統領一人の懐ですか、しかしそれじゃあまり酷《ひど》すぎる、日本側にもキックバックがあったという向こう側での記事も出たが、その受け取り人は誰なんです。当時の総理は海部という竹下派の操り人形、それを作ったのは自民党を牛耳っていたあの二人でしたな」

大川がいった。

「若い方がその金の操作にロンドンまで出向いたという記事がどこかに出たが、日本のメディアは腰が引けてか無知でか、一向に問題にはしなかった」

「なるほど、この国を救うためには、君らがいう一つ一つ積み上げるということだな。連中がこの件で本気でいるならそれしかあるまいな。しかし昔ならこんな仕事は別の立場の人間たちが願われずともやったものだが」

「それはもう当節望み薄ですな。死んだ三島由紀夫が、健全な民主主義のためには健全なテロルが必要だといっていましたが、もうそんな担い手はどこにもおりませんよ。しかし悪しきものごとはどんどん進んでいく――」

「だから会長」

「わかっている、しかし暗殺というのはあまり気持ちのいいものじゃないがね、若い頃インドネシアでの資源獲得の工作で一度ある筋と謀《はか》ってある人間を除いたことがあるが、お国のためにはなったが、後味のいいものじゃありはしない。しかしこの国がここまできてしまうと、しかたあるまいなあ。それで、そのための手筈は確かについているのかね」

「間違いございません。相手の動向は綿密に調べがついております。ただ、いつにという判断ですが」

「いつだね」

「条約案が閣議決定され国会の本会議に政府提案として上程された時でしょうな、それで彼等が本気ということになりますな」

「わかった、ならばそれを見届けよう」

　ひと月ほどしてのある日の午後、家の主人は二階の自室で国会中継のテレビを眺めていた。

新しい条約についての政府提案演説を聞きながら、首を傾げ眉を顰めながら途中で手元のバーのスウィッチでテレビを切ると、手を伸べ横の小机に据えられた電話のボタンを押した。

出た相手に、

「今、中継を見ていたよ。これはいかんな、やはりあの男にあんなことをさせておく訳にはいくまいな」

「わかりました、ならば計画の通り」

「そうしよう、それしかあるまい」

短く嘆息して主人はいった。

リングの下で

ファイナルの前の試合はなかなかのものだった。ランキング二位と四位の二人だったが、最終回に入るまでの二人の得点はほとんど五分だったろう。

「延長をいれますかね」

隣の事務長の川野がわざわざ質してきた。

ファイナルの試合が観客にとってお待ちかねの、特別のものだったせいだろう。圧倒的に強かったチャンピオンの藤川に、国際式ボクシングの東洋選手権を取っていた西村がキックボクシングに転向して挑む第一戦だった。そしてこの試合の実現の前に、知る者ぞ知る微妙な伏線があった。

当時のキックボクシング界は二つに分かれていて、一つはMTV系列のそれで私が請われていてコミッショナーを務めてい、片方はDBS系でそれぞれ試合の中継も異なり、どちらかといえば相手側の方が人気だった。

その訳は、彼等には沢井という人工的なチャンピオンがいて、彼の「飛び膝蹴り」なるものが必殺技とされていたからだが、これは実はまったくのいんちき技で、彼の試合のヴィデオをスローで回して見ると、相手が、膝が当たってもいないのに倒れてしまうのがよくわかった。

それでもなお、プロットの通りに進むプロレスリングの試合と同じようにある種の観客たちにはそれはそれで魅力で、一応鍛えた肉体を使ってのショーを眺めるエクスタシーはあったのだろう。

かつて圧倒的な人気を誇っていた力道山が私に、日本の観客はプロレスのドラマの意味がわかっていないからかえってやりにくいといっていたのを思い出すが。

そんな本音の愚痴を聞かされた上で思い出すのは、いつかテレビで見たプロレスで、ハルク・ホーガンという金髪の男前のレスラーが日本での試合で、これまた有名な日本のレスラーに見事な技が決まって勝った、というより勝ってしまった。相手はしばらく起き上がれずにいたが、その横でレフリーに片手を挙げて勝利を宣言してもらっているホーガン自身が一向に嬉しそうではなしに、その間中リングの上で落ち着かずしきりにきょろきょろと周りを気にして見回し、その後そそくさとリングを降りてしまった。

眺めていてなるほどなと思った。つまりあれがアメリカ辺りでの試合だと、予定を違えて勝ってしまった選手は試合を興行しているうるさい連中に後で酷い目に遭わされてしまうのだろうと。場合によったらどこからか狙撃もされかねまいということだ。

昔ワイズ監督の渋い名作、これも渋い名優のロバート・ライアン主演の『罠（ザ・セットアップ）』という映画を見たことがある。

落ち目の、というかもう盛りを過ぎたボクサーが、ギャングの仕込んだ、新人を売り出すための試合に八百長を頼まれて断り、意地を出して本気で戦い勝ってしまう。そしてその後ロッカールームで襲われ手を潰されてしまうというプロットだった。ホーガンもあの映画を見ていたのかどうかわからぬが。


あの頃MTV側は相手の人気に焦って、こちらも沢井のような人工的なチャンピオンを仕立てたがって、国際式では限界を感じていた西村にキックに転向してもいいという意向があると聞いて彼をその候補にと考え相談を持ちかけてきた。

私は即座にそれを断った。テレビ会社が興行成績のためにそれを行うのなら、会社から頼まれてコミッショナーになった自分だがこの際辞任させてもらう。その訳は、こちら側には真摯に訓練を重ねて真の技を磨いた選手たちが大勢いて、現に藤川はキックの発祥地、本場のタイのムエタイでの選手権を取ってさえいるのだ、そしてそれを評価し本物の技を楽しみにしている観客が大勢いるのだからと。

そしてもし周りから辞任の訳を問われたら、記者会見をして実情を話すといったら会社もあきらめてしまった。


ということがなぜか周りに漏れて伝わり、選手たちを代表し藤川が私に礼をいいにきたものだった。

そしてフェイクのチャンピオン候補に上げられる予定だった西村にもそれが伝わり、国際式のリングを降りる決心をしていた彼が、俺も痩せても枯れても国際式での東洋チャンピオンだ、キックへの転向第一戦は八百長なしで戦って必ず勝ってみせると広言していた。

その夜のファイナルはまさにその試合だった。

そんな話題が世間の注目を集めてその夜の会場は超満員で、その熱気に応えてかファイナル前の試合もデッドヒートとなっていた。

決め技が多彩で破壊力のあるキックの試合は三ラウンドが限界で延長はあってもせいぜい一ラウンドしかないが、それも極めて稀なことだった。

しかし試合は最終ラウンドの終わり寸前に思いがけない終焉となった。足蹴りの空振りでわずかにバランスを崩した相手を、片方が試合を決めようと体を逆に捻って一回転させての後ろ蹴りの大技を仕かけ、これもかわされてスリップして傾いたその相手に膝蹴りをぶつけ、その膝がまともに顔面の真ん中、鼻に命中し相手は仰向けに昏倒した。私がそれまで見た試合の中でも、偶然とはいえ絵に描いたような決定的な決まり技だった。

倒れた選手はそのまま起き上がれず、セコンドたちがリングに駆け上がって私の座っていた赤コーナーから選手を引きずり出し担架に乗せて運び出した。私の目の前で担架に乗せられた選手の血を吹き出す鼻は、一目見ただけで潰れた、というより顔面よりも凹んで、顔の真ん中に窪んだ大きな穴が出来ていた。

それは無残を通り越して、人間がその形を人間以外に変えてしまったような不気味なものだった。戦争の中で何か強力な武器に襲われ破壊し尽くされた死体のような印象で、まざまざと死なるものを見せつけられた気持ちだった。私がこの仕事に関わってから初めてのことだった。

この後の試合など忘れて、私も担架を追って選手の控え室に駆けつけていった。

しかし驚くべきことに、ロッカールームのテーブルの上に寝かされた選手は目を開いて息をし、ぼんやり天井を眺めていた。そしてその横に、これからリングに上り初めての試合に臨む西村選手が派手なガウンを羽織りセコンドの兄や他の仲間に囲まれながら、唖然とした顔で運びこまれたものを眺めていた。

そして私を追って駆けつけてきた、まだごく若いコミッション・ドクターがセコンドたちを押しのけ選手を覗きこむといきなり彼の頬を強く叩いて、

「おい、わかるなっ」

怒鳴りつけ、選手は応えて小さくうなずき返した。

その後医者が手にした鞄から取り出したものが意外だった。二本の金属の箸だ。彼はそれを手にし、握り手の太い方をいきなり選手の潰れた鼻の穴に並べて突っこむと、鼻の上側唇の辺りを押さえるように手を添え、手の甲を梃《てこ》の台にして鼻の穴に差しこんだ箸を力一杯持ち上げてみせた。

その強引な梃の原理で、潰れて穴のように凹《へこ》

んでいた鼻はあっという間に持ち上がり、折れて凹んでいた鼻を医者は泥をこねて何かを作り出すみたいに両手で揉んで立ち上げ形を整えてしまった。血だらけの穴はあっという間に元の鼻の形に戻り、ついていた血をガーゼで拭うともう一度確かめるように鼻に手をかけて形を整え、

「よし、これで前よりいい男になるぞ」

医者はいい渡し、いわれた選手も笑い返した。

その後若い医者は何かいうことがあるかと念を押すように周りを見回し、私に向かってうなずくと私を外に向かって促した。

部屋から出しなに思わずもう一度部屋を振り返ってみたが、倒された選手はもうごく当たり前な顔で天井を仰いでい、セコンドたちがようやく彼の体の汗と血を拭ってやり始めていた。

そしてその横でこれからリングに上がる西村が何ともいえぬ、いぶかるような顔でテーブルに横たわっている選手を見下ろしていた。

リングに戻る途中、

「本当にあれで大丈夫なのかね」

私は尋ね、

「大丈夫ですよ、あれしかありゃしませんからね。あいつが興奮している間でないと出来やしないことですよ。後になってしまったら、それこそ大手術ですわ」

若い医者はにべもなくいった。

インターバルを置いてゴングが鳴らされてファイナルマッチがアナウンスされ、まず西側の通路から挑戦者の西村が入ってきた。国際式とは違っての初めての試合のせいか彼の顔はすこし緊張して見えた。

続いて藤川が紹介され、選手権者は赤のコーナーから上がる前なぜかすぐ脇に座っていた私の席にやってき、

「私、今日は足は使わずに腕だけで倒してみせますからね」

小さな声でいって過ぎた。

なるほどなと思った。

主催者のテレビ会社が企み私が蹴ったことの中身を知っている彼としては、この道のトップとしての沽券《こけん》から、国際式と同じ条件ででも俺たちは優れているのだ、俺たちを甘く見るなよという心意気だったろう。

そして第一ラウンド、藤川はいった通り一切足を使わずに戦ってみせた。むしろ西村の方が事前に習ったのだろう足蹴りを見せていたが、藤川は軽くそれをかわし、西村の足は相手に届きはしなかった。観客たちは何を感知していてか、あるいは知らずにか、靴を履かぬ二人の選手が腕だけを交わす単調な試合を沈黙のままに眺めていた。

第二ラウンドも同じように過ぎた。西村も何を感じてか今までの国際式での試合と同じように裸足でのフットワークで藤川を追いつめようとしていたが、藤川は彼よりも軽い足取りでそれをかわし、腕だけの打ち合いは互いにさしたるヒットもなしに単調な二ラウンドが続いていった。

そして二ラウンドを終えてコーナーに戻ってきた藤川に私がいったのだ。

「ここからは足を使え、お客のためにだぞ」

いわれて何を察したのか彼は小さく、しかしはっきりとうなずき、その後確かめるように向

かいのコーナーを見なおしていた。

その時彼が浮かべていた何ともいえぬ微笑をよく覚えている。

それは勝利への確信というよりもむしろ、相手への憐憫をこめた笑みだった。

第三ラウンドが始まり二十秒もたたぬ内に藤川の右からの鋭い足蹴りが相手の左腿に当たり、一撃でよろめいた相手にすかさず今度は左からの回し蹴りがヒットし相手はあっけなく倒れた。

カウントの後立ち上がった相手を見定めて、ほとんど間を置かず藤川の右からの回し蹴りが左腿の前と同じ所に炸裂し立ち木が切り倒されるようにあえなく西村は横転し、彼が立ち上がろうともがく前にセコンドを務めていた兄からタオルが投げこまれた。

足を引きずりながらリングから降りていく相手を見送った後、藤川はゆっくりコーナーに戻ってき、上から私を見下ろすと小さな声で、

「あれでよかったですかね」

といった。

一途の横道

私が母や一族の期待に背いて私なりの脇道を進もうと決めて家を出た時、母の一族を仕切っていた伯母から初めて自分の出自について知らされました。母は二十歳の時に私を生んだが、私がまだ二歳の時父親は私たちを捨て行方をくらましたそうな。

二人の結婚も相手の一族が反対して私の出生届けの方が二人の婚姻届けよりも早かったとか。

そして、

「お前の体にはあの男と同じ血が流れているんだ」と伯母は咎《とが》めていい放ちました。

そういえば私が五歳の時突然見知らぬ男が家にやってきて、玄関近くで遊んでいた私に母への取り次ぎを頼みこみ、上がりこんだその相手と母が何やら激しくいい合う声が聞こえていたが、後々聞いたら男は私の父親で、再婚するために私の認知を取り消したいといってきたそうです。


母親たちの期待とは、中学三年生の時年末に受けた全国共通の模擬試験で私が県内で三番目の成績と知れて教師も学校も喜んで一族に報せてき、当然県立の進学高校に進み、さらに良い大学に進んで良い企業に入りまともな勤め人になることでした。しかし私にはその気はまったくありませんでした。

一族は決して裕福ではなかったが、その頃は私に別の父親がいました。私の姓とは違うその相手を母からいわれて私は「お父さん」と呼ばされていましたが、相手は県内に多い精密機械を作るある中小企業の持ち主で、母はその相手の囲い者、つまり愛人でした。ということで大学への進学には支障はなかったのでしょうが、当の私にはその気がまったくありはしなかった。

勉強での成績も良かったが私はスポーツが得意で、特に野球好きだったが学校のチームは弱くて対抗試合は負けてばかりだった。私にはそれがなんとも不本意でいつも悔しい思いのしつづけでした。

その頃仲間から借りた漫画雑誌で評判だった梶原一騎の『空手バカ一代』を読んで強い刺激

を受けました。私にとってはある啓示のような読み物だった。

そうか、空手でなら一人だけでも勝つことが出来るんだと悟らされた気持ちでした。

その頃母は世話になっていた相手とも別れたようで、相手の家への訪れもなくなり、男日照りというのでしょうか、その代わり時折、誰とは知れぬ相手と突然数日、時には十日も姿を消してしまい、その間私は自分で弁当を作って学校に出かける始末でした。そんな時私が子供なりに悟ったことは、世間では女は弱いが母親となれば強いものだなどとはいうが、母親もふくめて女というのはいかにも弱いものだという感慨でした。

これでは、これからこの俺は一人で生きていくしかないなという実感でした。空手への憧れはそんな自覚に重なったものでした。

そして東京の極真会館大山道場から通信販売の指導書を手に入れ、一人だけでの練習に励んだのです。

高校生の頃母から旅費をせびって東京の西池袋の大山道場に出かけました。あの旅が私の人生を決めてしまったのだと思う。

初めて目にする東京という大都会は何もかもが目くるめかせ、故郷の長野の諏訪という田舎での侘しさが打ちのめされる思いだった。

空手という天からの啓示はさらに新しい啓示というか奇跡をもたらしてくれました。姿を現した大山師範が道場の片隅にかしこまっていたいかにも田舎者風の幼い私に目を止め、声をかけてくれたのです。

どこから来たと問われ、諏訪からと答えたらそんな田舎にこんな幼い弟子がいたのが不思議だったのでしょう、訓示と稽古の後呼び寄せられて身の上について問われ、なぜかこだわりなくすらすらと家庭の事情も含めて打ち明け、大学などへ行くつもりは毛頭なくこの道で身を立てたいのだと話しました。

師範は一つ一つ大きくうなずいてくれ私はようやく自分の人生が開けていくような陶酔を感じていました。あの時の大山師範は結局私にとってまったく不在の父親を代行してくれていたといえるのかもしれません。

私が他の人生の選択を無視し切ってこの道で身を立てていく決心をしたのはあの瞬間だったと思います。

高校の卒業まで待てずに臆することなく家を出て松山の芦原英幸道場に出向いて寄宿入門しました。私が芦原師範を選んだのは彼は当時大山門下で最強の弟子といわれてい、現に池袋で地廻りのやくざ十七人を相手に全員なぎ倒し、俗に喧嘩十段といわれる存在でしたから。

単純すぎることかもしれないが、当時の私には何の手立てであろうと面と向かって世間に勝つということこそが絶対に必要だったのです。幼いなりにただそれだけを願って稽古にいそしみました。

芦原師範は弟子たちに実技を使っての喧嘩を禁じることは決してありませんでした。

愛媛の松山という町は道後温泉もあって盛り場も多く、必然その筋の連中も大勢いて、現に当時は町中に七つのやくざの組織が事務所を構えていました。相手が素人ならばともかく素人に迷惑を構えてはばからない手合いが相手なら技を試して磨くのをためらう必要はないと師範はいい、勝負の要領として、相手は必ず十五秒以内で倒せと教えてもくれました。ならば顔を覚えられることもなく、いざこざの余韻は少なくてすむのだとも。

今思えばこれはいかにも実利的な教えだったと思う。ということで私にとって松山の町は実に有効な教室だったと思います。

寸止めなしでの激しい稽古で修得した技を試すことの楽しさで、若さに任せわざと間近にすれ違って相手を刺激し喧嘩を売り、道場では禁手の金蹴りや目突きも使って随分の戦果を上げたものだった。

そんな経験を通じて道場では悟れぬさまざまな会得を重ねることが出来ました。それは実際の格闘の際の間合いです。やくざはやくざであっても格闘に関してはしょせん素人でしかない。複数相手の喧嘩の際は相手との間を近くつめた方が技は決めやすい。間が近いと打ち込みの衝撃は限られても一度拳なり足が当たれば相手はひるむ。そこで二の矢は間をとって正確に放てば事は決まってしまうのです。

しかし教わった通り事を十五秒以内で終えても数を重ねると評判は次第に伝わり、私という弟子の存在はその筋に知れ渡っていったようです。ということで市内では有名な高校の夜学に通う一方、新しい実入りの道も開けてきました。夜の商売のお守り役、つまり用心棒です。

当時いくつかあったナイトクラブのガードマンをしていた頃、店が閉まってからアルバイトの学生といっしょに帰ろうとすると学生たちに逆に敬遠されるほど、私の存在はその世界の連中にはよく知られたものになっていました。

稽古台としてのやくざに特別の感情を抱いたことはありませんが一度、一人だけ本気で憎んで殺すまではいかないが、徹底して始末してやろうと思った相手がありました。その相手はなぜか突然私が忘れようとしていたものを思い出させてしまった。母親をです。

私が行きつけのある食堂にその連中も出入りしていて、飲み食いの料金を一向に払わないと聞いたので、なら私が取り立ててやろうといって出かけたら、兄貴分の相手が居なおって、それくらいのはした金はいつか払ってやるが、一々こまごま取り立てにくるなといいたてた。

そうはいくまい、相手は小さな店屋なんだからきちんとその度払えよといったら、お前は馬鹿なんじゃないか、こちらはこれだけの構えをしている組だぞ、相手を見てものをいえ、お前も頭がおかしいが、お前を生んだお袋も頭がおかしかったんじゃないか、といわれた瞬間なぜか自分でもわからずに体が熱くなって手が飛びました。周りにいた弟分たちが抱きついて止めたが、なぜか私はひどく興奮して、

「いいか貴様、次に皆して俺のお袋のことを口にしたら必ず殺されると思え」

いい放ってそこを出ました。出ながら自分の体がなんで激しく震えているのかがわからなかった。

それが相手にどう伝わったのかわかりませんが、それ以後相手は町中で今まで以上に本気で私を警戒して、多くの取り巻きを連れて歩くようになりました。そしてその内その男の姿を見

かけなくなったので子分の一人を呼び止めて質したら、男の母親が松山にやってくるのを空港に出迎えに車であわてて出かける途中、運転を誤っての衝突事故で死んだそうな。

そう聞いてなぜか、「ああ、あんな奴にも母親がいるのだな」と妙にしみじみ気の毒に思いました。あれは実に妙な感慨だったのをよく覚えています。

空手を使っての格闘の際に一度だけ相手が持っていた凶器で怪我をしたことがありました。皮肉なことにその怪我がきっかけになって私の人生のある部分が開けていったものでした。

ある夜、私が用心棒をしていたスナックで酔っぱらったちんぴらが店の女の子を無理やり外に誘い出そうとしてカウンターの中にまで入りこみ狼藉するので私がたしなめたら、いきなり中にあったバーテンダーの使うアイスピックを手にして躍りかかってきました。危うく右にかわして相手の後頭部に拳を入れ、相手はそのまま気を失って倒れました。気がついたら凶器を払った時に左手の親指を引き裂かれていました。近くの外科にいって二針縫ってもらいましたが、翌日その女の子の姉という人が医者での治療の払いを立て替えにやってき、それが縁で彼女と知り合いになりました。

彼女はスナックの持ち主で、妹を含めてその店で一族を養っていましたが、私の生い立ちを聞き出しているうちに、なぜかひどく共感して、いろいろ忠告までしてくれました。そんなことで時々、店を手伝ったあと、二階に泊めてもらったりするようにもなりましたが、ある時あるきっかけで、肉体的に彼女と結ばれてしまいました。彼女は、私が人生で初めて知った女で、未熟な私を手取り足取りしてくれているうちに、私は段々彼女に耽溺するようになりました。

ある時、店にやってきた客との会話の中で、彼がある冗談を言った時に、彼女がひどく気色ばんで、相手をたしなめましたが、私にはそれが側にいる私をなぜか意識してのことに感じとれました。

しばらくしてその客がやってきた時に、酔った相手にあの時の冗談の訳を質したら、私と彼女との間を知ってのやっかみの上でか、割と簡単に訳を話してくれました。彼女には私のほかに愛人がいて、それはかつてこの県の県警本部長も務めた警察の高官で、彼には東京に妻子のいる家庭があり、彼女はいわば出先での不倫の相手ということでした。それを聞いた時に、ひどく自分の気持ちがしらけるのが身に沁みるようにわかりました。そしてそれが、自分が思わず母親のことを思い出してのせいだともわかりました。それがきっかけで、結局、私は彼女から離れていきました。

丁度その頃、私が配達もしていたその県のローカル紙の社長から、私に記者としてわが社に勤めないかという思いがけぬ誘いがありました。その訳は、丁度その頃、県知事の収賄に関する汚職の噂が評判になっていて、その社長は反知事の立場を取っていたようですが、私が事件に関してのローカル紙を読みくらべている内に、彼女の店に来ている警察関係の客たちの噂からすれば、報道がいかにもずさんで、それを踏まえて読者の投稿欄に事件についての市民としての所感を投稿したからで、それが社長の目に留まっての申し出でした。

私は地元の定時制高校を首席で卒業し、その成績を踏まえて学校が推薦をしてくれて、東京の一流の私学への入学が内定していました。同じ頃、東京の四大全国紙の一つの紙面に、後発の新聞社でしたから学歴不問で、社員としての記者の募集の広告が出ていました。応募してみたところ思いがけぬことに採用の通知がきたのです。それを踏まえて私はローカル紙の社長の申し出を断って、東京に出て自分の人生を試す決心をしたのです。

そしてその大きなきっかけは、伯母から知らされた母の突然の死でした。以前、母との会話の中で、「どうせそのうち、俺が年取ったあんたを養うことになるだろう」といった私に、母親は腹を立てむきになって、「誰がお前みたいな勝手な息子の世話になるものか、私はこれからも私一人で暮らして、勝手に一人で死んでやるから」といったものでしたが、冬のある日、母は暖房の灯油を取りに土間に下りて、そのままそこで倒れて土間の上で死んでいたそうです。それを聞いた時に、彼女との別れと重ねて、私は女なるものから自分が完全に払拭されたような気がしました。

東京の本社に出向いて、私は最初、会社のスポーツ紙の記者として採用され、二年後には一般紙の政治記者に回され、今では何を見込まれてか会社の総合誌の編集長を務めています。

松山を離れる前に、師範は私にこういいました。「お前は、ようやく一人前の弟子に育ててやったと思うが、これからの仕事のために、俺が教えた技を絶対に使ってはならぬぞ」と。その戒めだけは、忠実に守ってきたつもりです。

隔絶

私は、一度ならず二度までも、たった一人でこの世の中から隔絶されたことがあります。それも日頃、慣れ親しんだ海の上のことでした。

最初は、小笠原の母島でのことです。小笠原の母島というのは我々釣り人にとっては憧れの地で、噂では豊饒《ほうじょう》な海での気ままな釣りで、本土では滅多に手に入らぬカンパチやヒラマサといった高級魚が入れ食いということでした。

しかししょせんは夢の話で、小笠原本島の父島からも数時間かかる離れた地です。父島そのものも週に二回、東京から小笠原海運の連絡船が出ているだけで、しかも片道、丸一昼夜以上かかるという遠隔の地です。そこへ降って湧いたような話で、私の海の仲間の田中のタツが、日頃、ダイビングで兄事している大京観光の横山社長が持ち船の汽船を仕立てて小笠原まで出かけていくので、いっしょに行かないかということでした。

横山社長の持ち船は、昔の大島の水産高校の練習船を中古で買い求めて改装したもので、練習生を乗せるだけに四十人のキャパシティーがあって、賄いのコック付、エンジンの冷却水を使った風呂まで常時沸いているという、海の遊びのためには絶好の船でした。しかも小笠原に向かう途中、あの憧れの孤岩、孀婦岩《そうふがん》を経ての船旅ということで、夢のような申し出に私は雀躍して参加を願い出ました。

途中、孀婦岩でのサメたちに絡まれながらのスリリングなダイビングの後、さらに一晩かけて小笠原に到着し、その足ですぐ母島に渡りました。

母島の西岸の沖港で仮泊して、地元の漁師に海の事情を聞いた後、仲間たちは姉島方面にダイビングに出かけましたが、私は沖港に入る前に目を付けていた港の手前の、地元ではシリネと呼ばれている女の尻によく似た形の七、八メートル四方の岩にゴムボートで渡してもらい、そこで夜にかけての釣りをすることにしました。あらかじめ地元の漁師に聞いたところ、近くの潮の流れは母島の西岸に沿って北から南へ流れているそうで、シリネはその流れの真ん中に立った大きな岩です。私が選んだのは関東では漁師たちがケンミと呼ぶ、潮が正面から当たる岩の北端の逆の、漁師たちがマズカイと呼ぶ岩の陰のポイントでした。

驚いたことに、投げ込んだ糸に最初にかかってきた魚は、シマアジという超高級魚、それも十キロに近い大物で、釣り上げた時、それを抱えながら私は一人で叫び声を上げたものです。

ちなみに、以前高島屋のグルメコーナーで偶然に目にした棚には、天然シマアジと銘打ったプラスティックの箱に入った寿司の種ほどの大きさに切られた切り身が、四枚で二千円という値段が付いていたものです。次から次へカンパチ、ヒラマサを六尾も釣り上げ、釣り人としての至福に、私は鼻歌どころか、大きな声で歌を歌いながら釣りつづけました。

夜が来て、辺りが冷えこんできました。もう十時をすぎていましたが、約束した迎えのゴムボートが一向にやってこない。見ると一キロほど南の沖港の沖に停泊している船は、満艦明かりを灯して動く気配もない。

私の釣りの成果からすれば、ダイビングに行った連中も、恐らく思いがけぬほどの成果を上げていたに違いありません。とすれば海から上がって一風呂浴び、夕食のあと一杯飲んで、連中も盛り上がっているに違いない。そして、船に備えつけのカラオケでも歌って母島での夜を満喫していることでしょう。

岩に持ちこんだものは握り飯一つなく、着替えのジャンパー一枚でした。思い切って泳いで本船に戻ろうと思ったが、夏なのに海の水は案外に冷たいのです。小笠原諸島の東側には世界で有数の深度を持つ小笠原海溝があって、そこの深水の影響で、小笠原の海は真夏でも水温が低い。たとえ潮に乗って船へたどりついても、水面からいくら叫んでも、乾舷の高い本船の中で盛り上がっている仲間に声の届く訳もありません。観念してジャンパーを着込んで、震えながら蹲《うずくま》って一夜を過ごす覚悟をしました。

ふと気づいて空を仰ぐと、空気が澄み切っているせいか満天の星で、しかもそれが手を伸べれば届くほどの間近さに感じられて、一つ一つの星がギラギラ光っています。

その様子は、星をちりばめた暗黒の宇宙という巨きな蓋《ふた》が、この岩に一人ぼっちで蹲っている私に向かって重くのしかかり、かぶさってくるようでした。あの時ほど私は、今まで味わったことのない隔絶を感じたことはありません。このとてつもなく巨大な、大きな世界の中で、自分がたった一人、今こうしてかろうじてここにあるのだというその隔絶感は、「心細い」を通り越して、このまま自分がこの宇宙の籠をかぶせられて閉じこめられたまま消滅していくのではないかというような恐怖さえ与えてきました。

ようやく夜が明けて、十時近くになって迎えのゴムボートがやってきて、なんとか息をつきましたが、本船に戻って聞いたところ、朝食の時、一昨夜の夕食の折に自分の正面に座っていた見知らぬ新しい客の不在に横山社長が気がついて、仲間に声をかけてくれたそうで、もしそれがなかったら、私は一体どういうことになったのか。考えれば考えるほど危うい、かろうじての生還でありました。

二度目の隔絶は、皮肉なことに日頃、行き慣れた伊豆諸島の鵜渡根島《うどねじま》でのことでした。

鵜渡根というのは利島と新島の間にある、多分鉄分が多いのでしょう、赤茶けた岩肌の露出した大小十ほどの大きな岩礁からなる漁場で、複雑な岩の配列のせいか、潮の流れが乱れて、日頃、あまり漁師もダイバーも近づくことのない島です。その岩と岩の間に船を止めて、私と田中と石川の三人が船からてんでに下りて自分のポイントを探し、エア切れの時に船にまた戻って獲物の成果を競い合うという、金を賭けた試合をしたのがそもそもの間違いでした。

私は仲間から離れて、島の東側に離れてある大きな岩のマズカイのポイントを選んで潜りました。辺りには黒潮の分流がかかっていて、恐らくその岩のマズカイには潮に乗った魚たちが入りこんでくるに違いない。同じようなポイントが、実は私たちが行きつけの神子元島《みこもとじま》のカメ根といわれる大きな岩の陰にもあって、そこは私の好みの絶好なポイントだったのです。私の狙いも当たって、その岩のマズカイに潜って間もなく、岩の根に隠れていた十キロを超えるモロコを仕留め、そのあと迷いこんでくるカンパチを二尾とヒラマサを一尾仕留めて、エア切れの寸前に船に戻りました。

仲間と漁の成果をくらべてみると、私の圧倒的な勝ちだった。そこで、仲間に向かって腕自慢をしたのが間違いのもとで、再び潜りなおしたあと、さっきと同じポイントに戻りましたが、すでに潮の干満が変わった時刻で、潮全体が引きにかかっていて、私が選んだ根の辺りの外側の潮の流れも変わっていて、先刻のようにマズカイに迷いこんでくる海魚の数は少なかった。それならばと、表の潮に乗ってやってくるはずの魚を待ち受けに、マズカイから離れたのがそもそもの間違いでした。

岩から離れたポイントで、慎重に岩にすがって魚たちを待ち受け、なんとか二尾は仕留めましたが、その時には引き潮が満ち潮に変わって、岩を洗って流れる潮の流れそのものが勢いを増していました。仕留めた獲物を提げて本船に戻ろうとしたが、勢いの強まった潮を横切って島の陰に泊まっている船にたどりつくことがとても出来ない。

向かいの強い潮に加えて南西の風が吹き出し、波が立ってきて、ウェイトを捨てて懸命に泳いでもどうにも前に進まない。向かいの波に叩かれて、その内に銜《くわ》えているレギュレータまで外れて塩水を飲み、むせて息が切れそうになりました。とうとうあきらめて、流されるままに沖に出てしまったが、仲間の船はいずれにしろホームポートの横浜に帰るのだから、戻ってこない私を知れば、帰り道に捜してくれるに違いないと思って、緊急用のバルーンに空気を吹きこんで、一メートル半ほどある赤い風船を立てました。

しかし、潮の流れは意外に速く、日が暮れるとともにあっという間に鵜渡根の島影は視界から消えて、私の体は驚くほどの速さで北の利島に向かって流されていきました。この分で行けば、思いがけぬ早さで利島にたどりつくことが出来るかもしれない。利島にたどりついても南側は大きなゴロタの続いた磯でしかないが、それでもなんとか岩から岩へと磯伝いに島の北側の港にたどりつくことが出来るかもしれないと思っていましたが、そんな目論見は簡単に外れて、潮は私の体を遠くに見える利島の北の桟橋の明かりからはるかに遠い沖合に運んでいきました。

どれほどしてだろうか、流されていく体が前と違った潮の流れにぶつかるのがわかりました。それは、いつも見る利島と大島の間を東から西に流れる強い潮目でした。このままでいくと、この体は北に向かって流されながら、西に持っていかれ、下手をすると大島の千波《せんば》から波浮《はぶ》の港に近い龍王崎にかけての切り立った断崖の海岸線に叩きつけられるかもしれないという危惧ももろくも外れて、私の体は波浮の港の入り口の明かりを眺めながら無情に千波崎にかかり、そしてそのまま大島と伊豆半島の間を北上している黒潮の分流に乗せられて北に向かって流されていきました。

このままでいけば、大島で一番人口の多い元町の沖に差しかかって、出入りが多いはずの何かの船に見つけられるかもしれないと思いましたが、その当ても外れて、強い黒潮の分流に乗せられるまま、私の体はむなしく元町の灯を右手に眺めながら、大島の西、北西の風早の灯台を過ぎて相模湾に運びこまれていきました。

その時に、私が思いついたのは、これから抗うすべもなく流されていく相模湾は、内航船、外航船もふくめて、行き来する本船の数の多い海域なので、夜、相模湾を走る船はどのような見張りを立てているかわからないが、下手をすると見つけられぬまま大きな本船に巻きこまれて、そのスクリューでこの体が微塵に刻まれて海に沈み魚の餌にもなりかねまいと。だから出来る限り、今晩一晩は眠らずにこちらでも、見張りしていこうと心に決めていました。

何時間してか、目にもはっきりわかる黒い島影のようなタンカーらしい本船が右手からやってきました。その航路から外れようと、必死になって運んでいる潮に逆らいましたが、そんな甲斐もなく、船はあっという間に近づいて、何万トンもあるタンカーの立てる大きな引き波に私は巻きこまれ、危うく溺れるところでした。

以前、何かで読んだ、遠州灘で難破して沖から遠州灘の海岸線に向かって必死に泳いで、九死に一生を得たタフなヨットマンの自戒に、波頭ほど厄介なものはない、泡立つ波頭は体にまったく浮力を与えずに、息をしても泡立つ海水を吸うだけで、何度も溺れそうになったということでしたが、泡立つ本船の大きな引き波の中で、実際に私も残り少ない空気を伝えてくるレギュレータを必死に吸いながら、懸命にこらえて、なんとか溺れずにはすみました。

それからさらに何時間してか、今度は斜め右前から船一杯に明かりを灯した、豪華な客船がやってきました。それは大きな町のように沢山の明かりを灯した船でした。その船もまた大きな引き波に私を巻きこみながら、あえいでかろうじて見上げる私の目の前を、満艦の明かりを灯して通りすぎていきました。

恐らく、東京から出て香港辺りに向かう世界一周の観光船だったに違いない。そして見上げる私の頭の上に、船の最後尾のラウンジの明かりが見えました。そこでは多くの人影が食事の後の娯楽にさんざめいている気配が見えて、中の何人かは、手にグラスを持ちながら、デッキの最後尾のテラスにまでやってきてグラスを傾け、手すりにもたれながら、私が漂っている海を見下ろしていました。それはまさしく私が願って帰り着きたい陸地の人間の住む町そのものの印象でした。

私が浮いて漂う海面からさんざめく船尾の高いラウンジまでおよそ三、四十メートルのへだたりだったでしょう。その高いテラスまで叫んで手を伸ばせば届きそうにも思えたが、しかしそれはあの小笠原の母島の岩の上で仰いだ満天の星よりももっと遥かなへだたりでした。

それから、どれほどの間であったろうか、堪えきれずに私は潮に流されながら、波の間で眠ったと思います。気がついた時は、辺りは白んできて、ようやく夜が明けて朝がやってきました。そして驚くことに、私の体は潮に流されるまま流されつくして、相模湾を縦断し、目の前に見覚えのある城ヶ島の島影が見え、岬の灯台の最後の光芒が、私の頭上を照らして過ぎました。その瞬間、なんとかこれで助かったと思ったのは、結局、私の誤算でした。朝早くから漁に出かけるはずの漁船の影は一向に見えず、私の体は、三崎からさらに毘沙門の沖を過ぎて、劔崎《つるぎざき》を通り越し、東京湾の入り口の観音崎に向かって流されていきました。

私の最後の期待は、劔崎に近い松輪の港から、今ではブランドになって評判の高いサバを釣りに出る遊漁船が、私をなんとか見つけてくれるのではないかということでしたが、それも結局虚しい誤算でした。朝がまだ早すぎるのか、そんな遊漁船の姿も見えず、私の体は結局、松輪の沖を過ぎて、やがて見慣れた海獺島《あしかしま》の灯台とその間近の岩礁に造られた波浪観測所の間を、あっという間に流されて通りすぎました。

その幅の狭い水道を抜ける時に、私を運んでいる潮の流れが、いかに強いかをあらためて感じ取りました。水面から眺める海獺島の灯台の西側の磯には、強い潮の立てる白波が見えて、恐らくその水道を過ぎる私の体を運ぶ潮の流れは、三ノットはあったと思います。そして、観音崎を過ぎて、私はようやく船の出入りの多い東京湾に運びこまれることになったが、それもまた大きな誤算で、潮時が変わり、日本有数の閉鎖水域の東京湾に満ちた潮が、外海に向かって流れ出る勢いは思いがけず強く、私の体を期待に反して東京湾の中ではなしに、東京湾から流れる潮に乗せて、房総半島に沿って保田《ほた》の入り江を過ぎ、館山を過ぎて、驚くほどの勢いで、房総半島の先端の野島崎に向かって運び去ったのです。

野島崎の沖は私たちの手慣れた漁場で、季節にはそこにカジキマグロも集まり、カジキを仕留めるために多くの船が集まる絶好の場所です。私も何度か仲間の船でカジキを釣り、それを仕留めて引き上げようと手間取る間に、沖から東京湾に向かってやってくる本船の航路を塞ぐかたちとなり、漁をあきらめて折角の獲物を仕留めた糸を切って、本船をかわしたことがあります。

そんな本船の姿も一向に見えず、野島崎の沖を北に向かって過ぎる潮に乗せられて、私の体は昼前には、野島崎の北の、今は廃《すた》れた千倉の港の沖を過ぎ、外房の沖を北に向かって運ばれていきました。

その時、私は妙なかたちで自分をあきらめていたと思います。これから先の房総の陸地は九十九里という変哲もない海岸線の続く、人気も少ない地域で、行き会う船の数もしれたものに違いない。そして九十九里を過ぎれば、その先は房総の北端の銚子の港しかありません。もし、船に出会わぬままに銚子を過ぎてしまえば、その先は、もう果てのない北太平洋でしかありません。

九十九里浜の沖を果てなく流されながら、私は二晩目に眠りながら夢を見ました。私を運んでいる潮の流れは、恐らく、北上して三陸の沖で親潮とぶつかる黒潮に違いなく、そのせいか水温も鵜渡根の近辺と変わらずに二十六、七度でした。付けているバランシングベストにはまだ微かに空気も残っていて、着ていた七ミリのウエットスーツのせいで寒さもなしに、波に漂うまま、私は二晩ぶりに熟睡しました。

どれだけ眠ってのことか、突然、間近に何かの大きな息遣いを感じて目が覚めました。目を凝らしてみると何も見えず、ただ、暗闇の中に水を叩く音と、先ほど夢の中で聞いた大きな息遣いからして、私の周りを囲むようにして多くのイルカの群れが泳いでいるようでした。サメやシャチとは違って襲われる気配もせず、私は久し振りに間近にほかの生き物の存在を感じて、妙に安らいだ気持ちでいました。

眠っている間、奇妙な夢を見ました。それは家の近くの行きつけの喫茶店で、私が妻と二人で向かい合ってコーヒーを飲んでいる夢です。一体、なんでこんな時に、妻と二人でコーヒーを飲む夢など見るのか。夢というのは、つくづく不思議なものだと思いました。

やがて、夜が白んできました。あれからどれほど流されてきたのだろうか。目を凝らして見ると、前方の小高い崖の上に聳える灯台が見えました。それは、間違いなく銚子の手前の犬吠埼の灯台でした。そしてこのまま銚子の沖をかわせば、その先は果てもない北太平洋です。見回してみると、夜中に私を囲んでいたイルカたちの姿も見えず、海はただ茫々と凪いだ海のままでした。

その時、突然、間近にけたたましい船のエンジンの音を聞いたのです。見回してみると、私の斜め後ろから一隻の漁船が私を追うようにして近づいてきました。距離からいっても、水中から伸び出した手の見届けられる距離ですし、私は叫びながら、できる限りの声を出して助けを呼んだのです。

漁船には、三人の漁師が乗っていました。彼等は漁に出かける途中、私を行きすぎた後、誰かが海の上に浮いている黒いボンテンに似た私の頭を見つけて船を止め、ボンテンの下に何が付いているかを確かめに戻ってきたのでした。

船に引き上げられ、あえいで息を継ぎながら、尋ねられるまま私は、自分は彼等にとって聞き慣れぬ、伊豆諸島の鵜渡根島からここまで流されてきたと答えました。「それは一体どこだ」と聞かれ、「伊豆諸島の鵜渡根です」「一体それはここからどれほど南なのだ」と聞かれても答えることは出来ず、中の一人に、野島崎からこまでは優に百キロもあるぞといわれても、私には自分がこの三日かけてたどってきた道のりの長さが俄にはわかりませんでした。

「あんた、一人だったのかね」「あんた、一人で来たのかね」。漁師は尋ねましたが、私以外に、この長旅を証言する者がいる訳もない。しばらくして、なぜか小刻みに体を震わす私に漁師の一人が魔法瓶に入れた熱いコーヒーを振舞ってくれました。甘く熱いその飲み物を口にした時、ようやく自分がこれで人間の世界に戻ってきたのだと、しみじみ味わいながら、出されたものを飲みこんだものです。

陸《おか》に上がって案内された波止場に近い漁協の事務所から、私は早速、家に電話を入れました。電話に出た家内は、さして驚く様子もなく、「良かった。私はあなたは必ず生きていると思っていたわ」といっただけです。

家に戻って地図で眺めてみれば、なんと鵜渡根から犬吠埼まで二百キロの距離でした。それを延べ三日かかって私は銚子沖まで流されてきたのです。もし、彼等が私を見つけて拾い上げてくれなかったならば、私は犬吠埼を過ぎて、そのまままさに虚無に近い北太平洋に運ばれ、そこで、塵のように波に飲みこまれて失われたでしょう。果てしない北太平洋の中で、私という存在は、誰に知られることもなく消滅していたはずです。そこから私を救い出してくれた、まさに偶然の中の偶然としかいえないこの救出を、一体どう捉えて自分にしまっていいのか、今でもわかりません。

再会した仲間たちはしきりに詫びたり言い訳をしてもくれましたが、それを聞き流しながら私は、この自分をあの虚無の中からこの世に引き戻してくれたものに向かって、何か大声を上げて叫びたい気持ちでいました。

あの完全な隔絶の中での長い孤《ひと》りだけの旅を理解出来る者などどこにもいる訳はない。それが知れるのは私をそこに放りこみ、私をそこから拾い出してくれた誰かでしか、何かでしかあるはずがない。

そんな自分を誰であれ何がどう理解が出来るものかと、何かに向かって大声で叫んでみたい気持ちでいました。

家内は「私は、あなたが死ぬはずはないと思っていたわ」などといいましたが、彼女のそんな確信が一体何によったものか、私にはわかるようでわかりません。いずれにしろ私は、ともかくあの三日間の隔絶から、こうして陸地の世の中に戻ることが出来たのですから。

僕らは仲が良かった

　お台場に移転したばかりの新社屋の最上階の役員室フロアからは眼下に広がる東京湾と、片側には汐留地域を含めて湾岸に林立した高層ビルが見えた。

「東京も変わったもんだよな、ニューマンハッタンか。こうして見るとこの国もそれほど傾いているとは思えないがなあ」

　大村がいった。

「いや、もうそうでもないな」

　高見がいい、

「まあ気にするな、なんとかなるよ」

「お前はいいよ、もう引退の身だから。しかしこの俺には二百人の社員がいるからな」

　エレベーター前のホールにはブラマンクの大幅が掛かっていた。

　立ち止まり長いこと眺めいって、

「この頃の、まだセザニアンの頃のブラマンクは実にいいなあ」

　高見は嘆息してみせ、

「お前は変わらんなあ」

　咎めるように大村がいった。

　案内した秘書が開いた扉の向こうから、机から立ち上がった河原が二人を迎え奥のソファへ促した。

「なんで、大村まで連れてきたんだ」

「いや、俺は暇だから昔のよしみでな」

「という訳にはいかないぜ。大方の話は聞いているけど」

「だけどまあ、もう一度じかに話を聞いてやってくれよ」

促され高見は拒むように一度肩をすくめてみせたが、

「五年前、お前に融資を頼んで作った茨城の工場の新製品がこけちまった。目玉商品だったカリオンが駄目になった」

「なぜだ」

「新しい技術であれに近いものが半分以下の値段で出来上がるようになっちまったんだ」

「その技術のパテントは？」

河原に代わって大村が質した。

そんな二人を河原は計ってくらべるように眺めなおした。

「相手が独占している、手が出ない」

「それは油断だな、世の中はどんどん変わっていくからな」

諳《そら》んじるように河原はいった。そして突然立ち上がると机まで戻り、何かを手にしてきた。

それを二人の前に置くと、

「これ、何だと思う？」

長さ十センチほどのワッシャーのついた捩子《ねじ》だった。

「これはな、絶対にゆるまぬ捩子なんだ。見かけはこうでも、実は捩子の溝が二重に彫ってあって、どんなに振動をかけてもゆるまない。もっと大きな、船や飛行機や工作機械にも使えるものから、小さいのは眼鏡のフレームに使えるものまである。これを考えたのはわずか五人でやっている零細企業だよ、社長はまだ三十代の男だ。うちが宣伝の代理権をとった。これはあの針金をただ曲げて作った昔のゼムピンみたいに世界中で売れるぜ」

いい終えると念を押すように二人を見なおした。

「な、世の中はこんなものなんだ。新しい技術に乗り遅れたのはお前の責任だよ」

いわれて高見は黙って唇を噛んだままでいた。

「しかし何か手はないかね、折角お前がアレンジして作らせた工場じゃないか」

いった大村に、

「あそこまでは俺の責任で出来たがね」

「だからもう一度な」

「何だ」

「どこか、顔のきく会社に抱かせられないものかね」

高見に代わっていう大村を見返すと、河原は何かを探すような目つきで宙を見据え、

「むつかしいな」

つぶやくようにいった。

「どうして」

たたみこんでいう大村に、言葉を探すように黙りこんだ後、

「俺も今、むつかしいところにいるんでな」

「どんな」

咎めなおす大村を塞ぐように、

「わかってるよ」

高見がいった。

「何だ」

「人事だろう、次の社長の」

いわれて河原は相手を見返し肩をすくめてみせた。

「なるほどそういうことか」

大村も嘆息していった。

「あの茨城の工場の時もこいつに無理をいったんだ。今のこいつにはどんなとりこぼしも出来ないだろうからな」

「なるほどね、この俺には遠い話だが、それも俺たち仲間にとって大事なことだわな。で、それはいつ決まるんだ」

「来年の夏頃か」

「来年の夏か。それまでなんとかならないのか」

大村に問われ高見は目を伏せた。

「中小企業というのはいつも綱渡りみたいなものさ」

話をそらすように大村は河原へ向きなおり、

「で、副社長は何人いるんだね」

「三人だな。しかし、相手は新聞担当の片山一人だろう」

河原に代わって高見がいい、当人は黙って肩をすくめてみせた。

「一年先のことか、それまでなんとかな」

大村が腕を組み直してみせ、彼から視線を外すように河原は天井を仰いだ。

「こいつにしても、仏の顔も二度三度ということは承知しているよ」

それを遮るように、

「わかった、考えさせてくれ。しかし約束は出来ないぞ」

いった後、

「何か飲むかい、酒はあるよ」

河原は立ち上がると秘書を呼ぶベルを押した。

秘書が運んできたグラスにポットから河原が氷を分けてキャビネットから取り出した酒をそそいで手渡すと、二人に向かってかざしてみせた。

「なら成功を祈るぜ」

いった大村に、

「何の」

「いや、お前のそれとこいつのそれと」

大村がいい、なぜか確かめるように河原は高見を見つめなおした。

その後に気詰まりな沈黙があり、気を取りなおしたように、

「しかし、あっという間だなあ」

大村が嘆息した。

「何がだよ」

河原に質され、

「まあ、何もかもがさ。今となると、俺みたいに暇な奴にはあの頃が何とも懐かしいぜ。お互いに寮にくすぶっていた頃がな」

「そりゃそうだ。あの頃の貧乏というのは、今思えば贅沢ともいえたよ」

慨嘆していう河原を二人は何かを計るように見なおした。

「俺たちでやったあの無銭旅行を、今でもよく思い出すぜ。あんなこと当節じゃ、しようと思っても出来るものじゃないからな」

*

あの旅を誰がいい出したのか覚えていない。

大方の試験を終え、長い春休みを前に退屈をかこっていた頃、他の何人かの寮生はさっさと帰郷してしまったが高見も大村も故郷が北国のせいで寒さを敬遠してまだ寮に居座っていた。ある者は故郷の鹿児島ではもう桜が咲く頃だといってもいたが、大村の故郷は北海道の釧路、高見の田舎は秋田と春はまだ遠い話だった。

僕の家は湘南の葉山だが、母親と弟だけで急いで帰るいわれもなかった。三年生になれば国《くに》立《たち》の本校通いとなって寮も替わるが、次の寮は二人部屋でまだ相棒も決まらず、前期での寮の相部屋の仲間も帰郷してしまっていて一人住まいの気安さで僕も寮で一人のんびりしていた。

そんな頃僕が英語の家庭教師のバイト先から戻ったら、二つ隣の大村と高見の部屋で何やら大勢の仲間が盛り上がっている様子だった。釧路で海産物問屋を営んでいる大村の家からは、まだ物資も足りなかった頃なのに、かねがねするめだの魚の干物だの格好の差し入れが届いて親しい仲間内での、寮でとしては贅沢な副食で救われたものだ。

ということで僕もまたもの欲しげに駆けつけたら、車座で座っている八人ほどの仲間がなぜかひどく興奮して大笑いして迎えてくれた。

「おう、惜しかったぞ、五分遅かったな」

大村がいい横の壁を指した。

見たら何やら血だらけの皮が張りつけてある。

「あいつをやっと成敗したぞ」

「何を?」

「あの化け猫だよ」

「やっと掴まえてものにしたよ」

高見もいった。

壁に張りつけられている獲物とは寮の周辺を徘徊して大胆不敵に食べ物をあさる大猫で、寮の台所なんぞ年中被害に遭っていた。

一度は仲間で相手を台所の飯を炊く大鍋をかけるかまどの中に追いこみ、鍋一杯に水をはって薪を突っこみ火をつけたら、なんと相手は中でうなり声を上げその内大鍋を持ちあげてその隙間から這い出して逃げ出したものだった。

猫とはいえその時の迫力には皆気おされあれは化け物だといい合ったが、以来しばらく姿を消していた相手が火傷の怪我を癒したかまた徘徊し出して被害が増えていた。

その猫を仲間がまた摑まえて、今度は誰かが陸上競技部の部室から持ち出してきた砲丸投げの鉄の塊で頭を殴って殺し皮をはいで、その肉をすき焼きにして食ってしまったそうな。

「惜しかったな、丁度食いおえたばかりだよ。でもスープはまだ残ってるぞ」

大村にいわれて鍋を覗いたら、ぎっとりした脂が分厚くたまった汁だけが残っていた。

それを見ただけで僕はバイトで遅参してあの怪物の相伴にあずからずにすんだことに密かに感謝していた。日頃の空き腹と若さの放埒《ほうらつ》のままに、いくらたちの悪い相手とはいえあの猫を殺して食う晩餐にはとてもつき合える気はしなかった。

それにしてもあの頃の僕らは誰しも飢えていたな。食われてしまったあの猫とて同じことだったろう。だから寮生の憎しみをかいながらも、寮の台所や寮生の部屋にまで侵入して食べ物をあさっていたのだ。思い返してみるとあの頃の町には野良犬や野良猫の姿はあまり見かけなかったような気がする。

戦争で生きるか死ぬかの恐ろしさはなくなってはいたが、生きるための食べ物に皆苦労していたものだった。何かの折の寮生のかけ言葉は、「消耗っ、消耗っ」だった。

戦争中とは違って社会の一部には消費文明の兆しは見えてはいたが、でもそれは僕ら普通の学生にはまだ縁遠いものだった。月末になって手元に残った十五円の小遣いで、その月最後のおやつに何を食べようかと密かに腐心したのを今でも覚えている。

ジャムパン、クリームパンが一個十円、ただの甘食パンが一個五円、垂涎《すいぜん》のカレーパンが十二円。残っている十五円の金をいかに使うかに悩み抜いて、やはりカレーパンはあきらめジャムパンと甘食の二個で落ち着いたものだった。

ある夜、嚢中《のうちゅう》いかにも不如意なのにどうにも酒が飲みたくなって、駅の前に一軒だけあった食堂に行って合成酒を注文したら、店の親父が何でまたそんなものを飲むのかと問い質す。今夜は金がないからといったら、それならなぜ焼酎にしないのかと。

「いや、寮生活をしていても焼酎だけは飲むなとお袋にもいわれ、弟にもいわれているのでね」

といったら、それはとんでもない偏見で、戦後間もなくの頃の密造の怪しげな酒とはまったく違うのだと。

お袋や弟が寮での生活をどんなものと想像していたのか知らないが、多分無頼極まりないもので、そのイメージと焼酎なる下賤な酒の噂が重なってのことだったのだろう。戦後早世したが、汽船会社の重役をしていた親父が戦争中でも仕事柄か手に入るウィスキーを呑んでいたからか。

寮に割拠する貧乏学生たちが日頃呑む酒は、ビールは高嶺《たかね》の花で普通は日本酒だったがそれも茶碗で呑む冷や酒だった。合成酒なる酒がいかなる由縁のものかは知らないが、ともかく見てくれは酒に似ていたから注文してみたが、店の親父までが体には良くないという。

いわれても躊躇している僕に親父が、

「とにかく呑んでごらんよ、一杯店で奢るからさ」

いわれてうなずいたら、

「ブドウ割りかい、それとも梅酒割り」

「それは何だい、どう違うの」

「いや、ストレートで呑むより割った方がずっとうまいよ」

「俺にはわからないな」

「なら梅割りにしなよ」

いわれてうなずいたら日本酒の時と違ってコップに受け皿がついていて、梅酒をわずか注いだ後一升瓶からコップになみなみ注いでくれるがその酒がコップから溢れ出る。

いったら、

「おい、こぼれてるよ」

「これが店の奢りなんだよ、こぼれた分も呑むのさ」

いわれてなるほどとうなずき、コップを持ち上げてまず受け皿の奢りの酒をすすってみたらこれがまた意外に美味だった。

値段も日本酒よりはるかに安く、以来僕は焼酎党とあいなった。

しかしあの頃のつましく貧乏な生活は思い出すに懐かしく、楽しくもあった。

僕のいた寮の建物の下半分が学生食堂でその奥に学生相手の購買部の売店があった。そこに勤めていた僕らとほぼ同年配の姉妹はなかなかの美人だったが、ある寮生が金がないのでキャラメルをばらで五個買いにいったら、姉か妹か相手をした彼女が哀れんで一個だけ余計にキャラメルを包んで渡してくれたそうな。

彼は部屋に帰ってそれに気づいて狂喜し、あの女は俺に気があると触れまわっていたが。

まあそんな時代だった。

あの旅行を思いついたのも、化け猫退治の後だったような気がする。とにかく誰もが貧しいなりに時間を持てあましている季節だった。

二カ月前後という春の休みは、適当なアルバイトを見つけて働き、まとまった金を手にするには適当なものだったろうが、大方の学生にはそんな意欲もなく、やってくる新しい季節の予感の中で誰もが自堕落に寝そべって過ごす、要するに無為なる青春を表象する季節だった。

高見は前に一度湘南の家に泊まりがけで来たことがあったが、余計な客を勝手に招く訳にもいかない。その内誰からいい出してか相部屋で柔道部仲間の大村と高見、僕は中学以来のサッカー部だったが日頃なぜか気の合う彼等と三人して、寮の仲間の家を泊まり歩いての無銭旅行をしようということになった。

彼等との縁は数学が苦手だった僕が数学が得意と聞く高見にある問題の解答の要領について

教わりにいき、その見返りに僕が得意だったフランス語を教えてやり、彼と同室にいた大村とも知り合った。あの頃の大学の寮なるものは一種の共同体で、金以外の貸し借りは普通で、誰かがバイトで他出するために買った電車の定期券を互いに回して使ったりしたものだ。

家が海産物問屋の大村は仲間内では裕福で家からの送り物を鷹揚に振る舞う親分気質の大男で、柔道ではすでに段持ちだったが技はあんまり切れず、ただ体重で相手を押しつぶして押さえこむだけだったそうな。

入学の際の身体検査で肺活量を計られたものだが、あの年頃の学生の平均量が四千そこそこだったのに彼だけがずば抜けて六千三百とかで、それに次いでなんとこの僕が五千七百だった。担当の先生が驚いて僕を見なおしもう一度と促されてやったが結果は同じだった。大村とは背丈は同じくらいだったが、痩せぎすの僕は胸板こそ厚かったが肺の大きさがそれほどとはそれまで知らずにいた。

ということをどこで誰に聞いたのか、肺活量が彼にとってどれほどの沽券《こけん》なのか知らぬが、ある時彼が突然部屋にやってきてお前が河原かと質し、なぜか不本意そうな顔で僕を見つめ、そのまま何もいわずに帰っていったものだった。

その訳は、後に高見と知り合って彼から大村を紹介されて知らされたが。

いずれにせよ大村という男は、図体がでかいということこそがマッチョと信じこんでいた節がある。ということが実は彼の弱みでもあったろうが。

一方高見は大村よりも実は気が強い頑張り屋

で、学内で評判になっていたので見物に行ってみた東大との定期戦で、副将同士、相手の中では随一といわれていた男と対戦し、腕の逆を取られ参ったといわぬ彼に業を煮やした相手が、「折るぞおっ、折るぞおっ」と吠えるのを歯を食いしばってこらえ、見兼ねた審判が一本を唱えて怪我から救ったものだった。

それでいて緻密なところのある、ある意味では大村なんぞよりも一途で頼り甲斐のある奴ではあった。

そんな二人と何の縁でか僕は妙に気が合ったものだ。

高見にいわせると、田舎の鼠と都会の鼠の出会いということだったが。そして、そんな三人して宛《あて》のあるようなないような危うい旅に出かけたものだった。

旅の行く先は三人ともまだ知らぬ九州の周遊で、途中、寮と運動部でいっしょの仲間を物色し彼等の実家にころがりこむ算段だった。

予算はきりつめるだけきりつめて、旅の間三人は食べるものもすべていっしょの統一行動ということで、最初の大阪までの旅も各駅停車の鈍行となった。

そんな約束に最初に音をあげたのは僕だった。

今でも睡眠過多の癖に不眠ノイローゼの気味がある僕としては、雑然とした寮での共同生活のお陰で四人の相部屋で仲間が枕元で他の寮生と雑談していても一人布団をかぶって眠ることが出来るようになってはいたが、東京から大阪までの東海道線の各駅停車の鈍行では、ほとんど駅ごとに相客の替わる列車の旅でとても眠ることが出来はしない。

そんなことで大阪でひとまず降りて駅の近くの食堂で素うどんを食べながら頭は朦朧《もうろう》としていい、早くもこの旅の先が思いやられる始末だった。

神戸の高台の住宅地にあるサッカー部でいっしょの中山の家にたどりつき、旧制の高校を出てまだ残っていた旧制の京大の最後の学生として同じ無頼の寮にいた彼の兄貴が貧乏蛮カラのよしみで、昼過ぎから買ってあった一升瓶の冷や酒で歓迎してくれ、つまみのするめを齧《かじ》っている内に僕だけは炬燵に足をつっこんだまま眠ってしまった。

それでも夕飯前に起こされ出された夕飯が当時としては贅沢極まりないすき焼きだったので、この旅もそう悪いものではなさそうだとは思った。

親父はどこかの会社の中堅幹部らしい中山の家での歓待は期待した以上のもので、翌日の朝飯も寮の冷たい素うどんとは違って炊き立ての飯で、中山の兄貴を真似て一人に一個ずつ出された卵をかけての白い飯はこたえられず、一人三杯ずつ手もりしていたらお櫃《ひつ》は空になっていた。

次の旅程の広島までは瀬戸内海の景色を眺めながらということで夜行は敬遠し、広島までたどりついた時はもう夜中に近く屋台で何やら怪しげな煮物をかっこみ、仲間の宛のないこの町ではどこか安宿をと探したが、当時はまだ原爆の焼け跡の残っていた殺伐とした町で行き合うのは客を引く夜の女ばかりだった。

女たちの横に立つ怪しげな風体の男に尋ねて

も、教える宿はどこも女つきということだ。

僕がそっと尋ねてみたら、何をしてもしなくても、一人の女へ一晩分の金を払ってくれたら女こみの四人一部屋でどうだという。

「あんたら若いんだから、三人して女をどう回して遊んでもいいよ」

と男はいってくれたが。

聞いた値段も知れていたので、折角の旅の経験に女には触らなくともともかく屋根の下でいっしょに寝てみようぜと僕が提案したら、高見が憤然として、

「俺はそんなことをして泊まるなら、駅のベンチにでも寝るぞ」

という。

「なぜだよ」

非難した僕に、

「俺は将来結婚するかもしれない相手のためにも、今そんなことは絶対に出来ない。そんなことなら駅のベンチで一人で寝る」と。

こちらはあきれて、

「別にその女の商売につき合えといってるんじゃないぜ、この寒さで駅のベンチになんぞ寝たら風邪をひくぞ」

「いや俺は大丈夫だ」

「なぜ大丈夫なんだ、朝はもっと冷えるぞ、風邪でもひいたらこれから先がぶち壊しになるぞ」

「なんだろうと俺は嫌だ、そんなこと出来ない」

「はあ、それがまだ見ぬお前の将来の妻への貞節ということか」

「そうだよ、おかしいか」

「おかしいね。お前あの駅のベンチで寝て風邪でもひいて肺炎でも起こして死んだら、その未来の妻にも会えなくなるぜ」

そういったら大村が、突然、

「いや、こいつがそうするなら俺もつき合ってベンチで抱き合って寝るよ」

いい出したものだ。

「一体どういう気なんだ、お前ら」

「いや、こいつがそういうなら俺もそうするだけだ」

僕とてまだ女を知りはしなかったが、彼等二人は町にうろついている女たちを黴菌《ばいきん》の塊みたいに思っているのだろうが、一つ屋根の下で夜の商売をしている女と背中合わせででも過ごしてみるのは、仲間が三人だけに好奇心はあった。いずれにしろ彼等の純情は、猫を殺して食うにしては馬鹿馬鹿しいものに思えたが。

「まったく気が知れねえな」

いい残して、僕としてはせめてどこかの屋根の下で寝たいものだとまた町に出なおしていった。

といってもまったく何の宛もありはしない。町のどこかの四つ角で立ちつくして、明かりも乏しい周りの荒れはてたままの町並みをぼんやり見回していたら、行きすがりの見知らぬ男が、

「おい、学生さんどうした、道に迷ったのかい」

声をかけてきた。

「いや今夜泊まるところがなくって往生してるんです。なんとか屋根の下では寝たいと思ってね」

「なら素泊まり、ただ布団かぶって寝るだけな

ら、あちこち渡り歩いている行商人の泊まり場があるがね」

いわれて渡りに船と男に教えられた薄暗い路地の奥の家も傾いたままの二階建てのバラックにたどりつき、四畳半の空き部屋をせしめた。公園のベンチに肩寄せ合って眠りかけている二人を促してぼろ宿にたどりついたのが十二時半だった。それでもまだぬるい風呂には入れた。その後敷き詰めたままの、襟元が客たちの垢でてかてか光った布団にくるまって三人して昼近くまで寝られたものだ。

僕としては見知らぬ町での深夜の努力の結果に満足していたが、彼等二人は僕がせしめてきたものに対しての評価はなさそうだった。確かにいわれていた通り布団は僕らの寮の部屋の万年床のそれより垢びかりして妙な匂いはしていたが、それでもとにかく雨露は凌いで屋根の下で人間らしく眠れはしたのに。

翌日は山陽本線に乗って小郡で降り秋吉台の鍾乳洞を見た。生まれて初めて目にする鍾乳洞は、この地球という惑星がそもそも奇体な存在であることを実感させてくれた。

そして博多へ。

この頃になって気づいたが、なぜか西日本には僕らが日頃口にしているラーメンなる都合のいい食べ物が見あたらなかった。あるのはチャンポンとかいう名前も怪しい見知らぬ食べ物で、その名前は長崎弁からきているそうで、原語の意味はごちゃまぜということだそうな。ラーメンよりいろいろなものが入っているとかだが、懐の具合も考えて敬遠して過ぎた。

島原では荒井という下級生だが日頃妙にしたたかな、聞くところ寮からさして遠くない三鷹の町の遊廓に馴染みの女が出来て、相手が暇な時はただで遊ばせてもらっているという噂の男の家に転がりこんだ。

荒井はよく寮の僕らの部屋を窓から覗きこみながら誰かがいると外から、「先輩、何か食うものありませんかね、歩いて帰ってきたら腹がへっちゃって」、声をかけて回っていたものだ。

いつか窓から眺めなおしたら、まだ寒い頃なのに上着も着ずに、それも裸足で下駄履きだった。

「お前、どうしたんだよ」

聞いたらうそ寒げに肩をすくめて、

「金が足りないんで上着と靴を、形にとられちまってね。この下駄も女に借りてきたんですよ」

いわれて見なおしたが、その風情は寮の学生にしては早熟な彼の噂をいかにも明かしているようには見えた。それにしても彼が裸足で履いている下駄の鼻緒だけが目にしみるくらい赤い花模様だったのを覚えている。

しかし当時の寮生は性に関しては概して純情というよりも幼稚なものだった。

それを明かすように一番粗末な北寮の玄関の上の壁に、誰かが窓から逆さに身を乗り出して、筆で、『ああ、悦ちゃん』と大書していたものだ。

その悦ちゃんがどこの誰かはついにわからなかったが、誰か寮生が、故郷の空の下にいる思いの人をはるかに恋い慕ってたまらずに記したものに違いない。そしてほとんどがまだ童貞の寮生たちは、密かにある共感でそれを仰いで眺めていたと思う。

その『ああ、悦ちゃん』の大書のある玄関前には、建物そのものが以前は運動部の部室だったせいで練習から引き上げてきた部員たちが足や体を洗う洗い場があった。

ある日の夕方そこである男がなぜか素っ裸になって何かわめきながら全身を洗っていた。

よく見たら午後に国分寺の駅から寮のある小平まで多摩湖線でいっしょに帰ってきた山崎だった。周りを囲んだ仲間たちが何か声をかけたら、山崎が僕を見つけて、

「ほんとの話だよ、こいつといっしょの電車に乗っていたんだからな。こいつは先に降りて、俺はその女といっしょに二つ先の駅で降りて、やってきたのさ」

いわれて誰かが僕に質したので、

「本当だよ。こいつは突然、俺はちょっとあの女と用事があるんでなって。その女は途中から、何かしきりにこいつに話しかけてきてたな」

「どんな女だった」

誰かが質し、思い返してみた。

「年上だよな」

「ああ、二十九とかいってたな」

「人妻か」

「じゃねえか」

嘯《うそぶ》くように山崎は答え、

「じゃなきゃあんなになれなれしく話しかけてくるか。なあお前」

いわれて僕ももう一度思い出そうとしてみた。

女は中背の鼻筋の通った、なぜか人を見る目つきに険のある女だった。思い出してみると僕らが電車に乗った時から女は山崎だけを見つめていて、連れの僕を一向に気にせず、というより無視していたような気がする。それに気づいて山崎の知り合いかと思ったが、その後二人が僕から少し離れて吊り革を握りながら話し合っている様子はそうでもなさそうだった。

そして駅に着くとあいつは一言僕に、「俺はちょっとこの先まで行くからな」、いって同じホームに降りることなくそのまま行ってしまったのだ。

「で、その先で降りてどうしたんだよ。あの辺りは何もないぞ」

誰かがいい、

「だからだよ」

囁くように山崎はいった。

「降りたら女が黙って俺の手を握って、駅とは逆の畑の方にいくのさ。電車の中でいきなり、学生さん私とつきあってよといったんだ、それでだよ」

「本当かね」

誰かがいったら、

「本当じゃなきゃ、こんなことするか」

山崎は皆の前に両手で抱えて洗っている股間のものを突きだしてみせた。

「で、どこでやったんだ」

「麦畑の中だよ、あそこならどこからも見えねえからな」

「でもなんで体中洗うんだよ」

誰かがいい、

「あの女はどうも危ねえよ、なっ」

僕に向かっていった。

いわれて僕も、連れの僕をまったく無視して山崎だけに声をかけてきたあの女の横顔を思い出してみた。危ないというか、痩せぎすでどこか険のある、でも彫りの深い横顔だったな。

高校の時二年ほどの間結核で休学したことがあるという山崎は、そんな病歴を明かすように色白の彫りの深いどこかニヒルな感じのする、僕らとの年の差もあって大人っぽい雰囲気の男だった。

ということで彼は行きすがりのあの女に誘われるまま、麦畑の中で二度に及んで彼女のために努めたそうな。

「しまいに女は素っ裸になりやがってな、俺もつられてそうしたよ、お陰でこれだ」

いいながら彼は体中についた土をはらって水道のホースから水をかけていた。

「しかしどうも汚ねえな。あの女病気を持ってなけりゃいいんだが」

いいながら股間に激しく水をかける彼に、
誰かがいい、

「今からじゃもう遅いかもよ」

「明日本学部に行って校医に診てもらえよ」

「それまでにもうそこは腐っちまってるかもな」

誰かがいい皆は声をそろえて、それでもうらやましそうに笑ったものだった。

山崎にしろ荒井にしろ、我々の年でもう女を知っている男というのは、そう知って眺めると何ともいえぬ雰囲気をそなえていたものだ。人生に対して開きなおったような、というのは未熟な僕らの憧れをこめた敬意だったのかもしれない。

島原で転がりこんだ荒井の家の父親は地方の公務員をしているとかだったが、盛り場の中に建てられた妙な造りの二階建ての一軒家で、元々昔に建てられた家の周りに後から町が建てこんできた様子の、雑駁《ざつぱく》な雰囲気の中に何かで取り残されたような家で僕らは彼の部屋のある二階に三泊したものだが、その間不思議なことに彼の父親にも母親にも顔を合わすことがなかった。飯も僕らのために彼が親から預かっているとかいう金で、近くの定食屋で食った。

その定食屋の隣になぜだかダンス教習所なる看板のかかった家があって、荒井が親の用事で夕方まで他出してしまい無聊《ぶりよう》のまま過ごしていた三日目の午後になって、突然大村がどんなつもりかその家に行ってダンスを習いたいといい出した。高見もそれに従うという。そしてレッスンの申し込みは僕にしろと。

田舎出の彼等にはダンス教習所なるものは別世界のもので、湘南出の僕は土地柄からも私学の学校柄からも遊び人だった弟の影響で何度かダンスパーティなるものに連れこまれ、弟の年上の彼女からフォックストロットのステップは教わっていたし、何かの折にそんな話をしたこともある。ということで僕が先乗りをさせられ、まず料金を尋ねてみたら一時間でわずかなものなのでついその気になって上がりこんだ。

彼等二人はそれぞれ年配の女の教師が手とりして教えていたが、ベンチに座って眺めている僕に後から出てきた初老の男の教師が、

「あんたはやらないの」

「いや、僕はなんとかやれるから」

「それならタンゴでもやったら」

「いや、それならジルバがいいな」

湘南でのパーティで何人か派手にジルバを踊りまくっている連中がいて、品がないとされてはいても眺めていてうらやましいくらいのものだった。

「でも東京の方じゃジルバは柄が悪いんでしょ」

「いや、でも僕はやりたいんだ」

いったら、

「それならいいでしょ、やりましょう」

ということで普通のしもた屋の中の板張りの六畳ほどの部屋に連れこまれたものだ。そこで基本の六拍子のステップを教えられ、さて本番ということで相手がいきなりかけたレコードが聞いたこともない日本の六拍子の唄だった。

唄の文句にいきなりいわく、

「こーんな別嬪《べっぴん》みたことないとかなんとかおっしゃってその手は桑名のはまぐりよあらそっ」

あれには驚かされたな。

大体僕が弟の彼女からならった典型的なフォックストロットの練習曲は、当時演奏でもよく聞かされた「スローボート・ツー・チャイナ」で、その中の文句の、「アイラブ・ツーゲッチュー、オンナ・スローボート・ツー・チャイナ」を今でも覚えているが、最初のジルバのレッスン曲が、いきなり「こーんな別嬪みたことない」とは、所変われば、やはり遠いところまで来たんだなとつくづく思ったな。

ということで僕は今でもジルバは得意だが、当節そんなダンスを踊る相手がまったくいない。大体この頃の若者たちはどういう訳か滅多に踊らないな。ダンスというのは性愛の前戯ともいうべきものなのに、つまり当節ではセクスは氾濫しすぎたということか。

あの島原での思いもかけぬダンスレッスンが彼等二人にその後どう役に立ったかはまったく定かではない。

大村は後に柔道部のキャプテン、高見も副将を務めはしたが、大した立ち技もなくただ体重で強引に相手を押し潰し寝技に持ちこむだけの大村にすればダンスはおよそ不向きだったろうし、高見は元々クラシック音楽に耽溺していたから軽音楽に乗ってのダンスとは違う領域の趣味だったろう。

ただ大村の身に後々起こったあの出来事の顚末の中で、彼がもし、あの後どれほどこなしていたのかは知らないがダンスなんぞというものを彼女に向かって持ち出していたら、それこそそれが命取りになったのかもしれない。

事は島原の荒井の家を出て次に行った雲仙で起こった。

春のサッカー部の合宿に激励にやってきた先輩の中に三菱系の会社の中堅幹部がいて、この後僕らが九州へ無銭旅行を企てていると話したら、ならば雲仙に三菱の保養所があるからそこを紹介してやろう、社員の家族並みにしてやるからただみたいなものだというので足を伸ばした。

温泉つきの贅沢な保養所だったが季節外れで泊まり客はほとんどおらず、ただ一組京都女子大の学生二人が泊まっていた。

彼女たちは前日から逗留していたようだが、夕食の時食堂で顔を合わせ大学も同じ学年ということで、こちらも無聊向こうも無聊ですぐに親しくなって、翌日の観光はいっしょにということになり、雲仙の名所の一つ、白雲の池まで出かけたものだ。

相手の内の一人、中林幸子というのはイタリアの名女優アンナ・マニャーニによく似た顔立ちの、日本人にしては目鼻立ちのはっきりしたかなりの美人で、聞けば彼女の父親は長崎の三菱造船の所長だそうな。二人の内彼女の方が話し合ってものおじせずてきぱきと受け答えして、時には冗談までいって明るい子だった。

次の日互いに行く先の違う僕らはそのまま別れたが、熊本に向かう汽車の中で大村が突然緊張した顔で連れの僕ら二人にいい出したのだ。

「おい、お前らにいっとくことがあるんだ」

「何だい」

質した僕に挑むように、

「あの中林幸子はこの俺に任せてくれ」

「どういうことだ、それは」

「いや、だから二人ともあの子には手を出すなよ」

僕と高見は思わず顔を見合わせたな。そして計るように目の前の相手の顔を見なおした。その時の大村の形相というのは、多分彼の試合の時よりも真剣を通り越して猛々しくさえあった。

「それはどういうことなのかね、手を出すなとは」

「だから彼女はこの俺が引き受けるから、お前ら余計なことはしないでくれ」

いい放った後、

「なっ、頼むぜ」

突然、殊勝に僕らに向かって深々頭を下げたものだった。

そうされれば僕ら二人に何をいい返すこともありはしなかった。

「けどな、俺が撮った写真を彼女たちに送るのも駄目かい」

あの旅で僕だけが親父の遺品のライカを持って歩いていたのだ。

「ならお前、あの中林の家のアドレスを知っているのか」

咎めるようにいうから、

「ああ、記念に送るために住所は聞いておいたよ」

いったら言下に、

「駄目だ。それはこの俺が渡すから、出来た写真は必ず俺によこせ」

「なるほどね」

僕は合点してうなずいてやりはしたが、一方でひどく危ういものを感じていた、というよりあの時すでに目の前の大男に同情していたと思う。

あの中林幸子というエキゾティックでキュートな女の子にああして出会ったことは、端的にいって彼にとって不幸なことではないかと感じていた。

宛のない旅というのはさまざま思いがけぬものをもたらしてくれるが、中には人生の不幸もあるということをその後彼は証してみせたのだから。

約束した通り僕は出来上がった写真、白雲の池の桟橋で、カメラの持ち主の特権で大村と高見にそれぞれシャッターを押させて撮った彼女たち二人との二枚の写真を大村に手渡し、彼はそれをきっかけに彼女に向かって突進したようだが、そのプロセスについては最早僕の関心の外のことだった。卒業まで寮では同室にいた高見に聞いたところ、大村は僕が手渡した写真を持って彼女の京都の家にまで出かけていったそうな。

その時は写真にかこつけての再会ということだったかもしれないが、その後彼が彼女に宛てどんな手紙をしたためたのか、何にしろろくな返事はこなかったに違いない。

それからあっという間に時が過ぎ、僕らは卒業し社会へ放り出された。僕はある宣伝会社を選び、大村は天下一流の商社に合格し、高見は伯父さんのやっていた素材のメーカーを継いだ。

その大村に一度だけ、まだ世間をろくに知らぬ僕が建言したことがある。

お前のような男は商社などという生き馬の目を抜くような商売よりも、例えば製鉄みたいな質実なメーカーを選ぶべきじゃないのかなと。当然彼は反発し耳を貸すこともなかった。

ぼくが建言した所以《ゆえん》は、僕と同じ町に住んで同じ高校に通っていたある男が典型的な秀才で、東大に進むと思われていたのに、受験に失敗したらあっさり私学に進んでそのまま大村と同じ商社に入っていた。その男はいつも磊落《らいらく》で、頭の切れるのを証すような冗談をいって仲間に人気があり、僕も彼の魅力を理解し評価していた。

いつか偶然電車で再会した時就職の話になって、彼が自分は語学には自信があり、すでに外国人の友達も多く持っていて商社の仕事が一番肌に合うと思うといっていたのを思い出していた。その彼と大村が机を並べてする仕事での競争の結果はすでに知れている気がしていた。

大村を採用した会社にすれば、名の知れた大学を出てそこで柔道部のキャプテンも務めたという経歴は、並みの人材よりもひと味違ったものとしての期待があったろうが。

とはいっても人間の性格からしてたずさわる仕事の向き不向きは当然あるはずだ。就職戦線という舞台での花形を争う競争で勝ってはみせても、要はその後仕事の上での出来栄えであって、大村の柔道みたいにただ体重で相手を押しつぶし寝技で押さえこんでしまうというような技は、生き馬の目を抜くような商社での仕事には通用すまいと思っていたが、はたせるかな結果はそうだった。


その間、僕らに豪語して中林幸子に仕かけた技は、高見からの報告だとてんで相手にされずにかわされて終わったようだ。

そのショックと仕事での競争の惨敗で、大村は柄に似合わず入社して三、四年してノイローゼになってしまったそうな。

その頃丸の内界隈の路上でばったり出会った一年下の、大村の下で柔道部のマネージャーを務めて日頃よく彼から怒鳴られこき使われていたがいつもへらへら笑いながらうまくかわしていた、しかしその後大村と同じ商社に入った杉田という男にこの頃大村は会社でなんとかうまくやっているかと質したら、まったくの他人事のように、

「ああ、あの人はもう駄目。もうこれよ」

いって頭の上で指をくるくる回してみせた。

それはひどく残酷な報告だったが、学校を出た後の社会の現実とすればむべなるものかとも思われた。

そしてそれからしばらくして彼は家で首吊り自殺を図り、体重が重すぎ首に巻いた紐が切れて助かったそうな。

それを聞いて、父親が物故した後家業は姉の夫が継いでいたので、北海道から母親が駆けつけそのまま同居して彼の身辺に目を配るようになった。高見から中林幸子の一件について聞き取った母親は彼を強引に説いて故郷で幼なじみだった相手と結婚させ、間もなく子供も生まれて一応落ち着きはしたが、自殺未遂という前科は結局仕事場で一生つきまとい、半年静養の後出社した彼に会社が与えた仕事は伝票の整理という閑職でしかなかった。

ということを高見から聞かされる度、僕はあの雲仙で出会った彼女のことを思い出さずにはいられなかった。

学生身分の未熟な男の気負いが、か弱い女の子にすかされたというだけではなしに彼の人生そのものを呆気なく投げ飛ばしてしまったということの、これは人生の不条理などではなしにまさに条理そのものだということだろう。

その後々大村の身の上に待ち受けていたもの

について はまだ知る由もなしに、彼女たちと別れた後も僕ら三人の旅はまだまだ愉快につづいていったものだ。

八代市の、先祖は昔熊本藩の出先家老を務めていたという一年後輩の寮生の刈谷の、今は旅館をしている実家の、しかも渡り廊下を伝っていく、昔は殿様が泊まったという豪華な離れに泊めさせられて大名気分を味わわされた。刈谷という男は後に日本航空に入って後々の社長候補の一人と噂されていたが、惜しくも奇病で夭折してしまった。

気っ風のいい、どこかニヒルな、というよりいつも捨て鉢なところがあって、いつか国分寺の町で土方二人を相手に喧嘩し殴り倒してそのまま多摩湖線に乗って寮に戻ってきたら、相手の仲間が仕返しに二十人近く徒党を組んで夜中に寮に押しかけてき、彼を出せといきまいたことがある。

それを聞いて寮生たちは相手を上回る数を揃えて向かい合い緊張したものだったが、誰かが呼んだ警察が来るまでのにらみ合い数十分の緊張は今でも忘れられない。

その八代を経て、奄美大島は日本に復帰した直後だったが、本州では最南端の鹿児島に着いた時の、よくもはるばるここまでたどりついたものだという感慨だった。

とにかく郊外の村にある仲間の家に行くためにどのバスを選んでいいのかを行きすがりの者に質しても、言葉がよく通じなかった。

ようやく確かめ乗りこんだバスに座っていたら、隣の爺さんが僕らの会話を聞いてか、学生さんたちは東京から来たのかと僕に質してきた。

そうだと答えたらひどく感動して、

「すると、宮城の側《そば》かね」

学校の所在地を田舎の爺さんに説明するのも面倒だから、

「そうですよ」

うっかりいったら、たてつづけに尋ねてくる。高見が間に入って適当なことをいったら、相手は興奮気味でいろいろ質してくるが、まさに異郷でその言葉がよくわからない。

その内僕は面倒になって眠ったふりをしだしたら、相手を代えて高見が爺さんの虜《とりこ》になってしまったが、目をつむって聞いていると、相手は何か熱心に質しているのに高見の方は感心したふりで相槌を打ったりして話はまったく噛みあっていなかった。しかしあれもまた、まさにはるばるやって来た異郷の雰囲気で僕も恐らく高見も満足していたな。

昼すぎにバスでたどりついた同じ寮生の野間の家でも歓待された。

いやしい僕らはどんなおやつが出るものかと密かに期待していたが、出てきたのはなんと昼間から、燗がついてお湯で割った地元の焼酎でつまみは塩豆、これには驚いた。何よりも燗がついていっそう強まったあの匂い。

当節流行の鹿児島名産の焼酎とは似て非なるもので、酒好きの三人ともあれには閉口して三本の銚子を呑みきれずに残したら、家のお祖母さんが台所で、「あんな良かニセ（若者）が、こぎゃんほどの酒ば飲めんとこれからの日本は危なか」と慨嘆するのが聞こえて、次の日には三人とも発奮して飲み干したものだった。

次の目的地の宮崎までは次の駅までの切符を買って、その先は車両の連結部分に立って過ごす無賃乗車で通した。

検札の車掌が来る気配の時には三人してトイレに身を隠して過ごしたが、無事降り立った宮崎から青島とその先にある名所の鵜戸《うど》神宮までのローカル線に乗るために、急行が出ていった後はほとんど無人の駅のホームの一番外れから線路に飛び下り身をかがめてローカル線のホームまで走って這い上った。

そのホームで妙なことをする僕らを見とがめ見守っていた、学帽をかぶった見知らぬどこかの大学生が近づいてきて訳を質してきた。学生同士だから半ば自慢に訳を話したら、彼等二人も同じことをやって鹿児島からここまで来たそうな。

ということで意気投合してこれからの旅もいっしょにということになったが、彼等の鵜戸神宮での泊まり先は神宮の社務所で、ここらの田舎では風体の知れた大学生はどこのお宮でもいえば社務所にただで泊めてくれるそうな。

二人の内の片方は神戸外大、もう一人は大阪医大のともに僕らと同学年で、医大生の方はすでにあちこちで土地のお宮の社務所に泊まってきたそうな。

「鵜戸神宮は有名なお宮だから、社務所も大きいはずだよ」

彼がいい、僕らも早速その知恵に便乗することにした。

しかし青島を訪れた後たどりついた鵜戸神宮では、近々誰か皇族がやってくるとかでそれに備えてお宮の修理に宮大工が来ていて部屋が空いていないという。

「困ったな、僕ら学生なんであまり金がなくって、なんとかなりませんかね」

僕がぼやいていったら、応対した社務所の老人が、

「なんなら私の家の二階にでも泊まりなさいよ。うちはお宮の門前で土産物屋をしているが、二階は空いているから。でも布団が足りるかなあ」

「いや屋根の下で寝られるならそれで結構です。畳の上で敷き布団をかぶってでも寝られますから」

広島での一件を思い出して僕がいったら、気のいい相手は、

「それならどうぞ、何のかまいも出来ないけれどね。うちは店の者も通いで、夫婦二人だけど御飯くらいは炊いて出してあげられるが、おかずはどこかで買ってきなさいよ」

ということで案内されるままお宮の下の小さな集落に一軒だけあった土産物屋の二階に上がりこみ、雑貨屋に簡単な飯のおかずを買いに行ったついでに誰かがいい出して、これも割り勘で酒を一升買いこみ、金がないといった手前土産物屋の二階までレインコートにくるんで隠して持ち上がり、炊きたての飯が出た後冷や酒を酌み交わして互いの校歌寮歌を歌い交わしての大宴会となった。

翌日は辺りの海岸を散策した後五人とも今度は正規に切符を買って電車に乗り宮崎から別府へ、そして別府から三等船客で大阪までの汽船に乗って帰った。

その船でも僕が船長にかけあい、父がこれこれの汽船会社に勤めていたので自分も将来汽船会社に入るつもりでいると嘘をついてあつかましく操舵室にまで押しかけ、五人とも生まれて初めて大きな汽船なるものがどんな風に操られているかを目の当たりにすることが出来た。

その折船長から聞かされたことで印象に残ったのは、瀬戸内海は名の通り島だけではなしにその周りに暗礁も多く、内海を行く時の心得の一つとして、いわれればあちこちに見えた、海岸縁に立てられている白い石の立像、あれは皆、昔その瀬で遭難した者を弔うための仏像だということだった。それはこの地方の陸地と同じようにあの内海にも立ちこめている長い歴史の余韻に違いなかった。

大阪では医大生の案内で東京でも有名な古い遊廓の飛田まで足を伸ばしはしたが、互いに何やら豪語していたにもかかわらず、昼間で行きすがる人も少なくそのせいかあちこちでしきりに袖を引かれたが誰も建物に上がる勇気などありはしなかった。

それにしても青春のはしりの大学生活の中で思い出すことはいくつもありはするが、時代も時代、人も人ということか、学生という身分、分際のお陰であんな旅が、誰かがいい出した通りまさに無銭に近く出来たことの懐かしさは、今思えば奇跡のような気がするな。

＊

その日はなぜか大村だけが突然やってきた。

彼が部屋の主との関わりをどんな風に伝えたのか知らぬが、秘書は困惑した声でうかがいをたててきた。幸い先客との話は予定より早く終わり、次の客の比重も軽いものだったから河原は時間を限ってと断らせて客を通した。

「遅くなったが、おめでとう。俺は間違いないと思ってはいたがね」

座るなり彼がいった。

いわれて河原は薄く微笑《わら》ってうなずいただけだった。

「で、何だい、例の高見の件か」

問われてなぜか臆したように大村は相手を見返したままでいた。

「どうしたい」

また問われて、間を置き、

「いや、あれはもう終わったよ」

「どうにかなったのか、どこかとうまく合弁とか」

「いや、もう終わった」

「どう終わったんだ」

「だから終わったんだ。会社は先月倒産したよ」

確かめるように相手を見返した後一度目をつむると、

「そうか、やっぱり駄目だったか」

何かを収《しま》うように河原はうなずいてみせた。

それに応えて何かいいかけ、首を傾げてみせる相手に、

「なるほど、それで」

促すようにいった。

「それでな」

いいかけて澱む大村に、

「それで」

「それでな、あいつは五日前に自殺しちまったよ」

「何っ」

「あいつらしく、すべて清算し資産は社員に分配してたな。俺は紐が切れて死にそこなったが、あいつは俺よりは軽かったからな」

薄く微笑っていった。

「ま、そういうことだ」

いわれて何かを思い出そうとするように河原は腕を組みなおし、薄く目を閉じたままでいた。

そして、

「そうか」

とだけつぶやいた。

それからしばらくの間二人は互いに目をそらしたまま向かい合っていた。

やがて、

「一杯飲むか」

河原がいい、

「ああ、いいな」

大村もうなずいた。

ポットに入れた氷を運んでき、窺うように彼を見つめる秘書に、

「客は待たせておけ」

突き放すように河原はいった。

大村はグラスに氷と酒を注ぎ分ける河原の手元だけを何かを見届けるように見つめていた。

かかげたグラスを手に、

「じゃ」

河原はいい、

「じゃ」

大村もいった。

手にしたものを一口すすると、大村はグラスを手にしたまま黙って立ち上がり海の見える窓際まで歩いていき海に向かって立ちつくした。それに従うように河原も並んで立った。

目の前に広がる東京湾を見渡しながら、もう一度河原に向かってグラスをかざすと、

「今度の部屋の方が、前よりも眺めはずっといいなあ」

大村はいった。

夢々

なぜか時々同じような夢を見る。夢の形はいくつかあるのだが、なぜまた同じような夢なのかわからない。

夢　その一

夢で、試合ではなしに何かの目的で陸路ヨットを回航することがよくある。ヨットといっても数十フィートの外洋帆走用の船だ。陸路をといってもトレーラーなんぞで運ぶのではない。私がコックピットに座り舵を引きながらクルーを指揮して、陸の上の道路を帆走していく。夢でしか絶対に有り得ぬことだろうが。

道中の路上にはなぜか人の影は見えない。時刻は夜でもなければ昼間でもない。なぜかいつも薄闇の中を、航海灯はつけずに船は確かに走っていく。

船底から突き出ているキールは二米《メートル》はあるのだが、船は水のない舗道の上をつま立ちした形でゆっくりと滑っていく。

しながらも、このままではやはりおぼつかず、どこかで早く海に出て水の上を走りたいと願っているのだがなかなか海には出られない。

いつかは見覚えのあるような、どこかの古い東海道の路上を回航していった。多分この先を左折すれば、海に繋がる道があるはずだと仲間にいってきかせながら覚えのあるゆるい勾配の坂を降りていき、その先の道を左手にと思っていたら、いつの間に出来たのか新しいガードが行く手を塞いでいた。


何度も同じような夢で陸路を、満帆に風を受けながら、しかし疾走ということではなく、船が倒れる恐れはまったくなしにゆるやかに走っていくのだ。

それでも、まずこのままなら大丈夫という安心感と、早く海に出なければという密かな焦りの入り交じった妙な気分のままに、切りなく陸の道を船は滑っていく。

ある時は、夜の船上での宴会のために道端の、伊豆の妻良《めら》の港にあるはずの魚屋に寄って、生簀《いけす》の中からアワビを仕入れたりした。

店の親父が、アワビは赤アワビにするか黒にするかと尋ね、「こちら様は素人じゃあるまいし女のあそこと同じでアワビは黒に決まってらあ」などとほざいて、親父が、「あんたは相変わらず口が悪いねえ」と笑ったりしていたが。


かと思ったらある時は道中に、一軒だけ派手に明かりのついている店があった。船を舫《もや》い扉を開けたら戸口からいきなり細くくねくねと長い階段があって、それを降りていくと突然下から大勢の人間のさんざめきが聞こえてきた。

地下の大きな扉を開けたら、どこかのホテルの大広間で宴会がたけなわだった。集まっている連中が私を迎えるように道を開けてくれる。正面のメインテーブルに座っていた女が立ち上がり笑いながら、「遅かったじゃないの」、咎めてみせるので見なおしたら、何の余興でか彼女は昔の絵本で見た竜宮の乙姫様のコスチュームを着ていた。

その後酒を呑んで、どんな騒ぎをしたのか覚えていないが、また階段を上って船に戻ろうとしたら誰かが案内してくれ、広間の奥の扉を抜けて進むとその先に船が舫われていた。

辺りは前よりも暗くて行き先はぼんやりしてよく見えないが、舫いを解いて船を出すと辺りには一面濃い霧が立ちこめていてどうやら海に出たらしい。

行く手が定まらず手探りみたいに、ともかく船を滑らせていったら、いつの間にか、マストの上を白い十字架みたいなボースンバードが飛んでいた。昔々トランスパックレースで教わったように、この鳥の案内に任せれば間違いなくハワイに着くと覚《さと》らされた。

その途端本当に安心してしまい、夢は何かつまらぬものに替わっていた。

夢　その二

いつもなぜあのバーにいるのだろう。

行ったことのあるような店だが、すこし違う。横浜の馬車道のビルの地下にある「十九世紀」という古典的な凝った造りのバーに似てはいるが。似ているのは長いカウンターの奥の酒瓶の並んだ壁が鏡張りだが、スツールに座りながら向かい合う鏡になぜか表の通りが映っていて通りすぎる人間の顔が見えるのだ。

中にいるバーテンダーは、これは顔見知りの、私がメンバーでいる東京のスポーツクラブのバーに長くいた、カクテルの上手《うま》かった、しかしいつの間にか姿を消してしまった初老の男だった。博打に入れ揚げとんでもない借金を作り、それが返せずにその筋の者に消されたなどという噂もあったが。

でもいつも夢の中でそのバーにいて、目の前にいるバーテンダーも同じ男だ。

ある時は、いつか彼から聞いた話の通りに、噂の男が隣のスツールに座っていた。彼は大分前のオリンピックのレスリングでの金メダリストで、今は自前の建設会社の社長をしていた。

前に聞かされた通り、彼はバーテンダーに次から次に注文して沢山の料理をカウンターに取り寄せていた。

「そんなに取って、食べられるんですか」

バーテンダーはいったが、

「大丈夫、大丈夫」

彼は手を振ってみせ、運ばれてくる料理に次々に手をつけ隣にいる私にも勧めてきたりしたが、乱雑に料理に手をつけた後突然立ち上がると大声で何かいって、隣の私に握手を求め、なぜか声を立てて笑うと肩で風を切ってバーから出ていってしまった。

首を傾げて見送った私に、戸口から消えた彼の背中を眺めながら、

「おかしいね、あの人、きっともうじき死にますよ」

バーテンダーは囁いてみせた。

彼は実際に自分の事務所で、レスリングの後輩の社員を前にし、

「男はこうして死ぬんだぞ」

叫んで、取り出した日本刀で頸動脈を切って死んだのだった。会社の倒産のつぐないだったそうな。

私は以前新聞でそれを読んで知っていたが。


ある時はバーのカウンターの後ろの鏡に映っている表の通りの中に、思いがけず彼を見て呼び止めたことがある。

竹井とは大学三年の頃一年間同じ寮の部屋で暮らしたことがある。クラスもいっしょだったが、さほど親しい間ではなかった。しかし二人とも大学からは近い神奈川県に住んでいたために、いつでも出来ると楽観していて、大学の後期に進む折の寮の部屋取りに遅れてしまい、玄関横で階段下の最悪の部屋に回され同室となった。

彼の第二外国語の選択は当時としては珍しく中国語で、部屋に二人だけでいて暇な折、寡黙な男なので会話のとっかかりに、これこれの日本語は中国語では何というんだと尋ねると几帳面に答えてくれ、わからぬ問いには後になって誰かに確かめ答えてくれたものだ。

家でのしつけでの習慣なのか、同級生の私にも、先に寝る時とか外出する時、一々それを告げていたが、こちらはただうなずいて聞き流すだけでいたものだ。

寮にはいなかったが同じクラスにノイローゼ気味の伊野という男がいて、どう見こまれたの

かある時、片思いしているらしい女の口説き方を相談されたきっかけで親しくなった。彼は私よりも前から竹井とは親しかったようで、時折寮の部屋にまでやってきて、私は誘わず二人だけで連れ立って喫茶店に行っていた。

私にとってはむしろ退屈な二人が、どこでどんな会話をしているのかと思って伊野に聞いてみたら、

「僕は、彼といると何となく心が休まるんだ」

ということだった。

そういわれればそれ以上詮索のしようもない。私にしても寡黙な竹井と狭い部屋で同室でいることに不便もなかったし。

確か竹井は父親が傍系の子会社の役員をしている、親会社の大手の商社に就職が決まったと思うが、私が尋ねてそう答えた後なぜかぼそっと、

「嫌だなあ、サラリーマンなんて」

吐きだすようにいった。

後になってなぜか、その時のことをはっきりと思い出したものだが。

大学を卒業してしまえば後は皆ちりぢりでそれぞれ忙しく、十五年ほどして誰かがいい出しクラス会が開かれ女房連れで集まったが、私が冗談半分に女の口説き方を教えてやった伊野も、多分話題にした相手とは違うだろう細君を連れてきていた。ほとんどの仲間が来ていたが、竹井の姿はなかった。

伊野に聞いたら竹井はまだ結婚もしておらず、何やら厄介な病気を抱えていて、その癖ろくな治療もしていないらしい。

「あいつ中国語が堪能でね、それを見こまれ大

きな仕事を抱えさせられ、随分無理してるみたいだな」

伊野はいった。

それからしばらくして、まさに偶然竹井に出会った。

その頃道楽でよく行っていた横浜のナイトクラブのトイレでだった。

「どうしてる」

私は尋ね、

「相変わらずだよ」

彼はいい、

「商売相手の外国人のお供だよ」

肩をすくめてみせた。そんな彼は学生の頃よりも痩せてみえた。

それから間もなく彼は死んだ。定例のクラス会で伊野が仲間にそう伝えた。見舞いに行った病院で、最後の最後、立ち会っていた母親よりも彼の手を最後まで握って死んだそうな。

「お前とあいつの仲は何だったんだ」

私が質したら、

「友達だよ、ただの。でもあいつはいつも寂しそうだったな。お前がもっと面倒みてやりゃよかったのに、寮で同じ部屋にいたんだからさ」

「馬鹿いえ、そんな義理はないよ。そういやあいつ、いつも勤め人は嫌だ嫌だといってはいたな」

「なら俺たち、どうすりゃいいんだ」

誰かがいった。

ある夜、その竹井が鏡の中の通りに映って過ぎたので思わず声をかけて呼び止めた。

どんな会話をしたのか定かには覚えていない。

「どうしてる」

聞いた私に、ただいつかのように、

「つくづく嫌だねえ、サラリーマンは」

吐きだすようにいっていたが。


もう一人、死んだクラスメイトを呼び止めたことがある。

同じクラスで同じゼミナールにいた北村だ。学生時代彼とはいっしょに、昔出ていた大学での同人雑誌を復刊させたことがある。そのために二人して昔の同人だった先輩に寄付の無心をして回ったものだ。私が世の中に出られたのはその雑誌に載せた作品がきっかけだった。

無口だったが、仲間内での議論の折に、突然意を決したようにうつむいてゆっくりと、誰もがうなずかざるを得ないようなことをいった。

大学四年生の時、就職試験で行く先にあぶれていた私を、いっしょに映画会社の試験を受けて将来映画監督にならないかと誘ったのは彼だった。いわれるまま私も試験を受け二人して合格したが、私は物書きになってしまい、それきり彼とは疎遠になった。


彼は黙ってやってきて、黙って私の横のスツールに座りカウンターの上で両手を組んで鏡越しに私を見つめてき、黙ってうなずいてみせた。

「今、何を読んでいる」

私は尋ね、彼は黙って首を横に振ってみせた。

彼からはいろいろなものを教わったものだ。

ユングやキューブラー・ロスやオグバーンといったその頃では滅多に知る者もいなかった、興味深い人間の存在を私に教えたのは彼だった。同じゼミの教師より私に大事なことを教えてくれた男だ。

やがて映画界は不振となり作られる映画の数は激減してしまい、彼は長い間監督として一本立ち出来ずにいた。その前に誰かの評判になった作品に助監督を兼ねて、日本人らしからぬ彫りの深い暗い顔立ちを見こまれ、無口な悪役になって出ていたことがある。

その後その作品に出ていた、まだ有名になる前のある女優に惚れて相手にされず、女の家の前に十日も昼夜立ちつくしていたという噂も聞いたが。

そんな男だった。

しばらくしてなんとか番が回ってきて二本作品を撮ったが、あてがわれた原作は時代としては二番煎じで、ペキンパーをリリックにしたようなタッチは彼ならではのものだったが世評には上らなかった。

その後香港の映画会社の依頼による東京のドキュメントのロケで、外国にはない日本の銭湯の撮影でどこかの女湯の窓に隠しカメラを据え、それがバレて刑事問題にされ会社を馘《くび》になった。食うために匿名でピンク映画のシナリオを書いたりしていたそうだが。

黙ったままの彼に私は同じ酒を勧め、出されたグラスを彼はいつものように、ただ黙って呑んでいた。

その内いつの間にか二人は、どこかの海岸の波打ち際に近い東屋に並んで座っていた。

どれほどの間だろうか、二人して黙ったまま波の音を聞きながら夜の海を眺めていた。

風はなかったが芯から冷えこむ冬の夜だった。

しばらくして彼が、

「じゃあ」

といって立ち上がり、

「本当に、いくのか」

私は尋ね、

「ああ」

彼はうなずいてみせた。

「じゃあな」

と彼はいい、ポケットから取り出した二つ折りの遺書をベンチに置き、近くの石を拾い上げ重しにして置いた。

それを見定め、

「なら、俺は帰るぜ」

私はいって立ち上がった。

東屋から立ち去り、しばらくして振り返ってみたら薄暗い浜辺を真っ直ぐ海に向かって歩いていく彼の後ろ姿が見えた。

「あのままお前、死んだのか」

私は鏡に向かって尋ね、彼は黙ってうなずいてみせた。


新聞で読んだが、彼が死んだのは私の家からそう遠くない葉山の長者ヶ崎の海岸だった。彼がなぜあそこを選んだのかは誰も知らない。

しかしその記事を読んだ時私は、無人の冬の浜辺を横切って、真っ直ぐ海に向かって歩いていく彼の後ろ姿を目に浮かべることが出来た。

夢　その三

今でも彼女の住まいの電話番号を覚えている。時々思い立ってそこに掛けてみるのだが、なぜかその度相手は出ない。ある時は長い間話し中だった。

いらいらして何度となく掛けなおしてみたが、誰かと随分長い会話をしているみたいで埒《らち》があかない。

気づいたら使っていた公衆電話の後ろに人の列が出来ていて、中の一人に、

「後ろで見ていましたが、あなたの回していたあんな局番は東京にはありませんよ」

いわれてしまった。

そんなことはない、現に相手は話し中だったのだから。

場所も覚えているので、車を拾って出かけていった。

着いて降りたのだけれど、妙に見覚えのない町だった。仰いで確かめた建物も、ここだったような気がするがなんとなく心もとなかった。

部屋の番号は覚えていて、七階の十六号室。折れ曲がった廊下の端の、隣の部屋との間の壁にある、何やら建物全体のための配電盤のような機材にも見覚えがあったのだが。

扉の番号を確かめ、呼び鈴を押したが返事はない。誰かと長い会話の後、彼女は出かけていったみたいだった。

同じことを夢の中で何度もした。その度出かけていった建物は違うのだが、やはり彼女は留

守だった。ある時など私はエレベーターで上がり、彼女はなぜか階段を使って出かけていき、すれ違いで会えなかった。

それに気づいて上の階の手摺《てすり》から下を覗いたら、丁度玄関から出て歩いていく彼女の姿が見えた。上から声を立てて呼んでみたら、声が届いたのか一瞬彼女は立ち止まったが、聞き間違いとでも思ったのか首を傾げただけで振り返らずそのまま歩いて消えてしまった。

何度も同じことをしたような気がする。その度のもどかしさには、なぜだか最初から半分あきらめていたようなところもあって、夢の中で自分が妙に何かを納得してるような気がしていたのも覚えている。

彼女の所属している劇団の電話番号も覚えていたので、ある時事務所に確かめ彼女が今出ている芝居の舞台稽古の場所に出かけていったものだが、稽古は終わっていて会えなかった。

楽屋から外に出る裏口の階段で顔見知りの彼女の仲間の役者に出会って聞いたら、彼女の出《で》場《ば》の駄目出しはとっくに終わったので大分前に楽屋から出ていったそうな。

「そういえば、君は前より痩せたなあ」

いったら相手は、

「いやあ、いろいろ努めたからね」

いって笑ったが、気づいてみたらこの男は随分前に旅先の興行の舞台で、心臓の発作で死んだはずだった。


そんなことのくり返しで、何度目だったろうかようやく彼女に会えた。

私が、それまで何度くり返しても彼女を捉え

られなかったのをなじると、

「馬鹿ねえそんなこと、わかってるでしょ」

彼女はいい、片手で私の胸を軽く押してたしなめたものだった。

「そうかな」

私はいい、

「そうじゃないの」

彼女はいった。

気がつくと彼女も前よりも痩せた、というより昔初めて結ばれた頃と同じようにすごく見栄えが良く、美しかった。何しろあの頃は日本の新劇の世界で一番綺麗ともいわれた女優だった、何代か前の祖先にロシア人がいたという噂の通り、深い目鼻立ちの。

しかしある頃、彼女の劇団の主宰者の親しい演出家から、お前が甘やかすから彼女は節制しなくなって、このままだともう二枚目の主役では使えなくなるぞと脅されたことがある。

私がそう告げたら、彼女は声を立てて笑ったものだったが、そのせいあってか顔も体つきも以前に近いものに戻っていた。


二人はそのまま手を握ってしばらく歩き、どこかの誰かの部屋に行ったのだ。歩きながら行き先がどこかわからず遠いのに私はいらいらし、そんな私を彼女はたしなめて何かいったのだが、なぜかその声がひどく間遠くてよく聞こえてこないのが不思議だった。

ようやくたどりついた、何やら日本風の旅館のような部屋で二人はあらためて向かい合い、彼女は笑ってうなずいて手を伸べ、私はその手をとって引き寄せ彼女を抱きしめた。彼女の体は前と同じようにたわわで、その感触を確かめながら、私は自分がなぜこんなに彼女から遠ざかってしまっていたのだろうかと不思議だった。

座敷にはもう床が敷いてあった。そのまま彼女を抱きしめ布団に倒れこもうとしたら、突然窓の向こうを人が通る気配があった。気づいたらいつの間にか部屋には大きな窓があって、カーテンも引かれておらず部屋は外から丸見えだった。覗いている者など誰もいなかったが、庭の向こうの道を何人も通行人が過ぎていく。

「これじゃあ何も出来ないな」

私がぼやいていうと、彼女は私の頬に手を当てて、

「馬鹿ねえ」

笑ってたしなめた。

「そうか」

私は突然思い出していた。

彼女は大分前に死んだのだった。

以前劇団の芝居のセールスに出かけた途中、東北に向かう高速道路で雨の中車が滑って事故を起こし全身を打ったそうな。連れていたもう一人の若い俳優も彼女と同じように不思議に無傷で無事だったが、連絡されて駆けつけた警官が、死んだ者はどこに置いたと尋ねたほど車は全損だった。

しかしそれが原因らしく一年ほどして異常が始まった。最初に母親がそれに気づいた。家で次の芝居を彼女のファンたちに案内する手紙を書いていたが、その文字が妙に歪むようになったそうな。

その頃彼女と共通の友人だった詩人でカメラ

の上手い、彼女の舞台写真をいつも撮ってくれていた男と久し振りに三人で会って飲んだが、彼女に惚れていたその男が、別れ際私にそっと、

「彼女、どこか悪いんじゃないの、そんな気がするなあ」

といった。

確かに、彼女を送るため帰りに拾ったタクシーで、彼女はシートの奥に座ったつもりが腰が外れて床に尻餅をついてしまった。

その後彼女はすぐに私の横で眠り出し、久し振りに送っていった町の様子が変わっていて私には彼女の家の場所がつかめず、寝ている彼女を起こして確かめたのに彼女も自分の家がわからない。その頃はまだいっしょに住んでいた母親に電話して家の表の通りに出て立っていてもらい、なんとか送り届けはしたのだが。

それからまたしばらくして、彼女が相談にいっていた友人の医者夫婦の、夫の方の研究室に呼び出されて彼女と会った。どんな相談をしてきていたのか、私が部屋に入るなり彼女は立ち上がり私に駆け寄って抱きつき、

「あなた、助けて、私もうこのまま駄目になりそう」

と叫んだ。

医者の夫婦は黙って私に向かってうなずいてみせた。

四人で向かい合ったまましばらくの間黙っていた。

その後決心した表情で夫の方の医者が、

「家族は認めたがらないようだが、これはアルツハイマーだよ」

といった。

それからしばらくして彼女はそれ専門の病院に入院したが、結局どうにも元には戻らず、最後は拒食症にまでなって衰弱しきって死んだのだった。

一度だけ、群馬県のその病院に見舞いにいったことがある。

二階の患者たちの集まるロビーで付き添いに手を引かれて現れた彼女に会った。私がその手を包んで取ると、彼女は見覚えのある目の前の男が誰かを懸命に思い出そうとしている様子だった。

最初は付き添いを気にしていたが、私は決心し彼女に向かって、昔々初めて出かけた太平洋を渡るヨットレースの最中太平洋の真ん中からかけた電話が奇跡みたいに繋がって、狭いキャビンの中で仲間に囲まれながら電話に出た彼女とかまわずのろけた会話をしたことを話してみた。

彼女は体を大きく揺すって、なぜだか、

「嬉しい、嬉しい」

いいながらうなずいてみせた。

「わかってるんですよ、この人、わかっていますよ」

付き添いも二人を促すように大きな声でいってくれはしたが。

しかしそれっきりのことだった。目に見えない何か巨《おお》きな手にさらわれた彼女は、結局それきり戻ってはこなかった。まだ五十一の若さで彼女は死んだ、確かに死んだのだった。

夢の中では、確かに生きていたのに。

夢　その四

あんな南の鄙《ひな》びた島に、誰が、なぜあんなに巨きな石づくりの生簀を造ったのかわからない。生簀というか、石で造った水中の囲いだが、とにかくその中に大きな魚が沢山いる。

実に、一体何度あそこへ行ったことか。

あの夢を見るのはいつも陽気のいい、夏に近い頃のことだ。遠ざかっているダイビングへの本能が夢を呼ぶのだろうか。

どこかの島の港に着く。間違いなく南国の島だ。すぐに原住民に船を仕立てさせて、行く間もなく私はもう海の中にいる。港が生簀の中にあるのか、そこら中に巨きな魚がうずくまっている。

そう、魚たちはなぜかうずくまって動かない。それも回遊魚ではなしに黒いモロコのような魚たちばかりだ。伊豆近辺で見るモロコとは違って、岩に隠れて見紛う肌色の魚ではなしに、黒々としている。

水中銃は手にしているが、相手が巨きすぎてその気になりはしない。

広い生簀の底の地形も覚えていて、この先にどんな岩がありそこにどんな魚がいるかもよく知っている。

しかしなぜか夢の中での漁は見ない。水中の漁は夢の中で見るには生々しすぎるということか。ならば一体何をしにわざわざあんな島に出かけていくのだろうか。

水は温かく透明度も高いのだが、下はよく見えてもなぜか水平の遠目はきかない。

夢の中での連れは誰もおらず、いつも私一人であちこち水の中を泳ぎ回っている。しながら時折、ああこれは夢なんだなと悟ってもいるのだが。

そう悟ると夢は映画のカット繋ぎのワイプのようにずれていって、いつの間にか日本のどこかの島の海にいるのだ。潜っている海の光景で、水の色、あたりの岩の形からして、ああこれはもう日本の海だなと承知している。あの南の島の水中とは違って大きな魚の姿は見えずに、小魚の群れがあちこちに見える。

ある時は、いたはずの仲間から離れて私一人が沖に出て水深四十米ほどの水の宙空に浮いていると、気づいたらカマスの大群の中にいた。

かすかな流れがあって群れといっしょにゆっくり流されていくと、周りの魚たちとの距離が狭まり、魚たちは私の体にかすかに触れながら互いに何か話している。

その言葉が段々にわかって伝わってくる。こいつは何だ、鮫か、流木か、とかいっているのが感じられてわかる。

それはなんともいえぬ寛《くつろ》ぎで、自分が体の大きさも形も失い、全身水に溶けてしまい潮の流れそのものになってどこかへ向かっているような気がしてくる。

あれは、いつか仲間数人と、八丈島の西北端の灯台の下から三ノットはある潮に乗って、島の北側の海岸線に沿って流されていった時の快感の余韻がつくる夢なのかもしれない。

仲間の一人にボンテンをつけた長いロープを持たせ、上の船はそれを確かめながらついてこさせた。何の心配もなく、およそ五キロもあったろう道のりを、途中出会った大きな尾長鮫なんぞを間近に眺めながらのハイキングだった。

夢の中で、どこかの南の島の不思議な生簀から流れ出て、日本の見知らぬ島までの長い水中の旅だが、何度となく同じような水中での旅をしている。

夢のような旅、とはよくいうが、あれは夢でしか出来はしない旅に違いない。そんな旅をよくするというのも、私はある選ばれた者ということだろうか。

夢　その五

私にとって好きというか、親しいというか、意識の中に独特な形で滞るといおうか、沈殿して動かぬ人物が何人かいる。実際の知己の誰かだったり、時代を隔てた歴史の中の人物だったり。

そしてその男――女はいない――なぜかその彼の死に際に私が立ち会う夢をよく見る。

あの地下のバーのカウンターの、奥の鏡に映る表の通りから私が呼び寄せて酒を呑んだ北村もその一人だ。彼の場合は、彼がベンチに遺書を二つ折りに畳んで石を載せ、海に向かって一人で歩いて行くのを黙って見送っていたが。

彼が自殺したのを知っていたからだろうが、他の男の場合はまた違って、彼の死を招く事態を避けるために諭《さと》したりいさめたりしたものだ。

総じていえることは、私はそれらのどの男にも友情以上のある強い共感のようなものを抱いていたと思う。歴史の中での評価などといった大それたものではなしに、今までの彼等の生き様に、同じ男として、いわば彼等のマチズモへの共感といったところだろうか。

信長にしても、彼が事をなしとげてきたあの時代にいっしょに生きていた訳ではないから、あの時私は彼の従者としてではなし、友人のような存在として彼に人の心なるものを説いて諭したりしていた。彼も争わずにそれを聞いていたものだ。

本能寺の奥の書院で、差し向かいで二人は話している。

他に人はいない。

「大体あんな席で、あんな叱り方をすれば光秀は傷つくに決まっているな。それに突然の国替えだからね」

「だろうな。しかし俺はもう一度、あの男を試しているのさ」

「なぜまた」

「俺はどうもあいつが好きになれないんだ。あの男がいつもしたり顔でまとっている血筋への自惚れ。それと、帝とか公家とかいう手合いとのよしみをひけらかす気取り、いや傲《おご》りが鼻につくんでな。お前はあいつらを認めたがるのか」

「とんでもない、俺も実はあなたと同じ趣味だよ」

「あんな奴等におもねって、何になる。奴等がかざしてひけらかす官位なんぞ何になりもしない。あの男がとりもってきた正二位とは何のつもりだったんだ。たとえ征夷大将軍だろうと、俺はそんな肩書きはいらんよ。自分で天下を取り、自分でそう称すればいいんだからな」

「あんたなら、そうするだろうな」

「それが、俺の流儀だ」

「しかし今まではそれで来たが、これからはそれですまぬこともあるよ」

「何がだ」

「今にわかるさ。あんたはとにかく敵をつくりすぎたな。猿みたいにあんたが取りたてた者たちは別だろうが、あんたが現れる前からそれなりでいた者たちは、あんたを本気で恐れ出しているよ」

その時何かの気配で彼は口をつぐみ、二人は耳を澄ました。

「聞こえたな」

彼はいい、私もうなずいた。

遠くに馬のいななきと、誰か大勢の人の足音が聞こえたと思った。

「蘭」

彼が近習の蘭丸を呼んだ。

間を置いて蘭丸が緊張した顔で現れた。

彼が問う前に、

「怪しい気配にございます。誰かの手勢が寺を囲もうとしている気配、確かめます」

いって目で制すと一度立ち去り、すぐに血相を変え走って戻った。

「数多い手勢が寺を囲みました、謀反の気配」

「ならば、寄せ手の紋所は何だ」

「確かめさせております」

いう間もなく他の近習の一人が息せききって駆けこんできた。

「寄せ手の紋所は、桔梗《ききよう》の花」

「ならば明智か」

吐き出すようにいうと、私を見つめなぜか薄く笑ってみせた。私も黙ってうなずいた。

「是非もないな」

低い声で笑って彼は立ち上がった。


その後の出来事を私は、寺の鐘楼か、それとも屋根の上かどこか小高いところから眺めている。

彼は片肌脱いで最初は弓を引き、塀を越えて乱入する寄せ手を三、四人射殺し、ひるまず間近まで押し寄せる相手を縁の上から刀で切り倒していたが、昔と違って息が切れていた。

それを見て蘭丸が中へと促し、

「火を放て」

彼が命じ、辺りに火がつけられた。

火はあっという間に燃え広がり、寺全体が火の塊になっていった。私はそれを上から眺めていたが気になって、燃え盛る火の中に入ってってみた。

誰かが私を止めようとしたが火にあおられてたじろぎ、私はかまわず一人で中に向かって入っていった。

もう本堂にまで火が回って、燃え盛る炎の中で笑っている仏像を眺めながらその裏に回っていった。

彼はさっきまでいた書院に一人突っ立っていた。

もうその周りにも火が回り、その中で彼は腕組みして私を見つめてきた。

私が何かいおうとしたら、それを塞ぐように突然彼は高い声で笑い出し、

「いささか、早かったな」

いい残して背を向け、炎の中に真っ直ぐに消えていった。

やがて天井が燃え落ちる音の中でも、彼が一人で高く笑う声を聞き取ることが出来た。その声が消え失せたのを確かめ、私は寺からしかたなしに出ていった。

中西清明は私にとってある意味で理想的な拳闘選手だった。まず、その顔立ちがなんともいえず良かった。

どう良いかといえば、さまざまにだ。

なんとも悲劇的といおうか、敗れながらなお戦いつづける侍のイメージ。試合に勝っても負けても、それは変わらない。

むしろ敗れた試合の時の方が彼らしく見えた。特に、ダウンさせられ片手をつき、レフェリーのカウントにうなずきながら歯を食いしばって立ち上がろうとする時の彼の表情は、同じ男としてふるいつきたくなるようなものがあった。因縁の宿敵の金子繁治との何度目の試合だったか、当時のルールではダウンの数に制限がなく、一体何度倒されては起き上がってきたことか。その度の彼の顔の凛々《りり》しさには、あきらかに敗れようとしながら戦う男の美しさのようなものがあった。

あの頃はボクシングのことを誰もが拳闘といい、拳闘の好きな手合いはある意味で低俗な（？）風俗好みの輩と思われていた。

私が拳闘に魅かれ出したのは夏休みのある日、上京してきて家に逗留していた従兄と弟と三人で東京に出て、当時は職業野球と呼ばれていたプロ野球のダブルヘッダーを見て帰ろうとしたら、長引いて夕方までかかった試合の後、突然何やら大勢の労務者がグラウンドに入ってきてホームプレートとピッチャーマウンドの間に何かの舞台を組み立て始めた。

係員に聞いたら、これから間もなく仮設のリングの上で拳闘の試合が始まるという。彼から貰ったちらしの紙を見ると、今夜対戦する選手たちの名前が出ていた。

槍の笹崎、ピストン堀口、そして中学への登校の途中にポスターでよく見た玄海男《げんうみお》といった名の知れた選手ばかりだった。

従兄がいい出して電車賃は残し、夜の食費として貰っていた小遣いを入場券にあてて、三人とも生まれて初めての拳闘を見ようということになった。

手元の金で券が買えたのは球場の一番上の屋根から見下ろす三等席だったが、間もなく始まった拳闘の試合に昼間の野球試合以上に固唾《かたず》を呑まされた。

その頃はまだナイターなどなく、夜の最中、人工の明かりに照らし出された粗作りの妙に生々しい舞台で繰り広げられる、血なまぐさい劇に痺れさせられた。

今から思えばもう薹《とう》の立った有名選手たちが、スピードを欠いた大ぶりのパンチを振るう度、それでも観客は興奮し絶叫していた。

私の隣に座っている中年の女など金切り声を上げ、女の癖に、

「アッパだ、よしそこでボデ、ボデだっ」

大声で叫びつづけ、相手がグロッキーになれば、

「倒せっ、殺せっ」

叫んでいた。

最初の内は、リングの上も席の周りも見慣れぬ光景に圧倒されていたが、たちまちこちらも雰囲気に呑みこまれて、昼間の野球などとても及ばぬ興奮に痺れて身を乗り出し声を嗄《か》らしていた。

拳闘なるスポーツは、どうやら人間の体の内に受け継がれながら潜んでいる荒々しい本能を呼び覚ましてくれるようだった。

以来私はボクシングの愛好者とあいなった。

物書きとなり、おおっぴらに拳闘場に出入りするようになり、ある切っかけで試合の戦評を書くようになり、それでもてて選手やプロモーターのやくざたちとも顔見知りになった。

あの頃の選手たちの中で中西清明は、何もかもが私の好みに合う選手だった。だから彼の試合の戦評は、彼が敗れた時の方が力が入った。それは選手にとっても未曽有のことらしく、彼に限らず、敗れた試合を褒めた相手の選手とことさら親しくなったものだ。

しばらくして初めてやった映画監督の仕事で、日本の拳闘界の内幕をすっぱ抜く筋書きの作品を作り、プロモーターのやくざたちからいちゃもんがつき、ある試合を見にいった時連中が私を拉致して焼きを入れるという動きがあり、それを聞いた中西ともう一人、バンタムの日本チャンピオンだった石橋広次が私の席の近くに座ってガードしてくれたこともあった。

生まれて初めての海外冒険旅行の壮行会に中西はわざわざ来てくれたが、様子がいつもと違うので質したら、病弱の奥さんが、自分のために彼が無理して試合に出つづけていると気にして昨夜自殺未遂してしまい、なんとか助かりはしたがと肩を落として打ち明けてくれた。

そんな仲の彼が、選手を止めた後どうしていたかはまったく知らない。いつ死んだかも。

ボクサーの人生はそう長いものではないだろう。何しろああした競技だし。

しかし、彼が死ぬ時、私が側にいる夢を何度か見た。

私は彼のセコンドなのか。相手が誰かは知らぬが、倒し倒される激しい打ち合いの後グロッギーになった彼を私は肩を貸して抱えながらロッカールームに帰ってくる。

試合は互いに三度ずつダウンする壮絶なものだった。

三度目のダウンは、相手のラッキーパンチが当たって彼はカウントアウトぎりぎりで立ち上がってきた。九まで来て立ち上がる時、彼はなぜか探すような視線で私を捉え、何かを約束するようにうなずいてみせた。

最終回、互いにもたれたままの激しいミックスアップの中で彼のフックが相手を捉え相手は膝をついたが、丁度陰にいたレフェリーはそれをスリップダウンとしてしまい、私の抗議の声は届かなかった。

互いに最終ラウンドまで立ち通して、判定はドロウだった。

ダメージは中西の方が大きかったと思う。特に三度目の時はそのままカウントアウトかと思った。

そんな彼を私は肩で抱えて控え室まで戻って

きた。抱えた彼の体は私より二回りも軽いフェザア級なのに、ひどく重かった。その感触を覚えている。

ロッカールームではなぜか、私たち二人だけだった。

ぼんやりと宙を見つめながら座ったままの彼のバンデイジを、鋏で切り取ってやりながら、

「最後のラウンドのあれは、スリップじゃなしにダウンだったよな、あんたの左のフックが当たったんだ。手応えがあったろ」

私はいった。

「ああ、そうなんだよ」

「だから本当は、あんたが勝っていたんだよ」

「そうなんだ、おれが勝っていたんだ」

「でも、それはもういいよ。あんなヒロイックな試合は見たことないぜ、あんたじゃなけりゃ、まさに中西清明でなけりゃ出来ない、完璧な試合だった」

「そうだ、あれは俺にしか出来ない試合だったよな。でも、本当は俺が勝っていたんだ」

いいながら彼は手を差し出して私の手を握り、その後、

「畜生っ、本当は俺が」

いっていきなり鉄のロッカーの扉を力一杯殴りつけた。

その後なぜか彼はぼんやりした顔で立ちつくして、確かめるような目つきで私を見なおし、その後ゆっくりと私の腕の中に倒れてきた。

その体をベンチに寝かせ、私はコミッション・ドクターを呼びにいった。

医者はすぐにやってきた。

倒れた時の様子を質した後彼を診察した医者

は、すぐに私を見上げていった。

「もう死んでいるよ。あんな試合じゃ、頭の中のどこかが切れたんだな」

なぜか今でも、夢の中で抱えた彼の体のほてった感触を覚えている。


荒野の草むらに焚き火を挟んで、二人だけで向き合って座っている。なぜか従者たちの焚き火は遠く離れて見えた。

気づいてみるとその数は二年前都を発って東に向かった時の半ば近くに減っていた。

遠雷が轟き、そのひらめきの中に大きな山の姿が浮かび上がって見えた。

「あれが伊吹の山か、いかにもものの怪の住みそうな山だな」

「あなたはそう思いますか」

「なんだ」

「あそこに、本当にものの怪が潜んでいると」

「そうではないのか」

「使いはそういったかもしれないが、私はそうは思いませんね」

「ならば何がだ」

「使いはものの怪を討てと伝えはしたが、あそこであなたを待っているのは、違うと思う」

彼はゆっくり顔をそらせ、確かめるような目つきで私を見つめてきた。

「そう思いませんか。あなたの武勲はとっくに都に伝わっている、彼等がこのままあなたを歓んで迎えるとは思えませんな」

「何をいいたい」

「クマソを討ち、休む間もなく帝から今度は東を討てと命を授かり、都を出て伊勢の宮に寄った時、叔母上の前であなたが思わず流した涙を私は見ていましたよ」

いうと、彼は堅く結んだ唇を歪めながら私を睨みつけた。

何かいおうとしながらそれをこらえるようにうつむき、

「何がいいたい」

押し殺した声でいった。

「あの山にいるのはものの怪ではなしに、刺客ですよ」

「誰のだ」

「それは、あなたがよく知っているでしょうに」

一度伏せた面を持ち上げ、彼は怒りをこめた目つきで私を睨みつけた。

がすぐに、その表情を隠すように顔を伏せた。

そして何かを隠そうとするように両手で頭を抱え、静かに声を上げて泣き出した。

それを周りに悟られぬように、私は思わず辺りを見回してみた。

やがて、黙って待つ私に向かって彼は顔を上げ、

「ならば俺はそれを、命じられたように討ち取るしかあるまい」

つぶやくようにいった。

「ならばまず物見をたてて、多くの者を連れていくべきでしょう」

いったら争うように昂然と、

「いや、だから俺一人で行く。あの人への見せしめにもな」

そして翌日、彼はいった通り一人きりで山に

向かっていった。

二日して帰らぬ彼を捜しに私たちは山にわけ入った。

沢の入り口に、都が放った五人の刺客たちが倒れていたが彼の姿はなかった。

さらに半日かけて、近くの泉の側に倒れている彼を見つけた。あちこち手傷は負うていたが、命はあった。

背負うて帰る私の背の上で、

「さて、これからどうしよう」

彼はつぶやくようにいったが、

「まず、傷を癒すことでしょう。あなたがまだ生きていることは都では誰も知りはしないのですから」

私がいうと、私の背で彼はうなずいてみせた。

しかし負うた傷からの血がしばらく止まらず、ようやく止まっても体の力は戻らなかった。

都へ後十日でたどりつこうかという頃、彼はもう動けなくなった。

「なぜ、この足が動かないんだ」

うずくまりながらつぶやき、訴えるように私を見上げてきた。

「急ぐことはない、ここでゆっくり傷を養い、元のあなたに戻ってから帰りましょう。それがあの人への見せしめにもなる」

「お前は何をいいたいんだ」

「あなたは都でも、自分一人でその身を守らなくてはならないかもしれませんよ」

「そんなことをいうな」

彼は塞ぐようにいって仰向けに身を横たえ、黙って空を見上げていた。

鳥たちの群れが、西に向かって空を飛んでいった。

それを眺めながら、

「俺は、なぜ飛べないのだ」

私だけに訴えるようにいった。

その夜彼は突然高い熱を出し、悪寒《おかん》に身を震わせていた。私はそれを防ごうと彼を抱きしめつづけた。

私の腕の中で彼は喘ぎながら、

「俺は、なんと弱い男だ」

つぶやいた。

「あなたが弱い男ですと。あのクマソを殺し、エビスを破ったあなたが」

「いや、俺はなぜあの人を、あの父を憎みきれない」

身悶えしながら彼はいった。

「それは、あなたが都へ帰ってから決めたらいい」

「いや、俺はもう死ぬな、都へ帰るのは俺の心だけだ」

間を置き、彼は激しく身を震わせた。

「寒いな、何かが俺を迎えに来ている」

「それは気のせいだ、そんなことはありませんよ」

「いや確かだ、そこまで来ている」

「誰が」

「女たちかな。いや、違うな」

つぶやくようにいった。

「彼女たちも死んだな、俺のために。しかし俺は、この俺は、俺一人で死ぬのだ」

いいながら何かを拒むように、彼は堅く目をつむってみせた。

その次の朝、夜が白みだした頃彼は私の腕の中で息を引きとった。

従者たちに知らせる前に、それを拒むように彼は私の腕の中で真っ白な大きな鳥になり、都に向かって飛び立っていった。

私もそれを追って鳥になり飛び立ったが、とても追いつけず、昇った陽の光に輝いて飛んでいく彼を遠くに見送るだけだった。

夢　その六

何のレースか知らぬが、私の船は結構いいところを走っている。ロールコールでの他船の報告を聞いてくらべても、まだまだ優勝の可能性はある。

どこか遠い外国の港の沖合から出発して、多分日本のどこかに向かって帰る長い長い距離のオーシャンレースだが、途中に大小さまざまな島があって、帆走指示書を見ても周りに暗礁の多い厄介な障害物の島があるが、しかしその島は目的地まで最短距離のレグの上にある。

昼間なら、デプスファインダーで探りながら、丹念に見張りを立てていけば抜けることが出来るはずだといい合って、コースを引いて向かってきた。

何日目にか、そこに差しかかったのは夕暮れだった。それに、おぼろにだが月の明かりもあったし、ここまで来たらと覚悟して迂回せずに水域に突っこんできた。

思っていた通りそこら中に、大小数え切れぬ岩が水の中から聳えたっている。その中をスキーのスラロームみたいに船は滑っていく。

一体いくつの岩をきわどくかわしていったことだろうか。船首の見張りが声をかけてき、私が舵を切って船はすれすれに岩礁をかわしていく。船と岩との間がわずか一、二米のことが何度もあった。手を伸べれば触れる岩の肌触りまで感じられた。

暗闇の中で、岩に巣くった海鳥が、近づくものの気配を感じて彼等の方が身動ぎしながら私たちを見送りやりすごすのがわかった。中には驚いて闇の中で岩から飛び立つ鳥たちもいた。

月のかすかな明かりとはいえ、ほとんど闇で、その中をゆるやかにきわどく弧を描きながら船は滑っていく。

そんな夢の中で思い出してみている。


昔々、まだ二十代の頃持った懐かしい木造りの三十六フィートの船で、まだマストもブームも太い木だったが、初めて鳥羽からの長いレースに出た時、二日目の夜、遠州灘を抜けて難所の伊豆半島の先端にかかった。

西端の石廊崎から東端の爪木崎までの間、まさに前後左右に岩礁が散らばっている。佐久根、雁又根、平根、大根《おおね》、小根《こね》等々々。中には潮の加減でしか顔を出さぬ干出《かんしゅつ》もある。

そして周囲に無数の隠れ根をちりばめた神子元島という大障害物が。

本船たちは当然そのレグを敬遠して神子元の南を抜けて東進するが、試合をしている小船はそうはいかない。ＧＰＳもなかった頃だから、どの船も見張りを立てて進むが、東進する強い潮に押されると舵を切り間違い船を痛めて沈める者もいる。

あの時、幸か不幸か周りに僚艇の明かりも見えなかった。

一日中長い長い遠州灘で舵を引いていた疲れで、伊豆半島にかかる前、夕飯の後私は何かあったら起こせといって先にバースで眠りこんだ。どれほどしてか船が妙な走り方をしているなと感じながらも眠りつづけていた。季節からいって北風に向かっての切り上がりではなし、追って気味の南の風のはずだが、なぜか船は宙に浮いたような不思議な感覚で走っていた。

その内に誰かが私を起こしにきた。

コックピットに出てみると、舵引きが、

「見てくださいよ、もう舵が利かないんです」

いわれて辺りを窺うと船は体を斜めに捻ったみたいな角度で横滑りに走っていた。

「潮か」

「強い潮ですよ、こんなの初めてだ」

辺りの海の妙な色に気づいて見上げると、陸の大気もない海の上になぜか馬鹿に赤い色をした月がかかっていた。

「なぜですかね」

「なぜかな。もうこのまま行くしかないな」

「とにかく舵がね」

舵引きは両手を舵棒から離してみせたが、それでも船は斜め横を向いたままとんでもない速度で走っていた。

石廊崎から爪木崎まで、普段ならかかる時間の半分ほどで私たちは伊豆半島をかわし、赤い月と妙な潮は私たちを相模灘に放り出してくれた。

あれから何度となく鳥羽レースには出てきたが、あんな目に遭ったのはあれきりのことだった。

あの時の恐怖と期待の入り交じった、しかしなす術もなく、すべてを放り出してしまったような放心感が体のどこかに何かの形で滞っていて、あんな夢を私にくり返し見せつけるのだろうか。

それにしても夢とはいえ、最近乗っている五十フィートもある巨きな船までもが、手から離れて宙を飛んでいく風船みたいに、どこに引っかかることもなく闇の中を自在に岩をかわして飛んでいくのだ。

きわどく走る、というよりも浮遊して飛ぶ船の上に、息をつめながらも、半ば何かに任せてしまったように乗って切りなく進んでいく。しかし絶対に、何に衝突することもない。

まさに夢みたいな、夢なのだ。

夢　その七

何のために、この見知らぬ町にやってきたのかわからない。

行く先も用事もわからないので、ともかくここを出ようと思ってタクシーを拾おうとするのだが、大きな通りなのに車が一台も通らない。夢の中でもいらいらしてきて、どんな車でも、ヒッチハイクしてでもと思うのだが、とにかく車が一台も見あたらない。

空は晴れているのか曇っているのかわからないが、ともかく町は閑散として寒々しい。かなり幅広い通りなのにどこにも人影がない。そして不思議なことに、どこにでもある色とりどりの広告の看板も見えない。妙にモノクロームに静まり返った町だ。

といって、どこかに人の気配はするのだが、その姿が見えないのだ。映画のために造られたセットのようなだだっ広い町を、私一人が目当てのないまま歩いている。

こんなはずはない、ここがどこかもわからぬはずはないといい聞かせながら懸命に歩いていくのだが、行けども行けども、行く当てが見当つかない。

そうだ、ならばこの通りからどこかで折れて裏町に入ってみようと、次の角を探すが不思議にその角がやってこない。

人通りのない商店街がつづいているが、どの店もシャッターは開いてはいるのに店員の姿も客の姿も見えない。

ある店の窓際の棚に、かねて探していたものが飾ってあった。海泡石で出来た男の顔のボウルのパイプだが、その男が誰だったのかが思い出せない。しかし私は確かにこの品を探していたのだ。昔、外国のどこかでこれを見かけ、欲しいなと思ったのだった。それがいつ、どこであったのか思い出せない。

どれほど歩いてか、ようやく町角に来る。

曲がってみると、表の町とはがらり変わって、工場と倉庫の並んだすさんだ町だった。しかしどの工場の扉も閉まっていて機械の動く音も聞こえない。倉庫も、荷物を出入りさせる人影がなかった。表の町よりもさらにひっそりとして、うそ寒い、というより、凍ったような町並みがつづいていた。

手探りするように、同じような建物がつづく音もしない通りを、曲がったり戻ったりしながら歩きつづけてある建物の横を曲がったら、その先にようやく人間たちがいた。

五、六人の男が建物の前で焚き火を囲んで座っていた。どれもみすぼらしい一目見て浮浪者たちだった。
中の一人にどこか見覚えがあったが、誰だったのか思い出せない。相手は私に気づいたのか顔を隠すようにしてうつむいたままこちらを見なかった。

そんな様子に気づいたのか、仲間たちは咎めるような目つきで私を見返してきた。体が寒く、私もすこし火にあたりたいのだが彼等の気配に気おされて、道を尋ねてみる。

それならすぐそこだと、中の一人が指さして教えてくれた。

倉庫の並ぶ道をたどって四つ目の角を曲がると、また賑やかな町に出る。そこなら必ずタクシーが拾えるはずだと。

聞かされたまま歩いていき、四つ目の角を曲がってみた。

突然、目の前に大きな川が流れていた。大雨の後なのか、川の水かさがまして、川は険しい音を立てて流れていた。

川岸の土手で立ちすくむ私の後ろから、道を教えてくれた連中の高い笑い声が聞こえてきた。

振り返ってみたら過ぎてきた倉庫の群れも見えず、後ろには背の高い草がぼうぼうに生えた空き地が広がっていた。

夢中でその草をかきわけながらもと来た方に進んでいくと、駅舎も屋根もない、ただホームだけの駅らしきものに出た。

ここで待つしかないと決めて、一つだけあった木造りのベンチに腰かけてどれほど待ったのだろうか。

単線の線路の上を、これもたった一両だけのジーゼルカーが走ってきた。止まった車両の運転席から男が私に手で招いて乗れという。客席には他に誰もいなかったが、私が座るとすぐに動き出した。アナウンスもなく、どこへ行くのか知りたくて運転席まで歩いていき、後ろから窓を叩いて運転手を呼ぼうとしたがなぜだか男は振り返ろうともしなかった。

しかたなしに席に戻った。

天井を見たら真ん中に一枚だけ、中吊りの広告が下がっている。何かの広告だが、よく字が読めない。とにかく随分古い何かの広告なのだが、それが何なのか不思議にわからない。

どれほど走ってのことか、目を閉じうとうとしている間に車両は、見知らぬかなり大きな町の高架の上を走っていた。する内ここは間違いなしに自分の住んでいる東京のどこかだと知れた。

ならば乗り換えてと思い、次のかなり大きな駅で降りてみた。

降りたホームから見渡すと、目の前にホームが何本も並んで見える。何線か知れぬがこれは複々線のホームだと判断し、階段を降りてまた上がり次のホームに立ってみたが、これがどの線でどこへ行くのか行く先を教える案内板も見当たらない。向こうに満員の客が乗った電車は見えるのだが妙にがらんとした駅だ。

周りに駅員の姿を探してみたが一人もいない。間もなく電車がやってきたが、満員の電車は特急なのか、私のいるホームには止まらずそのまま行きすぎてしまった。次の電車もまただ。

それでホームを変えてみた。

駅員の姿が見えぬまま、やってきた電車がどこへ行くのかわからぬまま乗りこんでみた。

どれほど走ってか電車は郊外に出て、行く手はるか向こうに海が見えてきた。海か、海なら海を見たいなと思っていたら電車はカーブに乗って逆の方角に向かっていく。今度は高い山が見えてくる。山には用事がないなと思っていたら、促すみたいに電車が止まったので一人で降りてしまった。

どこかで、いつか見たような気がする、屋根も駅舎もない草っ原の中の駅だった。左手の遠くに潮騒が聞こえてくるような気がしたので、また深い草むらをかきわけて海に向かって歩いていった。

その内なぜか海が呼ぶ声が段々遠のいていって、小高い土手を上ったら、突然目の前にまたあの猛々しい川が流れていた。

思わず振り返ると、帰る道を塞ぐように、背のすぐ後ろに、いつか見た浮浪者たちが焚き火をしていた倉庫の壁が聳えていた。

そして倉庫の中から、連中のだろう、高い笑い声がまた聞こえてきた。

「いい加減にしろっ」、私が壁に向かって叫ぶとその声はますます高くなり、辺り一杯に反響して響いていた。

世の中おかしいよ

自分は今池袋署の生活安全課の係長を務める警部補です。警視庁本庁での所属は機動隊で、有事の折には動員され隊員として赴きますが最近は大きな騒擾《そうじょう》事件もなく、主な仕事は所轄での仕事と、時折本庁に呼び戻され要人の警護にSPとして当たるといったところです。

大きな騒擾事件はなくなったとはいいますが、その代わりに世の中の歪みが個人々々に妙な影響を与え、奇妙な人間が起こす奇妙な事件というか、出来事が増えてきたような気がしてなりません。そうした者たちはある意味ではどこか弱い人間なのかもしれませんが。

考えてみると警察という存在は私たちにとってはただの職場の一つのつもりですが、世間にとっては大分意味が違うようです。私も高校を卒業した後、家の都合で大学にはいけそうもないので、自分で考えて警察を選びましたが、その理由といえば中学の時からやっていた剣道だけは続けたくてそのためには警察がと思ってでした。ですから警察に入って他の会社などではないだろう厳しい訓練も受けましたが、自分にとってはそれほどのものではなかったし、現場に勤務しだすとこれは一般の会社なんぞと違って自分にとってはかなり面白いものでした。

本署や交番でも同じ顔ぶれと顔を合わしはしますが、それ以上に外に出ればさまざまな人間と出会いさまざまな用件での関わりがありますから。いや、同じ交番の勤務で立っていても、目の前を通りすぎる人たちはそれぞれ違います。

そうした人たちにとって警察という存在は何というのでしょうか、やや、いやかなり特異な存在なんですね。構えていう訳じゃありませんが、このところ東京の犯罪率はかなり減ってきて昭和五十年代とほぼ同じになりました。これはまあ最近の最低記録ともいえますが、それでも都民の意識調査では人々の最大関心事は治安なんです。犯罪も減りはしたがその形も昔とはいろいろ変わってきたし外国人がらみも増えた、それに凶悪な犯罪に関する報道が新聞に加えてテレビ映像としてくり返し流れると人たちの不安も増幅されますから。

最近の技術の進歩で防犯カメラも価格も落ちてきて台数もすっかり増えました。面白いというか皮肉というか、防犯カメラについての意識調査によれば、あれで町中を写されてプライバシーが気になるかという問いには七十パーセントの人が気になると答えているのに、一方防犯カメラがあった方が治安を守るためには好ましいかと問えば、同じ七十パーセントの人が好ましい、頼りになると答えています。

ということで警察というのは一般の人たちにとってなんとも微妙な存在なんですね。誰もが、いつか自分も犯罪を犯して警察に睨まれる対象になるかもしれないなどと思っていることもないでしょうが、他の社会機能とは違った別の一目を置かれているということでしょう。

本庁の偉い連中は別ですが、大方の警察官は刑事以外は制服を着ています。それが一般の市民の目にどんな風に映るのかわかりませんが、制服のせいで誰も無性格というか同じ組織を表象しているように見えます。それでかえって他の周りの人たちとは違うある種の権威にも見えて頼り甲斐のあるものにも見えるのでしょうか。

勤務時間に交番に立っていると、立っている自分への通行人の態度がそれぞれ違うのもよくわかります。近くの見知りの住人のほとんどは気軽に会釈なり挨拶してくれますが、他の大方の通行者は何かを確かめるように私たちを見なおします。あれはある意味で権威を帯びた存在感なるものを裏打ちしているということでしょうか。

そういう意味で、あちこちにある交番もそれに応えるために在るともいえます。そこで思いがけない相談を受けることが多々あります。

いなくなった犬とか猫を探してほしいというくらいならいいが、誰それに騙されそうだとか、借金が返せないのでどうしたらいいかとか。交番ではとても埒《らち》があかないから所轄の署に回したら、逆に署からそんなことは現場で処置してうまく追い返せと叱られたこともありました。しかしそれとて交番ならではのことでしょうが。

一度は突然見知らぬ男がやってきて、ひどく思いつめた顔で是非警視総監に会わしてくれという。所轄の署長ならともかく、交番に来て警視総監に会わせろというのだからまともな話でないのはわかるが、さりとて最初から気狂い扱いする訳にもいかない。

これは大分昔の出来事のいい伝えですが、昭和四十年代の警視総監に秦野さんという気さくな総監がいて、引退された後ふらっと桜田門の本庁にやってき、玄関に立っていた張り番の警官に当時の総監の名前をいって、

「おい、彼に会いにきたから、取り次いでくれよ」

車にも乗らずにやってきた相手が何代か前の総監とは若い巡査はわかりませんから、

「あんたは一体誰だ、ここをどこだと思ってるの」

詰問したら、

「ああ、俺は秦野、そういやわかるよ。君はなんだ、まだ新米だな」

いわれて張り番は頭に来て、

「お前何者か知らないが、これ以上馬鹿な真似をすると逮捕するぞ」

などという騒ぎもあったそうですが。

いきなり総監に会いたいといわれてこちらも面くらい、しげしげ相手を見なおしたが着ているものも普通、特段凶暴そうにも頭がおかしくて目つきが乱れている風にも見えませんでした。

それで声を潜めて、

「総監に一体どんな御用でしょうか」

質したら、相手も辺りをはばかるように声を潜めて、

「この国は危ないですよ。こないだも中国の潜水艦が無断でわが国の海峡を潜って通過しまし

たね。あれは計画通りのことなんです。私は実はあの時の彼等の秘密連絡の電信を傍受していたんですが、暗号の解読に時間がかかって間に合いませんでした。しかしやっとそのコード解読の方程式がわかりましたのでね、それを総監にお伝えしたいんです」

聞いていてこれは由々しきことだとわかりました。

とにかく彼の近くに住む外国人が向こうの国のスパイで夜には屋上のアンテナから強い電波を出して頻繁に交信している。自分もそれを傍受分析したが、どうも何やらこの先この東京の大がかりな破壊工作の準備をしているらしい。

こうなると本庁に回す訳にもいかず、奥にいた先輩と相談しました。

先輩は飲みかけていた茶碗を机に置いて嘆息し、

「なるほど、そりゃえらいこっちゃ」

「なら、どうします」

「俺に任しとけ。その前に君が行って今すぐに総監がまいりますからといってやれよ」

「そんな」

「相手がこれならこっちもこれでいくしかないのよ」

頭の上で指をくるくる回してみせました。

私もいわれるまま元に戻って、

「たった今総監が来られます」

敬礼して告げました。

そしたら先輩がなんと制帽を逆にかぶって出てきて、胸をそらせて、

「自分が警視総監です。何か大変重大な情報を入手されたそうで是非聞かせて頂きたい。場合

によっては政府にも報告して万全の措置をとらせて頂きますから安心してください。ただしこでの会話は絶対に周りに話してはなりませんぞ」

最後は脅すように重々しくいい聞かせました。私は横で呆然として聞いていましたが、相手はひどく感動して何やら長々と説明していました。先輩がそんな私に、

「君、この方の報告きちんとメモしたまえ」

いわれて私も手帳を取り出し一々うなずいて書き留めるふりをしていました。

聞き終わって先輩が、

「いやあ、よくわかりました。大事な情報を感謝します。しかし実は警視庁もこれをつかんでいましてね、準備を整え近々彼等を逮捕する予定でいますから安心してください。しかしこのことはあなただから申し上げるので、周りには絶対に口外しないで頂きたい。いいですな」

いったら、

「そうですか、わかりました。とにかくこのままでは日本は危ないですから、あいつら何を仕かけてくるかわかりませんからね、お願いします」

「いや本当にご苦労様でした。あなたの御協力に国民に代わって感謝します」

男はうなずいて、もの凄く納得した顔で深く礼をして帰っていきました。

彼を見送った後なんともいえぬ顔で立っている私に、

「ま、世の中あんなもんだよな」

先輩は手慣れた顔でいいましたが、私にはなんともいいがたい初体験でした。

当然所轄にも本庁にも報告はしませんでしたが。

総監ではないが、私がある閣僚の警護を担当していた頃、私邸の前に地元警察での警護のために立てられているボックスに、何度もある男がその閣僚にお茶に呼ばれているのでそのためのお菓子も持参してきたからといって来ているけどどうしたものでしょうかという。質すまでもなく要人当人は知る訳はないので、迷惑をかけないほうがいいと諭《さと》して帰したらとはいってやりましたが。

その先生が隣県で彼の部下のための講演に出かけた時、同僚は上手の袖で見張り私は下手の人の出入りしやすい袖におりました。前の講師が終わり時間が来て先生が壇上に出ようとしていた時、妙齢の婦人がやってきて先生に声をかけ挨拶しました。

夏前のことでしたが薄いしゃれたいかにも高価そうな季節向きのスーツを来て、しかもかなり派手な鍔《つば》の広い帽子をかぶった中年の美人でした。

楽屋から舞台袖への出入りは十分チェックされているはずですが、相手の身なりからして、誰も気にはしなかったのでしょう。

そんな婦人がしとやかに名乗って挨拶するものですから先生もまともに受けて、相手が名乗った名前も誰か先生の大事な支持者だったようで、その姪御さんらしく、皆さんお元気ですかなどと尋ねたら、

「いえ、それが実は――」

と話が始まりかけた時先生の登壇となって、話の続きは同行していた秘書官がお聞きするということになり、舞台を見守る私の横で秘書が彼女の話を聞き取っていました。

私もその横で彼女の相談事を聞いている内、これは由々しきこととわかりました。誰でも知っているある派閥の領袖の政治家が彼女の家の親族の会社を乗っ取りにかかっていて、株を買い占められかけたがそれはなんとか防いだ。そうしたら今度はあの手この手で会社の責任者の伯父が癌にされてしまったと。

ここらから話が妙な具合になってきて、誰かが何かの細工をして、誰かを癌にすることなど出来はしないでしょう。医者とて癌を治すことは出来ても健康な人間をことさら癌にしてしまうなんてことは考えられません。で、とにかくその伯父さんは途中で気づいて助かったそうですが、今度は一家を全滅させようと相手は水道に毒を入れてきているのだそうです。とにかくそれを防いでほしいということでした。

こうなるとやはり話がおかしいということで、陳情を聞かされていた秘書官と目で計り合って私が付き添い、向こうでゆっくりお話をと裏手の控え室に連れていきましたが、舞台裏の窓などない小さな控え室に入れた途端、密室恐怖というんでしょうか、恐ろしげに取り乱してもう帰してほしいと叫び出しました。別にこちらが拘束した訳じゃないのに。

秘書官もどうしていいものか警察官の私に目で問うてきましたが、今の限りでは先生への害意もうかがえず、

「私が送りましょう」

いって彼女の腕をとって促し建物の裏の楽屋口から外に連れ出しました。念のため、

「お家はわかりますね」

質したら問いの意味がわからぬようになぜか急に呆然とした顔で見返し、何かいいかけたが突然踵《きびす》を返すとよろよろした足取りで道の向こうに消えていきました。

立ち去る前に私を見返した顔はやってきた時のにこやかで華やかなものではなしに、なぜか突然不気味なほど無表情で別人のものになっていました。しかし華やかな洋服といい色もあざやかな帽子といい、まぎれもない美人ではありましたが。

実は同じようなことが皇居に関しても頻繁にあるようです。皇居前の広場や公園をうろうろしている不審な人物をあの辺りを見回り警護している警察官がそれとなく尋問してみると、天皇陛下に呼ばれているのでどこそこの地方からはるばるやってきたが、皇居が広すぎてどこから入っていいものかわからぬので案内してほしいと真顔で頼まれるそうです。

そんな人物の数は年を通じてかなりのもので、彼等が陛下や世に知られた要人たちに一体何を期待し何を訴えようとしているのかはわかりませんが、しかし何らかの不安を抱えてのことなんでしょう。

いつでしたか交番での立ち番を交替した折、先輩が交番から出て署に戻りかけ、何か伝言を思い出して私に振り返ったはずみに、空を仰いで、

「ああ今夜は満月だな。いい月だぜ」

私に促しました。

見上げてみたら、梅雨前の季節でしたがその夜だけは空気が澄んで月の表の模様までがよく見えました。

そして、

「殺しがなけりゃいいんだがな」

いわれてその意味がわからず、

「はあ？」

問い返したら、

「満月の晩てのはなぜだか殺しが多いんだよな」

いいました。

いわれても未経験の私にはわかりませんでしたが、その後彼がいったことがまさに当たったのです。


その夜十時をすぎた頃交番に、こんなものを拾いましたから届けます、つまり遺失物ということで拾ったものを届けに来た男がいました。大分酔っていて、交番を気にしている様子もなく、

「こんなものが落ちていたんですがね、何かあったのかねえ」

悪びれずに手にしたものを差し出しました。見たらそれが血だらけの包丁なんです。包丁の柄までが血だらけで、血もまだぬるぬるして刃からたれてい、男の手も血だらけでした。

一体どこで拾ったのかと質したら、すぐそこの横の路地だという。驚いて案内させたら三、四十メートルほど先のビルの陰の、通りからは盲点みたいな細い路地の奥に男が刺されて倒れていました。

「これはお前がやったのか」

　思わず尋ねたら、

「馬鹿いえ、俺はここで小便してただけだよ。それで気がついたら足元に何か光るものが落ちてたんで拾ったんだよ、それが悪いってのか」

　食ってかかられ、こちらも落ち着いて気を取りなおし所轄を呼び出しましたが、捜査の連中が来てみたら刺された男はもう死んでいました。

「これはもう仏だな。君が見た時から動いていないだろ」

　係にいわれて私はつい先刻交番勤務の交替の折、先輩が空を仰いでいったことを思い出し、〝なるほどな〟と感心したのを覚えています。

　あれからまたもう一度殺しの現場に立ち会ったことがありますが、その時も以前を思い出して空を仰いで見たら、やはり満月でした。


　包丁を届けてきた男は当然重要参考人として拘束されましたが、その後の調べではまったく関係がなかった。彼はただ立ち小便に場所を探してそこへまぎれこんだだけでした。

　殺されていた男の身元も割れましたがごく普通のサラリーマン、それも何かのセールスでたまたまそこを通りかかったということらしかった。結果としては犯人も割れず、いわゆる通り魔による殺人ということでした。

　しかし最初に事件の報告を受け血だらけの凶器を受け取った私としては、被害者が気の毒というよりこんな理屈の通らぬ出来事にこの自分が最初に関わったということで、なぜか一生忘れられぬ気がします。

　一体誰が、どんなつもりで行きすがりの相手をあんな凶器で刺し殺したのか、殺された相手もその瞬間何を感じたのか、この世の不思議というか、そこに住む人間たちの殺した方も殺された方も、どういう巡り合わせなのか。こんな不思議があるのか、あっていいものなのか、いや実際にあったのだがそれを許せぬなどという前に、月とのからみか何かは知らないが人間というのはどうにも不可解な、自分の職業からしても何か相当な覚悟をしていないとこれは務まらぬなという感慨でした。

とにかく人間の世の中というのは思った以上におかしい、いや狂ってもいる、いやそれが人間というものなのかという気持ちでした。ということをその後、自分自身が見聞きしたいろいろな出来事の中でも感じてきました。まあそれに慣れるということが警察官の仕事なのでしょうが。

後々聞いてみたら人間と月との関わりというのは不思議なもので、どこかで人の生き死にに関わりがあるらしい。過去の統計からしても、子供が生まれてくるのは月の引力で海の潮が満ちてくる頃が多いが、人が病気で死ぬのは潮が引いていく時だそうな。あの時先輩が月を仰いでいった言葉が、私の関わりの中で本当のことになったというのはどうにも忘れられません。

交番というのは中にいる人間が妙な制服を着ているせいで、世間から離れた聖域みたいに感じられるのかもしれませんが、実は世間に向かって開かれたものなんです。でなけりゃ交番を構える意味もありません。

よほどの用事のある人とか何か後ろ暗い者以

外は、その存在を無視し、自分に関わりないものとして通りすぎていきますが、そのために実はいっそうそこから周りを一方的に眺めわたせて他のどこかから眺めるよりも敏感に世間が感じられます。警察署の相談口なんぞにいるよりももっと奇異な世間がじかに感じられるんです。

ある時気づいたら交番の目の前をパンツ一枚の、ほとんど裸に近い男がよろよろしながら歩いてやってきました。近くの神社に祭りがあってその関係者が酒に酔って帰っていくのかとも思ったが、それにしてはどうにも様子が妙なので声をかけようとして思いとどまり見ていました。そして、念のために彼がやってきた道路の後方を眺めてみたら、彼が脱いで捨ててきた着物が点々と落ちていた。

追いかけて呼び止めたら、酒の匂いはしないがまったく呂律《ろれつ》が回らない。何を質してもまともな返事がない。いっていることが支離滅裂で訳がわかりません。

神戸のどこかの町の花火がどうとか、友達が飼っている犬が何匹子供を生んだがその内のどれがどうとか、これも気狂いかと思ったがそれ以上に異常な様子で、交番に連れていこうとしたら突然地べたに座りこんで、

「すみません、私がやりました」

と叫びました。

私との応答では何がなんだかわかりませんので本署に連行して調べたが要領を得ず、何か薬をやったらしく朦朧としていて話にならない。そのまま丸一日近く眠らせ薬が収まって調べたら、なんと神戸で初犯の強盗殺人をやって逃げ

てきたが、罪の恐ろしさに怯えて逃れようと初めて手をつけた薬をやりすぎ、薬の量からして死ぬ寸前の男でした。

殺しの恐ろしさから薬で逃れようとするような男ならその前の自制が利かなかったのかどうか、警察官がそれを問うてもどうなるものではないでしょうが、しかし自分が関わった出来事についてはそれを考えない訳にもいかないでしょう、それが普通の人間だろうと思いますが。

薬といえば薬に関わりのある出来事の数は東京中では枚挙に暇がない。あれはいったん始めると蟻地獄みたいに這い出すことが至難のようで、それも自業自得ということですが、それにしても人間の弱さを痛感させられます。

この世に満足して過ごしている人間なんぞ滅多にいるものではなかろうが、何かでつまずいて立ち上がろうとする時、親族や仲間を含めて他人に頼ってみても、しょせん相手も他人ということなのか。誰がどうすすめるのか知らないが薬は人生の苦しみから逃れる都合のいい術ということなのかもしれませんが、いったんはまってしまうとどうにも逃れられない、薬とはいえ恐ろしい毒なんですね。

前に出会ったような頭のおかしな人間たちには薬は効かないがまともな人間にこそ効用があるみたいで、それにつけこんで薬をばらまく手合いも事欠かない。いつか私用で渋谷の路地を歩いていたら路上で広げた風呂敷の上に何やら薬を並べて売っていて、その男が声高に、「これは来月には非合法になるから買うなら今しかないよ」と呼ばわっているのを見ましたが、人工的に作り出される新しい薬に法律が追いつかないというのも解せない話です。

薬の方程式なんぞわかりませんが、何かをちょっと変えるだけで法律的に毒が毒にならずにすむというのはわかるようでわからない。そしてそれがまたすぐに毒とされて取り締まられるが、相手はそれを見越してさらにその先を行くというのがこの世のまともな条理としてすむのだろうか。


大田区の蒲田署にいた頃、薬中毒の典型的な事件を目にしました。あれはひどいものでした。

七辻《ななつじ》のスーパーの前で何やら奇矯な振る舞いをしていた男が一人で暴れ出して、突然店の前に着いたばかりの車から降りた年配の女性を突き飛ばし、その車を奪って羽田方面に逃げたという通報がありました。

駆けつけて周りに質したら、その男は店の前で一人で何やら叫びながら着ていたものを脱いで体中を撫で回し、その内大声で叫び出すと何かを払うように顔の周りで手を振り回して、丁度その時店にやってきた女性の客の車を奪って逃走したそうな。

彼はそのまま羽田の空港方面に向かい、私たちの車は間もなく追いつきましたがスピーカーで警告しても止まらず直進していき、空港の敷地に入る前のトンネルで突然激しく蛇行したと思ったら壁に激突しました。しかし車は再び走り出して空港に入り、またフェンスの金網にぶつかりそのまま止まってしまった車からよろめき出た男は、なぜだか夢中で顔の周りの何かを払うように激しく手を振り回しながら、それから逃れるように一度鉄条網を背にして向きなおると、その後また両手で顔の周りを振り払いながら張られている金網を這い昇り有刺鉄線をかまわずに越えて、体中傷だらけになり血を流して叫びながら滑走路に向かって走っていきました。

私たちも回り道してゲートを抜け追いかけましたが、男は叫びながら丁度やってきた巨《おお》きな飛行機の下をきわどくかいくぐるようにして走り抜け、そのまま滑走路の端から逃れるように海に飛びこんで沖に向かって泳ぎ出し、しかし五十メートルも行かぬ内に痙攣《けいれん》を起こして私たちの見守る前で水に沈んでしまいました。

引き上げた死体は無残なものでした。見守っていた我々からすれば理解を超えた狂気の沙汰の結果フェンスを越える時に負った深い傷の下から白い肋骨がのぞけているありさまでした。引き上げた死体を眺めてあれはまさに白昼夢みたいな光景でしたが、まぎれもなく私自身の目の前で起こった人間の仕業でした。

関係者の話だと彼は元々は腕のたつ職人だったそうですが、仕事が混んできて徹夜に近い仕事ぶりで、誰かにいわれ眠気払いに始めたシャブがかさんで中毒となり、死ぬ頃は幻覚で何か知らぬが無数の虫が襲いかかるのを手で払いのける様子だったそうです。

そうなると、当人はむしろ死んだ方が良かったということなんでしょうか。

交番から外を眺めていると、ふと気になる通行人に気づくことがままあります。つまり世間は大方はまともに動いているということでしょうか。それも警官としてすこしは経験を積んでのことですが。あれは警察官なる仕事が培ってくれる新しい本能ということでしょうか。

逆に写真まで添えて指名手配されているような犯人は元々交番の前を通ったりしませんが、その気で見張っていても見当てるということは希有だと思います。


まだ平の巡査の頃、赤坂の交番に配置されていた折のことでした。交番の中に立っていた時にその男が通りすぎたのです。なんとなくその風体に違和感がありました。

その日は日曜でしたのでいつものような勤め人の人通りは少なく、あってもあの辺りは休日は遊びにやってくる余所者《よそ》は稀なのです。

しかしその男は日曜なのにきちっと背広を着こんでいて、肩に何やら重そうな物の入ったショルダーバッグをかけていました。それならまだありふれた風体でしょうが、履いている靴だけがなぜかゴム底の白いスニーカーだった。なんとなくバランスの悪い様子をしたその男が、日曜なのにひどく足早に目の前を通りすぎていきました。

その後二時間ほどしてパトロールに出かけました。その途中の乃木坂を右に曲がった先の半年ほど前に出来上がったばかりの高級マンションの前まで来たら、先刻交番の前で見たあの男がその建物から出てきました。

私を見たらなぜか驚いた顔をして顔を斜めに背けるようにして足早に立ち去ります。で念のために声をかけて呼び止めました。声に立ち止まりはしましたが振り返った顔はひどく怯えていました。

「職務質問させてもらいますが、その持ち物の中を見せて頂けますか」

「なぜですか」

「なぜって、私の仕事ですから、駄目なら署まで来てもらいますが」

いわれて男は硬い顔で頷いてバッグの蓋を開いてみせました。中にはどういう訳か、扉のためらしい鍵の束がびっしり入っていました。ざっと見ても千を超す数でしょう。

そしてその底に十二、三万の現金と宝石をつけた高価そうな時計と真珠のネックレスがありました。確かめなおしたら男は別の時計を腕にしています。

「この鍵は一体何のためですか」

「私の仕事の上で」

「どんな仕事です」

「建設会社ですよ」

「どこの」

質したら大手の会社の名前をあげました。

「その会社でどんな仕事をしてるんですかね」

「営業です」

「その仕事で今日も?」

「そうです」

いって男はポケットから名刺を取り出して見せました。確かに名刺には口にした会社の名前と男の肩書きも記されてあった。しかしどうにも私には解せぬものがあって、

「こんなに沢山の鍵を持って回って何をするんです」

「これは皆弊社が建てたマンションの鍵です。お客が入居された後からも、いろいろクレイム

がありましてね。だから一々出向いて現場で私が相談に乗っています」

「それをあなたが全部対応してるんですか、こんな数を一々一人で？」

「そうです」

男は胸を張ってうなずいてみせました。

「ならこの時計と、ネックレスは何のためです」

いったら急にひるんだ顔で、

「いや、それは私と家内のものですが、先日、いっしょに出かけた時、ある温泉に行ってその後他のものといっしょに入れて忘れてました」

「なるほど」

とはいったが何か解せぬものがあったのでとりあえず交番まで同行し本署に報告したら、日曜でしたが彼の本社に問い合わせて男の身元は確認できました。持ち物は残させて男の身柄は解放しましたが、翌日彼の本社の上役がやってきて男の鞄の中身を見せたら絶句しました。

その後声を潜めて、

「こんなことは有り得ませんな、彼がなんでこんなに建物の鍵を集めて持っているのかわかりません。どんな職掌だろうと有り得ぬことです。とりあえずわが社の方で当人から事情を聞き取りますが、それまではどうか御内聞に」

ということでしたが、後日間もなく報告がありました。

彼は会社が手がけたマンションが売りに出される折々、全室の鍵の合鍵を密かに一つずつ余計に作らせてそれを所持していたそうです。そしてその鍵で該当の建物を外から眺めて調べ、連休の折など連夜明かりのつかぬ部屋の住人はどこかへ外出していて留守と見定め、合鍵を使ってその部屋に入り置きっ放しにされている目ぼしい宝石や現金類を盗み出し故売にかけていたそうな。

何しろ各部屋の鍵を持っているのですから、いくらオートロックの高級マンションでも忍びこむのは簡単でした。被害に遭った方も置いていたものがなくなっているが、誰かが入った痕跡はまったくない。これが並みの空き巣なら部屋に入るために扉の鍵を何らかの方法でこじ開け、金属と金属がこすれあった痕跡が残りますが、何しろ部屋の持ち主とまったく同じ鍵を持っているのですから誰かが入った痕跡もない。結局被害者は自分の勘違い、というかどこかに忘れてきたのかもしれぬというようなことで被害届けはほとんどなく、届けられても警察も手のつけようがないということでした。

しかしかなりの時間をかけて盗んだ盗品の総額は大変なもので、何しろ犯罪案件としたら三百件を超えていて、その総額は億を超すものだったそうな。それだけに事件は本庁の刑事課に回され、空き巣とはいえその被害総額からしてもかなりの事件とされて刑事課の連中は総監賞を貰ったとか。第一発見者の私の方は地元の署長賞でしたが。まあそれが組織というものでしょう。

交番勤務というのは本署などにいては見られぬ社会風俗というか、社会の実態を表象している人間や物事に出会えるものです。

ある夜交番の中に立っていたら、今まで見たこともない大柄の美人が通りかかりました。夜でしたが私は眼鏡もかけていますし、まさに目

を疑うような美人なので奥にいた先輩に声をかけたら彼も飛んで出てきました。一目見たら先輩がげらげら笑い出して、

「馬鹿、あれはおかまだよ」

いわれて目を凝らして眺めなおしましたが、もう遠ざかったその後ろ姿は男か女か定かではありませんでした。

ところがその翌々夜、近くのある風俗店で喧嘩があって連絡があり駆けつけたらあの女?が何かを振り回して暴れていて、彼女にその凶器で殴られた客が顔を大きく切られて血を流していました。

その客たちが何かで相手をからかい、それで怒った女が履いていたパンプスで相手を殴りつけその尖った踵《かかと》がまともに相手の顔を打ったそうな。

彼女?が履いていたそのパンプスはなんとサイズ二十九というしろものでした。調べたらその女?も薬中だった。

職務質問で私自身が被害をこうむり怪我をさせられたこともあります。

池袋の繁華街から外れた辺りで同僚と二人で自転車でパトロールしていたら、中国人と見られる若い男が私たちを見て急に慌てて近くの自動販売機にかがみこみ、下から釣り銭を取り出そうとする仕種をしました。

見た限り中の品物を買うために金を入れた様子はない。どんなつもりでそんな仕種をしてみせたのかおかしいので自転車から降りて近づき声をかけたら、かがみこんでいた彼がいきなり立ち上がりポケットから取り出した刃物で切り

つけてきました。危うく身をそらしたが、上着の二の腕の袖を切り裂かれ、署に帰って調べたら刃は下着の下の肌にまで届いて三センチほど浅い傷が出来ていました。

とにかくその場で警棒で刃物を叩き落とし手錠をかけて連行しましたが、調べたら靴の踵に小さな注射器が仕込まれていてあきらかに薬に関わりのある者とわかりました。

この男、質問にもろくに応ぜず口を割らずにいましたが薬の売人なのは間違いなく故郷の中国に強制送還されました。しかし彼のこの国での身分は、日本語を習いに来ている日本語学校の生徒なんです。彼が何を目的に日本語の習得に来たのかは知りませんが、滞在中に彼等を曲がった道に誘いこむ罠はどうやらざらに在るようです。

最近ではとんでもない金持ちも増えてきたようですが、しかしなお一般的にはこの国と向こうの国との生活の格差とか、それが若い連中の内に育てる安易な欲望とか、そしてそれをまた容易にかなえる手立ての氾濫。

池袋というのはその一角に中国人の町が出来上がっている特殊な町ですが、その実態は案外知られていません。日本のどこにも見かけることのない彼等だけが愛好する料理の素材がこの町にだけは並べられているし、向こうでしか見られぬ雑誌や本が並べられています。

何よりも、発行部数十万を超える新聞が何種類もこの町で作られてもいる。紙面は漢字ですからなんとなく眺めるとわかる部分もある。驚いたのは一番裏面に見られる仕事の紹介欄で中に探偵募集というのがありました。中国人がこの国で何を探偵するのかと思ったが、聞くと日本語学校に通っている若者たちのアルバイトの斡旋だという。日本語を習いに来ている連中が言葉の習得に通いながら、たどたどしいはずの日本語で誰のために何を探偵するのかいぶかしい話ですが、同じ署の専門筋に聞いたら、

「ありゃ探偵じゃないよ、泥棒の見張りだ」

という。

夜、空き巣に入る連中の手助けの見張りだけで一晩一、二万の報酬だそうな。これがもっと物騒な工事の機械なんぞで宝石店の壁をぶち破ってかっぱらう強盗の見張りだと、もっと高額なアルバイトになる。そんな盗品がさばかれる市場も香港辺りにあって、有名店のタグがついたままの品物はそれだけで信用されて高値でさばかれるそうです。

高級な車、特に二輪の盗難はざらで、ある人が凝った飾りをつけて大事に乗り回していたハーレーが盗まれて頭に来ていたら、所用で香港に行った時その車が飾りもそのままで町を走っているのを見て追いかけたがとても追いつかなかったとか。

泥棒の見張りの斡旋広告どころではなしに、池袋では空き巣に入るため家の扉をこじ開けるためのピッキングの道具までがセットで売られていますが。

どうも日本人の身構えが甘いのか、彼等の手口は日に日に手堅く組織的になってきていて、北朝鮮で作られる多量の覚醒剤を彼等が中国経由で持ちこみ、日本側のやくざが受けてさばいてたのが、この頃ではわが方のやくざは外され、

連中が作り上げた組織が今まで以上に機能的にさばいているようです。日本人で使われるのはせいぜい末端で小売りするちんぴら程度で、なめられたものです。

少量でも麻薬を扱うとこの日本と違って極刑にも付される中国の連中が、昔イギリスが中国でやってアヘン戦争にまでなった図式を今では立場を変えてこの国で横行させているというのはなんとも腹が立ちます。

しかもこの国で今薬を横行させている組織の者の多くが、戦争の後向こうに置き去りにされたままのいわゆる残留孤児の子弟だそうな。彼等の実質の国籍が今どこにあるのかはわかりませんが、彼等が親たちの母国でそんな仕事をしているというのはなんとも皮肉な話です。我々は昔の戦争のつけを今頃払っているということでしょうか。

人間相手の仕事ならともかく人間以外の動物相手の捜査や逮捕となるとこれはいっそう大変なんです。よく熊だの猪だの危険な動物がまかりでてその駆除や捕獲での騒ぎがあり、地方だと大方猟が専門の猟友会などに世話をかけますが、私たちのいる都会ではそうはいかない。

人に嚙みつく大きな猿がどこかから逃げ出しての捕物なんぞ、住宅地の中で屋根に居座る猿を狙撃して仕留めるという訳にはいかないから、警官が網を抱えて右往左往するということになる。

猿ならともかく、いつかは飼っていた珍種の極めて高価なオウムが逃げたので取り戻してほしいという依頼がありました。飼い主に聞いたらあちこちから逃げ出したオウムがある時刻群れをなしてあるところの電線に止まっているそうで、その中に自分が飼っていた鳥がいるのを見つけたそうな。オウムにもいろいろあるが自分の飼っていたのは極めてめずらしく高価な鳥で、すぐに識別もつくのでなんとかということでした。

いわれて夕刻近くに飼い主と出向いてみたら、小さな公園がありその横を小さな川が流れている辺りの川べりの電線の上に、何と十数羽のオウムが並んで止まっていました。飼い主によるとその中の右から何番目かの紫色の鳥だそうですが、そういわれてもそれを捕まえるために警察官として何が出来るものではありません。

きっと彼等はどこかに群れて巣を作っているに違いないから、それを突きとめて捕獲してほしいとはいわれても、そんな捜査に刑事をしてる訳にはいかない。いわれて飼い主はひどく不満のようでしたが、なんでそんな鳥を逃がしてしまったのかは知らないが、どこの国の警察でも手におえぬ注文でしょう。

他の動物の捜査と逮捕を引き受けさせられたこともあります。あれはある意味では人間相手よりも困難で危うい作業でした。

育てていた珍種の蛇が逃げてしまったので捕らえてほしい。毒蛇ではないが極めて大きな蛇なので危ないかもしれないという。どう危ないのかと質したら、かなりの大きさなのでと。

まさか人を飲みこむほどのものではあるまいといったら口を濁してはっきりしません。こちらも対処の方法もあるし、なお詳しく質して、蛇の品種を確かめ飼い出してから何年ほどかと聞いたら十年近いと。

それで専門家に確かめたら、その種の蛇が十年も飼われているとたいそうな大きさになっているはずで、下手をすると子犬なら飲みこまれてしまうし子供に巻きついたら絞め殺されもすると。

手筈して捜査にかかりましたが、警察犬を使って探して回ったら近くのある企業の何かの研究所の構内の茂みの中に潜んでいました。犬はそこまで嗅ぎつけてくれたのですがなぜか茂みに入って相手を追い出そうとはしない。様子を見ていると、犬があきらかに相手を恐れているのがわかりました。相手が凶悪な犯人でも飛びかかっていくよう訓練された犬が、怯えてそれ以上近づこうとしないのは動物同士の本能なのでしょう。

しかたなしにこちら人間たちが意を決して、一方から相手を構内の芝生の上に追い出しにかかったら、いましたな。その実体を目にして我々人間たちも思わず立ちすくみました。なんと胴の太さが三十センチ近い、長さ五メートルに近い巨大な蛇が現れた。あれなら専門家が予告した通り子犬も飲みこもうし、巻きつかれたら大人も絞め殺されかねない怪物でした。

都会の真ん中でそんな化け物を目にするというのはさながら白昼夢といった印象で、相手を見つけはしたがどう対処していいか見当もつかず、本署に連絡し登録されていた猟友会のメンバーを探して依頼し、建物の責任者にも断って散弾で射殺してもらうことにしました。

その段になってその化け物を飼っていた者が、

初老の男でしたが、私に取りすがってどうか殺さないでくれと嘆願するのです、誰に害を加えた訳ではないからと。しかし生かして捕獲しても、それをそのまま家に連れ帰ってまたいっしょに暮らすつもりなのか。それをはねのけて命令は実行しましたが。

しかしもしあれであの化け物の命は助けて飼い主の手に戻したとして、あの男はそれから先どんなつもりであの巨きな蛇といっしょに暮らすのでしょうか。

後で調べたら男は近所づき合いもなく一軒家にずうっと一人で暮らしているそうですが、この十年間彼はあの怪物をどんなつもりで育ててきたのか。殺すなと涙までして嘆願する怪物との間柄とは一体何なんでしょうか。

一人暮らしの孤独の中で巨きく成長していく化け物じみた蛇とあの男の間にどんな交流があったのか。それを思うと人間というのはつくづく不思議なものに思えますが、しかしそんな人間を育てるこの世の中もおかしいということでしょうか。

とにかくこの頃都会ではやたらにペットを飼う人間が増えてきて目に余ります。中には犬に着物を着せて抱いて歩いている女性も見かけますが、ああした手合いの家庭での家族関係はどうなっているのでしょうかね。

人間はそれぞれまあ孤独といえば孤独な存在ともいえるが、しかし巨きな蛇と同棲していたり、かと思えば年代に関わりなくかなりの数の者が薬に頼って生きてもいる。私にはどうにもこの世の中、この頃すこしおかしいよという気がしてなりませんが。

うちのひい祖父さん

うちのひい祖父《じい》は、大正十一年生れの今年九十二歳の老人です。家内の母の父親ですが、いまだ矍鑠《かくしゃく》としたもので、昨年家内の母親がめずらしく風邪をこじらせた時、

「俺は結構長生きするかもしれんが、お前は、早死にするなよ」

と娘に言い渡したそうです。とにかく元気な人で、娘夫婦と同じ家の二階の二間に一人で暮らしているが、食事以外の身の回りの世話は床の上げ下げ掃除も一切自分でやっていて、まるで手がかかりません。朝食の後週二回のゴルフに行かぬ日は近くの駒沢公園に出かけ、およそ二時間早足での散歩の後、家に帰ると壁に向かっての逆立ちを十分間、そしてその後はダンベルで両腕の筋肉トレーニングを欠かしません。誰かに教わったそうですが、人間というのは肉体の原理として百歳までは筋肉は鍛えれば衰えることはないのだとか。彼はそれを一途に信じていて、そんな日課を欠かすことはありません。

そのせいか八十二歳の時に、千葉のホームコースでエイジシュートをやってのけました。その時クラブ専属のプロに、二年先のエイジシュ

ートも可能だと褒められ、それにそなえて従来のかなり癖のある独特のフォームの改良をそそのかされ、以来毎日二百回の素振りで取り組み、飛距離も十五ヤードも伸びるようになり、八十四の年の秋口には二度目のエイジシュートを達成してしまいました。

私も当時は同じ家にいて彼のそんな並々ならぬ努力を目にしていましたから、二度目のエイジシュート達成の家族内での祝いの折に、

「よほどの願をかけて精進された成果ですね」

と世辞をのべたら、

「馬鹿をいえ、願なんぞかけても何がどうなるものじゃありゃしないぞ、自分自身のことだよ」

とこちらが白けるほどにべもない返事でした。

後で、同じ席にいた家内の母親が代わりに詫びるように、

「ごめんね、父は昔からあんな性格で、神様や仏様への願い事が一切嫌いなの。だから私、父が神社やお寺でおがむのを見たことがないのよ」

といったものでした。

「へえ、そりゃ変わっていますね、何か訳があってのことですか」

「わからないけど、若い頃戦争で特攻隊に駆り出された時のいろいろの経験からみたい。ただ、死んだ母の写真に向かってだけは何かの折に手を合わせて、一人で話しかけたりしているわよ。なんでも二人は当時としては大恋愛の末、結婚したんだって」

一族に新参の私としては家内の実家に君臨する、この何とはなし普通の年寄りらしからぬ私

の息子のひい祖父さんなる老人に、ますます興味を抱くようになりました。

私がうちのひい祖父と私なりの興味で気安く話すようになったきっかけは、私の最初の子供、彼にとってのひい孫が生まれてからのことです。

ある秋の日の午後、家内が所用で他出していた時、赤ん坊の息子を乳母車に乗せて近くの公園の競技場のトラックに走りこみに出かけると、家内に会いに来たひい祖父が出かけている彼女から私の居所を聞いて、ひい孫を眺めにやってきたのです。

トラックを規定の三十周走り終え、赤ん坊のところに戻ってきた私に、

「こんなところに大切な子供を置きざりにしていいのかね」

咎めていいました。

「一周ごと、三分ごとに確かめているから大丈夫ですよ」

いったら、

「君は何のためにそんなに走るのかね」

いきなり問われたので、

「それはあなたみたいに確かに生きていくためですよ。私は年に三度、あちこちのマラソンに出ることにしていますが、中には結構年配者もいますから」

と答えたら、

「ああ、そうか。四十二キロなら走るのは無理だが、わしも歩けないことはなさそうだがな」

いったものです。

そしてあらためての口調で、

「何にしろ、目的を定めて工夫してかかるというのはいいことだよ」

諭すようにいってくれました。

そして真横の乳母車をしげしげ覗きこみながら、

「この子はまったく有り難いな」

目を細めていいました。

「有り難いというのはどういうことです」

私が質したら、急に照れたように、

「この子は、わしが今までこんな風に生きてこられたという、れっきとした証しだからな」

空を仰いでひとりごちました。

そして、

「やっぱり男だよ。男でなけりゃものは託せないからな。わしの周りは子供もきょうだいも女ばかりだったから。わしには女の世界というのがよくわからん」

「確かにそういわれてみると、ひい祖父の周りは女系でしたね。でも男になら託せるといっても、一体何を託すんです」

質したら、

「それはこの国、家族親族、血の繋がったもののための、何もかもだよ」

「それをこの子に託せますか」

思わず聞き返したら、

「出来るさ、出来るよ。わしの血がやっと繋がったんだからな。わしもそのつもりで今まで生きてきたんだ」

叱られ諭されたような気分で、そんな相手の顔を見返したものでした。そしてあらためて、家内の母親から二度目のエイジシュートの後に聞かされたことを思い出していました。

「ひい祖父が信じているものとは、一体何ですか」

「それは自分だよ、それしかないだろうが」

何かを断ち切るようにいいました。

「他に何があると思うかね。わしはそうやって生きてきたんだ、自分の執念のままにな」

はっきり私に向って座りなおすと、挑むように強くいい切りました。

「執念ですか」

執念なんぞという思いがけぬ言葉にとまどって相手を見なおしたら、また空を仰いでいささか照れたみたいに、

「結局そういうことじゃないかね、生き抜くということは。わしの体験からのことだがね、執念というのは強くて美しいものだよ」

「美しい？」

思わず尋ねたら、

「そうなんだ、何よりもその力なんだよな」

「そりゃどういうことです」

「わしはそれをこの目で見もしたんだ」

座りなおし、正面を遠いまなざしで見つめたまま、いいました。

「へえ、いつ、何で」

「あれはわしが予科練に組み込まれて霞ヶ浦にいた頃のことだったよ。特攻隊の要員として訓練の最中だった。それまでの特攻の成果からして、相手を急降下で狙うか水面すれすれで突っこむしかないということで、そんなきわどい訓練ばかりさせられていた。しかし使われていた飛行機はどれも旧式の古い機材で、ろくに動かぬ代物ばかりで事故が絶えなかったな。その日も訓練中に二機が墜落して教官をふくめて三人が死んだんだ。たまたま基地に歌手や漫才の慰問団がやってきていて、夕方全員が格納庫の前

の広場に集められた。ところが演芸の最中に突然地鳴りがして、みんなが振り返ったら滑走路の真ん中から三本の火の柱が空に向かって吹き上がっていったんだよ。全員呆然とそれを眺めていた。しかし全員が何か同じものを全身で強く感じて立ちつくしていたな。あれはさっき死んだ連中の魂だったろうよ。

後で聞いたら丁度その時刻に沖縄の沖で特攻の三機が敵機に突っこんで命中したんだそうな。つまり訓練で死んだ三人の執念が沖縄まで伝わっていったということだ。そういわれてわしは素直にそれを信じたな、ということだ」

「その後ひい祖父は特攻の実戦に参加しなかったんですか」

「幸いにな。鹿屋の基地に配属された頃にはもう飛べる飛行機も残っていなかった。無理して飛ばされた親しかった仲間の二人は、基地の上で失速墜落して死んじまったよ。その内の一人は日頃熱心に基地の中にある神社に参拝していて、家族から送られてきたお守りをいつも首にかけていたもんだがな」

「お義母さんから聞きましたが、あなたがあまり信心されないのはそのためですかね」

思わずいってしまった私に向きなおると、

「まあそんなとこかな」

サラッといってのけたものでした。

「それからもわしは自分で自分を守ってきたからな。飛ばす飛行機がなくなったんで、生きて残したわしたちを死なせるために、上の連中は一番危険な前線へ送りこんだもんだ、御前崎の高射砲陣地にな。あそこは首都圏を攻撃しにきた艦載機の母艦への帰り道でな。それを迎え撃つための陣地はその度掃射に晒されていた。現にわしといっしょに分隊長として配属された仲間の三人は戦死しちまったよ。で、わしは考えついてな。連中はいつもお決まりのコースを飛んで、そのついでにお決まりの角度で突っこんでくる。ならばそれを心得て、逆手にとって迎え撃ってやろうとな。で、上に諮って近くに板張りの飛行機の模型を作って据えてやった。奴等それを本物と思って突っこんできたよ。で彼らが掃射を終えて低空から上昇する角度を心得て、大方の距離をサイン、コサイン、タンジェントの原理で想定し、斜め横から狙い撃つ算段で高射機関砲を据えなおした。

それが当ってな、一週間の内に敵機を三機撃ち落としたよ。それで感謝状まで貰ったな。

三機の内二機は海へ落ちたが、一機だけは近くの畑に落ちて、調べに行ってみたらパイロットはまだごく若い奴だった。その胸の中に連中にとってのお守りなんだろう、鎖についた十字架を付けていて、それが血だらけの軍服の外に飛び出していた。彼の履いていた靴がわしの靴よりずっと上等で、それを外して履き替え、十字架も記念に持ってきたよ。彼が持っていた拳銃も記念に頂いたが、戦争に負けてしまった後は海に捨ててしまったな。あの十字架を外して手にした時、なぜか鹿屋の基地で墜落して死んだ仲間のしていたお守りのことを思い出したのを覚えているな。

ということよ。結局わしは自分自身で自分を守ったと思っている。あんな戦《いくさ》の中じゃ結局一人しかありはしないんだよな。ということで、まだこうしてなんとか生きておるよ」

いった後、ひい祖父はもう一度、何かを確かめるように乳母車の中にいるひい孫をしげしげ眺めなおしていました。

それからも散歩の帰り際、ひい祖父は足を延ばして時折私の家にやってくるようになりました。そしてただひい孫の顔を眺めてうなずいては、私たちにひい孫について何を注文することもなく、そのまま踵《きびす》を返していくのです。その度ひい孫の顔を眺めて、彼に何を託していたのかはわかりませんが。

息子が小学校三年生の時、区の主催の水泳大会の五十メートル平泳ぎの選手に学校から選ばれました。優勝出来そうだと先生からいわれていたのですが、ひい祖父はその前日の練習にわざわざプールまでついてきて、彼の練習を眺めて注意を与えていました。時計を手に息子と並行してプールサイドを歩き、上がってきた彼に手で水を掻く回数が多すぎる、一度水を掻いて蹴ったらもっとのびのびと体を真っ直ぐに伸ばすようにして泳げ、と教え、いわれて泳ぎなおす彼に沿って歩きながら、手元の時計で計って何秒か早くなったぞと告げてくれました。

翌日の試合にも当然やってきて、試合前の息子にひどく厳粛に、前日教えたことをくり返し言い渡していました。それが利いてか、試合の中で息子の泳ぎぶりは眺めていて確かに他の子供と違って妙に悠々として見え、余裕をもってその一掻き一掻きが歴然と力強く、他の子供たちをはっきりと引き離して優勝しました。その瞬間私の横でひい祖父は吠えるように叫んで立ち上がり、両手を突き上げて胸をそらし挑むように周りを見回してみせました。そして立ったまま私を見下ろし片手を突き出し、握手を求めるというか強いてきました。私としては思わず初めて息子と血が繋がっているこの老人の手を握っていたものです。

しながら私はふと、昔あの公園の競技場のトラックの横で乳母車にのせた息子をはさんでひい祖父と交わした会話を思い出していました。

なるほどこれでひい祖父は、血の繋がるひい孫である私の息子に何かを託したことになるのかな、と。

それから間もなく思いがけぬことが我が家に起こりました。家内の父親が突然出家したのです。彼は定年を迎えた後、大手の食品会社の子会社の社長を務めていたのですが、それを辞めたあと突然思い立ってある宗派の研修を受け、坊さんになりました。慶應高校、大学時代には柔道部の主将を務めていたような人ですが、さすがにその年になってかなり長い間正座したままの修行は相当きつかったようで、後で膝の手術を受けたほどでした。修行の間の数カ月家を空けていたようですが、ひい祖父には知らせないままだったそうです。

ひい祖父が自分の婿が出家したことを知ったのは、ひい祖父の妹の連れ合い、すなわち家内の義理の大叔父が死んだ時でした。私もその席にいましたが、葬式の読経に家内の父親が袈裟を着て現れたのを見た親戚一同はかなり驚いた様子で、家内の母親が手短にいきさつを皆に伝えると、あちこちから声が漏れたものでした。

葬式の後、精進落としの席に僧衣のまま現れ

た家内の父親に、皆それぞれ出家の訳を質して驚いたり感心したりしていましたが、そんな会話が一段落した時、

「一体、なぜだね」

と一言ひい祖父が鋭く尋ねたものでした。

それを予期していたように家内の父親が、

「いえ、この歳になりますと実はいろいろわからぬこと、知りたいことがありましてね」

ゆっくり答えました。

「何を知りたい、何がわからないのかね」

ひい祖父が切り返すように質し、

「自分がなぜ生きているのか、死んだらどうなるのかですがね」

「そんなこと死んだらみんなわかることだ」

「いや、それではいささか遅い気がしましてね」

「なら君は迷っているんだな」

決めつけるようにいったひい祖父に、

「そうかもしれませんな」

家内の父親は一応殊勝にうなずいてみせ、そんな禅問答みたいな二人のやりとりを周りの者たちは息を潜めて聞いていました。

「それなら皆で乾杯、じゃないか、御冥福を祈ってですか」

ひい祖父を扱い慣れている家内の母親が、その場をとりなすようにグラスをかかげて肩をすくめてみせたので、皆は救われたように一息ついたものでしたが。

それから一年ほどしての年の暮れ、ひい祖父は突然、頻繁に出かけていた千葉のホームコースのゴルフクラブのメンバーを解約し、使い慣

れていたクラブセットをゴルフ道具の中古屋に売り払ってしまいました。驚いた家内の母親が訳を質したら、その年の酷暑の夏に娘がたしなめたのにいつもの仲間とかたらってコースに出かけたところさすがに参って、翌二日寝込んでしまったというのです。後にわかったことですが、その時の仲間の一人が帰宅して間もなく急死してしまい、ひどくショックを受けていたそうです。

正月には突然、経師屋を呼んで自前で二階の部屋の襖と障子を全部張り替えさせ、二間の畳も新規に取り替えさせました。家内の母親が驚いて質したら、

「俺はもうじき死ぬに違いないから、やってくる客たちのためにあらかじめこうしておくのだ。葬式も寺まで行かずにここですませたらいいからな。それにお前の亭主のあげるお経は短くていいぞ。みんなのためにもな」

いわれて彼女は二の句が継げなかったそうです。

そしてそれから十日もたたぬ内に、ひい祖父は亡くなってしまいました。朝、食事が出来たと告げにいったら、二階の床の中で亡くなっていたそうです。夜中に苦しんだような様子はまったくなく、寝ている布団も乱れていませんでした。

報せを受けて私も飛んでいきましたが、聞かされた通りきちっとまとった布団の中で、まったく穏やかな、そのまま眠っているように端正な死に顔で、よく見なおすと何かを思って薄く笑っているようでした。私は他人の死に顔なん

ぞあまり多く見たこともありませんが、あれはこちらから声をかけたらすぐにまた目を開いて何か答えてきそうな顔でした。

思うにきっと、以前あの年で二度目のエイジシュートをやってのけた時、最後の微妙なパットを決めてしまった時に一人で思わず浮かべた微笑に似たものだったに違いない。

通夜の夜、家内は反対しましたが私は強いて息子を連れていき、ひい祖父の枕元に座らせて彼の死に顔を間近で見届けさせました。

いつか、ひい祖父がこの子だけには託せるといっていた、何かは知らぬがひい祖父の執念なるものを、なんとかこの子に確かに受け継がせたいと願っていました。

ワイルドライフ

ジムは突然閉鎖された。その月の初めの練習生の一番多い日曜日、練習時間の終りのゴングが鳴った十時に、会長の柏木が居合わせた全員に向かって今月限りでこのジムを閉めるといい渡した。自分は破産寸前で、この建物も抵当に入っていて、借金して金を返しさらに借金してその金でここで居酒屋を開く、俺も生きて食っていくためにはしかたがない、わかってくれと。

「皆もわかっているだろうけど世の中も大分変わってきて格闘技の世界も変わり、キックボクシングもやたらに多く協会が出来ちまって逆にあまり流行らなくなってきたよな。折角ランキングに入る選手もうちから三人も出るようになったのに、試合の興行もめっきり減って選手で食うのも難しいだろう。

お前らも俺も相身互い身だよ。ということで、皆許してくれよな」

いわれて皆うつむいたまま顔を見合わせていた。

俺も薄々感じていたことだった。前とその前の試合のファイトマネーもまだ貰っていなかったから。この半年試合の数もめっきり減っていたし、国際式のタイトルマッチでさえめっきり下火で客の数も惨めなものになってきていた。かといって本場のタイ国まで出かける余力なんぞある訳もない。

ジムが閉鎖になってからいろいろやって食いつないでいたが、そろそろ何かまともな仕事を探してこの先を考えなけりゃと思いかけていた時、会長から俺のアパートに速達が来て呼び出された。奥さんがパートに出ていて留守の部屋で、なぜかぎこちなく作ったような笑顔で俺を迎え入れてくれた。座るなり、

「お前のこの前のコンビニでの捕物は見事だったじゃないか、警察もさすがだといってたぜ。犯人は鼻と金玉を潰《つぶ》され片目にされたとな」

あれは半月ほど前の夜のことだった。いつものように町の外れのコンビニの夜勤で、十一時に交替した店長が、

「気をつけてな、週末の夜はよくやばいことがあるからな」

冗談にいったことが当たった。夜中の二時頃やってきた客がレジのあるカウンターの中にいきなり入ってきて、ポケットから取り出した刃物を俺の胸元に突きつけ、金を出せと脅してきた。

見ると刃渡りの長いサーバイバルナイフみたいなごつい刃物で、それを持つ手がすこし震えていたな。幸いカウンターの中で相手との間合いが短く、俺は怯《おび》えたみたいに後ずさりしてみせ、すかさず相手の股間に蹴りを入れたら相手はなんなく崩れてしゃがみこんだ。その顔をもう一つ膝で蹴り上げ、のけ反った顔の目を突い

てやった。それだけで相手は何か叫んで店から走り出していった。

「やりすぎでしたかね」

「いやあ、正当防衛だよ。凶器を持ってたんだからな、素人なら大怪我をさせられていたろうに。なんでも犯人は常習でな、あちこちでタタキをやってた質の悪い奴だそうだ。で、奴が押し入った時、レジにはいくらあった？」

「十万ほどでしたかね」

「で、店はお前にどれだけの謝礼をしてくれた？」

「謝礼なんぞしやしませんよ、俺はただ夜勤の勤めを果たしただけですからね」

「しかし命懸けで店を守ったんじゃないか」

「そりゃ、ただ仕事としてですよ」

「ふーん、えらい淡泊な話だな、で、お前どんな気持ちだった」

「気持ちって？」

「怖くはなかったか、相手は刃物だぜ」

「ああ、でも相手との間合いはごく間近でしたからね」

「だからよ」

「ええまあ、会長に前にいったでしょ。俺、松山の極心館の道場で喧嘩《けんか》十段ていわれてた相沢先生に空手習ってましたから。松山には道後温泉もあってやくざやちんぴらが多くてね。奴等に喧嘩売って技を試していた間に喧嘩の要領についで仕込まれましたから。第一に片は十五秒でつけろ。それだけだと顔も覚えられずにすむ。第二に相手との間を空けるな。手や頭や膝で相手を倒すには間をつめろ。相手を倒すには間合いが近いほど楽なんですよね。そこがキックの試合とは違うからね。あの時犯人はわざわざレジのあるカウンターの中まで入ってきましたから。狙いは簡単でしたよ。いざという時ダメージコントロールが利かないと殺してもしまうから、目は片方だけを突いておきましたよ」

「まあそれでよかったよな。犯人はあの後バイクで逃げたらしいが途中でバイクから落ちて道で倒れていたのを通行人が見て警察に知らせたとよ。まあお前ならではの手柄だったよな。それにしても店の方はけちだな。お前が守った金の半分くらいは礼で差し出さねえものかね」

「それはないでしょうよ、強盗が入る予測なんぞありゃしませんからね」

「ふうん、やばい割には率の悪い仕事だな」

「そりゃあコンビニといっても毎晩誰かが襲ってくる訳じゃないしね」

「なるほど」

会長はいかにも納得したような顔でうなずいてみせたが、その後なぜかまた作ったような妙な笑い顔で、

「うん、そんなお前だから打ち明けることだが、すこしやばいけれど、変わった試合に出てみる気はないかね」

「変わった試合というのは何ですか」

「タイに行った時、噂を聞いたことはなかったか」

「何をです」

「いわゆる裏の試合のことよ、向こうじゃキックの試合は何もムエタイでの正式な試合だけじゃなしに、町中のあちこちで小ぶりな裏の興行をやってるそうだ。それもおおっぴらな賭けのためにな。いってみりゃ闘犬みたいなものだよ。

それをこっちでもやろうという話があるんだ。キックはすたれたとはいえまだまだ根強いファンはいる。そんな限られた連中のために特別な興行をやるんだ」

「どこでですか」

「勿論、競技場なんぞじゃなしに、場所は選ぶ。潜りの興行だからな。それに賭けもあるし」

「賭け」

「ああ、客には試合に賭けさせる、その儲けは当然ファイトマネーに乗せさせる。ただ普通の試合とは違う条件がある」

「何です？」

「どちらか完全に倒れるまでやるんだ、だからレフリーはいない。間近で眺めている客たちが納得するまでやるんだよ」

「それじゃ怪我人が出ますよ」

「それを覚悟の上の話だよ、よくいうデスマッチというやつだよな。客たちにとっちゃなまじなスタジアムで試合を見るよりも刺激だろうぜ」

「ひでえ話だな、一体誰がそんなこといい出したんです」

「その筋の商売人だろうな。当節人間の好みも贅沢が高じてえげつなくなってきやがったからな」

「選手が大怪我をしたらどうするんです」

「一応の医者の用意はするようだが、後は選手の自覚だよ。はなから殺す気で試合する奴もいまいが」

「しかしものの弾みということはありますよ」

「確かにな。何時かお前の最初の防衛戦の時の相手の滝沢は、お前の飛び膝蹴りをまともに鼻に食らって鼻が陥没しちまったよな。あれも控え室で慣れたコミッション・ドクターが鉄の箸を突っ込んで梃《てこ》にしておこしちまったからすんだが、一晩置いといたら翌日は大手術だったろうからな」

「で、試合はキックだけですか」

「いやそうとは限らない。空手や合気道ぐらいは出てくるんじゃないかな。しかし組まない限りキックが一番有利だろうから、相手の手を届かせないで、離れて倒すことだよな。俺はこの世界でならお前はもう一度スターになれると思ってる」

「裏試合のですか」

「しかしお前も、食っていかにゃなるまいが」

「会長もですか?」

いっちまった俺を一瞬だけ咎《とが》めるような目で見返してきたが、

「そうだよ」

重々しい声でうなずいてみせた。

「一蓮托生だ」


それからしばらくして会長から連絡があった。体がなまっていなければ、例の話が持ちこまれてきたのでやってみないかという。ファイトマネーとはいわずに、ギャラはとりあえず十万ということだった。

金には困っていたのですぐに引き受けた。俺ともう一人、同じジムにいたランキング七位の松田が俺の前座で出るという。

話は込みいっていて、松田の相手はキックではなしに極心流の空手の選手だそうな。試合の前に空手については経験のある俺から松田に戦いの要領を教えておけということで、次の日の夜会長のアパートに集まった。

松田は緊張していたが俺は、キックの試合と同じに足で間合いをとっていれば相手の拳はそう簡単には届きはしない、それに空手での蹴りはそう高くも飛びはしないからといってやった。その後部屋の中で、松田と向き合って軽いシャドウで要領を教えてやった。松田の足蹴りのリーチは俺よりも長く彼もそれで納得したようだった。


その夜俺たちが行った試合場は、なんと池袋のダンスクラブだった。小さい店の床にリングの代わりに柱を四本立てて細いロープが張られただけで、それでもその周りの椅子やテーブルには二百人ほどの客がびっしりつまっていた。

「これじゃロープワークは出来ねえな」

いった俺に、

「贅沢はいうな、道路の上での喧嘩のつもりでやれよ、お前は慣れたもんだろうが」

会長はいった。

ちゃちなリングの中になぜか低い台が置かれていて、その上に瓦が十枚ほどあるのを見て、

「あれは何かな」

つぶやいた松田に、

「相手の空手のパフォーマンスだろう、あんなものただのはったりだよ、俺でも簡単に割ってみせてやるぜ」

いったら松田も納得してうなずいてみせた。

間もなくスーツを着、蝶ネクタイを結んだ男が出てきてハンドマイクを手にして最初の試合の選手の紹介を始めた。松田のランキングと相

手の極心流での段位を紹介したが、五段とかいっていたな。

まず松田がリングに招じ入れられ、軽くシャドウを行った。そして司会者に促《うなが》され相手はリングの中で幾つか空手の形をやってみせた。それが奴なりのパフォーマンスなのか正面に向かって合掌し、声を上げて気合いを入れると大袈裟に威儀を正し振りかざした右手を打ち降ろし、置かれていた瓦を割ってみせた。客たちは一応感心して拍手していたが俺も松田も肩をすくめただけだった。

その後司会の男が何やらいって客たちを促し、客たちは手にした紙に何かを書きこんでいた。松田のシャドウと、相手の瓦割を眺めての勝負の賭の予測らしいと会長が囁《ささや》いて教えてくれた。ラウンドごとに集められるそれで賭の率が変わり、試合の後の配当の額も変わっていくらしい。

試合は簡単だった。松田はいわれた通り足蹴りで牽制して間合いを離し、一度それが相手の左足をかすめただけで相手はびびって近づけない。そんな様子にセコンドや客から罵声が飛び、焦って出かかる相手の隙に松田の回し蹴りが相手の左腿にまともに当たり、ぐらついて膝を突いた相手に飛び込んだ松田の足蹴りが顔面に炸裂して、相手は鼻と口から血を吹いてぶっ倒れてしまった。すかさずセコンドからタオルが投げこまれた。

「殺せよっ！」

客の誰かが叫んでいたが、俺と会長は向かい合って肩をすくめていた。

倒れたままだった相手が運び出されていく間、

俺はあらためて部屋の中を見回してみた。ざわめきの中になぜか嫌なものが感じられた。こいつら何を求めてこんなところへやってきているのだろうかと思った。それは普通の試合場で聞くえげつない野次とも違った、もっと生々しく卑しい雰囲気だった。こいつら結局手前じゃ何も出来ぬ、ちゃちな喧嘩も出来ぬモヤシみたいな人間たちばかりなんだろうと。この俺ならこいつら全員を相手にしても勝てるだろうと思った。それは普通の試合でリングの中で戦って勝った時の気分とも違って何といったらいいのか、俺たちを今囲んで眺めているのがいわゆる世間というもんだ、こいつらまったくちゃちなもんだなという気分だった。

次の俺の試合は簡単にけりがついてしまった。

どこのジムにいる選手か知らないが、柄はでかいが動きの鈍い話にならぬ相手だった。

試合が始まってすぐに俺の足蹴りがかすっただけで相手が怯えるのがわかった。客たちにもそれが伝わって、連中は猫が鼠をいたぶって殺すように怯えて逃げ回る相手をどれだけ苛《いじ》めてとどめを刺させるか、手で拍子までとってはやし立てていた。結局相手は悲鳴を上げて逃げ回り最後の膝蹴りで気を失って泡を吹いて倒れてしまった。客たちはげらげら笑いながら見ていたが、俺としては気分の悪いざまだった。それでも何かを悟らされた気がしていた。要するにここに集まっている奴等は自分で出来ないことをこの俺たちにやらせて楽しみたいんだ。映画やテレビで見てもあきたりないことをここで生に求めているんだ。ちゃちな嗜虐趣味というのだなという気分だった。

か、それをこの俺たちに目の前でやらせて楽しみたいということなんだ。

それから一月ほどしてまた同じ仕事の口がかかった。

打ち合わせにいった会長のアパートで妙なことをいわれた。

「この前の試合は駄目だといってきやがった。お前が強すぎたそうだぜ。あれじゃ客があきたりないとよ。で、こんどはすこし趣向を変えてやりたいと。お前の相手はキックもやるが関西じゃ一番のヌンチャクの使い手だそうな」

「ヌンチャクってあれですか」

「ああ、例のロープで繋いだ短い棒二本を使ってやる技だが、まあ、どうということはないな。これだよ」

会長は横の鞄からその道具を取り出してみせた。

「いいか、試してみろよ」

いって俺を促し立たせると、会長も向かい合って立ち上がり手にした道具を構えてみせた。

「ま、こいつのリーチはこれくらいのもんだ。足よりはすこし長いがどうということはないな」

いわれて手にしてみたが、ロープで繋がった棒の感触は人間の足や手よりは当然硬いものだった。

「なるほどね、これを顔に食らったらこたえるだろうが、腕か足で受けたらどうということはなさそうだな。会長、一度それで俺の腕を打ってみてよ」

いったら会長もうなずいた。

「思いっきりでいいですよ」
「わかった」
会長は片手で握り直した道具を振り回し、俺は間を計って右の上の腕でそれを受けてみた。痛みはあったが強い相手から食らう足蹴りの衝撃にくらべれば表面的で優に我慢は出来た。すかさず腕に当たった棒についたロープを手繰《たぐ》って引きつけると片方を握ったままの会長はよろけてきた。残った片方の棒の二撃さえ避ければどうということはないなと思った。相手の武器が何だろうと、ともかく本物の凶器じゃないんだから知れたものだとは思ったが。それが本番の試合では突然思いがけぬことになって起こった。

次の試合というか興行は大阪でだった。今度も前と同じダンスクラブらしい会場で客の数は前よりも多く熱気もあった。リングの中に小さなテーブルがあってなぜかリンゴが四つ置かれてあった。登場してきた相手は俺よりも大柄の男でリングに入るなり手にしたヌンチャクを自在に振り回し、テーブルに置かれているリンゴを一つずつ繰り出す棒で叩き割ってみせた。それだけで観客はえらく感心してどよめき拍手喝采で、俺も一応たまげた顔をして首を振り相手を見なおしてやった。

それだけで奴はのぼせちまったのか、ゴングが鳴ったらえらく気負ってうなり声まで出して手にしたものを振り回して迫ってきた。初めの内はヌンチャクの届かない距離をおいてフットワークでかわしていたが、その内奴が手が届かぬのに焦って二本の棒の内の一本だけを手にして精一杯のリーチで襲ってきたのでわざと右肩で棒を受けてやった。遠心力が利いて思ったよりこたえたが骨にまで響く痛みなんぞなかった。すかさず肩から落ちた棒を握り力一杯相手を引き寄せた。奪われた武器を取り戻そうと相手がこらえて引き戻そうとした弾みに間合いを縮め、そのまま相手の左足に精一杯の回し蹴りを叩きつけてやった。相手はその一発でひっくり返った。その弾みに取り落としたヌンチャクを拾ってリングの外へ放り出してやった。されながらぼうっとして俺を仰いでいる相手に、

「こんなもんでリンゴは割れても人間が殺せるのかよ」

俺がいったらリングの外で客の誰かが、

「殺せっ」

と叫んでいた。そしたら膝を突いていた相手が何で狂ったのか突然リングの外の客席のテーブルに手を延ばし、奪い取ったビール瓶を逆手に持って後ろのリングポールに叩きつけて割ると、正面から向きなおった。

今まで以上に客がどよめいた。

ぎざぎざに割れたビール瓶からは残ったビールが泡を吹いてこぼれ出し、相手が手にしなおしたものは先日の夜コンビニに押し入った犯人が手にしていた刃物よりも生々しく迫力があった。

俺たちは一瞬確かめ合うように互いに見つめ合った。ヌンチャクなんぞを捨てて代わりにぶち割ったビール瓶を手にして構えなおした相手が、一体何のためにそんなものを手にしなおし、それを使ってこの俺に向かって何をするつもり

なのかが俄《にわ》かにわからずにいた。

こちら側のそんな様子をどうとったのか相手のセコンドが大声で何か叫び、相手はその声で弾かれたように手にしていたものを振りかざし、大声で何かわめきながらまっしぐらに俺に向かって突っこんできた。

その瞬間今までやってきた普通の試合なんぞじゃなしに周りの世界が思いもかけぬ他の何かに突然変わってしまった気がしたな。それが何かを、後ろにいるセコンドの会長を振り返り確かめたいと思った。それが一瞬の隙を作ったんだ。

かわしたつもりでいた俺の肩口を相手の振りまわした凶器がそいで過ぎた。皮が裂かれる痛みが走ってあった。そして確かに肩口の傷から血が吹き出して流れていた。その血が肩から脇を伝わって腹にまで流れて落ちる妙に生暖かい感触があった。

それは普通の試合での打ち合いで受けた傷から流れる血の感触とはまったく違って、歴然と吹き出し流れ、足を伝わって踵《かかと》にまでかかってきた。それは傷の痛みなんぞを超えてはっきりした怪我の実感だった。生まれて初めての生々しく懐かしいような実感だった。

なぜか俺はぼうっとした気分で肩から流れている血の感触を確かめながら相手を見なおしていたんだ。

ロープの外側で誰かが「殺せっ!」「殺しちまえっ!」と叫んでいた。

それを聞き取った瞬間俺の体の内に身ぶるいが走った。

〝そうか、そういうことなのか、あいつらはそういう気でいたのか〟と悟っていた。

そんな俺に向かって相手は薄く笑ってうなずいてみせた。それを見届けて俺が理解し悟ったのはまぎれもない相手の殺意だった。

〝そうか、それならば〟と思う、というよりはっきり感じていた。

昔、まだ小学校に通っていた頃、何かのもめごとで帰り道で仲間の待ち伏せに遭った。袋叩きに殴られて鼻血が激しく吹き出した時、何かが身体の内で吹っ切れて立ちつくし、その後我を忘れて相手の首領に飛びかかり、さんざん殴りつけて最後にそいつの首に激しく嚙みついてやった。自分が突然違う動物になって相手の首を嚙みちぎるつもりで相手にしがみついたまま、もっと深くもっと深くと歯を立てた揚げ句相手は痙攣《けいれん》して倒れてしまい、それを見て周りが怯えて立ちすくみ喧嘩に勝ってしまった時と同じような身の震えが蘇ってきた。あの時と同じに、今突然思いもかけぬ何かのスウィッチが身体の内で入った実感があった。そして、振り返ってみた会長も俺と同じだったんだろう、俺に向かってはっきりとうなずき返してきた。

たった今体の内に感じたものを確かめるようにそれでもちょっとの間俺は立ちつくしていた。そんな俺を見て相手は俺が臆したとでも思ったのか手にしたものを突き出して真っ正面から突っこんできた。俺は捨て身でマットの上に横に倒れながら足で相手の足を払いのけた。奴はつんのめって倒れ、手にしていた瓶が床に転がり落ちたのを、リングの外に蹴り出してやった。そして起き上がろうとしている相手の顔を蹴り上げた。その一撃で相手の鼻が潰れる感触があった。それでももがいてなお起き上がろうとする奴の顔を踵で蹴り上げると、相手は大きくのけ反り仰向けに倒れてまともに頭を打った。

客たちは何かわめいて叫んでいた。それを背中に聞きながら俺は奴があの割った瓶を握っていた右腕に足をかけ思いきり踏みつけた。踏みつけた相手の腕の肉の内側で中にある骨がしなって折れる感触がはっきりとあった。相手の腕の骨が折れる音を俺は足の踵で聞いたと思う。

誰かが悲鳴をあげていたが、俺はなお念を入れてその腕を踏みにじってやった。相手のセコンドがタオルを投げこんできたが、俺は黙って足でそれをリングの外に払い出した。

そして不思議なほど完全な静寂があった。

女の泣く声が聞こえてきた。

間を置き相手側の誰かが飛びこんできて動かぬ相手を重い荷物を引きずるようにリングの端まで引っぱっていき、担架に放りこみ運び出していった。

俺がリングから出る時誰かが何か叫んで一斉に拍手が起こっていたよ。俺に付きそって部屋から出る時肩を寄せながら、
会長が囁いた。

「あいつは死んだぞ」

「それで？」

尋ねた俺に、

「いいから早くここを出ろ。後は相談するから」

呻《うめ》くように会長はいった。

急かされるまますぐに着替えて新幹線に乗って大阪を発ち東京に戻った。そしていわれたま

ま会長のアパートで待っていたら、俺から四時間ほど遅れて戻った会長が肩をすくめながら、

「奴は間違いなく死んでいたぜ」

強張った笑いを浮かべていった。

「で、後はどうなるんです」

「試合は試合だよ。後の始末は連中がするとよ。奴等あらかじめ考えていたんだな、軽の車に乗せてどこか崖から落として始末するとよ。誰が見てもの交通事故に仕立ててな。で、お前は今どんな気分だ」

「変だな、そう悪い気分じゃないんですよ。俺、初めて人を殺したのにね。何かこう、目の前がぱあっと開けたって感じなんです」

「なるほどそうか、実は俺もそんな気分だよ。お互いに来るところまで来たという訳だ。ギャラもたっぷり出させたしな」

ことさらみたいに会長は肩をすくめてみせた。

「で、なら、またこんな話があったらお前乗るか？　連中は喜んでいたぜ」

笑ってみせながら会長がいった。

「次はもっとあざとい客を集めて大きな興行をぶつとよ。これでお前はスターになったという訳だな」

「何のスターですかね」

「殺しのよ。こうなりゃ俺も引き返せないよな。なら二人して本気でやっていくか」

なぜか媚びるみたいに会長はいった。

「ああ、いいですよ」

「お前、本気でそういうのかよ」

「ああ本気ですよ、もう一度やってしまったんですからね。やってみると、なんだかあっけないもんですよ」

「目の前での人殺しなんぞという見せ物は他に滅多にありゃしねえからな」

「でも変だな、これで何かがふっきれたような気がしてるんですよ。またやれというなら俺やりますよ。考えてみりゃ俺は今まであんまりいい生き方をしてこれたとは思わないからね」

「本当にそう思うか」

「ええ、一度だけ相手を殺してやろうかと思ったことがあるんですよ、でも出来ゃしなかったけどね」

「なぜ、いつだよ」

「俺が生まれてすぐに俺とお袋を捨てて出ていった親父が、俺が小学生の頃舞い戻ってきて、他の女と結婚することになったから俺の戸籍を消せといってきやがった。お袋はその頃町のある工場の持ち主の妾をしていてね、俺はいいふくめられてその男のことをお父さんと呼ばされていたんです、そいつもろくな奴じゃなかったが一応俺を高校には上げてくれたけど。そいつじゃなしに、突然姿を現して勝手なことをほざいていた本当の親父を、まだ小学生だったけど俺は台所から包丁を持ち出してきて刺してやろうかと本気で思った」

いった俺をしげしげ見なおして、

「なるほどな」

会長は肩をすくめてみせた。

「そんなことで高校の頃にはぐれて、漫画で読んだ『空手バカ一代』を本気に信じてそれで身を立ててやろうと松山の喧嘩十段といわれてた相沢師範を頼って家を出たんです。しかし大阪であんなことをしでかして、何か大きな借りを返したような気分ですよ。変なものだね、あれで何かを消せちまったような気がしてますよ」

「なるほどわかるような気がするぜ」

会長はいって手を延ばし俺の肩を叩いてみせた。


まあ、あれが事の始まりということだった。

世間には見えないはっきりした裏の世界というのがあるとわかった。

大阪での一件は俺の知らぬところで噂として広がっていったみたいで、限られた客たちのための裏の興行の依頼が名指しでよく来るようになった。その度相手を殺せという訳ではないが、とにかく死ぬほど痛めつけろということだ。

それから一体何人の相手と場合によったら殺す気の試合をやったかな。一度だけ相手のいいカウンターを食らって倒されたことがある。その時相手は転んでいるままの俺の顔を蹴りつけにきた。その瞬間俺は何かを感じて咄嗟《とっさ》に両腕で顔を隠して守った。客たちは沸いていたが俺には相手がどんな噂を聞いての上かこの俺を蹴殺すつもりでいたのがわかった。となると逆にこの俺の方にスウィッチが入った。

「あの時のお前の顔ったらなかったぜ」

後になって会長がいっていた。

立ち上がり向かいなおした俺に相手はなぜかすくんでいた。それから俺はしゃにむに攻めた。隅に追い込んだ相手に体重をもろにかけたむちゃな飛び膝蹴りをかけ、相手は一応両腕で防いだがその圧力で腰をついて崩れ落ちた。

その相手を俺は蹴りに蹴り続けた。彼の肋骨《ろっこつ》が折れる感触があった。それでどこが弾けたのか奴は口から血を吐いて動かなくなった。やくざな客たちは手を叩いて喜んでいた。奴等がそれ以上の何を望んでいたのかはわかったが俺は止めてしまった。後で聞かされたがその怪我で肺のどこかが壊れて相手は死んだも同然でもう選手としては動けなくなったそうな。つまりあれで俺は二人の人間を殺してしまったということだ。

それを聞いて何かが俺の内でふっきれた。で、次の興行の話があった時、

「俺はもういいです。あれは止めますよ」

会長にいった。

「なぜだ」

怪訝《けげん》そうに会長は尋ねたが、

「俺はもう十分です。人を二人蹴殺したら、もううんざりという気分でね。このままいくと、どういったらいいのかな。癖になりそうなというか、俺自身が何か取り返しのつかぬことになっちまいそうな気がするんですよ」

「なるほど」

会長は仏頂面でうなずいたが、

「ならこれからどうする気だ」

「あれをやって稼いだ金で当分食ってはいけそうだから」

「まあいいだろう。お前の気持ちもわかる気もするがな。しかしもう元の試合には戻れはしないぞ。なんとなく噂が伝わってるんだよな」

「それはどういうことです」

「蛇の道はということさ、まあいい、お前の身柄は俺が責任を持つよ」

それからしばらくしたら会長から声がかかっ

た。彼のアパートに行ってみたら同じ部屋の飾りつけが前と随分変わってみえた。例の裏の興行の分け前で彼もいい思いをしたのだろう。

「何か」

「いやあの話はことわったが、代わりにお前を見こんで雇いたいという話が出た。就職だよ」

「どんな」

「ま、いってみればガードマンということか」

「何の」

「個人のだよ、その相手の身を護る仕事だよ」

「誰のですか」

「あの興行を仕切っていた組織のボスだ。東光会の吉崎会長だ」

「ヤクザのですか」

「一概にいうな、企業だよ。立派な会社と思えよ。しかし何かと物騒なこともあるんだろうな。で、お前を見こんで身の周りを固めてくれということよ」

「まさか誰かを殺せということじゃないでしょうね」

「馬鹿いえ、ただの護衛だよ、いつも側についていてのな」

「そんなに危ない世界なんですかね」

「まあ裏の裏という世界だからな。当節いきなりドンパチということはないだろうが」

ということで三日後会長に連れられて新宿の会の本部に出向き、小広い事務所の奥の部屋で俺にとっての新しい会長に会わされた。事務所は思っていたのとは違ってごく当たり前のきちんとした会社っぽいものだった。働いている者たちもそれ風の柄ではまったくなしに、引き合わされた相手も見るからに贅沢な洋服を着ていたがどこかの会社の役員風の中年の痩せぎすな男だった。

俺を見定めるように見なおすと、

「いやお前の試合ぶりは見事だったよなあ、特に大阪での試合は大したもんだった。さすがはプロだな」

いきなりいわれて俺も戸惑った。

「あの時はついご迷惑をかけました」

思わずいったら、

「馬鹿いえ、あれは成り行きであくまで相手のせいだ。しかしもうああした試合からは引くのかね」

「はあ、相手を駄目にするのは二度で沢山です。これ以上続けると癖になりそうですからね。あんな試合を見にくる奴等はただ自分がしてみたいことを俺たちみたいな他人にやらして楽しんでいるだけでしょう、俺はああいう客は好きになれないな」

いった俺をなぜか肩をすくめて見なおしながら、

「その通りだよ」

大きな声でいうと、

「お前、なんとなく気に入ったぜ」

いってくれたものだった。

何日かして吉崎会長から金を渡され、それが制服ということか、まともな地味な背広を着せられ、生まれて初めてネクタイまでさせられた。

背広姿の俺を会長は満足そうに眺めていたが、突然、

「俺も若い頃人を殺したことがあったが、どうも後味のいいものじゃないよな」

いわれて驚いた。

そんな俺を見すかすように笑って肩をすくめると、

「お前とは違って義理の行きがかりでな。それで六年刑務所にいたよ」

「義理でですか」

思わずいったら、

「ああ、つまらぬ義理でな。組と組のごたごたで、他にやり手もいなかったから俺から買って出たんだ。お前とは大分違って、場所はリングの中なんぞじゃなしに交番の中だったよ」

「交番て」

「ああ、お巡りのいる交番のな。追い回していた相手が最後に交番の中に逃げこみやがって、しかたなしにな」

「で？」

「しかたなしにお巡りの目の前で相手を刺したんだ。それを見てお巡りは腰を抜かしていたな。俺がまだ二十五の時だ。それで六年間刑務所にいたよ」

いって大笑いする相手を俺はまじまじ見なおしていたな。それでなぜか俺はほっとしていたんだよ。

新しい会長とのつき合いはそれで始まったんだ。つき合いといったって、ただのお供ということだ。仕事での会議以外にはどこへでも連れていかれたものだ、自宅以外の彼女のところへも。

それから間もなくして、突然俺は警察から呼び出しを食らった。呼び出しというより逮捕みたいにある日刑事がやってきて有無をいわさず俺を所轄の警察署に連れていった。取り調べ室に座らされ連行の要件は殺人容疑だという。そのいわれは以前大阪でやった潜りの試合で相手を殺しただろうと。どこからお聞きになったのか知らないが、あれはあくまで試合の上での行きがかりです。相手は試合の最中にビール瓶を逆手にもって割り、それで俺を刺しにかかってきたんです。試合の相手がいきなり凶器を手にしてきたのでこちらも正当防衛で防ぐしかなかった。それが過剰になって相手は死んでしまったらしい。そのことは後になって知らされ、申し訳ないとは思ったがその時の自分としては頭にきていてしかたなかったと思います、といってやった。

取り調べの刑事は思いがけず以前アルバイトのコンビニで起こった強盗事件のことを知っていて、それがどう働いてかそれ以上いじめられることなしに釈放されて帰った。

その後もう一度警察に呼ばれ、二度目の出来事について訊かれた。あの時は相手がルールを無視して倒れたままの俺の顔を蹴りつけにきたのに仕返して、コーナーに逃げこんだ相手を痛めつけすぎてあんな結果になったので、試合の中での行きがかりとはいえ申し訳なかったと殊勝に頭をテーブルに擦《こす》りつけ謝り通すしかなかった。それでなんとかすんだよ。

会社に戻って、一応会長に警察に呼ばれたことを報告はしてみた。意外なことに会長はそれをとうに知っていた。

「実はあの試合の興行のことで、お前だけじゃなしにうちにもとばっちりが来ていた。興行の責任者のうちの部長が呼ばれて逮捕されたよ」

「逮捕ですか、なぜです」

「まあ潜りの商売だったからな。そしてあの結果で、殺人の教唆煽動ということだ。教唆といっても人殺しを売っての商売じゃあるまいし、あくまで試合ということさ。試合をする当のお前たちが初めから人殺しのつもりであの場に出てくる訳もあるまいが。で、当分の間あの種の試合は見合わせということだ、死んだ奴には可哀相だがな。もっとも客たちえらく喜んではいたぜ、こうなりゃ惜しい話だがな」

いって笑ってみせた会長に思わず、

「ああした試合はえらく儲かるものですか」

思わず聞いてしまった俺をその時だけ突き放すような目で見て笑うと、

「お前だって普通の試合では手に出来ぬ金を手にしたろうに」

いわれて俺も以前柏木会長にあの裏の試合商売の上がりについて尋ねたことを思い出していた。

あの時も彼は肩をすくめながら、

「それをあんまり気にしすぎるとやばい話になるんじゃないか。俺たちはただの芝居のやっこだからな。とにかくあんな試合を見にくる客の払う入場料は最低三万らしい。それが二、三百人、そして賭け金は最低五万、それを試合の成り行きでうまくつり上げている。試合の最中に配っている札は一枚二、三万ということかな。それでいきゃあの試合興行の上がりは悪くとも千や二千じゃきくまいよ。アメリカあたりだとその桁も違うみたいだな」

「それで俺たちの取り分は」

「それをいうなよ。お前だって一時に百という金を手にしたことがあったか」

いわれて俺も黙ったものだった。

最初の出来事は、半年もしない内に起こった。

会長はコーヒーに凝っていて、あるところに気に入りの店があった。そこへ行く時は事前に事務所から電話して他の客は払って俺だけを連れていく。そこで俺も会長用に仕立てられた特別のコーヒーなるものを相伴させられていた。どこがどんな風にいいのか、その度会長は目を細めてえらく寛いだ風に飲んでいた。

その日、途中で店に電話がかかり店のマスターがそれに出て、

「すみません、会長のために新しい機械を仕入れたんで、それを届けに業者が来るんですが」

いって戸口の鍵を開けにいった。そして間もなく配達の業者が箱に入れた荷物を抱えて入ってきた。その男は抱えてきた荷物をカウンターに置くと、

「受け取りにサインを」

いいながらポケットから何かぎこちなく取り出す様子をしてみせた。その時俺は何かを感じたんだ。配達の男が俺の目の前で右の手でポケットから取り出しかかったものは紙切れなんぞじゃなしに黒っぽい金属の何かだった。そして奴は手にしたそれを持ちなおそうとして一瞬手間どってみえた。

「お前っ」

声をかけて振り返った相手の顔に俺は手にしていたカップの入れ立ての熱いコーヒーをぶっかけた。そしてひるんだ相手の足を蹴あげた。のけ反って倒れかかる相手の胸を膝で蹴りつけ

ただけで奴は手にしていたものを取り落とし、俺はそれを足で遠くに払いのけてやった。

気づいたら会長はさすがだったな、手にしていたカップを落としもせず黙ってまじまじ店の主人を見つめていたよ。そして、

「お前、なぜ俺を売ったりしたんだ」

相手を労《いたわ》るような声で質していたな。

俺が男が手から取り落としたものを拾いなおし会長に差し出すと、手にしたものを確かめるようにしげしげ見なおし、

「なるほどな」

つぶやいてみせた。その後会長はどこかに電話し、間もなく四、五人の者たちがやってきて促されるままほとんど何もいわずに二人を縛り上げ店の裏口から出ていった。

その間会長はまったく何もいわずにカップに飲み残したもう冷えたはずのコーヒーを眉をひそめながら飲み干していた。

そして俺を見なおすと薄く笑いながら、ただ、

「ご苦労だったな」と。

俺も肩をすくめ会釈してみせるしかなかった。

あの時何かが俺と彼との間で通い合ったと思う。

二人して連中が出ていった裏口から店を後にしながら、

「この店も折角だったのになあ」

いかにも未練げに会長はいった。

そのすぐ後事務所で会長はめずらしく今まで見たことのない妙に身堅い風体の男と向き合ってひどく陰気な表情で話しこんでいた。俺は相手にどこかで見覚えがあるような気がしていた。以前俺が突然拉致された警察のどこかで見た顔

のような気がしていたが。

そして互いに声を潜めたままの短い会話の最後に、

「そうかやっぱりな」

一人ごつように会長はいっていた。


それから七日ほどして、いわれるまま俺は会長に付きそって天王洲のどこかの古い倉庫に行った。

コーヒー屋の例の二人が手足を縛られたままそれぞれ両足に大きなダンベルを鎖でとめられて、椅子に座らされていた。例の荷物を運んできた男はかなり痛めつけられたみたいでいた。

そしてもう一人、思いもかけぬことに俺が前にいたジムの会長の柏木が、コーヒー屋のマスターと同じように口にガムテープを張られ椅子に縛りつけられていたんだ。

「どうしてよっ」

叫んだ俺に何かを訴えようとするように彼は激しく体を揺すって呻いてみせたが無駄だった。思わず身をのり出した俺の肩に会長が手をかけ乱暴に引き戻すと、

「こいつも同類なんだ。この男があの殺し合いの試合の興行を思いつき持ちかけてきたんだ。お陰で弟子のお前もスターになれたという訳だ。しかしその上に欲が出てきて同じ話を余所に持ちこみやがった。その相手が俺たちを潰そうとして警察にたれこんだんだよ。よくある安い話だ。それで弟子のお前までも殺人容疑で引っぱられたという訳だ。お陰でこちらも結構な商売の一つを潰されたという羽目だ。ということで手に刺さった刺《とげ》は抜かぬ訳にはいくまいが。お

前、お前を刺した刺はお前が自分で抜いてやるか。どうする、やるか」

俺に向きなおり試すように笑ってみせた。

正面から見つめられ俺は生まれて初めて怯えてぎこちなく首を横に振るしかなかった。

「まあそれでいいだろう。ゴミの始末は関わりのない奴等に任せたらいい。昔の俺みたいに自分で買って出ることもないさ」

いわれてもどう答えていいかわからず、俺はことさら柏木から目をそらせたままでいた。

時々会長の部屋に顔を見せる専務と呼ばれている大柄な男が、三人の人質の足につけたダンベルを目で指し質すように見返した会長に、

「この方がドラム缶にコンクリート詰めにするよりも手間が省けますからね。それでこいつらが当分海の底でつっ立ったままでいれば、ふやけた肉を魚たちが食らってくれ、その内洋服を着たままの骸骨になって立っているでしょうな」

「で、吐いたかね、こいつら」

「ええ、やはり西川組の手でしたがね、これでまた戦争になりそうですな」

「いやこのけりをはっきりつける。この前の件での落とし前のつけかたを見りゃ、相手もそこまでの気はないだろうな」

にべもない風に会長はいった。

「とにかくこのけりは目につかぬようにしろよ」

「大丈夫です。重りごと沈めますからね」

それを聞いて口にガムテープを張られているコーヒー屋が俺を見なおし、全身を揺すって何か叫ぼうとしてみせた。

「もうそろそろどうですか」

専務と呼ばれた男が手元の時計を見計らっていった。


促され手下の男たちは足の重りを取りつけた男たちを抱え上げ、倉庫の外に止めてあった小型のトラックに放り上げて出発した。倉庫から離れた人気のない岸壁に屋根つきの大きな洒落たモーターボートがとめられていた。雑な荷物を積みこむように男たちは柏木たちを放りこみ船は舫《もや》いを解いてすぐに動き出した。一時間近く外海に向かって走り陸の建物の明りが薄れてきた頃、専務が声をかけ船を止めさせた。

「ここらでいいだろう。ここらなら物好きのダイバーも潜ったりはしまいな」

専務に促されると男たちは三人の体を後ろに張り出した狭いデッキに運び出し座りこませると専務の声を待っていた。会長と専務は暗い辺りを見回すと彼らに向かってうなずいてみせた。彼らは座ったままでいた男たちの、まずあの刺客の腰をデッキの縁にずらし、座ったまま押し出すようにして海に落としこんだ。足につけた五十キロの重りはそのまま音も立てずに男の体を真っ直ぐ海の底に向かって引きずりこんでいった。


二人目のコーヒー屋のマスターの時、会長が促して彼の口に巻きつけていたガムテープを剝がさせ、

「おい、お前が入れてくれていたコーヒーの味は忘れられないぜ」

どんなつもりでか優しい声でいった。相手はそれに答えることも泣くこともせず激しく身も

だえしながら海の底に沈んでいった。

　それを眺めながら最後に柏木が引き立てられた時、俺は船の舷側から身を乗り出して思わず吐いていた。最後に口に張りつけたテープを外されはしたが口から何の言葉も漏らさずに柏木は身をよじるようにして俺に向かって振り返ると、それを遮るように男たちの誰かがその体を突き飛ばし彼は横倒しのまま海に落ちこみ、足の重みのせいで水の上にまた一度垂直に起きなおると何か叫ぼうとしたが声にならずにそのまままゆっくりと真っ直ぐに海に沈んでいった。

　それを見定めながら俺はまだ吐きつづけていた。

　そんな俺の肩を小突きながら、

「どうした、お前でもまだ人を殺すのに慣れることはないのかよ」

　会長はいった。


(これは、既存のいかなる組織、いかなる人物にもかかわりない、全くのフィクションです)

海の家族

私の祖父も父も、そして兄も海で死にました。父と兄が死んだ時、私も同じ海にいました。あれは今から、そう三十年以上も前の、昭和四十年の事でした。

私は第十五徳洋丸の新米の甲板員、父は第十一徳洋丸の漁労長、兄はその下での甲板員でした。私たちはあの時同じ台風に巻きこまれたのです。

そのはるか前に祖父はマグロ漁船の船長として海に出ていて、マーシャル諸島の近くで操業中、例のビキニ環礁でのアメリカの水爆実験の死の灰をかぶって帰り、その後浴びた放射能のせいで癌にかかって死んだのです。

父や兄や私が遭難したのも祖父と同じ南太平洋の海ででした。

あの時は同じ焼津の船だけではなしにあちこちから出かけてきた四十隻ほどの日本の鰹マグロ漁船がマリアナの海で操業していました。

十月四日の未明にカロリン諸島で台風二十九号、通称台風カルメンが発生し、私たちのいたマリアナ諸島のアグリハン島の南水域を通過するという見通しを受けて、多くの船が台風を避けるためにアグリハンの西岸沖に退避し集まってきていました。

九月末に付近を通過した最低気圧900ミリバールという強烈な台風二十八号がアグリハンを大きく迂回して南の水域を西に通過していったせいで、台風の起こす強風は西向きとなり、漁船群にとって小高い山のあるアグリハンの島が絶好の風避けになるはずでした。

しかし台風二十九号は十月六日には予想に反して進路を突然西向きから北寄りに転じてほとんど直接にアグリハンの島を襲ってきたのです。六日の三時には970ミリバールあった気圧が七日の三時には914ミリバールにまで下がり、最大瞬間風速が六十メートルを超す強風が台風の巻き起こす風の反時計廻りの渦に沿って西から島に向かって吹きつけてきました。

あの時の雲行きの変化を今でも覚えています。六日の昼すぎ船長と漁労長が二人していかにも不安気に南の空を眺めながら首を傾げ何やら心配そうに囁《ささや》きあっていたものでした。

そんな二人に倣《なら》って見はるかした南の空は前日までとはまったく違って、何かを予感させるようにただどんよりと薄暗く陰気なものでした。

そして夜に入ってから突然強風が船の真後ろから吹きつけてきたのです。島の西岸に集まっていた船団はそれぞれ島の間近にアンカーを下ろし東からの風にそなえて舫《もや》いをとっていましたが、中にはわざわざ小船で錨《いかり》を島まで運び上げ固定していた船もあったし、互いに舷《げん》を寄せ合ってフェンダーを挟み船を固定し合っているものもありました。そしてそうした備えが台風の進路が一転したためにすべて裏目に出たのです。

予想を裏切って進んできた台風はひしめいて止まっていた船団に真後ろから襲いかかり最大瞬間風速が六十メートルを超す強風は腰の高い漁船に波と風と争う余裕を与えずに目の前間近な島に向かって押しつけ、風の立てる十メートルを超す高い波が腰の高い船をあおるようにして島に向かって激突させました。私たち焼津の七隻の船団は互いに明りを照らし合って安否を確かめ合っていましたが、互いにもう何をすることも出来はしませんでした。それぞれ数百トンもある乗員数十人も抱えた船たちが鈍い音を立ててぶつかりひしめき合い、分厚い闇の中で息を殺していましたが、嵐は容赦なく船たちの黒い塊を弄《もてあそ》びつづけました。

あれは真っ暗闇の地獄でした。周りを見回してみても何も見えはしない。ただ切りのない闇と体を吹き飛ばしかねない分厚い風だけです。風と波に弄ばれている間近な僚船の微かな明りも波のしぶきに遮《さえぎ》られて定かにはわかりません。陽のさす昼間とかけ離れたただの夜ともまったく違う体にのしかかる濃い泥のような闇が私たちを包んでいました。

その内船長が突然全員を集め、

「いいか、この船だけは島から離れるぞ。このままだとてもたない。一か八かアンカーを切るんだ、そして島の北へ向かってぎりぎり逃げられれば逃げる。エンジン全開で舵を思いきり左に切って島を離れるんだ。運が良ければ座礁せずにすむかもしれない」

いわれて何人かが斧を抱えて船首に向かって

甲板を這っていきました。アンカーロープが断ち切られた瞬間、船全体が吹きつける風の中でぶつかる波に乗せられ大きく左に向かってよろめくのがわかりました。そして横殴りの風と波の中を船はしゃにむに島からわずかでも離れようと、喘《あえ》いで努めながら走りつづけました。

そのまま二時間ほどして船はなんとかアグリハンの島をかわしすぐ北のアスンシオン島との間の海峡を抜けて果てもなく広い太平洋に放り出されていきました。

翌日の夕方には台風の余波もなんとか治まってきました。嵐で壊された船の整備をしながら私たちはまだ残る高波の中を昨夜いたアグリハンを目指して戻りました。

島の北端の岬を回りこみ昨夜いた島の西岸で目にしたものには息を呑みました。西岸の岩場に僚船が一隻大破し横腹を晒《さら》して打ち上げられてい、その手前の浅瀬に船首を水の上にもたげたまま一隻が沈没していました。それは何か巨大な象のような動物が無残に仕留められ横たわっているような光景でした。そしてなぜか打ち上げられて横たわっている船の胴体に誰か船員の一人の死体が張りつけたように俯《うつぶ》せに留っていました。救急用のゴムボートを仕立て島には い上がり打ち上げられ座礁した船を調べましたが、その船こそ父が漁労長を務めていた第十一徳洋丸でした。そしてなんと剝き出しの船の横腹に張りつけられたようにして死んでいたのは兄の勝男でした。父をはじめ他の乗組員は全員、いったん沈没しその後打ち上げられたらしい船の中で溺れて死んでいました。その中で兄の勝男だけがなんで船から放り出され剝き出しの胴体に張りつけられて死んでいたのかはまったくわかりません。

島の西岸に台風を避けて集まっていた同じ焼津の他の四隻の姿はどこにもなく、辺りの海に彼らのものらしい沢山の漂流物が見られたが、船の姿は見当たりませんでした。恐らく岸に近く沈没していた僚船と同じようにあの激しい風と波の中で互いにぶつかり合って沈んだのでしょう。一人の遺体だけが岸の岩に引っ掛かっていましたが他の船員たちの姿はもうどこにも見つかりはしなかった。

あの後大規模な捜索が行なわれはしましたが、結局他の二百七人の行方は不明のまま終わったのです。

船の胴っ腹に張りついたまま死んでいた兄の遺体を確認した後私も他の仲間といっしょに第十一徳洋丸の中に入って父の遺体の確認をしましたが、あれはなんとも無残な光景でした。波と風に運ばれ島の岩場に激突して砕かれ裂かれた船の中には、波と風に争いようなく船ごと弄ばれ岩に叩きつけられた船の人間たちがゴミ屑のように押し潰され引き裂かれ血も流しながら部屋の片隅に折り重なって死んでいました。それは計り知れぬ巨きな手が何かの料理のために人間たちを葬り片づけ放り出した跡のようになんとも無慈悲な光景でした。

あれは以前アリューシャンの海で起きた日本の漁船団の遭難以来の大海難となりました。焼津の船だけではなしに他の港から来ていた船も合わせて十六隻の船が沈み四百二十八人の者たちが行方不明となったのです。

私たちの第十五徳洋丸は漁獲のないまま父や兄たちの遺体を乗せて、港を出てからおよそ二十日後に焼津に戻りました。遭難の概況についてはすでに無線で漁協に連絡はとられていて、港には死んだ者たちの遺族をふくめて関係者たちがひしめいて船を迎えていました。積みこんでいた遺体の名前は無線で報されてはいたが、生き残っていた私たちの家族は岸壁の間際まで押し寄せて私たちそれぞれの名前を叫んでくれました。

私も真っ先に母親の顔を見つけて手を振ったが手を振り合う二人の視線が出会った時彼女がその場で膝を折って座りこむのが見えました。

やがて船から降り立った私をがむしゃらに捉えて揺すぶり、

「お前だけ、お前だけ生きていてくれてよかったよおっ」

泣いて叫ぶ母親を私としては抱き返し体でうなずくしかありはしませんでした。

町を挙げての合同葬儀は県知事までがやってきました。しかし事はそれで終わりということではなしに海難審判なるものが行なわれ私みたいな新参者までがいろいろな事を質されたものです。

要は行方不明もふくめて死んだ者たちへの補償、それに船をなくした船主たちへの保険の支払いのためのものらしかった。保険会社の負担は並なものではなかったろうが、あの嵐の中で本来ならば船を風に向かって支えて走らせるのが事故回避のための常道なのに、なぜそれを行なわなかったのかなどという、非難にもならぬ咎《とが》めだてはしょせんあの場にいなかった者たちの上の空のいい分でしかありはしません。あの分厚い闇の中での猛々しい風と波の渦に巻きこまれた人間たちに一体何が出来たというのでしょうか。それは正面から走ってくるでかいトラックに裸で向き合って素手でそれを止めてみせろというようなもので、壁に囲まれ屋根のついた建物の中で椅子に座って話している人間たちにはしょせんわかりようもない、馬鹿でかい黒い泥の渦の中に巻きこまれた木っ端のような人間にはどう抗うことも出来ぬ、何ともいいようのない絶対の中の絶対にはまってしまった人間の絶対の無力を証す、地獄の中の地獄だったのですから。

そしてこの私こそがその真っ直中にいて地獄の底をこの目で見届けた人間なのですから。

審判に関わるしょせんは局外者たちの何か小難しい言葉を並べたてながらの空々しい、声を立てていい合う議論を聞きながら、私は未だに体の内にあの暗黒の風と波の中で聞いた暗黒の轟《とどろ》きを感じなおしていました。

組合がそれぞれに掛けてくれていた生命保険の金は下りましたが、それが一体何になるというのでしょうか。一人だけ船から放り出され船の胴体に張りつけられて死んでいた勝男兄にとって、船内の部屋に仲間といっしょに閉じこめられ溺れて死んだ父親たちにとって、そんな金が一体何を償ってくれるというのでしょうか。あの嵐の中で狂った風と波に弄ばれて死んだ者たちが味わわされた恐怖の報酬はとてもそんな金で贖《あがな》われるものでありはしません。それがわかるのはこうしてかろうじて生き残った私たち以外にありはしまいに。
そう思うと海はあまりに無慈悲な気がしてなりません。

あの海難事故以来母親は今までとすこし違う人間になってしまったような気がします。生き残って家にいる私ともう一人の弟のために台所で食事を作っている間、手にしている包丁を握ったまま動かずぼんやり前を見つめていることがままあるようになりました。

気がついて声をかけるとなぜか確かめるように私をうるんだ目でまじまじ見返し何かを納得しなおしたようにうなずきはするのですが、そんな様子は今までとは違う別の人間のようにも見えました。そしてある日弟の修三が高校に行っていて留守の時、突然私の手を摑《つか》んで引き寄せ、

「いいかいお前、もう海には出るな、絶対に出るなよ、いいねっ」

思いつめた顔でいい渡しました。あの海難事故で身内の二人を突然亡くしてしまった彼女としての気持ちはわからないではないので、しかたなしに私もうなずき返しはしましたが。

しかしこの町に住んで代々海でたつきを立ててきた私たちにとって、海にも出ずに生きていくことがどうして出来るのでしょうか。

それでも私は母親に気遣ってそれから二年あまりの間船には乗らず漁協の水揚げを焼津から静岡の市場に運ぶ定期便の運転手をして過ごしました。それはそれで私に陸の上ならではの変

化をもたらしてはくれました。第一に女を覚えました。もう一台の車を運転していたいわば相棒の松崎は私より七つ年上のベテランで静岡の町にも詳しい遊び人で、彼の手引きで夜な夜な出かけた遊び場で女を知り、のぼせて結婚してもいいと思うくらいの相手と行き会いもしました。

新しい仕事の給料もあったが、なんといっても海で死んだ父親と兄の生命保険や組合からの弔慰金もあって懐は暖かかったし、母親も陸にいる私に甘く私の金使いを大目に見てくれもしました。ですから先輩の松崎に若い私が奢《おご》ってやることもありもしました。そんなことで彼との仲はごく親しいものになり、その内彼は下宿を引きはらい、父親と兄がいなくなり隙間の出来た私の家に寝泊まりして住み着くようにまでなりました。

そうやって二年ほどが過ぎた頃、高校を卒業した弟の修三が突然自分もどうしても船に乗るといい出したのです。

驚いた私も反対し母親も三年前のあの遭難を思い出し泣いて諫《いさ》めるのですが、どうしてもいうことをききません。

ある時母親に泣いて頼まれ、次の休日の夕方弟を誘って港の突堤まで連れ出し海を眺めながら船での作業のつらさと、なんといってもあのマリアナの海での遭難の折の恐ろしさについて語って教え、残された母親のためにもお前だけは、俺には出来なかった母親孝行のためにも海には出るなと諭したのですが、弟は最後までかたくなにうなずこうとはしませんでした。

最後に私は彼の頬を平手で殴りつけました。

そうしたら弟はその場に座りこみ、

「俺はあの家にはいたくないんだ」

と激しく叫ぶのです。

その様子が普通でないので彼の襟を摑んで引きずり上げ、

「あの家にいたくないとは一体どういうことだ。お前がもう一つ上の大学にでも行きたいというなら、俺が必ずかなえてやるから」

質したら、

「兄ちゃんは何も知らない。知らないからいえるんだ」

と叫び返しました。

もう一度襟を摑んで引き寄せ、

「この俺が何を知らない、何を知らないというんだよ」

叫び返したら、突然声をあげて泣きじゃくりながら、

「俺にはいえない、いえないよおっ」

「俺にいえない何があるというんだよ」

激しく揺さぶって問い詰めたら、

「俺は嫌だ、嫌なんだよあんなこと」

「あんなこととは何なんだ、いえよ、いえったら」

もう一度平手をかましたら、

「母さんが……」

「母さんがどうした」

「母さんが、あいつと」

「あいつとは誰だ、誰と何なんだよ」

「あの松崎と母さんが」

「母さんが松崎とどうしたというんだ」

「兄ちゃん俺は見たんだよお」

「何をだよ」

「母さんが二階で松崎といっしょに、二人とも裸でよお」

いうとあいつは声をあげて泣き出しました。

そこまでいわれてようやく私にもわかりました。母親とあの松崎の間に女と男として何が起こったのか、父に死なれた後の母親が女としてどんな思いで過ごしていたのかも想像は出来ました。父はまだ男盛りの五十二歳で死んでしまい、その父と二十歳前に結婚していた母はまだ四十すぎたばかりのこの町でも漁師の女房としては見栄えの良さで評判だった女盛りでもありました。そんな彼女が年下の遊び人の下宿人の松崎と同じ屋根の下にいてなるようになってしまったのは、私が気づかなかったのが不思議なほど、いわれてすぐに納得のいくことだったが、まだ高校生で末っ子の甘えん坊だった弟には目にしてしまったものはことさらのものだったに違いないと思います。そんな彼がもうこの家にはいたくない、だから自分も船に乗って海に出たいと泣いて叫ぶのは当然のことだったでしょう。

さりとてこの私が母親に説教して、あの松崎とは切れろ、彼をこの家から追い出せとはいえたものではありません。案じた揚げ句私たち家族全体のためにもこの私が修三を見守りながら二人して船に乗りこみ海に出ていくしかないと思いました。そしてそれが死んだ父親や兄もあの世で納得してくれることに違いないと。

そう心に決めてその翌月の十月七日、父と兄貴の命日に町の寺の二人の墓に母と二人して参った時、墓の前で母親にいきなりこれから先あの松崎との仲をどうするつもりなのだと切り出し質しました。いきなりそういわれて母親は絶句し、のけ反りながら私を見返しました。

「母さんだってまだまだ若いんだし、このまま後家さんで通してくれとはいわないよ。松崎とどう話しているのか知らないが、思いきって結婚するというならそれでもいいさ。しかしあの年の修三のことは考えてやってくれよ。あいつは実はあんたと彼のことをある時見て知ってしまったんだよ。だから自分も海に出るといい出したんだ。あの年でまだまだうぶいあいつのことは考えてやれよな。だから俺といっしょに船に乗るのは黙って許してやってほしいんだ。俺たちにはそれしかないと思うよ」

いったら彼女はその場にしゃがみこんで声を立てて泣き出しました。私としては同じようにしゃがんでその肩をさすってやるしかありませんでした。

船に乗る人手も足りずにいたその頃でしたから、私たちの乗る船はすぐに見つかりました。第四豊栄丸は焼津では一番古手のもうぼろ船でしたが修三はまず船の賄《まかな》いの助手という資格で乗りこみました。賄いというのは簡単そうで実は船の中では一番つらい仕事ですが、彼は案外気楽にそれをこなしていました。

出港の時には母親と松崎もいっしょに岸壁に並んで手を振って見送ってくれました。私も弟と並んで手を振り返しながらなぜかほっとしたものです。横に立って手を振る弟の横顔を見やりながら、いつになく晴れ晴れした気分でいました。

私に母親と松崎のことを打ち明けるまでいつ

も黙りこくっていた弟も、船の中では古手の船員たちと互いに冗談をいい合うような明るさを取り戻していってくれました。それを眺めながらこれから出かける海こそが私たちのわだかまりを何もかも洗って流してくれるような気がしていました。

私にとって久し振りの、弟には初めての航海は船足の遅い、機械も古いぼろ船にしては予想を超えた水揚げを抱えて五ケ月ほどして終わり無事に焼津に戻りました。

それから次の船出までの何週間かの家での暮らしの間、弟の様子は今までとは変わって見えました。航海に出て海で暮らしている間、あいつも何かを覚りすこしは大人になれたということなのかもしれません。家にいる間彼はしきりに、海に出て甲板の上でする仕事について私にいろいろ尋ねてきました。そして次には是非ともいっしょに魚をとるために働きたいと。ですから次の出港の前に私も船主にかけあって、私が面倒を見るから賄いから外して給料も違う甲板員として働かしてくれるように頼みこみました。

それがかなえられたと告げるとあいつ、これで自分も一人前の漁師になれると顔を輝かして喜んでくれたものです。

次の出港の時あいつは手狭な自分の寝台の上の棚に何冊もの参考書を持ちこんできたものでした。驚いて質すと、航海の間に勉強し船で働いて金を貯め、何年か先には大学に進むつもりだと明かしてくれました。それを聞いて嬉しかった。二人して航海に出たことで気が晴れて、あいつの中に何か新しい意欲が生まれてきたに違いない。それはああして死んだ親父や兄、それに母親にとってもとても嬉しいことに違いない、私も一人残された者としての責任で何としてでも弟の願いをかなえさせてやりたい。必ずそうしてみせると密かに父や母に誓いたい気持ちでいました。

しかし私たちの海は、死んだ者たちもふくめての私たち家族の夢をもろくもぶち壊してしまったのです。出港して一月目の六月十日に、マリアナのアナタハン島近くの海でハエ縄の操業をしていた私たちの船が突然火災を起こしたのです。

それまで何度か故障を起こし機関員たちが苦労をかさねてきていたエンジンがまたまた故障し、流していた何キロにも及ぶハエ縄を巻き戻す動力がかなわずその修復の作業中に機材がスパークして引火し火事を起こしてしまいました。全員が消火に当たったのですが、海水を汲み上げるポンプまでが故障してしまい火を消す海水の及ばぬまま火は次々に燃え移っていき、消火中ある者は体にまで火がついてたまらず海に飛びこんだりして助かりましたが、何かのはずみに火が古い機関からビルジに漏れていた燃料に引火しそれが広がってとうとう大規模な爆発が起こった。それまで炎天下で操業してきて乾ききっていたぼろ船の木造部分があっという間に燃え始めました。

その様子を眺めて決断した船長が通信士に救

急要請の発信をさせた後全員に退去命令を伝え、消防の最中機関室で煙にまかれて倒れてしまった機関員二人を残して残る七人が救命筏を海に降ろして乗り移りました。

乗り移った仲間を確かめ合いながら片腕に弟の修三をしっかり抱えていたのを覚えています。

そうやって私たちの当ても切りもない漂流が始まったのです。

さしたる風も海流も感じられぬ海の真っただ中で、私たちの筏はどうやら赤道海流に乗せられて緩やかに西に向かって流されているようでした。

「船長、ここからだと一番近い陸地はどこいらですかね」

一夜明けた次の日の朝誰かが船長に尋ねていました。

「さあな、さしずめカロリンのどこかの島だろうな」

「どれくらい遠いですか」

「さあ千キロはあろうな。しかしその中のどの島に近づけるかだな。流されていく緯度の問題だ」

「どこかの仲間の船に行き合うことは」

「それは難しいだろうな、連中の漁場はもっと南だろうからそこへ出かけるのにもっと東の海を下るはずだよ」

「無線はどうなんだ」

「救急発信は確かにしたけど、受信を待ってる暇なんぞなかったからな」

通信士はいいました。

「なら、ただこうして待つしかねえわけだ」

誰かがいったが、まさにそれしかないだろうとは思いました。

「筏に発煙筒はあるだろうな」

船長が質し誰かが備えつけの物入れを確かめ、

「ありますよ。でも一本だけです」

「よかったな。でもそれは滅多に使うなよ」

船長はいったが見渡す限り何も目に入らぬこんな海の真ん中でそんなものを使うことが実際にあるものだろうかとは思いました。

二日目、北の遠い空を捜索らしい飛行機が一機飛んでいきました。みんな夢中で手を振ってはみたが何の応えもありはしなかった。

「サイパンかグアムから飛んできたんだろうが、この広い海でうまく見つけてくれるものかな」

吐き出すように船長はいったが私たちにすればそれにすがる他にどういう術があったというのでしょうか。


調べた限り筏に常設の箱には発煙筒の他には継ぎ足してテントを張るための棒とステンレスの刃のついたサーバイバルナイフが一丁、そして雨水を貯めるためのらしい分厚いビニールのバケツと私たちがケンケンと呼んでいる小さな疑似餌のついた釣り道具が入れられていました。

ケンケンを手にして誰かが、

「これでマグロでも釣れというのかね」

いったが笑う者はなかった。しかしそんな玩具のお陰でわずかに命を繋ぐことは出来たのです。

スコールもやってこぬままの炎天下の漂流の四日目に初めての死者が出ました。消火の作業中体に火がついてそれを消すために身ぐるみ海に飛びこんでいた機関士の会田が顔から肩への大火傷に海水をひたした布切れを当てての治療以外にさしたる手当ても出来ぬまま呻《うめ》きつづけていましたが、夜が明けると仰向いたまま死んでいました。

それを確かめながら誰もが固唾《かたず》を呑んでいました。それは誰しもにとっての同じ予感のせいだったと思います。この先ある時が来れば同じことがそれぞれの身に起こるのだろうと。

機関士の体は午後になるともう匂いをたてるようになりました。それを確かめながら皆が互いに探るように顔を見合わせていたが私が決心して船長に、

「どうしますかね」

質したら船長は黙ってうなずき顎で筏の船尾に向かって促してくれました。持ち上げて運んだ機関士の死体は筏の船尾から音もなく水面に滑り落ちそのままゆっくり遠ざかっていきました。誰かがそれに向かって両手を合わせてみせ、皆も声も立てずにそれに倣って手を合わせたものでした。

その時私が何を念じて何を祈ったかはまるで覚えていません。とにかくただ呆気ないものでした。

それでも全員はあきることもなく緩やかに遠ざかっていく機関士の体を眺めつくしていました。

ところが流れていく彼の体が突然水から起き上がったのです。

「あいつ、まだ生きている!」

誰かが叫んで立ち上がろうとしたが、

「馬鹿っ、止めろ、鮫《さめ》だっ」

船長が叫んだのです。

それを証すように機関士の体は水の上で激し

く身をよじるようにして揺れ動き、弾みに片腕までが何かを指さすように水の上に持ち上がってみせたのです。そして固唾を呑みながら見守る皆の前で彼の体は何かの強い力で引きこまれたようにあっという間に水の下に消えていきました。

「これであいつらはつきまとってくるぞ」

皆を諭すように船長がいいました。

「嫌だあっ、俺はあんなの嫌だっ」

突然私のすぐ年上の甲板員の相川が泣きながら叫びました。

「いいか、あれが嫌なら死ぬなよ、我慢して生き抜くんだぞ」

船長がいい渡し私は震えている弟の肩を抱きしめながらうなずき返しました。

船長のいったことを証すように、せめてもと流していた釣具のケンケンに手応えがあり引き上げてみた獲物のかなり大きなシイラは引き上げる途中に水の中で半身は食いちぎられていました。それでも皆はむさぼるように獲物を海水にまぶして嚙みしめ飲みこみました。

海からの獲物はなんとかありはしましたがスコールは来ずに渇《かつ》えた皆はそれぞれの小便を手で受けて飲んですごしたもので、私は以前読んだボンバールという人の『実験漂流記』という本に書かれていた、海水は少量なら毎日飲んだ方がいいという件《くだり》を思い出しすこしずつ手で掬《すく》った海の水を口にしていました。弟にもそう教えてさせましたが結果としてあれは良かったと思います。もちろん自分の小便も飲みはしました。その方が遥かに飲みやすくはありましたが。

漂流してから十二日目にようやくスコールが来ました。干天の慈雨とはいうがわずかな雨で何の救いにもなりはしなかった。喉の渇きはわずかながら癒されはしたがそれはかえって人間たちの生きたいという執着を増してしまったようです。ある者たちは互いに陸に生きて帰れた時の事をしきりに話し合うようになりました。陸で私たちを案じて待つ家族や恋人などの話ではなしに食い物飲み物のことばかり、それに風呂とか昔した旅の話、そんな他愛ない話題を口にするのです。その内目を覚ましていながら白昼夢でも見ているかのように声を立てて笑ったり相手もいないのに独り言で話したり、眺めていて気味の悪い様子でした。そんな様子が一番ひどいのが古参の甲板員の板倉でしたがその日の夕方彼は突然立ち上がり、家からどこかへ出かけるような風情で私たちに手を振るとよろめきながら歩き出し筏の外へ踏み出していきました。突然気のふれてしまった彼を間近に座っていた誰も止める暇もなく、そのまま海に落ちこむ彼を力を失ったまま誰もが呆然と見送るしかありませんでした。

そして水に踏みこんだ彼に水の下で待ち受けていた者たちがむしゃぶりつき、彼は小さな悲鳴を残して消えていきました。

気がふれた板倉が自分から筏から踏み出して奴等の餌食になってから彼等は何を悟ったのかその次を待ち構えて筏から三、四十メートルほど離れた辺りにまつわりついて離れませんでした。いつ眺めてもそんな距離を隔てて彼等の黒い背びれが水の上に見えていました。あれは見るからに忌まわしい邪悪な何かの意思を見せつけるような見ものでした。陽が暮れた闇の中でも私たちはそれを感じさせられつづけていたのです。

あれは一種の気の病いの伝染なのでしょうか、板倉のしぐさを眺めてただ見送っていた仲間の内、あの出来事の寸前まで彼と陸の上での願い事についてしきりに相槌を打ちながら話しこんでいた者に眺めていてあきらかな異変が兆してきたのです。

膝を抱えたままでの独り言や突然意味のわからぬ事を尋ねてきたり、答えずにいると泣き出したり、そんな様子は今まで人間として生きてきた者が何かの手で内側から歪められて、見た目の様子は今までと同じでもまったく違う何かに変えられてしまったような気がしました。

そしてそんな変調をきたした者は眠っている間に何をあきらめたのか、翌日の朝には眠ったまま死んでいました。甲板員の相川そして通信士の山岡、その二人を弟と二人してなんとか抱えて筏の艫《とも》から海に落として見送った時に筏の中で何が起こったかをとうに知っていたように下で待ち受けている奴等を間近に見たのです。

顔を並べた巨きな鮫たちはどこかの池で見物のまき散らす餌を待つ鯉のように口を開けながらひしめいていました。どれも体長四メートルを超すほどの馬鹿でかい奴等でした。中でも一番巨きな鮫の顔には、右の目から顎にかけて長い傷の跡がありました。そいつは彼等を見てたじろぐ私たちを脅して促すように首を大きく振りながら待ち受けていました。

私と並んで弟も同じものを見届けたと思います。そのとたん叫びながら弟は抱えていたものから手を放し後ろにのけ反って仰向けに倒れ、赤ん坊が激しくむずかるみたいに両の手足をばたつかせ何かわめいていました。弟もまた気がふれたのかと思い私は彼に跨《また》がってその頬を何度か平手で殴りつけてやりました。

それでようやく正気に戻った彼が突然私にしがみついてわめくようにいったのです。

「兄ちゃん、俺が死んだら俺を食ってくれよな。俺は海には捨てないでくれよな」

「ああわかった、必ずそうしてやるぞ」

私も叫んで答えていました。

それをどう眺めていたのか、しばらくして船長が弱々しく私の手を捉えて、

「そうか、残ったのはお前たちだけか、すまねえ、悪かったなあ」

つぶやくようにいいました。

そしてその夜、私たちが眠っている間に船長は死んでいきました。

そう気づいて彼の体を闇にまぎれて何も見えない内に弟と二人して筏の脇から海に落として捨てました。それをむさぼり食らう水音は聞こえてはきたが、私も弟も見えるものを見まいとするように懸命に目をつむっていました。

私が初めて幻聴を聞いたのはその明け方でした。

夢の中でなぜか私は元の第十五徳洋丸の中で眠っていました。船は大漁の後いつもの習いで船長の好きなあの『函館の女』をスピーカーで精一杯鳴らしながら焼津の港に入っていくので

す。そう知って私は跳ね起き弟を揺すぶってそう教えたのです。夜はもう白んでいたが辺りには何も見えはしなかった。ようやく自分が狂いかけているのに気づきました。そんな私を正気に戻してくれたのは弟でした。彼が狂いかけていた私の頬を叩いて気を取り戻させてくれたのです。

そしてその日の午後まだ半ば気を失ったままうつらうつらしていた私を弟が小突いて起こし遠くに船の姿が見えると教えたのです。確かに久し振りに見る船でした。二人して祈る思いでたった一本のフライアーの引き金を引きました。

船はヤップ島から漁に出かけてきていた漁船でした。

ヤップ島にはろくな看護施設もなく水とお粥のような食べ物をあてがわれて三日ほど過ごしその後隣のパラオに送られることになりました。ヤップもパラオも昔は日本の委任統治領だったので幸い日本語のわかる古老たちが何人かいて助かりましたが、彼等が私たちのことを向こうへどんな風に伝えてくれていたのかはよくわかりません。ヤップで寝かされている間私も弟もほとんど気を失ったままだったそうです。

その間も私は半ば気がおかしくなって幻覚に近い夢ばかりを見つづけ、時折突然家に帰るつもりで立ち上がったり閉じこめられている部屋から這い出して周りをてこずらせていたそうです。むしろ弟の方がそんな私を見取ってくれていて、私を周りの者たちといっしょに取り押さえてくれていたらしい。

ヤップの港に近い建物の部屋に三日ほど寝かされてから正式の病院があるというパラオに飛行機で運ばれることになりました。

港の建物から飛行場に運ばれる途中なぜか連中が車を止めて私たちにあるものを確かめさせました。

それは時計でした。丁度入ってきた漁船が仕留めて陸に放り出した大きな鮫の腹を切り裂いてみたら人間の片腕が飛び出してきた。その腕にこの島あたりでは滅多に見ない時計がついていたという。彼等が何のつもりでそんな物を見せつけたのかわかりませんが、肘の辺りから食いちぎられた左腕についていたというのはまぎれもなく船長が昔ホンコンで買って自慢にしていた外国製の防水時計でした。夜にまぎれて海に落とした船長の遺体を奴等は間違いなくものにしてしまったのです。

そのちぎられた左腕から外した、あんな島ではとても手には入らぬ貴重な時計を島の連中は正直に筏に乗っていた誰か元の持ち主に返すつもりだったのでしょう。しかしその時計を受け取ったとたん弟は元の持ち主を悟って、握っていたものを私に突き出すと宙の何をかまじまじ目を見ひらいたまま見つめ突然何かを口走り卒倒したのです。

あれが弟があの無慈悲な漂流のお陰で得た病いの発端でした。

倒れた弟を横たえたまま私はその時計を飲みこんでいた相手を確かめに向かいました。漁船の前の地面に放り出されていた鮫の頭を起こしてみたら確かに見覚えがありました。

何日もの間仲間を従えて筏を追ってきていた奴等の頭領の全長五メートルに近い馬鹿でかい、あの顔に白い大きな傷跡のある奴でした。こいつが仲間を引き連れ執拗に私たちを早く死ね、早く死ねと急かしながら長い旅をつきまとっていた死に神の正体でした。

それを見届けても不思議に今さら何の気持ちもありませんでした。相手は引き裂かれて割れた腹を大きく晒してぎらつく太陽の光の下で横たわっている。そしてこの自分はよろめきながらも今は何とか自分の足で立っていました。そう思った時あれからこの島にたどりつくまで私たちが過ごしたあの旅というのは一体何だったのか、何のためだったのかが俄かに訳のわからぬものに感じられて、手渡された船長の遺品のまだ鮫の腹わたの血にまみれてぬるぬるしている、それでも堅い手応えの時計を握りしめながら私は自分でも訳のわからぬ涙を流して立ちつくしていました。

パラオの病院で十日ほど点滴などの治療を受け、なんとか体力もついて飛行機に乗せられグアム島経由で日本に戻りました。グアムでは長い漂流について新聞記者から質問を受け、私たちのことが新聞記事にもなったそうですが何をどう書かれていたのかは興味もないしわかりません。

ただ心配だったのは故郷の焼津の皆の様子でした。延べ一月近い漂流の間焼津の者たちは私たちのことをどう考えていたのだろうか、当然皆死んだものとして考えていたには違いない。アグリハンで死んだ父親や兄の後、また私たち二人も死んだと思っていたろう母親の身の上に何かがなければいいがと、かろうじて生き残った自身のことも忘れてそんな心配ばかりが頭に浮かぶ始末でした。

焼津に戻った二人を迎えたのは案に反してごく限られた者たちばかりでした。パラオからの連絡で生き残ったのは二人だけと知らされてそれ以外の乗組員たちの家族はとうにあきらめていたのでしょう。

バスから降りた私たちに母親は走り寄って抱きつき惚《ほう》けたように顔を見つめながら声も立てずに泣き出しはしましたが、彼女なりに他の死んだ者たちのことを慮っての控え目な様子は胸に応えて伝わりました。

翌日の夜組合の会議室で死んだ者たちの家族と組合の役員たちが集まって私たち二人の報告を聞き取りました。報告とはいっても何をどう話していいのかわかりはしませんでした。元々問題があったらしい機関に故障が起こりそれが元で火事が起こり船をあきらめて筏に移ったのです。

そしてその後の長い漂流の間に何が起こっていったのかはあそこにいた者たち以外にとてもわかりようはありません。私たち二人を囲んでただ聞き耳を立てている遺族の者たちに彼等が死ぬまで毎日何を考え、死ぬ間際に何をいい残したかなんぞわかりもしないし、伝えようもありはしないでしょう。ある者はあきらかに気が狂って、自分からあの人食い鮫どもが間近に待ち受けている海に踏みこんでいったのですから。

彼等はみんな死んでしまい、私たち兄弟だけがこうして生き延びて戻ってきたのです。そんなことを誰がどう注釈しようもないし理解も出来はしないでしょう。

要するにあの海で起こったことは誰にも本当にわかりはしないし、どう伝えようもないことなのです。

私たち二人が問われるままぼそぼそ語ったことを聞き終えた後、皆はさしたる言葉もなしにうなずき合い引き取っていきました。ただ船長の奥さんだけは私たちがヤップで受け取った時計をしっかり握りしめ胸に抱くようにして帰っていきました。

私たち家族にとって厄介な出来事はそれから間もなくして港で起こりました。弟と二人してこれからの身の振り方の相談に漁協の事務所に出かけた時、たまたま沖の漁から戻ってきた船が観光のついででしょうか港にやってきていた見物客たちに沖で仕留めた三メートル近い鮫を見せつけ、船長が食べる訳にもいかぬこの獲物からせめての売り物にはなる背鰭《せびれ》を切り取ってやろうかと口上を述べて獲物に跨り手にした包丁で鮫の背鰭を切り取ろうとしたら、まだ生きていた鮫が突然身をひるがえし相手に嚙みつこうとしたのです。初めて目にする鮫がめずらしく周りに群がっていた見物客たちが悲鳴をあげて後退りするのに気をよくした船長がことさらの講釈で、鮫というのはいかにも悪食でその証拠に飲みこんでも消化出来ぬ金属やプラスティックの製品までも食らいつく、いつかは海に落ちた自動車のトランクをこじ開け中にあったジャッキまで飲みこんでいたものだ、こいつだって実は腹の中に何をしまっているかわかったものじゃないよと、見物客たちの前で小型のクレーン車を持ち出してき、鮫の尾にロープを巻きつけ逆さに吊して岸壁の水面の上まで運び出し、吊した鮫の腹を割いて開き腹から臓物を掻き出して海に落としてみせました。そして吊していたロープを切って鮫の胴体を水に落としたら、なんと鮫の畜生があさましくも掻き出された自分の臓物を泳ぎ回って食いちらかしたものです。その間船長はかけていた携帯ラジオの音楽をボリューム一杯に鳴らしっぱなしにしていました。そんな騒音を背景に目の前の水の中で繰り広げられるなんとも浅ましく凄まじい光景を目にして観客の女たちは悲鳴を挙げて後ずさりして、中にはその場にしゃがみこみ吐いている者もいました。

鮫も二度三度と自分のはらわたを自分で食いあさっている内にさすがに力尽きたか引き裂かれた腹を上向きにして浮き上がり漂う始末でした。

そんな光景に見物たちが度肝を抜かれたのを眺めて件の船長は得意気でしたが、最後に彼が鉤《かぎ》のついた棒で漂っている獲物を引っかけ岸壁に引きずり上げた時、それまで私の横で見せ物を眺めていた弟が突然唸り声を上げてのけ反り横倒しに崩れ落ちたのです。

その弾みに弟は地面で激しく顔を打ちその傷が痣《あざ》になってしばらく消えずに残っていました。ヤップの島でまさしく船長の腕を食いちぎったあの死に神の鮫から取り戻された時計を手に卒倒した弟にとって、見物客を前にして行なわれた座興は座興ではすまぬ悪い夢のぶり返しだったのでしょう。それも知らずに倒れた弟を漁師の癖に気弱と嘲笑って指さす相手をにらみ返し、倒れた弟の体を引き起こし背負ってその場を立ち去るしかありませんでした。目の前で知った仲間を食いちぎりむしゃぶりつく海の畜生のありさまを陸の上に足で立っている人間たちに今知らしめる術などありますまいに。

しかし弟の健康は折角生きて陸に戻ってこれたのにそれでなんとか元に戻れるという訳にはいきませんでした。またもう一度遠洋の船に乗りこませるには様子を見る必要がありそうで近場の海に出る遊漁船の手伝いに乗りこませてはみましたが、陸をわずか離れた辺りでの作業の最中でも、突然訳のわからぬ発作を起こして倒れたりして周りの迷惑もあってしばらくは海には出さずに陸の上での仕事を宛がうことにしておきました。

下宿人の松崎も加えての家での生活ではさしたる障害はなさそうでそれならこのままどこかで当たり前の仕事を探してと思っていましたが、ある時暇を見て親父と兄貴の墓に二人して出かけた時、寺の墓場の敷地からはずれた辺りに小高い岬のような台地があり明日の日和を確かめにそこまで出かけていったら、木立ちを抜けて目の前に一望の海が開けて見えたとたん彼が身震いし始め、目にしているものから逃れようとするように体を震わせ歯を食いしばり、卒倒こそしなかったが崩れるようにしゃがみこんでしまったのです。

私の目には一望凪《な》いで見えるいい日和の海が彼の目には一体どう映ったのでしょうか。その様子は子供の頃から海に慣れ親しんできた者には異常なものでした。ですからその夜母親に相談して一度しかるべき医者に見てもらうことにしたのです。

「そうだよあの子は前はあんなじゃなかった、この家に帰ってきてから何か様子が違ってしまったよ。時々一人でものもいわずにどこかを見つめてぼんやり何かを考えこんでいるんだ」

母もいいました。

翌日漁協の厚生課の課長に相談し、町のある医者からの紹介で静岡の県立病院の専門の医者の診察を受けることになりました。

どんな打ち合わせでか、その日は私も同行して医者に相談することになりました。病院の受付で名乗ったら私たちが回されたのは精神科の部屋でした。五十すぎほどの年配の医者が私たちを迎えてくれました。事前に町の医者からどんな報告が伝わっていたのかはわかりませんが、先生はまず遭難の模様から話すように促してくれました。問われるまま私が船が沈んだ後強いられた漂流の逐一を話しました。聞きながら先生は何度も眉をひそめ身をのけ反らすようにして報告に聞き入ってくれていました。

「それは大変な経験をしたものですなあ。こうして陸に住む私たちには想像もつかぬことだ。仲間の人たちが何人か頭がおかしくなって死んでいったのも十分有り得ることでしょうね。その中であなた方二人だけが生きて帰ったというのはまさに奇跡でしょうよ。それは人間というより神様が決められたことかもしれませんな」

先生もいってくれたものでした。

その後弟だけが別の部屋で脳波のテストをされ、その後試験的にある薬物の注射をされて別のテストを受けるということでした。そのテストに向かう弟の体はなぜか台車に載せられ手足がベルトで拘束されていました。診断にはかなりの時間がかかり弟の身柄が解放されたのはもう外が暗くなってしまっての頃でした。

そしてなぜか私だけが別室に呼びこまれて先刻の主任の先生から診断を聞かされたのです。

私を前にして件の先生は膝の上で両手を組みながらなぜか試すように見なおし、

「発作の訳はわかりましたよ。原因は癲癇《てんかん》です」

「癲癇」

「そうです」

「しかしあいつは、元々元気であんなことは今まで」

いいかけた私を塞ぐように、

「あなたがたの身の上に起きたことは尋常でない。お話にあったように現に並の者たちの何人かが頭が狂って死んでいるじゃありませんか。その中で生き延びたとはいえ弟さんが見聞きしたものが彼の頭にどんな衝撃を与えてしまったか。我々にも想像のつかぬものがあるはずです」

「それが癲癇を引き起こすというのですか」

「いやそれは人によって違います。現にあなたはそうしてまともにしていられる。人間の資質次第では狂うものは狂ってしまうのですよ」

「人間の資質とは何ですか」

「人間というのは厄介なものでね、実は誰でもそれぞれ精神病の資質をそなえているものなんです。西洋のクレッチマーという学者がそれを三類型として証していましてね。それを精神病質といいますが、躁鬱病そして精神分裂症、それに癲癇の三つです。そしてそれが日々の暮らしの中での何かの出来事が引き金になって突然顕在化してしまう。世の中に多い精神病患者は大方それです。勿論大概の人はそうならずにすんでいますが、弟さんの場合はその中の癲癇病質ということだと思います。彼の場合は遭難の後の、お聞きすればいろいろ恐ろしい体験が引き金になってそれが表に出てしまったとしかいいようがない。

それを証すために脳波をとりましたが、脳波の所見はあきらかに異常で癲癇の症状を示していました。そして彼には癲癇の蓋然《がいぜん》性、つまり何かがきっかけになって癲癇を引き起こす可能性があるかどうかを試すためにある薬、ペンテトラゾールといいますがそれを注射してみました。その結果典型的な癲癇の大発作が起こったんですよ」

「大発作というのはどんなこと」

「よく見られるいわゆる癲癇の発作と違って痙攣を起こした後、ある時間意識を完全に喪失してしまうのを大発作といいますが、弟さんのように発作を起こして転倒でもする際どこかを、例えば頭部を強くぶつけてしまい、それが大きな怪我にならなければいいのですがね」

「するとこれからはどうしていけばいいのですか」

「これから発作が起こる頻度についてはまだわ

かかりませんが、いずれにせよいつも周りに誰かがいて見守っていてやらないと、取り返しのつかぬ怪我にも繋がりかねませんからね」

「するともう船での仕事は無理ということでしょうか」

思わず質したら、

「船での仕事がどんなものか私たちにはよくわかりませんが、お話を聞いた限り海に出すというのはお考えになった方がいいのではないでしょうかね。周りに人の多い陸の上にいても実はとても危険な病気なんですから」

慰めるように先生はいってくれました。

帰りの電車の中で病院で受けた診療のせいか弟はいつになく放心したように首を傾げぼんやり斜め前を仰ぐように見つめたままでいました。

そんな様子は体の芯から何かが抜けてしまったように弱々しくまったく違う人間のように見えてなりませんでした。

そんな彼を呼び戻すように、

「おい、今どんな気分だよ」

声をかけたらゆっくり振り向いて、

「俺、あそこで何をされたのかな、なんだか長いこと眠っていたみたいな気がするけどさ」

「なら今はいい気分だろうが」

「いやなんだか何かを忘れちまったような変な気分なんだよ。先生はなんていってたのかな」

「大したことはないとよ。ただあんな出来事の後の気分のせいだろうと。誰だってそうだろうさ、俺たちだけはなんとか生き残れはしたがな。当分は続くかもしれないが、だけどまた何かの折に気分が悪くなりそうだったら、遠慮せずに周りの誰にでもそういったらいいぜ、眩暈して転ぶのが一番危ないからな」

諭していったら弟は黙ってうなずいてはいましたが。

家に戻って弟は外して母親と松崎に静岡の病院で聞かされたことを逐一報告しました。母はあらかじめ何を感じていたのか知りませんが、膝の上で着ているものを握りしめたままうつむいて何もいいませんでした。

「癲癇か、そいつは厄介だなあ。医者がいった通りこれからは船での仕事はまず無理だろうぜ。以前のお前みたいに俺と同じ仕事でもと思うが、車を動かしている最中に癲癇を起こしたらひでえことにもなりかねないからな、まずは漁協あたりに頼んで机仕事でも宛がってもらうことだろうぜ」

同居人の松崎にいわれるまでもなしにそんなところだろうとは思ってもいました。

それから三月ほどして私はまた同じ焼津の船に乗ることにしました。弟の病いなんぞもあり、陸の上でだらだら暮らしていては家ももたないし暮らしもたたない。母親や弟のためにもそれが一番の選択なのはわかりきったことです。ただ思いもかけなかった厄介がありました。私がまた船に乗りこむと決めてから弟の様子が変になり一日中まつわりついて離れないのです。

今度は母親に代わって弟が私に船には乗るなとしきりにせがむのです。それがまるで幼い子供が子守か親に何かを買ってほしいとせがむみたいに、じくじくと涙声でせびる。訳はわからないではないがそれがなんともいじましく、終いには平手で頬を殴って突き放しましたが、それでまた例の発作でも起こされたらと余計な心配までさせられました。

出港の時まで家に残っている母親に代わって彼が埠頭までやってきて最後までまとわりつき、自分を残して船には乗らないでくれと泣き声を立ててせがむのでした。

それはこの港町では不思議というか奇妙な光景だったに違いありません。

恋人や許婚が相手の手を握って別れを惜しむのなら訳はわかろうが、いい年をした船にも乗ったことのある男が兄弟の手を握って涙まで流して別れを惜しむというのは、私たちの身に起こったことを知っている海の仲間たちにしても、なんとも見づらいものだったでしょう。ましてや私はこれから海に出て死ににいく訳ではないのですから。

今度の航海は思いがけぬほどの大漁で、久し振りに海を満喫しました。私のような人間にとっての海の意味合いというか、私の人生は海を除いてはとても有り得ないというしみじみした満足をあらためて感じさせられました。大漁に夢中になりながら、あのぼろ船が焼けて沈んだ後の漂流の悪い夢を二度と見ることもありませんでした。

親父や兄までが絶海の孤島に船ごと打ち上げられて死んだあの黒い嵐を思い出すこともまったくなかった。やっぱり海は私の海でありました。

しかし一年近く海で過ごし元の港に戻ってみたら思いがけぬことが待ち受けていました。家は空き家でした。母親も弟も下宿人の松崎の姿も見えず、隣の家の奥さんに尋ねたら彼女はなぜか臆したようにおどおどと、漁協に行って訳を聞いたらいいと教えてくれました。

私を迎え漁協の組合長は困惑したような何かを恐れたような顔でまじまじ見返し、

「実は修三の奴は事故で大怪我をし静岡の病院に入れてあるんだ」

「どんな事故です」

「それが仲間の悪い冗談にかかって頭にきてしまってな」

「どんな」

「あいつ遠くに出ていた船が入る度、お前が乗っている船でもないのにその度兄貴のお前を探しに迎えに出てきてな、お前が今どこにいる、いつ帰ってくると船員たちにつきまとい尋ねて回るんだよ。それがうるさくてある奴が、お前の船はまた燃えて沈んじまったとからかったら、あいつはその場で痙攣を起こし泡吹いてぶっ倒れちまったんだよ。その時船のロープを繋ぐビットにもろに頭をぶつけて大怪我をしちまった。この町では処置出来ないから静岡の県立に送りこんだ。なんでも頭の骨が折れていて、頭の中に血が溜まりそれを掻き出すえらい手術だったそうだがな」

「命は」

「助かったが、あれは当分使い物にはならねえらしいぞ。可哀相にあいつは生きちゃいるが半分は仏になっちまったんだろうな。むしろあの時仲間といっしょに海で死んじまった方がよかったのかもしれない」

溜め息をつきながら組合長はいいました。そう聞かされて返す言葉はありませんでした。遭難から命拾いして帰った後の弟の様子からしてうなずけぬことではありませんでした。

「それとお袋はどうしちまったんですかね。家には誰もいない、松崎の姿も見えねえ、家はもぬけの殻だったんですよ」

いうと組合長はなぜか試すような妙な笑いを浮かべて、

「お前家の近くの誰かから何か聞いていないのか」

「何をです」

問い返した私に相手は口を歪め何ともいえぬ作り笑いで小首を傾げ、

「まあ近所の誰かによく噂を聞いてみるこったな」

「なら母親は今どこにいるんですかね」

「施設にだよ」

「施設、一体何の」

「行けばわかる」

いうと組合長は頭の上にかざした手をくるくる回してみせ、

「まだそんな年じゃねえのに、息子の修三と松崎の一件が祟《たた》ったんだろうな」

「松崎がどうしました」

「おっかさんを捨てて出ていっちまったよ。あれがこたえたんだろうな、あれ以来人が変わっちまったらしいぜ。男の名前を叫びながら半分裸で、髪振りみだして隣の集落まで裸足で男を探しに出かけて歩き回っていたそうな。松崎の野郎、まったく罪な話だぜ」

いわれて固唾を呑みながら相手をただ見返すしかありませんでした。

教えられた精神科の施設は隣の藤枝の町の外れの山の中にありました。

受付で母親の名を告げ部屋を確かめると初老の男が薄笑いを浮かべながら、

「ああ、あの色気狂いか」

いった後確かめるように私を見なおし、

「あんたあれとどんな関わりか知らないが気をつけた方がいいよ」

「何をですか」

「あの患者、若い男を見ると誰だろうと抱きついてくるからな。うちの先生たちも診察の度往生してるよ」

「そんなにひどいのかね」

「ああ今時珍しいな。昔は梅毒が頭に来てあんなのがいたそうだが、この時代になんでまたあんなことになっちまったのかね。ほっとくと部屋から出て男を探して歩き回るんで外から鍵をかけてやっているが、あんた面会するつもりかね」

「頼みますよ」

いわれて受付の男は手元の鍵を手にして私を建物の一番端の部屋まで案内してくれました。

精神科の患者たちを預かっているという施設の長い廊下は妙にしんとしていてもの静かで奇妙な雰囲気でした。

行きついた廊下の端の部屋の前まで来ると案内した男は中にいる患者を見るのを毛嫌いするみたいに鼻をうごめかし何かの匂いを確かめたように顔をしかめ、肩をすくめてそのまま踵《きびす》を返して逃げるように足早に立ち去っていきました。

一度扉を叩いて扉を半ば開けた時、扉の前の廊下にも臭って感じられた妙に饐《す》えたような何か生々しい匂いが部屋中にこもっているのがわかりました。それは汗と排泄物が入り交じった顔をそむけたくなるようなおぞましい匂いでした。

部屋の隅に剝き出しの便器が置かれただけの粗末な部屋のベッドに窓に向かって座っている女の後ろ姿はまぎれもなく母親でした。

「母さんよお」

かけた声に気づいて振りむいたその顔を見て思わずたじろぎました。頰はそいだようにげっそり痩せこけ乱れた長い髪は半分は真っ白に変わりはてていい、立ち上がると浴衣の前をはだけ全裸に近い姿でいきなり私にすがりついてきました。そして私の手を取るとはだけた胸に引き寄せ乳房に押しつけるのです。しかし以前にあの松崎が弄んだろう年の割には豊かだった乳房は今はもうすっかり醜く萎《しな》びて垂れ下がり握る気もしない無残なものでした。

彼女がその先何を望んでいるのかはわからないが、さすがに私としてはそんな母親をゆっくり突き放してやるしかありませんでした。

そして彼女は他愛なく床に崩れ落ち、そのまま這いつくばって私の足にすがりついてきて、

「行かないでよう、もう行かないでおくれよう」

泣きじゃくりながらわめきつづけるのです。

抱きすがられている足を彼女の腕から離そうとしたはずみに彼女は仰向に倒れてしまい、は

だけてひらいた浴衣の中で全裸のまま股をひらいて動かぬ母親を見下ろしながら気づかぬ内に私は声を立てて泣き出していました。そんな自分に気がついて動くに動けず、棒立ちのまましばらくの間、目の前の床にころがったまま動かぬ母親を見下ろした後、何かを断ち切るつもりで後ずさりし後ろ手に扉を開けて部屋から逃げ出しました。

そのまま建物の長い廊下を一人呆然と歩いていきました。

受付の前を通りすぎる時私に気づいた受付の男が、

「どうだった、わかったろうがね」

声をかけてきたがかまわず、逃れるようにうつむいたまま玄関から出ていきました。

車を止めていた建物の脇の駐車場まで来ると、そこからはるか遠くに海が見えました。私はなぜか救われたような気持ちでその遠くの海を眺めながら立ちつくしていました。

私が今これから帰っていくところは結局あの海しかありはしないのだとなぜかしみじみ思いながら、もう一度確かめるようにあの母親のいた建物の一番端の部屋の窓の辺りを眺めなおし、すがるように車の扉に手をかけなおしました。

結局私にはあの港の町と海しか帰るところはありはしなかったのですから。

ある失踪

〝私の物忘れが激しくなったのは主人を亡くしてから間もなくのことでした。主人は肝臓の癌を患って五年の闘病の後亡くなりましたが、その看護疲れのせいでは決してありません。主人が亡くなってから一年後の祥月命日を私が忘れていたのを娘にいわれて初めて気がついたというのは私自身にとってショックでした。あれがきっかけで私は自分自身の記憶の衰えにようやく気づかされたのですが、それは忌々しいというよりも何か空恐ろしいような予感でした。娘はまだ七十四なのにぼけるのは早いわよといってくれましたが〟

〝あの日は夕飯の献立のために必要な買い物を自分からいい出していつものように自転車で近くのスーパーに出かけたのですが、店についてみたら俄かに自分が何を買いにやってきたのかがどうしても思い出せずに店の中でぼんやり立ちつくしていました。そんな私に気づいて顔見知りの店員が声をかけてくれたのですが、どう答えていいのかがわからずに曖昧《あいまい》に言葉を濁して逃れるように店から出てきてしまいました。

その後なぜか急に恐ろしくなって、何かからとにかく逃れるような気持ちで自転車をこぎだしたのですが、そのまま家に帰るのが不安になって当てもなく夢中に走りました。気がついたらどこか人の出入りの激しい駅の前まで来てしまっていて、自転車を置きそのまま人にまぎれて電車に乗りこんでしまいました〟

あの時妙な気がしたんですよ。あの奥さん、私が声をかけたら、いわれたことがわからなかったような顔でしげしげと私を見返し、その後もぼんやり私の後ろの宙を見つめたまま ものをいわないんです。気分でも悪いのかと思ったら、そのまま何もいわずにうなずいて店を出ていってしまったんです。

あの奥さん途中の検札で無賃乗車とわかったんですがね、何を聞いても要領を得ずに、どこから来たのかと尋ねたらただ東京からだという、家を尋ねてもただ東京だと。としたら東京のどこかはわかりませんが私鉄に乗り、その後在来線に乗ったにせよ、この伊豆急に乗るまで二度は乗り換えているわけでしょうから、並のことじゃありませんよね。途中の田舎駅では埒《らち》がありそうもないから、いっそ終点の下田ならとそのまま乗せて下田の駅長に引き渡しました。

車掌から経緯を聞いた通りどうにも不得要領でしてね、どこか異常な感じがしたので近くの病院のお医者さんに来てもらい長いこと面接してもらったらどうもぼけているようだ、つまりこの頃よくいわれる認知症の家出人に違いないということで、下賀茂の老人ホームに預かってもらいました。しかしそれにしても東京からよくまあ一人でここまで来てしまったものですな。私も長いことこの仕事をしていますがあんなお客を迎えたのは初めてのことでしたよ。

うちもいろいろな老人を預かっていますが、認知症での家出人は初めてのことですな。今まででどんな暮らしをしていたのかも、何が引き金で家を出てしまったのかもわかりません。当人が東京にいたというのですから、一応東京のその筋に身元の調査を依頼はしましたが、一概に東京といっても広すぎるし、ああした病人は数知れずいるんでしょうから、未だに身元がわかりません。

彼女がここへ来てからもう二年近くになりますかな、あの後あまり手のかからぬ入居者でいますが、ただ困るのは時々一人でここを出ていってしまうんですよ。それも一人で歩いて遠くにいってしまってくたびれはてて行き倒れになり担ぎこまれてくるんです。それが四度五度ほどありましたね。どこへ行ったのかと尋ねるとその度、ただ海だという、海に行って何をするつもりなのかと質しても答えられない。ただ海、海というんですな。

ですからこの前、何かのきっかけになるやもと思って車に乗せてここから下って海に向かって開けている弓ケ浜港の突堤まで連れていってみましたよ。そうしたら彼女ここでは嫌だとかたくなに首を振ってもっと左手の岬の方を指さすんですよ。確かにあそこでは右手の岬が張り出していて外の海は見えはしない。

そこでしかたなし地元の人間に尋ねて弓ケ浜の左手にあるという盥《たらい》岬という小高い展望台まで難儀して連れていってみました。

確かにそこからだと一望に伊豆半島から先の海が見渡せました。私も生まれて初めて見る景色でしたが、天気もよくて大島の先の利島《としま》から新島、さらに神津島その先の三宅までがよく見えていました。それだけではなしに、すぐ手前の爪木崎《つめきさき》から西の石廊崎《いろうざき》までの間の幾つかの波に泡立つ岩礁がはっきりと見えていました。私は初めて目にするその海のパノラマに眺めいっていましたが、気がつくと彼女はその中の一点だけに目を据えて懸命に見入っているのでした。

「何、何が見えるの」

私が質したらなぜかすがるような目で私を見つめなおし、沖のどこかを指さして、

「ミコモト、ミコモトよ」

喘《あえ》ぐように告げてくれました。

いわれても私にはその言葉の意味がわからず合わせてうなずき返してやるしかありませんでした。

その内展望台のすぐ下の海を大きな白い船が何やら大勢の客を乗せて通りすぎていきました。それを見たら彼女が突然身を起こしその船を指さし嬉しそうに声を上げて、

「フクマル、フクマル」

と叫ぶようにいうのです。

そして「シンゴさーん、シンゴさーん」と誰かの名前を呼びかける。

その声を確かめるように彼女を見なおすと驚くことにその船を眺めている彼女の両方の目か

ら涙が激しく流れ落ちていました。

ということは先程彼女が伝えたミコモトという言葉といい、今目の前を過ぎていく船といい、彼女の失われた何かの記憶に繋がったに違いありません。そしてそれは彼女の身元を確かめるためのよすがになるに違いないと思いました。

〝深く青い空の中を私は飛んでいく。誰かがその私の手を引いてさらに空の深みに誘ってくれる。手を引かれるままにさらに空の深みに向かって私は落ちていく。突然その空が暗く曇る。雲ではない。無数の鳥たちが私を取り囲む。銀色に輝く鳥たち。いえ鳥ではない、深い水の底を飛び交う魚たち。怯えて立ちすくむ私の手をあなたは強く引きつけて空の高みに誘いこむ。その向こうに黒く巨きな虚空が待ち受けて見える。私たちは風に乗りそれに向かって吸いこまれていく。怯える私をあなたは笑って励ましながらその虚空に吸いこまれようと手を引きつけて誘いこむ。

不思議にその暗い虚空は私たちを包みこみ安らがせてくれた。飛びつづけてきた私はそこで息をつき、宙に漂いながら安らいでいる。気がつくと私たちは虚空にちりばめられた宝石の壁に囲まれていた。どこでもない、今までとまったく違う世界にいるような私だった。

「あれはアラビアンナイトの中の魔法の洞窟だな」

あなたはいっていたわね。

みじろぎせずに待ち受ける内、大小無数の宝石の鳥たちは限りもなしに洞窟に飛んでやってき、そしてまた夢のように消えていった。そして突然洞窟を守る化け物がやってきた。顔から張り出した角の先に巨きな目を備えた私たちの何倍も大きな化け物が。私があげた悲鳴はなぜか私にも聞こえてこない。でもそれが伝わったのか化け物はそのままゆっくりと飛び去っていった。

「最初にやってきたのはタカベの群れだよ、その次はブリだ、そしてあんたたちはついていたよ、あの撞木鮫《しゅもくざめ》はでっかかったよな、もっとも滅多に人を襲いはしないがね」

シンゴさんはいっていたわ。

「あの亀根は滅多にお客には教えないんだがな、あすこは俺の隠し場所なんだよ。今日はあんたらを見こんで特別のサービスだよ」〟

あの岬の端の展望台に座ったまま海に見入っている彼女の姿は私には異常なものに見えました。手元の時計を見て促してもかたくなにその場から動こうともしないのです。

彼女が今まで何度も施設から抜け出し、行き倒れになるまで海に向かって歩きつづけていた訳がどうやらここにあるような気がしていました。

といってそこですぐに謎の解ける訳もなく、頃合を計って彼女の腕を取って促しその場を離れました。それでも彼女はそれを拒んで立ち上がりながらなおも沖に向かって振り返り「ミコモト」、「ミコモト」と同じ言葉をくり返しつぶやいていました。

施設に戻って職員にあの岬で起こった出来事について伝えましたが、俄かに彼女の漏らした言葉の意味がわかる者のいるはずもありませんでした。しかし中の誰かがミコモトというのはあの沖にあるどこかの島の名前ではありませんか、確かいつかどこかでそれを聞いたことがありますが、しかし勿論伊豆七島の中にありはしませんがともらしてくれました。フクマルという言葉の所以《ゆえん》については誰も何も思い当たりませんでしたが、その内に誰かが沖をいく船を見ていったとしたら、それは船の名前かもしれませんねと。

職員たちとのそんな会話を踏まえて私はもう一度あの辺りに出かけてみる気になったのですよ。

彼女があそこに座って海を眺めながら口走った言葉の意味が船とどこかの島というなら、あの辺りに住む人たちに尋ねたら何かのきっかけが摑《つか》めるかもしれないと思ったのです。

その次の休日に彼女は伴わずに私一人で車に乗ってまたあの弓ケ浜に向かって出かけました。弓ケ浜の端には近くを流れる青野川の河口があって川を利用した掘り込みもある小さな漁港があります。

河口に沿った岸壁には思った以上に数多い船が舫《もや》われていましたが、河口からすこし奥にある掘り込みの船だまりの奥のスリップに船を修理するための施設があり、そこで引き上げられた船の修理をしている人影をみとめたので近づいて声をかけました。

まずミコモトという島について質したら相手の方がむしろ怪訝《けげん》そうに私を見返し、

「ああ神子元なられっきとした島だよ、ただし人は住んじゃいないがな、浜からは見えないが浜の左端の岬まで行けばすぐ沖に見えるさ。ただあんた神子元には、滅多には行けはしないよ、船でも雇わないとな。一番近い爪木の岬からでも十キロもあるだろうからな」

いわれてあの岬の展望台で沖のどこかを指さしながらミコモトと口ばしった彼女をまざまざ思い出していました。

次いで彼女の口にしたフクマルについて質してみました。

そうしたら相手がまた怪訝そうに、

「あんたもこれやるのかね」

水を掻いて潜る真似をして質してきました。

訳がわからず問い返した私に、

「福丸はここの船だよ、今は沖に出ているが、多分また神子元だろうがな」

「どういう船なんですか」

「ダイバーたちを乗せて神子元に運ぶシンゴの船だよ、今日も出ているが、夕方には戻るだろうさ」

思いがけなくあの時彼女が口走ったシンゴという言葉を耳にして驚きました。

「そのシンゴというのは」

「福丸の持ち主だよ、あいつはもう年だから引退して今じゃ息子が継いでるがな」

いわれて私はその船が戻るまでこの港で待つ決心をしました。

午後の五時を回った頃、二階建ての大きな船が二十人ほどのダイバーを乗せて河口を回って戻ってきました。ウェットスーツを着こんだどれも若いダイバーたちがボンベを外して船から降りてき、彼等に向かって何やら指図しているシャツとズボン姿の男を船長と見こんで声をかけました。

「あんたがこの船の船長のシンゴさんですかね」

問われてその相手は不審そうに私を見返し、

「いいや俺は息子だけどね」

「するとシンゴさんはあなたのお父さんですか」

「ああそうだよ」

「お父さんは今どこにいますかね」

「親父、ああ親父は船の事務所にいるはずだけど、親父に何か用ですか」

「いえ、お目にかかって是非とも尋ねたいことがあるんですがね」

案内されて行った港からすこし外れた船のお客用らしい小広い駐車場の一角に事務所風のプレハブの建物がありました。何の飾りもない部屋の一角に事務用の机と椅子が据えられてあり、壁際の粗末なソファに初老の男が座って煙草を吸いながらテレビの野球中継に見入っていました。日焼けしてがっしりした体つきの、見るからに海で過ごしてきたらしい男でした。

私が施設に預かっている認知症の老女について話したら肩をすくめ、

「さあそれだけ聞いてもわからねえなあ、俺も船から降りて長いし、昔の客を一人一人覚えてもいないよ。俺の名前と船の名前を口にしたというなら、恐らくうちの船の客だったに違いなかろうがね」

「どうですかね、私がお連れしますが一度施設に来てもらって彼女を見定めてもらえませんか」

いったら、

「それでどうかなる当てがあるのかね、この俺だってもうぼけかけているからなあ」

肩をすくめる父親に、

「行ってやりなよ、人助けだぜ」

側にいた息子も口添えしてくれました。

「そうはいっても聞いたところ随分昔の話だろうぜ。互いに顔を見て、あああんたかという訳にはいかねえと思うがね」

「いや、それでも何かの手がかりにはなるかもしれません、ですから是非」

ということで半ば拉致するように気のすすまぬ様子のシンゴさんを車に乗せて施設に戻りました。

道中、初めは気のすすまぬ様子だったシンゴさんも彼女が私たちのところへ迷いこんで来たいきさつを聞かされて、

「へえ東京から一人で来ちまったというのかね、不思議な話だな、それで神子元とうちの福丸か、そいつは何かの因縁だな、多分うちの客だったに違いないわな」

彼もいい出しました。

途中から電話して彼女を施設の応接間に一人で待たしておくように手配しました。いきなり面接する方が何かのショックになるかもしれないと思ったのです。

玄関に入る時、

「いやあ、緊張するねえ」

シンゴさんもつぶやいていました。

部屋の扉を開けて気配に振り返った彼女に、

「シンゴさんだよ」

いきなり私から声をかけました。

それに併せて、

「俺だ、福丸の慎悟だよ奥さん」

彼も名乗ってくれました。

その彼を座ったまま仰いで見なおした彼女の顔に何かの痙攣《けいれん》のような影が走り、まじまじ彼を見つめなおすと、

「あ、あの洞窟――」

彼女が低く口走りました。

「洞窟、洞窟ってどこの洞窟」

尋ねた私に、

「あ、あの、空の中の洞窟」

彼女がシンゴさんに向かって訴えるようにいったのです。

そしてその彼女の面になぜかうっとりしたような笑顔が浮かびました。それは彼女を預かってから初めて目にする表情でした。思わず確かめに見返した私にシンゴさんは怪訝な顔で肩をすくめてみせました。

「あの島に空が見えるような洞窟があるのですか」

質した私に、

「ある訳がねえ、島とはいうがちっぽけな平たい岩の島だぜ、灯台は立っているが周りには隠れ根が沢山ある怖い島だよ。あそこが関東と西の海の境だな、だから西に急ぐ本船がよく浅根に座礁してる難所だよ」

私はなおすがるように彼女に、

「洞窟って、どこの洞窟ですか」

問いつめました。

「どこの、どんな洞窟なの」

問われてなぜか懸命な表情ですがるように、

「ア、アラビアン、ナイト、アラビアン、ナイ

ト」

彼女は口走った。

その瞬間、

「待てよっ」

シンゴさんが呻いて叫んだのです。

「そりゃあんた、あの桑山さんがいったんだろうが」

「その桑山さんて誰なんですか」

それには答えず、

「奥さん、それはあの亀根のことだよな」

「亀根とは何です」

「神子元にある岩だ。俺が彼をそこへ連れていったんだ。桑山さんはあそこをそう呼んでいたよ。彼にいわれてあの人の友達だけは選んでそこへ連れていってやったもんだ。彼があそこはまさにアラビアンナイトの洞窟だといっていたんだよな」

「するとこの人も」

「だろうな」

「その桑山さんて誰なんです」

「桑山健一郎だよ」

「あの」

「そうだよあの桑山先生だよ」

桑山健一郎は私でも知っていた有名な建築家でした。

「あの桑山さんもあなたのお客だったのですか」

「そうだよ、あの人の別荘がうちの近くの中木《なかぎ》にあってよく来ていた。あの人中年になってからその気になって伊豆の海洋公園でダイビングを習って病みつきになったそうだ。あの人の主治医の勝又先生が潜水連盟の顧問でな、その病院を建ててやった縁で潜りに興味をもったらしいぜ。俺もダイビングの走りの頃から連盟のメンバーだったんでね、勝又さんからくれぐれもといわれ大事にしていた客だよ。きわどい海では船は船頭に任せて俺自身が桑山さんに付きそって潜ってもいたのさ。

それでとっておきのポイントを桑山さんにだけは案内して教えたもんだ。それが亀根だよ、あそこのことを桑山さんがアラビアンナイトの洞窟だといっていたのさ」

「洞窟ですか」

「いやそうじゃないんだ。あそこは島の手前から、ゆるい潮に乗って入っていくとその向こうに、澄んだ水の向こうに大きな根が黒い穴みたいに見えてくるのさ。そして岩に取りついてケンミに隠れるといろんな魚が次々に群れて入ってくる。まあ素人には宝をちりばめた洞窟にも見えるんだろうな。桑山さんはあのケンミのことをうまいことといったと思うよ」

「そのケンミというのは何ですか」

「ああ、俺たちの符丁でね、潮のあたる大きな岩の陰のことだ。素人のダイバーたちはケンミに取りつくと、とにかくほっとするだろうな。それにあの亀根のケンミは魚にとっても休みどころなんだろうな、うまい時に当たれば魚はよりどりみどりでケンミに入ってきて眺めて飽きることがないよ。ダイバーにとっちゃ天国だろうな。桑山さんは本当にうまいことをいったもんだ」

シンゴさんの解説を聞きながら私は彼女の表情を窺っていたが、彼の言葉がどう伝わっているのか、その間彼女の表情はどこかの宙をうっとりと見つめていて変わりませんでした。

「ならば彼女は桑山さんの知り合いということですか」

「桑山さんはとっくに死んでいるよ、中木の別荘も今じゃ息子さんのものだろうが、あんまり来てはいないみたいだな」

「その息子さんはあんたのお客ですか」

「いや違う、俺はもうあの別荘に呼ばれたことはないな、昔はちょくちょく呼ばれてご馳走にもなったがね。桑山さんは年の癖にカラオケが好きでな、俺も呼ばれて時々歌いにいったもんだけどさ、この頃は代も変わっちまったしな」

「しかしそこへ行けば何か手がかりがありませんかね」

「さあね。誰がこの頃あの家を使っているのか知らねえな」


シンゴさんはあまり気が乗らぬように肩をすくめただけでした。しかし私はここまでたぐりよせた手づるに縋《すが》る思いで中木にあるという桑山氏の別荘を訪ねてみることにしました。

施設のあるところから遠回りして石廊崎の先の中木という小さな入り江に面した集落に行きました。桑山氏の別荘は集落の背後の入り江を見下ろす小高い丘の上に建てられた、広い前庭を持つ流石《さすが》に瀟洒《しょうしゃ》なものでした。玄関で呼び鈴を押したが答えはなく外から窺っても人の気配はまったくなく、家全体は折角手にした手がかりを拒むように辺りも森閑としていました。

シンゴさんを送り届けたあと、日が暮れてから施設に戻りました。今日の出来事について話し最後の手がかりが途絶えたことを肩を落として報告した私にスタッフの誰かが、

「理事長まだ希望は持てますよ、桑山健一郎といえばもの凄く有名な建築家じゃありませんか。一種のブランドですよ。亡くなった後でも誰かが必ず跡を継いで事務所を構えていると思いますよ」

いわれてうなずきさっそくインターネットで調べたら正《まさ》しくありました。東京の青山に桑山建築事務所としてまさにかつてそのままの所在でした。

次の週日を選んで桑山事務所の責任者にアポを取って上京しました。私を出迎えてくれたのはまだ五十半ばほどの、桑山氏の息子さんならぬ、崎山と名乗る桑山氏の後継者でした。

私が差し出した名刺を眺め怪訝そうに見返す相手に私は自分が預かっている入居者に関する、聞く相手からすればいかにも奇妙な話を打ち明けました。

「ということで一度是非あの中木の別荘にうかがいたいのです。出来ればその時その当人も連れて何かの反応を確かめたいのですよ」

いったら相手は身をそらし、

「それはまた奇怪というか、なんとも不思議なお話ですなあ。実はこの私も桑山先生にいわれて、というか半ば強要されて四十すぎてからこわごわダイビングのおつき合いをさせられたものですよ」

「するとあなたも先生のいわれたあのアラビアンナイトの洞窟に入られたことがおありなんですか」

「ええ、確かに何度かね。あれは恐ろしいがまた素晴らしいところですな、私も先生にいわれて潜水を覚えてあちこちで潜りましたが、あんなポイントは見たことないですよ。先生はつくづくうまいことをいわれたものだと思います、まさにあそこは海の宝の洞窟ですな。素晴らしいがしかしなんとも、恐ろしい。あの洞窟に似た岩陰からうっかり外へ出てしまったら外を流れている強い潮に巻きこまれて滅多に元には戻れない。たちまち閉じろゴマになってしまうんですよ。何しろあの岩陰からわずか三メートル先には強い潮が流れていて、うっかりそれに捕まって潮に乗せられたらそれきり限りもなくどんどん深い外海に運ばれてしまう。私たちも先生にあそこへ誘われる時はその度祈って水に入ったものですよ。

しかしその女の方も先生のあの言葉だけは覚えていらっしゃった訳ですな。ということは彼女も間違いなくあの洞窟に入ったことのある、先生の選ばれた取り巻きだったのでしょうな」

崎山氏は嘆息してみせた。

「ということは、あの女性は桑山さんのごく限られたお仲間だったということですね」

たたみこんでいった私に、

「でしょうな、先生は割と人見知りされる方でしたからね。なるほどその女性があの洞窟の名を覚えているというのは強い鍵でしょうな。あそこは我々の住む世界とは位相の違う場所ですからね」

どこかの宙を探るように見つめながら彼はうなずいてみせた。

「ですからその何かの鍵があの中木の別荘で見つかりはしないかと」

「しかししばらく誰も行かずのままの家だから

何があるだろうか。先生のお元気な頃はダイビングの後大勢招かれて随分遅くまで騒いだものでしたがね」

「あの福丸の慎悟船長もうかがってカラオケで騒いだそうで」

「ああ、彼の持ち歌は北国の漁船の歌で『北の漁場はよ　男の死に場所さ』のところを『伊豆の漁場はよ　俺の死に場所さ』と変えて歌っていたものでしたな」

いうと崎山氏はいろいろ思い出すことがあるのか目を細め一人で笑っていました。

「割と広い家でしたから客間も二つ三つあって時には大勢の客を招いてのこともありましたな。ああ、たしかそんな折撮った写真の何枚かが額に入れて飾ってありましたよ」

そういわれて私の食指は動きました。

「それでこう聞かれて彼女について何か思い当たることはありませんか、あなたの他の海でのお仲間の中に誰か」

気負って質した私に、

「いやそうおっしゃられても、私は先生が亡くなってから海から遠ざかっていましたのでね」

「なぜです」

「いえ一度風邪ぎみの時に無理して潜って耳を痛めて、以来潜水のための耳抜きがしにくくなってしまって、医者にも注意されまして。出来たらいつかまた是非昔みたいにあんな海を楽しめたらと願ってはいますが。それはあなた、あのアラビアンナイトの洞窟だけは忘れられませんよ。私にはそのお気の毒な女性の、なんといったらいいのですかね、気持ちというのか、彼女のおぼろげな記憶の中にまさしくあの夢みたいな洞窟の映像だけが残っているというのがよくわかるような気がしますな」

「ですから、是非一度あの中木の別荘に御案内願いたいのです。出来れば彼女も伴ってね。お聞きする限り彼女は桑山先生にかなり近しい存在だったような気がします。違いますかね」

いいつのる私を見返すと、

「あるいはね」

肩をすくめながらうなずいてみせました。

そうして翌週の日曜日に彼に案内してもらい中木の旧桑山邸をいっしょに訪れることになりました。施設で預かっているあの女性は同伴せず、帰りがけに崎山氏が施設に立ち寄り彼女と面接することにしました。

「あの別荘は今どうしておられるのですか」

「あのままですな。先生のご子息は音楽家になられて、あの別荘はほとんど使われてはいません。この事務所の寮ということにしていますが、なにぶん行くのにいささか遠くて不便なところですからね」

約束の日、私は崎山氏を下田の駅で拾って中木に向かいました。彼が持参した鍵で扉を開けて入った屋敷は彼の言葉の通りいかにも長らく使われていない様子で部屋の空気は澱《よど》んで湿った感じで、崎山氏はもの慣れた風に閉まったままだった窓を開けて空気を入れ替えていました。

「管理人には時々窓を開けるのと庭の芝の手入れは頼んでいたのですがこの始末でね」

舌打ちしながら辺りを見回し、

「ああ、あった」

つぶやいて部屋の隅の棚に立てかけられてい

た写真の入った額を差し出して見せました。

見るとどこかの水中にタンクを背負った三人のダイバーが肩を並べて写っていました。男が二人、真ん中に女を挟んでいる。その背後には大小無数の魚がちりばめたように写っていました。

「これは私があの洞窟、亀根の下で持っていた水中カメラのニコノスで写したんですよ。右側が桑山先生ですが」

いわれて、もしやと思い真ん中の女性に目を凝らして見ましたが大きな水中眼鏡をかけレギュレーターをくわえた女性の顔は定かには識別出来ませんでした。

「凄いでしょうこの魚の群れ、タカベとカンパチの大群ですよ。あそこならではの見ものですよ、あそこは先生がいわれた通りまさにアラビアンナイトの魔法の洞窟です」

いわれたが私はそれどころではなしに、写真に写っている女性にしか関心はもてませんでした。

「この左側に写っているのはどなたですか、そして真ん中の女性は」

「香月さんとその美人の奥さんですよ。夫婦仲のいいお二人は先生のお気に入りのインテリアのデザイナーでした。よく先生から仕事を頂いていましたがね。私もあの事務所を引き継がして頂いてからも何度かいっしょに仕事をしたものですが。しかし、確かご主人は六、七年ほど前に亡くなりましたがね」

そして、

「ああこれっ」といって彼はその写真に重ねて立てかけられていたもう一枚の額入りの写真を

差し出してみせました。

建物の前の広い芝生の庭でバーベキュウのテーブルを前に十四、五人の客たちが家の主人を囲んでグラスをかかげて写っていました。

「この中に香月さんがおられますか」

思わず質した私に、

「ええ、勿論、御夫婦でここに」

いって崎山氏は手にした額の中の二人を指でさしてくれました。

その瞬間私は息を呑みました。彼女がそこにいたのです。

いまは老いさらばえて見えるとはいっても一昔いえ二昔前にもなるのでしょうか、その整った目鼻だちと顔の輪郭はまさしくあの彼女でした。

絶句して写真に見入っている私をまじまじ見なおしながら、

「どうしました」

質してくる崎山氏に、

「まさしくこの人です、彼女は」

ただそう答えるしかありませんでした。

「なるほど、そういうことでしたか」

崎山氏もあらためて手元の写真に見入り呻《うめ》いてうなずきました。

「オシドリというのかな、彼女は洒落た家具のデザインも手がけていて仲のいい似合いの御夫婦でしたがね。しかし時間というのは恐ろしいものですな」

崎山氏は呻くようにひとりごちていました。

帰り道に怯えて拒む崎山氏を私は半ば拉致するように車で彼女のいる施設に運びました。そして先日と同じように手配し彼女を待たせている応接間に崎山氏を連れこみました。

しかし時がたちすぎ、互いの関わりも少なかったのでしょう、彼女は崎山氏には何の反応も見せませんでした。むしろ彼の方が彼女を彼女と認めて怯えたようにまじまじ見据えたままでした。

そんな彼の前で私は敢えて、中木の別荘から借り出してきたあの庭での集まりの写真を見せつけ、そこに写っている彼女を指さしてみせましたが、しかし彼女はただ空ろな目で指さされた昔の自分を眺めるだけでいました。

〝私は今どこにいるのだろう。何かが聞こえてくるような気がするけれどわからない――。

あなたはどこにいるの、私を探して手をつないでちょうだい、お願いよ、私を早く探してちょうだい、早く手を、早くね〟

「こうなれば後は家族の居場所を探すだけですな」

帰りの駅に送る途中の車の中で崎山氏はつぶやくようにいいました。

「手がかりはあると思いますよ。香月さんの事務所には何人かスタッフがいましたから、お互いに同じ世界だからきっと誰か見つかるとは思います」

崎山氏はいってくれました。

それから半月ほどして彼から電話がありました。香月氏の事務所にいたスタッフの一人が独立して今ではかなりいい仕事をしているそうな。その彼が未亡人の彼女から事務所をたたんでの転居の相談を受け住居の斡旋をしたそうです。転居先は世田谷の外れでした。

考えた末その番地をしたため、ある日私は東京に出向いてタクシーを拾って香月さんの家族の住む家を訪ねてみました。彼女を私たちが預かってからもう二年近い月日がたっていました。その彼女をいきなり連れ戻し差し出すことで彼女を喪《うしな》っていた家族がはたして彼女をどう受けとるかが俄かに不安に思えたからです。

かといって身元のしれた相手をそのままお預かりする訳にはいかぬはずです。ならば事が割れた今、間をおかぬ方がいいのではないかと心に決めました。

失踪した彼女の家は町並みをはずれた一角のこぢんまりした一軒家でした。表札には香月とは違う名字が記されていました。恐らく彼女の娘さんが結婚した相手の姓なのでしょう。

菓子折を下げて突然訪れ、昔香月さんにお世話になった者ですがと名乗った私を娘さんは怪訝な面持ちで迎えていました。香月さんの奥様に御挨拶をと偽っていう私に相手は困惑した面持ちで、実は母は認知症になって突然この家を出てしまって行方が知れないのですと打ち明けてくれました。

ことさらに驚いてみせる私に、

「私がよく物忘れして物を取り落としたりする母をぼけるのは早いと励ますつもりで叱ったりしていたものですから、それを気にしてのことかと悔やんでおります。まさかどこかで何かの事故で死んだりはしまいかと、毎日そればかり案じています。子供の目から見ても仲のいい夫婦でしたけれど、あれで父がまだ長らえていてくれていたら、あんなことにはならなかったでしょうに。父が亡くなった時の母の死んだ父へのとりすがりようというのはありませんでしたから」

いった後彼女は肩をすくめ、うつむいたままでした。

そんな様子を見て私は安心しました。これなら連れ戻された彼女が安息して住むことはかなえられそうだと思いました。

そこで精一杯の嘘をついて、そういう事情ならば私の知己にそうした失踪人の救済の専門家がいるので早速その男にその筋での調査を依頼してみますと、そそくさと家から退去したものでした。

それからどれ程の間を置いていいのやら迷いました。

その後も預かっている彼女の日常に変わりはありませんでしたが、私とすれば一日も早く彼女をあの娘さんの元に戻してやりたいという気が早って彼女を眺める度もどかしい思いがしてなりませんでした。

そんな自分をなだめるような気分でおよそ一月を過ごした後、ある日決心して書き留めておいた彼女の娘さんの家の番号に押さえた声で電話をしました。

「驚かないでください。お母さんの居所がようやくわかりましたよ」

「どこにいるのですか、私すぐにでも迎えにまいりますから」

うわずった声で質してくる娘さんに、

「いえ、それはいけません、あの人はいまある施設で介護されていますが、そこの都合もありますので、私がそこの職員といっしょにお宅まで責任持っておつれしますから」

いって翌日の時間を約束して電話を切りました。


翌日私は彼女の手をとって電車に乗り東京に出ました。道中気遣って彼女を観察していましたが私との間柄もあってかことさら怯えた様子もなく世田谷の駅に降り立ちました。

タクシーを拾い番地を告げてようやく彼女の家の前に立ちました。玄関に入る前に眺めて家の記憶がかすかにあるのか、なぜか一歩二歩たじろいで足踏みするような気配がありましたが、それでも彼女は素直に促されるまま家の戸口をくぐりました。

迎えに出てきた娘さんは奇跡に目を見張るようにまじまじ母親を見つめた後いきなり玄関の三和土《たたき》に駆け降りて母親を抱きしめ泣きながらその体を揺すぶり、

「お母さん、お母さん、あなた今までどこにいたのよおっ、どこにいたのよお」

叫んで問われ、体を揺すぶられながら、彼女は一言呻くように答えたものでした。

「海よ、私、海にいたのよ」

ヤマトタケル伝説

俺の父親はオホタラシヒコオシロワケ、即ち景行の帝《みかど》で、纏向《まきむく》の宮に座《いま》して天下を治めておられた。俺の母親は吉備の臣の祖《おや》ワカタケキビツヒコの娘でその名はハリマノイナビノオホイラツメ、母が父との間に生んだ子供はクシツノワケ、次にオホウス、そしてこの俺、ヲウス、またの名ヤマトヲグナ。そして次にヤマトネコ、そしてカムクシ。同じ腹から生まれたのはこの五人だ。またその他に父がヤサカノイリヒコの娘ヤサカノイリヒメを妻として生んだ子供はワカタラシヒコ、次にイホキノイリヒメ、イホキノイリヒコ、オシワケ、また名前は覚えていないが他のある女に生ませた子供はトヨトワケ、次にヌノシロノイラツメ、また別の女に生ませたのはヌナキノイラツメ、次にカゴヨリヒメ、ワカキノイリヒコ、キビノエヒコ、タカギヒメ、さらにオトヒメという子沢山だった。つまり父帝は好い女には目がなかったということだ。

兄弟が多すぎて幼い内から父や母との心の行き来はごく薄いものだった。俺は幼い頃からやんちゃで他の兄弟たちからは嫌われていたが、とりわけ母は俺をもてあましていたようだ。しかしそんな母に代わってこの俺を折節に労《いたわ》り可愛がってくれたのは叔母のヤマトヒメだった。

数多い兄弟の中でもっとも折り合いの悪かったのはすぐ上の兄のオホウスだった。あの男は兄弟の中で年上の男の子ということで、やがての日継ぎの皇子《みこ》として周りからちやほやされ、幼いながらも己の立場を意識しすぎて俺たち兄弟にまで態度が尊大で意地の悪いところがあった。

俺は幼い頃から体も大きく力もついてもいたので兄との喧嘩でも力ずくでは劣ることはなかった。それもあってのことだろう、兄はことさらにこの俺を疎《うと》んずるところがあり、周りの者たちもやがての日継ぎの皇子としての彼を慮《おもんぱか》ってこの俺をあまり顧みることはなかった。

あの兄の増上慢が己を誤らしめたのは父の帝に似た女好みの血の故だったのかもしれぬ。

帝はある時三野《みの》の国造《くにのみやつこ》の祖《おや》の娘その名をエヒメ、オトヒメの二人が大層な美人と聞いて兄のオホウスを三野の国に差し向け二人の美人を召し捕り自分の元に差し出すように命じられたのだった。

ところが兄は二人の女たちの美しさに目がくらみ、都に戻る途中に彼女たちに手をつけ己のものにしてしまった。

あまつさえ他の二人の女をかどわかしエヒメ、オトヒメと偽りの名を名乗らせ帝に差し出したのだ。しかし大君はさすがにその嘘に気づかれ女たちを床には呼ばず、女たちはそんな我が身を恥じて川に身を投げて死んでしまった。むごい話だ。

ある時父の大君は俺に向かって、

「お前の兄のオホウスはどういう訳で朝と夕《よい》の御食《みけ》の席に出てこないのか。お前がいってねんごろに教え諭してやれ」といわれた。

そこで俺は早速兄の元に出向いて父大君の言葉を伝えてやった。その時の兄オホウスの態度にはこの俺も腹が立った。肩をすくめ薄笑いでただうなずいただけで、加えて、

「お前もその髪をいつまでも子供っぽくヒサゴバナに結っておらずにすこしは大人になって考えたらどうだ」

と嘯《うそぶ》くようにいい放ったものだった。その訳は俺にもよくわかっていた。なにしろ父大君の女をかすめとって知らぬ顔をしている後ろめたさに違いない。しかしこの俺がいかに年下とはいえ、当たり前のことのように悪びれる様子もなしに大君の言伝《ことづて》を鼻で笑って聞き流す態度はどうにも許せぬものに思えてならなかった。

それからさらに十日の時が過ぎた頃大君が俺を咎めて、

「お前は兄のオホウスに私の言伝を確かに伝えたのか。あの男はまだ私の前に出てこずにいるではないか」

怒りをこめた声でいわれたものだった。

「いえ確かにお言葉は仰せの通りねんごろに伝えましたが」

「それなのになぜ、彼は姿を見せぬのだ。もう一度出向いて私の言葉を伝えてやるのがいい」

大君は強い声でおおせになった。

それで俺は夕の席の前にもう一度兄の館に出向いていった。なんとオホウスはそんな日中の

癖に館の伏し床の上であの女たち二人と裸で戯れていた。

その前に立ちつくし大君の言葉をあらためて伝えた俺に向かって彼はいかにも不興気な薄ら笑いで「出ていけ」と顎で指してわめきかえした。その横で女たちはさすがに怯えた様子で俺を見上げていたが。

俺はそのまま黙ってその場を立ち去り、伏し床の外で立ちつくしていた。そしてやがて厠《かわや》に出てきた兄をその場で引っ捕え、その腕の右と左をねじ上げてへし折ってやった。そして次に左の耳に手をかけて引きちぎり、血だらけの首を抱えてねじ切りその骸《むくろ》をこもに包んで担ぎ大君の御食の席に運びこみ放り出してみせた。

席にいた者たちは皆驚いて立ち上がりただ呆然と変わりはてたオホウスを見下ろすだけだった。

「大君のお言葉をねんごろに伝えはしましたが、それでも従おうとはせぬのでこのようにして連れてまいりました。むさ苦しい姿にいたしましたが、大君のお言葉をかなえるに、これより他に手立てはございませんでした。なにとぞお許しくださいませ」

深々頭を下げた俺を大君は呆然としたまま口にしていたものを思わず吐き出して、疎んじるようにただまじまじと見つめておられたものだったが。

以来、大君がこの俺を見つめるまなざしは今までとは違ってきたような気がする。俺を忌み嫌うというよりも何かまがまがしいものを見るように、息子なのにこの俺を恐れて憚《はばか》るようなまなざしだ。

たしかに俺は実の兄のオホウスをこの手でくびり殺しはしたが、しかしそれはあくまで父大君を思ってのことで、たとえ親子の仲であろうと、帝に仕える者としてオホウスのやったことは事の則《のり》を超えて外れていたものに違いない。それを許せばまつりごとの道が乱れるに違いないと俺は信じたのだ。


そしてあの出来事から三月ほどして思いもかけぬことを俺は帝からいいつかった。ある日突然召し出された俺に父大君は思いもかけぬ大事を命じられたのだった。曰く、西の国に未だに大君の命に従おうとせず貢ぎものを送ろうともしない、その名をクマソタケルと称する兄弟の豪勇が割拠していてヤマトを無視した振る舞いが目に余るという。そのクマソをこの俺が出向いていって討ち果たせという俄かな命だった。

もとより俺は戦は好きでその命を受けても臆するところはなかったが、どれほどの手勢を率いての戦かと思ったら、なんと俺一人で密かに西に赴いて果たせということだ。さすがに俺も驚き、「何故に私一人が？」と質したら、帝も横に仕える臣たちも、まだ定かならぬ相手に向かうには俺一人の方がむしろ目立たず、俺の力をもってすればいかなる相手だろうとその隙をつけば二人の男を討ち取るのはたやすいことだろうといい立てていた。

いわれて悪い気はしなかったが、しかし不慣れな遠い西国に一人で赴くのはなんとしてもおぼつかなく、少なくとも一人の従者を伴うのは許してほしいと願い上げた。俺としては日頃猟を共にしている、俺の弓の師でもある名手のマユミノヒコを供にしたいと願い上げようやく許しを得た。

彼もまた俺の誘いに喜んで応じてくれた。二人の旅は噂にのぼらぬよう誰の見送りもないまま月の夜遅く二人だけでヤマトを発って始まった。以来彼は国中を遥かに巡りに巡る俺の戦の旅の生涯変わらぬ従者として折節にこの俺を支え、時には危うい戦の中で俺を救ってくれさえもしたものだ。

西行きの長い旅の途中、島の多い内海を見はるかす峠の途中で昼の飯を口にしながら俺がふと、「クマソのタケルを討つのに果たして俺たち二人でかなうものだろうかな。何故大君は俺たちに他の手勢を授けてくれなかったのだろうか」

と口にもらしたら彼が俺をたしなめるように見返し、

「なに、我ら二人にしてもかなうことと思います。いつか我ら二人して三輪の大山の麓の森で鹿の大群を狩りした時のことを思い出されませ。あの時はあなたの知恵で狩りの犬どもを二手に分けて群れを追い立て、群れの頭の雄と雌の大鹿をそれぞれ射止め、惑うた群れたちをほとんど皆仕留めたではありませぬか。この二人して努めればかなわぬ訳はありますまいに」

「お前はそういうが、この度の戦に帝は何ゆえに自ら陣を率いて向かわれぬのだ」

思わずいった俺をまじまじ見なおすと、薄い笑みを浮かべながら彼はいったのだ。

「お気づきになりませぬか」

「何をだ」

「帝はあなたを恐れておられるのですよ。故にあなたはヤマトを体良く追われたのです。あなた一人でクマソを討てというのは彼の地で死ねということかもしれませぬ」

いわれて俺はまじまじ彼の顔を見返した。いきなり顔を打たれたような気持ちだった。

「そんな、何故にだ」

「あなたの武勇のせいでございますよ。あなたはあまりに強くあらせられすぎるのです。それは他の誰しもにとってのことでもあります。帝に仕える他の武将たち誰しもにとってものことでしょう」

「それが何故帝にとって仇となるのだ」

思わず声を高くして咎めた俺を諫《いさ》めるように潜めた声で、

「それがこの世の常ではありませぬか。昔にあった帝の位を巡る争いを思い起こしてみられませ。現にあなたは実の兄上をその手でくびり殺されてしまったではありませんか。私が口にするのはいかにも口幅《くちはば》ったいが、兄上のオホウスとあなたとくらぶれば、未だ定かならぬこの世に、力をもってこの国を治めるに二人のどちらがこの国の大君たるにふさわしいかは、あきらかなことでしょう。それは帝もよくおわかりのことのはずですよ」

いわれて俺は思わず返そうとした言葉を呑んだ。俺が己の愚かさを悟った初めてのことだった。

その時俺は、この男こそが俺にとってこの世の中での掛け替えのない友だと悟っていた。

さて二人はヤマトを発ってから一月近くして

海を渡りクマソの国に至った。住む者たちの話す言葉つきも顔つきもヤマトのそれとはかなり違ってみえた。

「みだりに急がず、まずこちらの言葉にも習わしにも慣れてからことを計りましょう。その間この私がクマソたちの様子を窺いあの二人が狩にでも出かける折があればそれを待ち受け、まず弓で射止めて襲い命を奪えばよろしいでしょう」

いわれるままクマソの住む辺りをはなれた森に小屋を構え彼の物見の報せを待つことにした。四、五日ほどして彼が良い報せをもたらしに戻ってきた。

「この後四日ほどしての夜に、彼らの穫り入れの祭りが行なわれるとのことです。大きな酒盛りも行なわれるとのことです。あの二人も家来どもと大酒を飲むことでしょう。その騒ぎにまぎれて近づき手にかけてしまいましょう。そのためにも互いにヒサゴバナに結うているこの髪を解いて身を女に変えて二人に近づくのです。そのためにと彼等の集落に忍び込み女の衣装を盗み出してきました」

「なるほどそれは良い案だ。俺もお前も顔立ちはそう悪くはないからな。暗闇の中なら女と見間違えられるに違いあるまい」

ということでその夜二人は髪を解き衣装を着替えて集落に忍びこみクマソの者たちといっしょに踊りまくったものだ。

する内に二人が話し合う言葉を聞き咎めたある者たちが俺たちを取り囲み身元を質してきた。ヤマトの女と名乗った二人を彼等は疑わず早速腕をとって引き立て広場の奥の屋敷にいるクマソタケル兄弟の元に連れこんだ。

その部屋の正面には見るからに猛々しい男が二人座っていた。左の男が兄のタケルと見えた。俺はまず右の弟らしい男の前に声を上げて泣いて平伏し助けを懇《こ》うてみせた。相手が女と信じた俺の顔を確かめようと俺の髪を摑《つか》んで引き上げた時俺はすかさず懐にしていた小刀を握って躍りかかり抱きついて相手を倒しその首を掻き切った。血を吹いてのけ反る相手を蹴倒し横の兄のタケルを押し倒し手にしたものを彼の下腹に深く突き通した。

手応えはあった。相手はのけ反り倒れて呻《うめ》きながらまじまじ俺の顔を仰いで、「お前は一体誰だ」と質してきた。とどめを刺そうと小刀を振り上げた俺を手で制すと、

「誰なのだ、お前は」

喘《あえ》ぎながら問うた相手に、

「ならば聞かしてやろう。俺はヤマトの帝の息子、ヲウスだ。帝に従わぬお前を討てとの命を受けかくやってきたのだ。潔くあきらめるがいい」

名乗ったら相手は深くうなずき、とどめを制した手を下ろさぬまま、喘ぎながら、

「そうか、あなたがヲウスの皇子か。その名はかねて聞いていたが、さすがよな。この国で知らぬ者のないこの俺たちを手にかけたとは。ならば最後に願いがある。我ら豪勇の兄弟を手にかけられたのならば、我らタケルの名を残すためにどうかこれからは、ヤマトタケルとお名乗りくださいませ」

いってそのまま死に絶えたものだった。

その死に顔を眺め眺めしながら、俺は素直にそれを受けてやることにした。以来俺は自らヤマトタケルと名乗ることにしたのだ。

ヤマトに戻り事の成り行きを大君にお伝えしたら帝はたいそうお喜びだった。噂というものが伝わり届くのは思いのほか早いもので、俺がいかにたやすくあの二人を手にかけたかが、恐らくあの時あの部屋で腰を抜かしてただ見守っていたクマソの家来たちの口からもれ広がったのだろう、噂はヤマトにまで伝わってきて広がり、ヤマトの者たちは俺の豪勇をしきりに褒《ほ》めそやすようになった。

それが仇になったのだろうか、ヤマトに戻りクマソへの長旅の疲れをいやす間もなく父大君から突然新たな命が下ったのだ。

なんと、休む間もなくすぐにも東の国に赴きヤマトにまだ従わずに不穏な動きをしているエミシなる蛮族を討てということだった。

突然のむごいともいえる仕打ちの命を受けて、俺は思わず帝の顔を仰ぎ見返してみた。そんな俺に返った帝のまなざしに俺はたじろいだのだ。それはなんといおう、俺のこれからの苦労をいたわるというより、俺の躊躇《ちゅうちょ》を突き放すような厳しく冷ややかなものだった。

その瞬間俺が思い出したのはあのクマソを討ちに西に下る途中、島の連なる内海を見はるかす峠で一服しながら供のマユミノヒコと交わした会話だった。

これはまさに、父大君はこの俺を恐れ遠ざけて死ねということなのだろうかと思った。事の始まりは俺が兄のオホウスをああして手にかけ殺してしまったが故なのだろう。帝はそれでもあの高慢な兄を愛しておられたということなのか。俺はひたぶるに父大君をあがめたが故に大きな間違いをおかしたのかもしれぬ。

「この戦、まさかまた私一人で出向けということではありますまいな」

思わず質した私の面に何を感じたのか帝はわずかに臆したように笑顔で首を横に振り、

「いやいや、この度の旅は遠く長かろう、手慣れた者たちを数十人選んで従えるがいい」

とおおせられたものではあった。帝の面には作ったような笑みがあったが、その声は突き放すように重々しかった。その時この俺に父に争って何がいえただろう。

家に戻りすぐにマユミノヒコを呼びつけた。明日にもヤマトを発てという帝のいいつけを打ち明けた俺を、彼は眉をひそめ見つめなおしてきた。そのまなざしには、この俺を労り哀れむような気配があった。

「この戦の旅の供に誰を選ぶかはお前に任す。それぞれの技に優れてしたたかな者を選んでくれ。この戦の旅は長くつらいものになろうからな。俺にも覚悟がある」

彼の肩に強く手をかけていった俺を仰いで頷いた彼の目になぜか光るものがあった。

あの時俺たち二人に言葉なしに通いあったものは何だったのだろうか。

三日後にヤマトを発つ俺たちを見送る者たちの中に帝の姿もあった。俺に向かって手を握る帝に一礼した後俺はことさらに肩をそびやかせ馬の腹を蹴った。

東に向かう旅の途中俺は思いたって伊勢の大宮を預り仕えている叔母のヤマトヒメを訪ねていった。叔母は俺にとって母にも勝る人だった。幼い頃から乱暴者で周りをてこずらせていた俺を彼女だけが何を見こんでか折節にかばい可愛がってくれたものだったが。

突然現れた俺を彼女は抱きしめ喜び迎えてくれた。

夕餉《ゆうげ》の後うかぬ顔をしている俺を見て叔母上は、

「何か心にかかることでもあるのですか」

と質してくれた。

その一言で救われたように、俺は旅発つ前から心にかかっていたことを一気に打ち明ける気持ちになれた。

「私には父帝の心の内がわかりませぬ。いや、よくわかっております。だから心が晴れぬのです」

「それはどういうこと？」

「帝は実はこの私が死ぬことを願っておられるのです。でなければあのクマソを討たしめた後、このように休む暇もなしに私を東に赴かしめる訳などありますまいに」

思わず声を震わせていう俺に驚いて、

「それは一体どういうこと」

俺の肩に手をかけいたわるように質す叔母上に一気に兄のオホウスを手にかけてしまって以来の出来事を話してきかせた。それを聞いて叔

母上は、両の手で俺の肩を抱きしめ、

「それ以上をいってはならぬ」

強い声でいい渡された。

「何故に」

「それはお前の定めなのですよ」

「なぜに」

「それはお前が人をしのいで強い男に生まれてしまった故のことなのです。つらくはあろうとそれに耐えて向かい合うことでこそ、お前はお前らしく生きられるのですよ。他の誰にも出来ぬことをお前だけがしとげることで、このお国は定まり安らぐことになるのです。つらくともお前はその道を行かねばならぬ」

とらえた俺の肩を強く揺すぶりながら彼女はいったのだ。いいつつ俺を見つめる彼女の目に浮かぶ涙を見て俺は何かを悟らされた思いでいた。

「わかりました、私は帝のいわれるままにまいります。そして必ずことを果たしてみせます」

いい切った俺を見定めると彼女は立ち上がり神殿の奥に消えると何やら手にしてまた姿を現し俺に向かって差し出した。それは一ふりの剣と何かを包んでしまった皮袋だった。

「この剣はこの大宮の宝物ですが、今こそお前に与えて渡そう。我らが遠い御先祖のアマテラスオオミカミの弟のスサノヲノミコトが姉上に背いて高天《タカマ》の原《ハラ》を追い払われて出雲の国に降り来たった時、肥の河のほとりで箸が流れてくるのを見て河上に人が住むのに気づいて向かっていくと年老いた男と女が若い娘を中にはさんで泣いていたという。

彼らの泣く訳を質すと老いた夫婦には元々八

人の娘がいたのだが毎年に一度ヤマタノヲロチという化け物がやってきて一人ずつ娘を食べてしまったそうな。今年もまたその季節となって最後の娘を失うのが悲しくて泣いていたそうな。

その化け物の姿は目は赤く爛々《らんらん》と燃えていて一つの体に八つの頭と尾をそなえ、その長い尾にはコケや杉の木や檜が生い茂りその腹は赤く爛《ただ》れ尾の長さは山の尾根をいくつも超えるほどだという。

そこでスサノヲは泣いている娘の美しさに見とれて自らの名を名乗り、娘をくれるならばその化け物を退治してやろうと約束したのだよ。そして退治のための用意に娘を美しい櫛に変えふところにしまって、何度も醸した強い酒を作り、巡らせた長い垣の八つの門口に大きな桶に満たし置くように命じたのだ。それこそがスサノヲの見事な知恵であったのです。お前もそれを見習うがよい。

やがて現れたヤマタノヲロチは供えられていた八つの桶に頭を突っこみその酒をすべて飲み尽くしてしまった。そしてしたたか酔って眠り落ちてしまったヲロチの頭をスサノヲはすべて切り落としてしまった。最後に八本目の尾を切り離そうとした時、剣が尾の中の何かに当たって剣の刃が大きくこぼれてしまった。いぶかってなおも切り裂いていくとその尾の中に一本の見事な剣がしまわれていたのです。スサノヲはそれを取り出してかざし、姉のアマテラスオオミカミに捧げるために高天の原に持ち帰ったのだよ。以来この剣は国の宝としてこの宮にまつられてきたのです。今、もしお前が帝の命を受けて難しい戦の旅に出かけるというなら、この剣をこそお前の守りのために授けよう」

いわれて俺は変わらずに俺を思う叔母上の心にうたれて有り難くその剣を押し頂いた。

「それとこのもう一つの袋は何でしょうか」

「それは何か災難の折に開いてみるがいい、きっとお前の役に立つに違いない」

いわれて俺は有り難く押し頂いてふところにしまった。


エミシを討つ前まず俺はツクシの港から船に乗り北の海を陸にそってイヅモの国に入った。イヅモにはイヅモタケルという猛々しい頭がいると聞いていたのでまずその男を殺そうと思った。

しかし日中に出会ってみると体つきも俺よりも大きくなかなかの相手に見えた。そこで一計を案じてまず正面から名乗って友の契りを結ぶことにした。一夜共に酒を飲んで打ち解けてみせ、翌日河原で力比べの相撲をとり一汗かいた後河に入って泳いだ。その間供に命じて密かに二人の剣をすり替え、彼の剣の鞘《さや》には木作りの偽の剣を入れさせておいたのだ。水浴から上がって俺からいい出し、たわむれに太刀合わせをしてみようではないかと持ちかけ、応じた相手と向かい合い、互いに構えなおしたが相手は抜こうとした剣が鞘から離れない。迷う相手をすかさず一太刀で切り倒してやった。

同じイヅモの地で知恵を働かせヤマタノヲロチを屠《ほふ》った先祖のスサノヲに倣ったとはいえ、この俺にはなんとなく後々心にかかる出来事ではあった。

いずれにせよ一仕事終わったので、その思い出に歌を作った。
『やつめさす　いづもたけるが　はけるたちつづらさは巻き　さみ無しにあはれ』（藻が繁《しじ》に芽吹く　イヅモのタケルが　身に佩《は》いた太刀鞘の飾りは葛《つづら》も巻いて　中身の刃が無く哀れにも）

その後尾張の国に入った俺は尾張の国造《くにのみやつこ》の祖《おや》のミヤズヒメの家を宿にした。宿の主のミヤズヒメはたいそう美しい女で、俺は心を動かされ妻に迎えようと申し出たが彼女はあまりに急なこととて、しばし時をくれというのでその夜はまぐわわず、契りを定めてそのまま東の国に赴き使命を果たして戻った時にこそ結ばれようといい合わせて尾張を発った。

尾張から離れて相模《さがむ》の国に近づいた頃その国の国造が「この野原の中に大きな沼があってその中に棲んでいる化け物が恐ろしくて皆が困っているのでなにとぞ退治してくだされ」と頼むので乾いた荒れ野を踏み分けて沼に向かった。それが相手の策略で、その国造は乾いた荒れ野の周りに火を放ち俺たちを焼き殺そうとしたのだった。

乾いた荒れ野はたちまち一面に燃え上がりその火の手は渦を巻いて俺たちを取り囲み最早防ぎようもない。

もうここまでかとあきらめかかった時俺はふと伊勢の大宮で叔母のヤマトヒメからいざという時に開いてみよといわれて授かった袋を思い出したのだ。

そして開いた袋の中から出てきたのはなんと火打ち石だった。

俺はさっそく供たちに命じて、俺もいっしょに腰にしたあの剣を抜き放ち周りの枯れ木枯れ草を刈り倒して集め、高く築いて風の向きを利用し返し火を放った。火はたちまち燃え上がり俺たちを囲んだ敵どもに襲いかかり相手は逃げ散った。

俺たちを計って殺そうとした国造たちを皆殺しにした後遥かに遠い伊勢の大宮の叔母上に祈る気持ちで感謝しそこを発った。

隣の国に向かう途中思いがけぬことが起こった。

目指す集落の手前の森で若く美しい女を見かけたのだ。

彼女は森の茂みの中で橘《たちばな》の実を摘んでいた。誰のためにか一心に実を探しては手を延べ実を摘む仕草が可憐で愛しく俺は思わず近づいて声をかけた。その声に驚いて怯えたようにまじまじ俺を見返す瞳が愛らしく、俺も手を延べ彼女の手の届かぬ高い枝に実る実を摘んで差し出してやった。

そんな俺にほほ笑み返す彼女の仕草がふと俺が数多い兄弟の中で一番愛しく思っていた末の妹を思い起こさせたものだった。

俺はすぐに思い立って彼女を伴い彼女の住む集落に赴き彼女の住む村の父親に名乗って彼女を是非とも俺の后に迎えたいと申し込み、親たちも喜んで娘を差し出してくれた。そしてその場で彼女の呼び名を彼女を見初めた時彼女が摘んでいた橘に因《ちな》んでオトタチバナヒメと名づけてやった。そしてその夜彼女の家を宿として泊り彼女と契って后としこれからの旅を共にすることを堅く約束したのだ。

オトタチバナは俺にとってなんともいえぬ安らぎを与えてくれる不思議な女だった。今まで放埒のままにいろいろな女たちとまみえてきたが、この野の花に似ている可憐で芯の強い女はまぐわいの最中には激しく応え、日中には強く触れればすぐに折れてもしまいそうに初々しく、女という生き物の男にはわからぬ不思議な味わいを俺に初めて伝えてくれた相手だった。それは血の繋がった兄妹や俺をことさら慈《いつく》しんでくれたあの叔母のヤマトヒメとも違ってなんともいえぬ深い心の安らぎを与えてくれたのだ。あるいはあれが世にいう恋というものなのかもしれぬ。

彼女を伴った旅は続きやがて一月ほどして俺たちは海に出た。左手に広い内海を見渡す丘の上からはこれから向かう下総《しもうさ》の岸が目と鼻の先に見えた。案内の者がこれからこの海峡を渡りますがこの海がなかなかの難所でございますと教えてきた。

「なんだこれしきの海なんぞ、俺なら一跳びに跨いで渡れそうではないか」

嘯いてみせた俺に、

「いえいえ、なかなか。潮の変わり目になりますとあの内海の水が激しく引き出て強い流れを作ります。故にこの辺りを走り水と申します。そして潮が風の向きに逆らうと高い波を作って恐ろしい海になりまする」

いわれてもそうとは思えぬ穏やかな狭い海峡にしか見えなかった。

「あの雲行きを眺めますと潮の流れが収まる明

日の朝に船を出すことにしてはいかがかと思われますが」

妙に臆していう船人たちに腹が立ち、

「こんな海、俺ならここからひと跨ぎに飛んでみせるぞ。明日など待たずにすぐにも船を出せ」

激しくいいつけたものだった。


海を渡るに用意された船は木の葉のように小さいものだった。陽が落ちかけ夜の帳《とばり》が降りかけた頃船人どもが集まって南東の空を指し何やらひそひそ話している。

「何をしている。さっさと船を出せ」

叱っていった俺に船人の一人が南の雲行きを指さして、

「あの雲がどうも気になるのです」

「それがどうした」

「あの雲行きはやがて強い南東の風《いなさ》が吹いてくる気配でございます。となると悪い波が立つやもしれません」

真顔で臆していう相手に腹が立ち、

「こんな目と鼻の先にある向こう岸に渡るのに何をびくびくしているのだ、すぐにも船を出せ」

激しく叱りつけ船に乗りこんだ。

後になって思い出したのだが、船人たちといい合っていた時、オトタチバナが俺に寄り添って俺たちのやりとりを聞いていたのだった。

走り水の岸辺を離れて間もなく船人たちの案じた通り嵐がやってきた。船人や供の者たちが漕ぐ力もとても及ばぬ強い風が襲いかかり、船は高い波に行く手をはばまれ進むどころか激しく傾き幾度となく危うく覆りそうな羽目に陥った。

　船人どもは慌てておののき俺を指さして口々に、

「だから申したではありませぬか。あなたが神も恐れずにこんな海はひと跨ぎして渡ってみせるなどといわれたので海の神様の怒りにふれたのでございます」

　叫んで手にした櫓を漕ごうともせず船端《ふなばた》にしがみついて震えていた。その時オトタチバナが供の者たちに叫んで船の敷き物を海に広げて投げこみ白い布をその上に被せて波を鎮めさせると、「神様なにとぞヤマトタケルの皇子《みこ》の罪をお許しくださいませ」と叫んで押さえる暇も与えず己の身を海に投じてしまったのだ。

　驚いて彼女を救おうと手を延べた俺に向かって彼女は海に沈みながら歌を叫んだ。『さねさし　さがむのをのに　もゆる火の　ほなかに立ちて　とひしきみはも』(嶺も険しい　相模の小野で　燃え盛る火の　中に立ち　言問《ことどい》し君よ)

　それに答える間もなく彼女の姿は水に消えていった。

　驚くことにその瞬間それに応えたように雷《いかずち》の音が轟きあっという間に嵐は収まったのだ。まぎれもなくオトタチバナの生け贄に神が応えてくれたのが誰にもわかった。

　彼女のお陰で俺たちは明け方近くなんとか下総の岸にたどりつくことが出来た。岸に下り立った者たちは皆して海を振り返りその身を投じて俺たちを救ってくれたオトタチバナに向かって平伏し手を合わせて祈っていた。あのマユミノヒコまでが俺の手を握って声を放って泣いていたものだ。
そしてこの俺も気がつけば知らぬ間に涙していた。何か途方もなく掛け替えのないものを失ったような、ただただ呆然たる思いだった。思えば俺の今までの生涯の中で一体誰がその身を空にしてまで仕えてくれたことがあったろうか。
そう思った時俺は俺をこの旅に追いやった父の大君を恨み、いや、憎んでさえいた。

下総の岸にたどりついた七日の後の朝に供の者が岸に流れついていたオトタチバナの櫛を見つけて差し出してくれた。俺は早速近くの林の陰にそれを埋め小さな墓を作ってやった。最後の土をかけた時不覚にも涙が流れた。なぜか俺はそれを恥じることもなく手を添えてくれた供の者たちに振り返り、次の旅へ促したのだった。

オトタチバナの墓に後ろ髪を引かれながら下総を離れなおも奥地に分け入り行き会うごとに荒ぶるエミシどもを片付け足柄の坂本にまでやってき、道のほとりで食事している時、坂の神が白い鹿の姿で道を塞いで現れたので俺は食いかけの皿を狙って投げつけると見事鹿の目に当たり鹿は倒れて死んでしまったものだった。
その後何事もなく坂を上りつめ頂に立って振り返るとはるか彼方にあの走り水の海が見えたのだ。俺は思わず立ち止まり『吾妻はや』(おお我が妻よ、お前はもういないのか)と三度口走ってしまった。以来人々は足柄の坂より東をアヅマと呼ぶようになったそうな。

足柄の坂を過ぎて甲斐の国まで来てのある夜、

酒宴の席で俺はふとこの俺が長い旅の末にいささか疲れているのを感じとった。さてこれから先の旅を思いながらふと愚痴めいて歌を歌ってしまった。
『にひばり　つくはを過ぎて　いくよか寝つる』（新治から筑波を過ぎて旅寝する夜はいくつ重ね）
するとそれを聞いて料理のための火を焚いていた年も老いた供の者がすかさず、
『かがなべて　よにはここのよ　ひにはとをかを』（指折りて夜は九つ昼は十日に）
と答えてくれたものだった。
俺は思わず膝を打ち、その継ぎ歌を褒めてその老人にアヅマの国の国造《くにのみやつこ》の位を授けてやった。

その国から科野《しなの》の国を経て尾張の国に帰り着いた。旅の前に約束していた通りミヤズヒメの元にはいった。彼女は俺の無事を喜び宴を催してくれたがオトタチバナを失った後空しく過ごしてきたこの身を癒そうと宴の後の夜を楽しみにしていた俺がふと気づくと、彼女の着ていた上衣の裾に月の障りの血がついていた。
そこで彼女を咎めようもなく、俺は歌を作って歌ってみせた。
『ひさかたの　あめの香久山
とかまに　さ渡るくび
ひはぼそ　たわやがひなを
まかむとは　あれはすれど
さ寝むとは　あれはおもへど
ながけせる　おすひのすそに
月立ちにけり』

（遠い天の香久山
その上を啼き声響かせ　飛び渡るクグヒ〈オオハクチョウ〉
その首のごとくか細く　しなやかな腕を
巻き寝ようと　われはすれども
共に寝ようと　われは思えども
お前の着ている上衣の裾に
月が立ってしまったことよ）
するとそれに答えて彼女も歌ったのだった。
『たかひかる　日のみ子
やすみしし　わがおほきみ
あらたまの　としがきふれば
あらたまの　つきはきへゆく
うべなうべなうべな　君まちがたに
わがけせる　おすひのすそに
つき立たなむよ』と。

（輝く日の御子さまよ
八つの隅まで統《す》べるわが大君よ
あらたな年がきて過ぎゆけば
新たな月は過ぎてゆく
まことまことにあなたさまを待ち兼ねて
わが着たる上衣の裾に
月は立ったのでございましょう）
そして日をへて月が過ぎるのを待って俺たちは結ばれたのだった。

それから数日すぎて都のヤマトから使いが届いた。
これから向かう道の脇に聳える伊服岐《いふき》の山に白い猪の姿をした荒ぶる神がいて周りに住む者たちが恐れているのでそれを退治してから都へ戻るようにとのことだった。

ミヤズヒメとはすぐに別れる気がせず発つ日を考えている内に先乗りして山の神の様子を調べてきたマユミノヒコが戻ってきて声を潜めていうことには、

「あの山の周りに住む者たちに質してみると伊服岐の山に噂のような白い猪の神の姿など見かけぬそうでございます。用心なされませ、思うにこれは都の謀りごと、あなたを待ち受けているのは恐らく都が差し向ける刺客たちに相違ありませぬ」と。

「刺客とは一体何のための刺客なのだ」

問い返した俺に声を潜めると、

「ですから前にも申し上げたではありませぬか。武勲を上げたあなたが都に戻るのを恐れる者たちがいるのですよ」

「誰のことだ」

激しく問い返した俺のまなざしを恐れてか彼はうつむき首をたれ、

「それはしかとは申されませぬ」怯えた声でいった。

「なるほどわかった。ならばその刺客どもを皆殺しにして思いしらせてやるぞ」

怒りに身が震える思いで俺は叫んだ。そんな俺を彼は怯えたようなまなざしで見上げていた。

「ならばお供にはいかほどの者たちをつけましょうか」

「いや誰もいらぬ、刺客となれば多くの軍勢ということもなかろう。俺一人で沢山だ」

身支度をする俺にミヤズヒメが叔母上から授かった宝の剣を差し出したが、

「いやすぐに戻ってくるから、それにはおよぶまい」

さしおいて俺は身軽な単身で出かけていった。伊服岐の山の麓にはすぐに着いた。沢に分け入ると突然大粒の雹《ひょう》を交えた雨が降り出した。沢の狭い道を進むと行く手を塞ぐように前後ろに合わせて七人の刺客が現れ、ものもいわずに襲いかかってきた。前の四人を切り倒し残る三人を屠ろうとした時後ろの木の陰に隠れていた一人が放った矢が俺の左の肩に突き刺さった。後ろ手でそれを引き抜き弓の者を討ち取ろうとしたが足早に逃げてしまった。

傷を庇《かば》いながら山を下り玉倉部《たまくらべ》の清水にたどりつき傷口を洗い喉をうるおしたがそのまま体の力が抜けて仰向けに倒れて眠り落ちてしまった。

どれほど時が過ぎてか俺を呼ぶ声に目を覚ますと目の前にマユミノヒコの顔があった。帰りの遅い俺を案じて彼がやってきていたのだった。

ミヤズヒメの元に今さら戻るのもいとわしくここからヤマトに帰ることにして伊服岐の山を離れた。しかし肩に負うた矢傷は案外に重く熱が出て体が刻一刻萎《な》えていくのがわかった。心はいつも空を飛んで懐かしいヤマトに向かうのに足は踏み出す度萎えて折れ曲がり前に進もうとはしない。予期もしていなかった何かが俺に向かって迫ってきているのが感じられてわかった。

さらに進んで海辺の尾津《おつ》の岬にまでたどりついたが、昔ヤマトを発って東に向かう途中食事をとった一つ松の根元にあの時俺が置き忘れた太刀がなくなりもせずにそのまま残っていたのだ。体の弱りはてた俺にはそれがなんとも嬉しく懐かしく思わず俺の太刀を抱いて守りぬいていてくれた松の木に声をかけ歌を詠んでしまった。

『をはりに　ただにむかへる
をつのさきなる　ひとつまつ
あせを　ひとつまつ
ひとにありせば
たちはけましを
きぬ着せましを
ひとつまつ　あせを』と。

(尾張の方《かた》に　真っ直ぐに向きあう
尾津の崎なる一つ松
ああ懐かしき一つ松
お前が人であったなら
太刀を佩かせようものを
衣を着せようものを
一つ松　ああ懐かしき)

そこを発って三重の村までたどりついた時の名を聞いて思わず、

「ああ俺の足は三重に曲がってしまったようで疲れはててもう動けそうもないな」

嘆いてもらしてしまったものだった。

そこからまた進んでヤマトに間近い野煩野《のぼの》まで着いた時思わず国をしのび思い出し俺は歌ったのだ。

『やまとは　国のまほろば
たたなづく　あをかき
山ごもれる　やまとしうるはし』と。

(ヤマトは真秀《まほ》なる国どころ
たたみ連なる青々した垣
その山に囲まれたヤマトこそ美しい)

そして多分ヤマトには帰りつけぬだろう俺に代わってヤマトに帰るだろう供の者たちのために歌ったのだ。

『いのちの　またけむひとは
たたみこも　へぐりの山の
くまかしが葉を　うづにさせ
その子』

（命継ぎ　ヤマトへもどる人たちよ
畳の薦をかさねた平群《へぐり》の山の
そのクマカシの葉を髪かざりにせよ
ヤマトへ向かう者たちよ）

熱に浮かされながらマユミノヒコに抱き支えられ、空を仰いで飛ぶ鳥を眺めて何度この身が鳥に変わってヤマトへ向かうことを夢見たことだろうか。

国を偲ぶ歌を二つも作られた後皇子《みこ》の病いはますます重くなってまいりました。この私、マユミノヒコの腕に抱きかかえられながら何度となく「ああ、俺はあの空を飛ぶ鳥になりたいな」とおおせられ、最後にまた歌を作られたものです。

『はしけやし　わぎへのかたよ　くもゐ立ちくも』と。

（懐かしき我が家の方《かた》より　雲がわき立ち上がっているよ）

しかしこの片歌に最早答える者はありませんでした。

その翌日の朝皇子は私の腕の中で息を引きとられました。あの豪勇のつわものが信じられぬことにとうとうこの世を去られたのでございます。私たちは涙して皇子のお体を近くの草むらに埋めて塚を築きました。

しかしその日の夕刻その塚は内側から崩れ、土の中からなんと一羽の大きな白い鳥が現れ、ヤマトの方角の空に向かって飛び立っていったのです。

やがてヤマトに戻りついた我々は口々にその不思議を人々に伝えました。しかし確かにその大鳥はあの後一度ヤマトの空に現れたが都の空を一回りして飛んだ後、ヤマトの地に降り立つこともなく皇子を悼み惜しむ人々を後にまたはるか南の空に向かって飛び去ってしまったそうでございます。

私どもははるか高い空を飛ぶ白い鳥を眺める度、あの皇子が今でもこの国を守るために姿を変えあの空の高みから思いを馳せておられるのを信じております。

後記。

これはいわば私版の古事記の日本武尊伝説の口語訳です。私は子供の頃から日本武尊の英雄伝説につきせぬ興味を抱いていました。これは後に知ったドイツの英雄伝説、ジークフリートやその妻クリームヒルト、あるいは仇敵騎士ハーゲンが登場する『ニーベルンゲンの歌』に匹敵する勇壮な物語だと思います。いつか物書きなりにこの物語を手がけてみたいと思っていましたが、偶然の機会に三浦佑之氏の名著口語訳（完全版）を目にすることが出来、勝手ながらそれを踏まえてかねての思いを達することが出来ました。

特攻隊巡礼

私がかつての特攻隊の仲間の遺族の巡礼を思い立ったのは、敗戦からもう十年の月日が過ぎてからのことでした。

そのきっかけは沖縄沖での攻撃で敵の駆逐艦への体当たりを果たして死んだはずの、あの西田少尉が生き残っているということを噂で聞いて知ったからです。その噂はまさに噂の噂として伝わってきました。発端は沖縄の地方紙の片隅に載った小さな記事についての、これまたある週刊誌の片隅で目にした沖縄の離島での小さな噂話の記事でした。

それによると沖縄本島から西に離れて点在する慶良間《けらま》列島に向かう途中の島々の中で一番手前の大きな渡嘉敷《とかしき》島のさらに一つ手前の無人島に特攻隊の生き残りの誰かが住み着いて暮らしているという。それがどうやら西田少尉らしいと。そう推測したのは沖縄本島での陸戦で負傷し捕虜になって米軍病院で手当てされて看護されていた元兵士が、終戦となって解放され地元での復員手続きに出向いた時、入院中隣のベッドで寝ていた西田という特攻隊員がなぜか途中で姿を消してしまったと気づいたことに始まります。元兵士はそれに気づいて申告したが、後々も依然として彼の復員の登録は行なわれていなかったそうな。

捕虜となって同じ病院で隣り合わせで過ごしたその同僚は手を尽くして西田の家族を探し当てて彼の消息を質したが、戦死の通告は受けていたが、家族は彼が九死に一生を得ていたことなど露知らずにいたそうです。家族は懸命に彼の行方を探したが一向に手がかりは見つからなかった。

病院での同僚の報告だと、西田は駆逐艦に体当たりした後、海に放り出され奇跡的にアメリカ軍に拾い上げられ、負傷によって片足を切断されたが一命は取りとめた。

そしてそれに符合する人物がある時、偶然に沖縄の無人島で発見されたというのです。沖縄本島の漁師が慶良間列島に漁に出かけ、渡嘉敷島の手前の前島《めーじま》の近くで漁の途中に機関が故障し、なんとか前島までたどりついて仲間の救出を待つ間、小広い無人の前島を歩き回っていたら島の一角に手製の小屋のようなものがあり、人が住み着いていた気配があった。それを見て近くの海岸を探したら岸辺で釣りをしている人影を見つけ、声をかけて近づき確かめようとした時、その人間は逃げるようにして岩陰に姿を消してしまったそうな。その後ろ姿は片足を失って杖をついていたのだった。

その漁師は本島に戻って仲間にそれを話したが、誰も本気にせずにいる内に噂が広がり、それを又聞きした地元の新聞記者が記事に仕立てに船を雇って前島まで出かけてみたが、確かに人の住むような小屋はあったが、やってくる者の気配を察して姿を消したのか住み主らしい人間は見つからなかった。

その記者は記者なりの興味で今はもう廃絶されてしまった敗戦直後の復員事務の当事者を探し回り、西田少尉といっしょに捕虜として病院にいた元兵士を探し当て、彼も前島にいた不審人物が片足だったということからそれが西田当人に違いないと断定したそうです。偶然目にした沖縄発のその小さな記事に私は強い衝撃を受けました。

というのもこの私自身が特攻の生き残りだったからです。生き残りというよりもむしろ死に損ないというべきでしょう。噂の西田少尉は海軍、私は陸軍で、彼は同じ九州の鹿屋《かのや》基地から飛び立ったのですが、私は知覧《ちらん》からまさに死ぬために沖縄に向けて飛び立ちました。

しかしもうおんぼろの飛行機の整備が不完全で故障し、途中の徳之島にようやく不時着し機体が炎上し大きな火傷を負って島民に救出されましたが、私がまだ昏睡中に続いて出撃した武井伍長の飛行機がこれまた故障して同じ島に不時着してき、私の負傷を見て、次の出撃の際には島になかった治療のための薬を投下すると約束し船に乗って九州に戻り、約束通り一週間後の出撃の途中島に降下し、私のための薬を投下してくれました。私が一命を取りとめたのは彼の届けてくれた薬のお陰でした。そして私は助かり、私を助けてくれた武井伍長はそのまま沖縄に向かって死にました。

そんなことで仲間に借りのある死に損ないの私には西田少尉の噂は身にこたえるものでした。

片足を失いながらも生き残った彼が家族の元には戻らずそのまま身を隠している心境は私には身に響いて伝わる気がしました。

戦争があんな形で終わってしまい、その後特攻で死んだ者たちへの世間の目ががらりと変わって、特攻に殉じた者たちがさながら愚か者だったようにまでいわれ、まったくどう報われることもないままに時がたち、忘れ去られようとしているこの頃、私のようにかろうじて生き残った者たちだけが知っている、特攻に任命され出撃までの間ののたうつように抱えていた迷いや苦しみを誰にどう訴えたらいいのか。そんなことは今さらかなうものでは決してありはしまいが、ならば私たちのように運命の手に弄《もてあそ》ばれ死に損なった者たちだけは、世間への面当てにも生きて生き延びなくてはなるまいと思うのです。

ですから無人島に身を隠してしまった西田も、片足も両足も失くしてでも生き抜かなくてはなるまい。私たちを残して死んだあの仲間たちのためにも西田は生き抜かなくてはならない。その彼を絶対に生きてこの世界に連れ戻さなくてはならない、そう決心したのです。

そのつもりで赴いた現地で聞いた噂では、西田が隠れているらしい前島というのは昔から住み着いた人間は皆なぜか死に絶えてしまうという縁起の悪い島で、迷信深い地元の人間たちは日頃誰も近づくことのない一種禁断の島だそうでした。彼がそれを知ってそこを選んだかどうかはわかりませんが、彼の姿を垣間見た漁師に彼の姿は幽霊にも見えたのかもしれません。

沖縄に着いて漁師の町の糸満《いとまん》に行って前島に運んでくれる船を見つけ島まで渡してもらい、迎えは翌日ということにしました。西田に会うことが出来ても説得には恐らく時間がかかるはずだと思いました。それでも彼がまだ生きていたらのことですが、十年という月日を世間から隠れて過ごしてきた男にとって、その身を今さら人目に晒《さら》すにはよほどの決心がいるに違いないと思いました。

そして、彼はいました。あらかじめ聞いていた島の中ほどの小高い丘の茂みの近くの数本だけ生えている細い木の下に、恐らく島に流れ着いた流木を柱と梁に使って、集めた草木を屋根にして覆った小屋を見つけました。そしてその中に確かに人の気配が。

足音をしのばせて近づき、考えた末にいきなり兵隊言葉で大声に、

「おい西田少尉、貴様そこにいるな」

と叫びました。その声に応じたように中から入口を塞いでいる枝を払って彼が姿を現しました。

予期はしていたがその姿にはたじろぎました。変わり果てた人間というより、人から化けた獣の姿でした。それはまさしく私自身の亡霊のように思われました。

髪も髭《ひげ》も彼がここで過ごしてきた年月を証すように伸び放題に伸び、身につけているものも破れ朽ち果てて裸に近く、思わず目をそらしました。もう一度見なおした相手に向かって、

「俺は貴様と同じ特攻の死に損ないの一人だ。貴様とは違う知覧にいた、第四振武《しんぶ》隊の中野少

尉だ。沖縄に向かう途中、故障で徳之島に不時着し乗機が燃えてこの始末だ」

いいながら火傷の跡のある首筋と両腕を差し出して見せました。

そんな私を彼は固唾《かたず》を呑みながらまじまじ見返すだけでした。

「俺がここまで来たのは貴様に帰還命令を伝えるためだよ」

いった私に、

「誰がそんな」

「貴様の家族だ。いや違う、同じ特攻で死んだ仲間たちがだよ。俺もそういわれて今日まで生き延びてきたんだ。あいつら仲間は皆見事に死んでいったよ。貴様も見事敵艦にぶつかることが出来たそうだな。見届けに飛んだ僚機からの報告も届いていたぞ」

いったら彼は黙って小さくうなずきました。

「そんな貴様が何故世間から逃げるんだ。それは卑怯というものじゃないかな。貴様はそうやって世間から逃れて生き延びながら実は人を殺しているんだぞ」

「俺がなぜ人を」

その時だけ彼ははっきり私を見返し、呻くようにいい返しました。

「そうじゃないか。貴様の家族は貴様が死んだとは思っちゃいない。現に貴様を見たという者の噂を聞いて沖縄じゅうを探し回ったそうだぞ。貴様の両親も妹さんもまだ元気でいるんだ。その家族が貴様がまだ生きているということを懸命に信じて暮らしているんだ。それは生殺しの毎日だろうよ。だから貴様はこうして生き延びながらあの人たちを実は殺しているんだ。ご両

「よし、わかった。このまま帰ろう。那覇の町でその髪と髭を切って黙って帰ろうぜ」

親もやがては亡くなるだろうよ、それまでの間貴様は親を生殺しのままやりすごすというのか。それは卑怯ということじゃないのか。貴様のつらさは同じ死に損ないの俺にはよくわかるよ。この俺も多分貴様と同じ気持ちで今までなんとか生き延びてきたんだ。こうやって死に損なった奴にしか生き延びるということのつらさはわかりはしまいよ。しかしそれを知らずに貴様のことを願いながら生殺しにされたままでいる者を見捨てていいのか」

いった私をまじまじ見返すと、突然彼は両腕を空に向かって激しく突き上げ声を放って泣き出しました。

私は突き上げたままの彼の両腕を摑み、彼の体を引き上げ、抱きしめ、強く揺さぶってやりました。

西田をなんとか家族に送り届けた後、私が思い立って訪れたのは、昔特攻の出撃を待って滞在していた知覧でした。我々死ぬのを待つ者たちのために指定されていた食堂の富屋のある町です。富屋の主人の鳥濱《とりはま》トメさんは死ぬのを覚悟していた我々若者たちにとって、たとえようなく有り難い人でした。

特攻という機密命令を受けて待機している我々は家族との音信も禁じられていて、そんな境遇の中にいる若者たちにとって彼女はいわば母親の代わりのような存在でした。彼女も私たちの身の上をよく知ってくれていて、折節の相談に乗ってくれたり、憲兵に隠れて家族宛の手紙を出してくれたものです。食い気盛りの私たちのために着物を質に入れてまでして食材を整え、料理を振る舞ってくれました。

隊員の家族の中にはどんなツテでか居所を探り当ててそっと訪ねてくる者もいて、死ぬ前の息子と密かに最後の逢瀬を過ごす場所も彼女の家の二階でした。特攻の母のような人だった彼女についてはある人が『知覧』という本の中に書いてくれていましたが、大袈裟ではなしに我々にとっては地獄にあって仏のような存在でした。私も死に損なって故郷に帰った後、知覧にいた頃の恩義に感謝して手紙を書いたものですが、その返事には生きて戻った私を迎えた父や母がいったと同じように、折角授かった命をくれぐれも大切にしてこれからしっかり生きていくようにと励ましの言葉が記されていました。

私が西田少尉をなんとかこの世に連れ戻した後、思い立って知覧の町を訪ねたのは、あの本に私をふくめて、知覧から飛び立って生き残った何人かの隊員について記されていたその中に、生きては帰ったがそれが必ずしも当人にとって幸せではなかった事例として私もよく知っていた中森少尉を案じるトメさんの言葉が載っていたからです。

彼もまた無理して飛ばされた乗機が不整備でエンジンが故障し、種子島近くで海に着水して近くにいた漁船に救われて戻りましたが、間もなく終戦となってその後相思相愛だった相手と結婚したそうですが、なぜか二人の間にひびが入って離婚し、地元で仕事を始めたがうまくはいかず孤りで暮らしているそうな。

その相思相愛だった相手は私もよく知ってい

ました。彼女は挺身隊として我々の宿舎の世話に来ていた地元の女学校の生徒の一人でしたが、他の仲間にくらべても一人だけ大人びて目鼻立ちのいい娘で、仲間の中でも男前で気さくな彼に魅かれて傍目にも熱い仲になっていました。彼女の父親というのは町の有力者で我々特攻隊の熱烈な応援者でもありました。中森や私のような士官の何人かは彼の家に招かれてご馳走になったこともありました。

そして出撃が決まった前夜に挨拶に出向いていった彼を家に上げてご馳走し、最後の杯を交わしたそうな。その彼を彼女は親に許されて我々のいる三角兵舎の近くまで最後の別れのために送ってきた。

しかし彼は彼女への未練を断ち切るために途中の小さな橋の手前に拾った石で線を引き、これからこちらは死ぬための人間の世界だから君はこの線を越えずにその手前でとまって家に帰れと強く諭した。

しかし彼女はそれを聞かずにその線を飛び越えて彼に駆け寄り、兵舎の近くまで彼にすがってきたそうです。ということを彼は親しかった私に半ば嬉しげにのろけて打ち明けたものでした。声を潜め心を弾ませながら打ち明ける彼の様子から、彼等がその後帰り道の途中のどこかで密かに契《ちぎ》ったことが窺えました。それは私たちのようにまだ女の体も知らぬままに憧れかつえている者たちからすれば夢に近い、聞くだけで体が痺れるような羨ましい打ち明け話でした。

「これで貴様は誰よりも思い残すことなしに死んでいけるな」

半ば羨望でいった私に、あいつはぬけぬけと、

「そうだよ。俺は今ここででもすぐに一人でも死んでみせられるさ」

いったものでした。

そんな彼が折角生きて戻ったのにトメさんが心配するような境遇にあるというのは私には意外というより心外なことでした。

それはある意味であの西田少尉と対照的な運命なのだという気もしました。


トメさんは幸いまだたいそうお元気でした。あれから十年の月日がたちましたが、それなりの年をとられても依然として昔を思い出させる優しく懐かしい中年の女性でした。突然訪ねていった私を覚えていてくれ涙まで流して喜んでくれたものです。

昔話をしながら彼女が取り出してきたアルバムには十年前の私の姿もありました。しかし彼女を囲んで写っている他の三人の仲間は間違いなくもうこの世にはいませんでした。

アルバムのほとんどのページには貼りつけられていた写真の多くが剝ぎ取られた白い跡がありました。戦後、死んでいった者の遺族が彼女を訪ねてやってき、遺族の手元にはない彼等の最後の姿をほしいといわれ、その度剝ぎ取って譲ったそうです。

しかし中には何枚かそのまま貼られて残った写真がありました。それはすべて朝鮮人の隊員のものでした。

中の一枚は私と同期の金山少尉のものでした。

「ああこいつ、こんなところにいたのか」

思わずいった私に、

「この人、最後の晩にここへ来て私と娘の前で歌を歌って帰ったんですよ」

トメさんがいいました。

「歌を？」

「はい。皆の前では歌えぬ朝鮮の歌でした。私も初めて聞きましたよ。歌いながらあの方泣いていました。つられて私たちも泣きましたよ。歌い終わった後ぽつんと、この戦争が終わった後、自分の国はどうなるんだろうかってね」

初めて聞く話に私も黙ってうなずくしかなかった。


その日はたまたまあの中森少尉の隊にいた山本伍長の祥月命日だったそうで、トメさんは隣の村の彼の実家に供養に行くのだそうでした。

彼の実家は芋を煮込んで飴を作る稼業でした。

私たちは時折彼の家から飴を差し入れてもらい喜んだものです。

そう聞かされたので私も彼女のお伴をして山本伍長の遺族を訪ねることにしました。彼の実家のある村は知覧の町からさほど遠くない二キロほど離れた辺りで、歩いて向かう彼女のお伴をし、供物は私が抱えていきました。途中、道はかつて私たちの住処《すみか》だった、地面を掘ってその上を三角の屋根で覆った粗末な兵舎の横を過ぎたのですが、もう夜に近い黄昏の中を眺めなおすと米軍が道の横に人が訪れるのを遮って作った鉄条網の向こう一面に広がる菜の花畑の彼方に昔見慣れた三角の屋根が見えていました。

思わず立ち止まり眺めた私に、

「アメリカさんがこうして立ち入りを禁止しているけれど、誰かが一度忍びこんでみたら建物の外も中ももう壊れて朽ち果てているそうですよ。私はあの人たちのためにも長く残してあげたいと願ってはいるのだけれど、もうどうにもならないのだろうねえ」

いって彼女はその場にしゃがみ込み三角兵舎に向かって両手を合わせてくれました。その瞬間でした。

私はこの目で見たのです。彼女の祈りに応えるように突然、何かの手で火を点したようにかつての兵舎の辺り一面に鬼火が燃え上がったのです。その怪しい火は風もないのに激しく揺らいで燃えていました。私も敬礼した後、彼女に倣って合掌しました。しながら見守る中、鬼火は思いがけなくも長く一分ほどの間ゆらいで燃えつづけ、やがてその内何かをあきらめたようにゆっくりと消えていきました。

あの時私が全身に感じ受け取ったものは一体何といっていいのでしょうか。それは彼等は死にはしたが、実はまだ生きているという強い感慨でした。

山本伍長の家では仏壇に線香を上げ、昔ながらの飴をご馳走になって帰りました。よほど来る道すがら目にしたものについて話そうかと思ったが思いとどまりました。もう初老に近い夫婦にとってたった一人の息子をむざむざ失ったことの無念さは問わずとものことでしょうに。あの兵舎からさほど遠くない辺りに住む彼等は恐らく今までに彼等を迎えて一人だけ燃え上がる息子の鬼火を眺めたことがあるに違いないと思いました。

その翌日トメさんに教えられて中森の家を訪ねていきました。

彼は町を外れた一軒家に一人で住んでいました。粗末な家の戸口には『中森商事』という看板がかかっていました。聞いたところどこか大手の建設資材の下請けをしているそうですが、仕事はあまりはかばかしくなく逼迫《ひっぱく》している様子でした。戸口を開けて入った部屋には粗末な椅子と机が据えられていて、訪ねてきた私の気配に襖《ふすま》を開けてすぐに彼が顔をのぞかせました。

「俺だ、昔貴様といっしょにいた中野だよ」

名乗ったらすぐに気づいて、

「おお、貴様どうして」

「いや、富屋を訪ねていったら貴様の噂を聞いて、貴様も俺も死に損ないの戦友のよしみでな。貴様、あの人と結婚したのに別れてしまったそうだなあ」

いったらまぶしそうな顔でうなずき、

「ああ別れたよ」

妙にきっぱりといいました。

「なぜかね」

「死ぬはずの俺が生きて帰ってきてしまったのだからな」

「それがなぜ」

「約束が違う、ということなんだよな。貴様にものろけていったよな。最後の夜、小川の橋のたもとで道に線を引いてここからこっちへは来るなといった。けどあいつはそれを越えて来てしまった。その約束を俺は破ってしまったということなのさ」

「そんな馬鹿な。それを彼女が咎めたというのか」

「いや、あいつというよりあいつの親もふくめての世間がだよ。貴様も死に損なってそんな怪我をしたが、俺はまあ半身不随の人間にされたようなものさ。これが東京かどこか大都会なら別だろうが、俺はおめおめ昔いたこの土地に戻ってきてしまった。それが間違いだったな」

苦い笑顔で彼はいいました。そして、

「今思えば死ぬのは簡単だが、生きるというのは難しいよな」

吐き出すようにいいました。

それを眺めて私には返す言葉がなかった。

見捨てるように中森と別れた後、私が探り当てて訪ねたのは渥美少尉の遺族の父親と彼の未亡人でした。彼女が未亡人としていたことにどれほど救われた思いをしたことでしょうか。

渥美の死にざまは私の知る限り仲間の内で最も無残なものでした。彼は満州から運ばれてきた古い不整備な機体に乗せられ一度ならず二度も故障で途中から引き返してきたのです。上官たちはそれを彼の卑怯と見てなじりました。そして二度目のやむを得ぬ帰還のその夜どういう偶然でか、彼の奥さんと父親が彼の消息をたどって富屋にやってきたのです。家の裏口で二人は鉢合わせしてしまい彼女はそこで彼の父親に明日は死ぬかもしれぬ彼のためにも自分を入籍してくれと懇願していました。

そして間に立ったトメさんも、どうか二人のために彼女の頼みを聞き入れるよう父親を説得したそうな。しかし父親は聞き入れなかった。

その夜、渥美と彼女は富屋の二階に隠れて泊まり最後の別れを惜しんだ。そしてその翌日渥美は三度目の出撃をし、彼女も父親も飛行場に駆けつけ隠れて彼を見送ったそうな。しかしそんな二人の目の前で彼が見せしめのために無理やり乗せられたおんぼろの飛行機は滑走路の端で離陸出来ずに失速して墜落してしまいました。どこからか知らぬがそれを見届けた二人はどんな思いをして引き返していったことでしょうか。

探し当てた渥美の実家は東京の足立区の一角にあるかなり大きな町工場でした。それに並んだ二階建ての家にあの時脇から垣間見た彼の父親と彼女がいました。

通された奥の座敷には彼の遺影が飾られていました。そして彼女は十歳になるという男の子を伴って現れてくれました。あの時彼女は懐妊していて知覧から戻ってしばらくしてその子を産んだそうな。彼女の先を思って入籍を拒んでいた父親にも有無をいわせぬことだったでしょう。彼等がその子に父親の渥美の死にざまについてどう語って教えたかはわかりませんが、戦友だった私にとって彼の遺族の姿は大きな救いに感じられました。渥美は決して無駄に死んだのではないと信じられます。

私が次に選んで訪れたのは高木中尉の遺族でした。正確にいうと彼にはもう身近な遺族は誰一人いませんでした。その訳は彼の出撃前にすでに皆死んでいたからです。彼は私たちの飛行学校での厳しい教官でした。そして彼は教え子の私たち何人かが特攻隊員として指名された時、自分もまた名乗り出て特攻に志願したのです。

彼自身はパイロットではなかったので特攻志願はすぐには許可されず、三度目の志願で、手塩にかけた部下たちが自分の教えに従って特攻に志願し死んでいくのに自分一人が生き残る訳にはいかぬという彼の責任感が上層部に汲み取られ、異例のことですが彼は複座の艦爆の通信員として乗りこみ発っていきました。

そして噂では仲間内では評判だった、熱愛の末、軍人としての出世を期待して猛烈に反対していた親に背いて結婚したという奥さんが夫の志を汲んでか、彼が憂いなく死んでいくのを願う遺書を残してまだ幼い子供二人を道連れにして荒川の冷たい流れに飛び込んで亡くなったのでした。彼が当番司令として一週間宿泊勤務している間のことです。

報せを受け高木中尉は同僚の島田准尉とともに警察の車で現場に駆けつけました。彼は車中で島田に「俺は今日涙を流すかもしれないが、今日だけは勘弁してくれ、わかってくれな」と囁《ささや》き、島田には慰めの言葉もなかったそうな。

島田の報告では冷たい川の中を一昼夜も漂っていた母子の遺体は固く紐で結ばれたまま蠟《ろう》人形のように並んでいたそうです。奥さんの懐には『私たちがいたのでは後顧の憂いになり存分の活躍が出来ないことでしょう。ですからお先に参ります』と記された遺書があったそうな。

その噂は仲間内には染み透って広がっていましたが、遅れて知覧にやってきた彼を見る誰もの視線は違ったものでした。そんな中尉の佇まいは勿論努めてのことでしょうが、いつも快活で晴々としたものでした。

その彼は私たちよりも半月早く出撃していき、彼の心意気を証して見事敵の空母に激突したそうですが、彼が突入の際最後に打ってきた電信は『ノブコ、ノブコ。我コレヨリ突撃ス。男子ノ本懐ナリ』とあったそうです。

名乗った私を確かめるように見なおすと、

「そうか、君も知覧にいたのか。ご苦労だったな。しかし、生き残ってくれてよかった。あいつも喜んでいるだろう」

もとは軍人だったといういかめしい顔つきの中尉の初老の父にそういわれて、私は俄かにその言葉をどう受け取っていいかわからずにいました。

「で?」

促すようにいう相手に、

「中尉の奥さんやお子さんがああして亡くなった時、あなたはどう思われたのでしょうか」

「なぜ君はそんなことを聞くのかね」

「いえ、私たちの大方は中尉の身に何が起こったかは噂で知っていました。皆それぞれの覚悟はしていましたが、あれを聞いて改めての覚悟が出来たんですよ」

いった私を試すように見返すと、

「皆覚悟の上のことだ。しかし無駄だったな、しょせん負ける戦だったのだからな。玉砕なんぞしょせん外道だよ。特攻をいい出した大西も初めはそういっていたそうだが。しかし私の悔いはあの二人の結婚を快く認めてやらなかったことだよ。私がああさえしなければ彼女もああまでしなかったろうにな」

いい放ってついと立ち上がると隣の部屋に姿を消した後、彼は錦糸の袋にしまった刀を下げて現れました。

私の目の前で取り出した刀を抜き放つと黙って差し出しました。よく見ると刀にはあちこち大きな刃毀《はこぼ》れがあった。

「あいつが遺していった軍刀だ。戦が終わった後、わしはこれであいつに代わって敵を切った。森に入って敵のつもりで木を切った。刀が折れるまでと思ったが折れはしなかったよ」

いいながら見返した老人の目には濡れて光るものがありました。


私が最後に訪ねようとしたのは特攻作戦をいい出した大西中将の未亡人でした。しかし彼女はすでに病で亡くなっていてお目にかかるよすがはありませんでした。そこで探しに探して自決した大西さんの最期を看取ったという当時の副官だった竹谷元少佐に会いました。特攻の生き残りと名乗った私をなぜか彼は胡乱《うろん》な相手を確かめるように眺め渡し、

「そうか、あんたも生き残りか。それはよかったな」

薄笑いで見定めるようにし、

「で、用件は何かね」

「聞くところ自決された大西さんの最期を駆けつけた奥さんとあなたが看取られたそうですが、その時の様子をお聞きしたくて参りました」

「なぜかね」

問われて私は沖縄の前島で見つけた西田から中森とあの高木中尉の父親までの私なりの巡礼の聞き語りをしてみせました。

「なるほど。それはご苦労だったな。それで君は改めて何を知りたいのかね」

「自決された大西閣下の最期の様子をこの私が彼等に代わって聞き届けたいということです。彼等の納得と成仏のためにですよ」

「わかった。ならば話そう。話せば君等も納得

し許しもしてくれるだろう。特攻で死んだ連中の死にざまは一瞬のことだったろうが、閣下は腹を切って八時間の間とどめのための一切の手立てを拒んでのたうちまわりながら苦しみに苦しみ抜いて亡くなられたよ」

「それは違いますな。特攻と決まった隊員はいざ出撃までの間、生きてはいるがまさにのたうち、迷い悩みながら過ごしていたんですよ」

　いい募ろうとした私を相手は手で制して、

「わかった、それをいうな。閣下はそれを知り抜いての償いをされたんだ。戦死するよりももっとつらい死にざまを選ばれたのだ。生きている人間にはとてもわからぬ酷《むご》い死に方を選んでな。だから君もこれからも生きてくれよ。どんなにつらくとも生き抜いてくれ。それだけが特攻を指名されて生き残った者たちの、大西閣下をふくめて死んだ仲間たちへのたった一つの供養なんだからな」

　いわれれば私にも返す言葉はありませんでした。

暴力計画

私は今年で齢八十になる老人ですが、この歳になるまで大過なく過ごしてきました。子供も四人、孫も七人もうけて平穏な余生を過ごしています。

　しかし今までにたった一度本気で人を殺す気になったことがあります。殺すつもりというよりも実際にその道具もしつらえました。敗戦の後のどさくさの中探し当てて仲間が持ち帰り隠《いん》匿《とく》していた士官用の拳銃を譲り受け、実包も六発装塡《そうてん》してそなえておりました。私が一生かけても必ずこの手にかけて殺すつもりでいた相手はかつての私の最高の上司、恐らく彼は私の名前も顔も知らぬ男でした。相手は私の連隊が所属していた第三十一師団をも統括する第十五軍の司令官牟田口廉也《むたぐちれんや》中将です。

　あの男の行なった今になって思えば無謀極まりないインパール作戦で実に三万余の仲間が無惨にも殺されたのです。私の所属していた第三十一師団の第四連隊は兵員総勢二千人でしたが、生き残ったのはわずか十七人でしかありませんでした。占領していたビルマのコヒマの町をまず攻め落とし、そこを拠点として目の前に聳えるアラカン山脈を越えてインパールを攻撃する予定でした。

しかしそれは至難の作戦でした。後々に知らされたことですが、食糧や弾薬の補給の兵站《へいたん》作戦がまったく機能せずにそのための援助がほとんどなく深い川を渡りジャングルを抜け高い山脈を越えるのにトラックもなく、牟田口は物資を運ぶために現地で無理やりに牛を調達して資材を運ばせよと命令してき、盧溝橋事件の戦闘で連隊長を務めその後シンガポールを攻め落とすためにマレー半島に上陸し破竹の勢いで南下作戦の指揮をとったという彼は強気でそれを『ジンギスカン作戦』と自画自賛していたそうです。

しかし運び手の牛たちも大半は川で溺れて死に、運搬用のトラックも我々の人力で解体して運ぶという始末でした。

我々の師団長佐藤幸徳中将は最前線にいる我々への兵站補給を再三本部に打電要請したそうです。が、牟田口はたとえ食糧や弾薬が不足してもなお挑んで勝つのが真の皇軍だと打電してきました。

後に聞けばさしたる兵站作戦も伴わぬこの作戦には参謀たちの間にも反対が多く、その最たる第十五軍の参謀長を牟田口はたちまち更迭してしまったそうな。以来この作戦に疑義を唱える参謀たちはいなくなってしまった。

当時、軍はようやく力を盛り返してきたアメリカ軍に押され気味でガダルカナルでも敗れアッツ島やタラワ島、マキン島も取り戻され歴然とした劣勢で、牟田口の考えではイギリス軍の拠点のインパールを占領すれば彼等が備蓄している物資や兵器を奪略出来てインド方面における戦略は一気に好転するということで、牟田口の建言に東条総理以下の大本営はすっかり気乗りしてしまい、次の天皇誕生日までに是非ともインパールを攻め落とせと命じてきたのでした。

それを受けて我々の第三十一師団としても実行動をせざるを得ませんでした。その瞬間から我々にとっての地獄が始まったのです。

そしてともかくもインパール攻撃の拠点とするコヒマの近くまでたどりつくことは出来ましたが、敵の防御は予想を上回って厚く、彼等は新作戦として飛行機を使っての空からの多量の物資投下によって豊富な食糧と弾薬をそなえていました。

町の郊外には我々の襲撃にそなえての前哨基地があり、それを破壊するために小隊長以下三人の突撃隊が夜中に弾薬を抱えて雨の中地面を這って前進していきましたが、寸前で敵に感知され銃撃されて倒れました。一人だけまだ生きている様子の小野田隊長を救出するために先任将校の私が部下の田辺と谷田を伴ってふんどし一枚になって地面を這っていき、なんとか隊長の体を収容はしたが、その甲斐もなく間もなく隊長は我々の陣地の中で絶命してしまった。そしてそのまま夜が明けてその日の夕刻、突然撤退命令が伝えられたのです。

後に聞いたら、それは我々第三十一師団の師団長佐藤中将の英断で、彼は食糧や弾薬の補給に応じようとせぬくせにインパール市内への無謀な突撃だけを命令してくる本部の牟田口将軍の命令を無視して戦闘を中止し撤退を決断したのでした。実際その頃の我々はわずか片手一杯の飯を五人で分け合って食うありさまでした。撤退の命令を受けても今までやってきたあの難路を果たしてどこまでたどって戻ることが出来るかはわかったものではなかった。つまり全員餓死の寸前で受けた退却命令は前線での命拾いとなりはしたが、この先どこまで行けば命を拾えるものか皆目見当もつかなかった。

それにしても佐藤師団長の下した退却命令は英断でした。日本陸軍始まって以来の無許可の退却は後で大問題となり、師団の上層部での議論の中で佐藤師団長は無断の退却については自分が軍法会議にかけられれば、その席で補給保証もなしに行なわれたインパール作戦の非について敢えて証言すると断言していたそうです。我々を統括していた寺内元帥の率いる南方軍の上層部はそれを恐れ避けて、佐藤中将を即座にラングーンに転属させてしまった。

師団長はそれですんだかもしれないが、インパールの手前から退却を強いられた我々の地獄の体験はそれからが始まりでした。

敵軍は我々の眼前からの退却を察知し即座にその追討を始めました。食うものもろくに食えずにきていた我々の体力はもう限界に近く、ジャングルに迷いこんだ我々に敵はすぐに追いついてき、夜間森の中で道に迷った我々のすぐ横に気がつくとイギリス軍に雇われたインド人の兵隊がいるなどという混戦でした。

退路がアラカン山脈にかかるとさすがに彼等も深追いはしてこずに、我々日本軍の敗残兵だけが方角もわからぬまま虫の這うような歩みでともかくも南を目指して歩きつづけました。

どこを目指したかといえば、誰が言い出したのかビルマを横切り同盟国のタイまでたどりつけばこの身の安全は保証されるはずだと。

その国境まで一体何百キロあるのかはわからぬが、ともかくインパールで死なずにすんだこの命を拾いなおすためにはただただ歩くしかありはしなかった。しかもインパールからの撤退に際して各人に与えられた食糧といえば一人に小さな乾パン五個だけです。それを食うというより嘗《な》めながらひたすらに歩く。途中ジャングルの中で食べられそうな草や木の葉をむさぼりながらまたひたすらに歩く。空腹のまま力尽きて倒れて死んだ仲間や、中には気が狂って何やら叫びながら倒れこんで動けぬ兵隊を何人も目にしました。

そんな兵隊にはすぐに禿鷹や森の獣が群がって食いあさり、二日もたつとまとっている衣服の下、死体は骨だけに変わり目の穴からウジ虫が這い出しているのが見えました。先達した仲間のそんな姿を目にした誰かが、ここは白骨街道だなとつぶやいたのはまさに至言でした。


その辺りで先行している部隊から伝令がやってきて、我々も目にした、ある木になっているなぜか芋によく似た木の実は絶対に食うな、毒があって気が狂うぞということだった。

ある辺りでは何人かの兵隊が火で炙《あぶ》った肉を手にして分けてやるから食えと勧めてくれました。感謝して口にしたが、妙な味がして一体なんの肉なのか質したら猿の肉だという。それを飲みこんでさらに歩き出したら連れの一人が、

「あれは猿ではなしに人間の肉だ。この辺りに猿なんぞいる訳がない。行き倒れて死んだ誰か

の体を切りそいで炙ったものだ」

と教えました。いわれたその場で吐き出そうとしたが、出来はしなかった。誰か知らぬ戦友の肉を食らったお陰で私もなんとかあの尾根を越えることが出来たのです。

同じことがあちこちであったに違いない。それから先の道中で死にかけている兵隊の何人かが自分を猿と思って殺して食ってお前の腹に入れて日本に連れて帰ってくれと手を合わせて頼むのを目にしたものでした。そんな彼等は結局あのまま身動きも出来ぬまま朽ち果てていったのでしょう。

ジャングルを抜け、この今ではもう敵か味方かわからぬビルマ人の目を避けながら我々がインパール戦線から抜け出してタイとの国境の山地にたどりついたのは戦線を離脱してから何十日ほどしてのことだったろうか。その小高い山を登る作業の半ばでも多くの仲間が脱落し死んでいきました。

そして皮肉なことに国境の山頂に幅二百メートルほどの沼がありました。浅くはあったが、ぬかるみに近い沼を渡るのは最後の最後の試練でした。そこまでたどりついてついに力尽き果てて倒れた戦友たちの死骸が十近くあった。我々はそれを「すまぬ」「すまぬ」と声をかけながら足がかりに踏みつけ、ようやく沼を渡りきったものでした。

その間あの牟田口は後方で動かず、司令官の彼は何を食って過ごしていたのだろうか。

しかし後に聞けば我々の南にいて待機していた牟田口の軍も我々と同じ運命に晒されたそうです。彼等もまた補給が絶えた後、食うものもなしにジャングルを彷徨《さまよ》い、大方の人間が飢えたままマラリアと赤痢に冒され生き地獄の道をたどり、白骨街道をつくりながら標高二千メートルのアラカン山脈を越え元のビルマにたどりついたそうです。インパールに向けて展開していた牟田口率いる第十五軍八万五千人の内、生きて残ったのはなんと五万五千人だけだった。

そうやってたどりついたタイでの暮らしはまさに天国でした。宿舎は南方軍の営舎でタイ人のメイドや使用人が飯や洗濯の仕事を命じるままにこなしてくれた。仲間の中にはメイドの女に手を出して良い仲になってしまった者もいました。

しかしそれもそう長くは続かず間もなく敗戦となり立場は一変し、進駐してきたオランダ軍が兵営を管理し、今までの使用人のタイ人が我々を仕切るようになり誰かが手をつけたメイドの女はオランダ兵の腕に抱かれる様でした。

しかしそれでもやがて我々は生きて祖国に帰ることが出来たのです。

タイの南方軍の兵営にともかくも生き延び匿《かくま》われている間、インパール作戦で生き残り逃れたどりついた仲間たちからそれぞれの体験を切れ切れに聞き合わせることで、あの作戦の実態を知ることが出来るようになりました。

今思えばあのインパール作戦なるものはまさに狂気の沙汰としかいいようがありません。そもそも大きな作戦に不可欠な兵站を無視しての実行は愚かというよりも基本的に兵隊の人命無視の上でしか成り立たぬものです。陸軍の幹部を育てる陸軍大学校なるものには全員の内、わずか五分の一の数しか兵站を専門にする生徒はいなかったそうな。それは人間の体の血管について知らぬ医者を育てるようなものだと、タイのキャンプで知り合った第十五軍のある軍医から聞かされたものです。その彼からはもっと恐ろしい話を聞かされ知りました。

現地で赤痢やマラリアで倒れて担ぎこまれる患者の兵隊に関して軍医が上から強く言い渡されたことは病や傷がたとえ完治していなくても、とにかく現地部隊の人数を整えるために出来るだけ早く元の部隊に送り返せと。そしてさらに完治の見込みのない患者は数限られているベッドを有効に使うために速やかに殺してしまえという命令で、それに該当する患者は静脈にクレゾールをわずか五cc注射することで死なせてしまったらしい。

「何もかも狂っていた。僕ら医者までが狂ってしまっていたんだ。人を救うために配属された医者が、上官にいわれて同じ仲間をこの手で殺すんだよ。一体誰が、何がそれを許してくれるというのかね」

その軍医は頭を抱えていっていたものでした。

戦が終わって十余年たって世の中が落ち着いてきて、あの戦争の隠されていた部分がようやくさまざまな形で露呈してきた頃、私は自分が彷徨ってきた地獄の真相に興味が湧いてきました。それとともに自分の間近で無惨に死に果てて白骨になってあのジャングルの中に晒されていた仲間の姿をようやく思い出すことが出来るようになりました。

それに沿って自分たちが置かれた地獄の実態

についてあらためて詳しく知りたいと願うようになった。それは自分自身のためだけではなしに、あの敗走して抜けたジャングルで倒れ虫や獣に食い荒らされ骸骨になった死体の目の穴からウジが這い出すまま放置されていた数えきれぬほどの仲間たちのために、しっかりと知っておかなければならぬという信念のせいでした。

そして調べて知れば知るほどあの戦の実態が鮮明に浮き上がってき、怒りを通り越した放心に襲われたのです。あの作戦の実態とは無謀に無謀を重ねた、いわば基礎も打たず壁や屋根を支える柱も据えずに建て上げた高い建物のようなものだった。

その主謀者牟田口は作戦の大敗北の後、失敗の責任を部下の三人の師団長たちに押しつけ自分は責任を問われぬまま生き延びていったんは予備役に回され、すぐにまた予科士官学校の校長になり、戦後は逮捕され巣鴨プリズンで戦犯容疑者として過ごしその後シンガポールに移送されたが、なぜか罪には問われず昭和二十三年には無事帰国していました。

戦後のある時、有名な現代史研究家が戦史研究のために何度か当時東京の小岩に住んでいた彼を訪れてかつての戦について質そうとしたが、絶対に家には上げなかったという。

その度「外で話そう」と、自分からすたすたと玄関を出て歩き出し、近くの江戸川の堤防まで出かけて土手に座りこんで話したという。

その姿はどうやらなぜか家族にはあの戦について聞かせたくなかった様子だった。そして会話があの戦のことになるとすぐに顔色が変わり声がうわずり、聞き手があの作戦について批判めいた言葉を口にすると激昂し、敵側の記録にもあの作戦は正当だったと認める記述があると何度も力説していたと。

その現代史家が後に精査してみたらイギリス側のある将校の報告手記に、確かにインパールは彼等にとって重要な戦略起点であって日本軍がその後の戦略展開のためにインパールの占領を目指すのはごく妥当な発想だろうとあるだけのことで、その試みの無惨な失敗については記されてはいない。相手側からすれば兵站を伴わぬ作戦展開の愚はしょせん論の対象にもなり得ぬものだったに違いない。

その現代史家が兵站計画の不備を理由にインパール作戦に疑義反対を表明していた彼の部下にあたる三人の師団長について、彼等全員が反対ということは軍事的に作戦の成功はおぼつかないということではなかったのですかと質したら、牟田口は「あいつらは無能で臆病な奴等だったからな」と一笑に付したという。

現代史家の調査だと師団長の一人柳田元三は徹底した合理主義者で日頃陸軍内に猖獗《しょうけつ》していた空虚な威信論を侮蔑していたし、山内正文は昭和初年代にアメリカに留学し向こうの陸軍大学で学び十位の成績で卒業している秀才だった。牟田口に背いて無断でコヒマからの退却を決行した第三十一師団の佐藤中将は兵站計画の杜撰《ずさん》さから元々インパール作戦に疑義を呈していたそうだった。

私がこの現代史家の牟田口に関する報告の記述の中でももっとも印象的だったのは、彼がインパール作戦の研究のためにじかに出会ってさまざま聞き取った数少ない生き残り兵士たちの誰しもがあの戦の思い出を語る時、その手に数珠を握り声を震わせて語っていたということでした。

そのくだりを読んだ時、私の胸にある思いが突然湧き上がりました。自分がなんでそれまでこんなことを思いつかなかったのかと激しく己を責める思いでした。

それは正しく互いに死ぬ覚悟であれを行なった一番身近な仲間の二人、あのコヒマの最前線基地で敵の前哨基地の爆破のために雨の中匍匐《ほふく》前進して進んだものの敢えなく戦死したと思われた小隊長を取り戻すため先任将校だった私が買って出て二人の部下を選んで裸で這い進み、なんとか引きずり取り戻したことです。

あの時私が指名してあの必死の作業を行なった田辺伍長と谷田兵長は共に奇跡の生還を果たしはしましたが、退却の途中マラリアと赤痢で衰弱の果てに倒れて死にました。

あの田辺と谷田の遺族になんとしてでも会いたいと突然願ったのです。探せばきっと会えると思いました。田辺の実家は確か東京の谷中で一軒だけ古くから瀬戸物屋を営む家と聞かされていました。そして谷田の実家は長野の小諸の外れの小さな村で手広く蚕を飼って生糸を作る庄屋だと自慢げに語っていたのを覚えていました。

まず東京の谷中の田辺の実家を探し訪れることにしました。町で尋ねるとすぐにわかりました。古くはあったが、かなり大きな構えの店だった。

店に入るとすぐに「いらっしゃい」と声がか

かり、見ると若い男の店員が奥で立ち上がり私を迎えてくれました。その瞬間、私にはそれがあの田辺の息子だとわかった。彼のあの尖った鼻、そして深い眼窩《がんか》の奥の大きな目、思わず「田辺」と出かかる声を抑えて、「お母さんはおいでですか」と尋ね、怪訝そうに見返す相手に、「実は私は亡くなったお父さんの戦友なのですが、出来たらお目にかかって昔のお話をさせて頂きたいと思いましてね」

突然の客の思いがけぬ申し出にたじろいだ面持ちで、それでも息子は何かを呑みこむように深くうなずくと奥に取り次いでくれました。

間をおいて私とほぼ同年輩の老いた女が現れ怪訝そうに見返すので、彼女の息子へと同じように名乗り、

「随分と遅くなりすぎたことですが、この今になってようやくいろいろ昔のことがわかってきましてね。私とあなたのご主人の田辺君が実はどんな目に遭ってきたのかを遅ればせながらお話しして、出来たらお参りさせて頂きたいと思って突然ながら伺った訳です」

いいながらポケットにしまってきた数珠を取り出してみせました。

「でもあの人のお墓はここから離れたお寺にあるんですよ。よろしかったら奥の仏壇にでも」

「ならば是非。突然でしたので花も持たずに来ましたが」

案内されて上がった奥の座敷の片隅の仏壇の上に正しくあの田辺がいました。出征前に撮ったのだろう肩章のついた軍服を着た彼の写真が飾られていました。仏壇の中の位牌よりもその写真に向かって私は手を合わせながら思わず

「す、すまぬっ」、声に出して嗚咽《おえつ》していました。

あれは一体何年ぶりに流した涙だったろうか。

あの敗走に次ぐ敗走の中で死んでいった仲間のむごい姿を眺めながら涙なんぞ流しはしなかったが、仏壇の上の長押《なげし》にかけられたあの男の笑っている写真を眺めただけで私は泣き出していました。

「あの人はどんな風にして死んだのですか」

奥さんに聞かれたが、答えようもなかった。

「普通の戦死ですか」

息子が質してきましたが、彼のいう普通というのは戦闘の最中に敵の銃弾に当たってのことでしょう。しかし彼はあの地獄のジャングルの中で病に倒れ、眼窩からウジの這い出す骨に変わって死んだのです。そんなことを二人の遺族の前でいえる訳はない。

「いや、マラリアにやられて手当ての甲斐もなく。なにしろ備えのないままジャングルで全員がひどい目に遭いましたよ。この自分がよく生き延びることが出来たと不思議なくらいでした」

うなずいていうしかありはしなかった。

谷田の実家はすぐにわかりました。その村の庄屋らしく、家は古いが立派な構えの実家でした。下男《げなん》のような中年の男は彼の戦友だったと名乗った私をすぐに取り次いでくれ、奥の座敷で年老いた彼の両親に会いました。彼の家の仏壇の上にも田辺の家と同じように彼の軍服姿の写真が飾られていました。

それぞれ齢八十に近い老夫婦が迎えてくれ、まず父親が当然のことながら彼の死にざまについて質してきました。それについては最早答えようがなく、ただ病死としかいいようはなかった。ただ彼と田辺と三人して行なったあの無謀で危険な作戦の思い出については語り、その途中で冷たい雨の中で這いながら私に、

「またもう一度熱い鍋焼きうどんが食いたいですなあ」

といって三人して笑ったのを思い出して打ち明けたものでした。

それを聞いたら母親が急に泣き出して、

「私たちもそう長くはありませんから、あの世に逝く時は鍋焼きうどんを作って持っていって、あの子に食べさせ抱きしめて暖めてやりたいっ」

と叫ぶようにいって畳に泣き伏したものでした。

そして父親はその背中を労《いたわ》るようにさすってやっていました。

それを眺めながら突然私の体の芯から何か突き上げるような感情が兆してきました。抑えようのないその気持ちの高ぶりの訳がわからず、何かを懸命に堪えて彼の家を辞してきました。最寄りの駅まで歩きながら私はさっき泣き伏した老いた母親を眺めながら込み上げてきた激しい感情はなんだったのだろうかと懸命に考えていました。

そして乗りこんだ列車に途中から乗ってきた幼い小学校の生徒らしい子供たちを眺めている内に自分が激しい怒りを抱えているのにようやく気づいたのです。

東京の家に戻ってからもなお私が抱えている

気持ちの高ぶりは消えませんでした。それをもどかしい思いで抱えて何日かを過ごした。そしてある日長い夢から醒めたようになったのです。この怒りに気づかなかった自分が愚かで恥ずかしくもあった。この怒りはあの田辺や谷田のためだけのものでありはしない。この自分自身のためのものなのだと。

その怒り憤りをどう晴らすか、どう治めるかを考えたが答えはすぐ出ました。田辺や谷田だけでなしにあの白骨街道にウジにたかられて身を晒して死んだ第三十一師団の六千余の仲間の恨みを晴らすためには、周りの反対を押しきってあの無謀な作戦を進めた最高責任者の牟田口中将を殺すしかないと。判断というか決心しました。人間の世界の条理としての責任の履行なるものが必ずあるはずですから。

あの戦争の後、戦争犯罪なるもののための裁判が種々行なわれはしたが、それは敵軍に対する違法行為を問うたものであって、味方が多くの味方を殺した犯罪は犯罪たり得なかったのです。原爆による多くの一般市民を無下に殺戮した罪は戦の早期終結という美名のもとに不問に付されたが、本来の仲間が仲間を殺戮するという事実は誰によっても裁かれることはありはしなかった。

故にも私は遅まきながら気づいて決心したのです。あのインパールでこの私とその多くの仲間を無下にしたあの男、牟田口をこの私の手で今殺すしかありはしないと。

そこで私は牟田口の今いるところを探しました。苦労の揚げ句に、彼は調布市の外れに息子の一族といっしょに暮らしていることを突き止めました。家は多摩川に近いこぢんまりした一軒家で、訪ねるとあいにく彼本人は留守だった。年配の夫人が突然の訪問者の私に、彼は近くの多摩川に友達と釣りに出かけていて不在と答えました。その彼女の顔がなぜかひどく怯えて見えたのが気になり、私の顔が恐らく緊張のせいできっと険しいものに見えたのだと自戒しました。自分は閣下の昔の部下でしたと名乗り、閣下は釣りがお得意なのでしょうかねなどと打ち解けてみせ、多摩川のどの辺りで釣りをしておられるのかを質しました。夫人はよく知らずに釣りに同伴している近所の釣り好きの山本という友人がいつも黄色い大きな帽子を被っているので、それを目当てに探したらと教えてくれました。

礼を述べて家から離れ川を目指して歩きながら、これから間もなくして彼女は突然の客に夫の居場所と目当てを教えたことを後悔するだろうと思っていました。あの男を河原で見つけたら何の躊躇もなしに私は懐にしていた拳銃で撃ち殺していたはずでした。

彼の家から一キロも離れてはいない多摩川の河原に来てみたが、広く長い河原のどこに彼がいるかは俄かに見当がつかなかったので、夫人にいわれた彼の連れの被っているという黄色い帽子を目当てにして歩きました。四、五百メートルほど歩いたら確かに黄色い大きな帽子を被った男が見つかった。しかしその近くには牟田口らしい男の姿は見当たらなかった。しかたなしに、その黄色い帽子を被って地面に竿を立て小さな腰掛けに座って竿の先を眺めている男に

後ろから、

「あの失礼ですが、お連れの牟田口さんはごいっしょじゃありませんか」

声をかけてみたら、彼はこの前大きな鯉を釣り当てた、もっと上手の辺りにいるはずだと教えてくれました。

「失礼ですが、牟田口さんとはどういうご関係ですか」

念のために質してみたら、

「ああ、閣下とは調布の町の碁会所での見知りでしてね、私が釣りを教えて誘ったんですよ。あの人初めての時にこの川上ででかい鯉を釣ってそれから病みつきになったみたいだ」

この相手があの男がかつて南の戦線で何をやったのかも知らずに彼のことを閣下と呼んだことに胸に刺さるものがあったが、軽く礼をいってその場を離れました。

ただ私が気にしていたのは、あの男がここからどれほど離れた上流の辺りで釣りをしているかということだった。彼を見つけて確かめ、その場で彼を撃ち殺してそのまま立ち去り、逃げも隠れもせずに訳を述べ名乗って出るつもりでいました。

しかし間が悪いことに、彼の連れと同じように椅子を据え足元に竿を立てて川面に眺め入っているあの男のすぐ後ろの草むらで、弁当を広げて食べている若い二人連れがいました。

しかたなしにこの今はあきらめて彼のすぐ後ろに立って、

「どうです釣れますか、どんな魚が狙いなんですかね」

声をかけたら、振り返り肩をすくめて笑ってみせた相手の顔は写真で眺め確かめてきた、あの小太りの権柄ずくな男の印象とは掛け離れて町中のどこででも見かけるありきたりの老人でした。

「閣下はお元気そうですな」

あの釣り友達の男が彼を呼ぶのと同じように彼を昔の上官として声をかけてしまった自分になぜか思わずたじろぎました。

「君は」

いぶかしげに問いなおす相手に、

「自分もインパールにおりました。第三十一師団の第四連隊の第四中隊でしたが、大方は死にましたな。自分の連隊で生き残ったのは自分をふくめてたった十七名でしたよ」

低い声でいい放った私を相手は怯えたようなまぶしげな顔で見上げていました。

「で」

不安げに見返す相手に、

「お宅に伺ったら奥さんがこちらにおいでだというので、ちょっと」

いった私を怪訝そうにただまじまじと見つめていました。

「では、いずれまた」

それだけいい捨てて踵《きびす》を返して立ち去る私の背に彼が見送る視線を感じつつ一歩一歩踏みしめながら、思いがけずに逃した獲物から離れてきました。

間近に見て捕えた相手を願ったとおり仕留められなかったもどかしさは悔しさを越えて死んだ仲間たちへの裏切りにも感じられ己の卑怯さ

にも思えて、その夜神棚に手を合わせ次の機会での成功を念じました。

しかしどこかであの男を仕留めたとしても彼がなんで自分が殺されるのかわからずにでは意味がない。どうやって彼にそれを悟らせるかが、むざむざ死んでいった仲間たちのためにも必要なことに違いないと思いつきました。

ならばどこでどうやって彼に私の殺意とその訳を伝えることが出来るのかを考えた末に、あの釣り仲間の男が口にしていた彼がよく出かける碁会所で彼を捕えることにしました。町で尋ねるとすぐにわかった。あるビルの三階にありました。そのビルの入り口が見える、前のビルの喫茶店で彼が現れるのを見張っていたが、三日目にようやく彼が現れた。その後をつけて碁会所に入ってみたら、彼は一番奥の席で誰か見知らぬ男と向かい合って石を置き合っていました。その相手との一局が終わって相手が所用でか彼に断って立ち上がり席が空いたので、すかさずその席に座りこみ、

「よろしくお願いいたします」

一礼して石を引き寄せた私を彼は見覚えがあるのか、まじまじ見なおしました。

「いつか釣りをしておられた時にお目にかかった者ですよ」

いって頭を下げる私を、何を感じたのか彼はどこか怯えたような目で見返し硬い表情を返してきました。

私の碁の腕は知れたものでしたが、それでも間もなく優劣が知れてきて、

「いや、どうやら私の負けのようですな」

あきらめた顔でうなずいてみせた相手に、

「いやまだそれほどでは、インパールの戦よりは持ち堪えられますよ」

いってやった私を食い入るように見返す相手に、

「あなたは碁の戦以上に戦の定石をご存知ありませんでしたな」

「何をいうのかね」

怯えた顔でいう相手に、

「あんたが殺してしまった六千人の戦友に代わっていっているのですよ」

「な、何を今さら」

「今さらだからいっているんですよ。戦争が終わってから今までインパールであんたに殺された者の遺族たちがどんな思いで過ごしてきたかは、あんたには思いもつかないだろうな。その恨みをあんたに伝えるために、あんたを探しつづけてきた男ですよ、この私は」

「な、なぜっ」

「あんたを仲間たちに代わってこの手で殺すためにですよ。そのために昔の戦友から譲り受けた拳銃を今もこうして持ち歩いているよ」

手にしてきたカバンから取り出した袋に入れていた拳銃を碁石の並んだままの碁盤の上に石を散らして置いてみせました。それを見てのけ反《ぞ》る相手に、

「今ここではしないが、いつか必ず私はあんたを殺す。約束した限り必ず殺してみせるよ」

「約束？」

「そう約束したんですよ。コヒマで死にもの狂いの作業をした二人の部下ともね。彼等二人もあんたのせいでウジのわいた骨になってしまったよ。彼等の遺族の前で誓って約束したんだ」

「待てっ、そんな」

「無茶な話とでもいいたいんだろうが、ろくな兵站もなしにあんな奥地に兵隊たちを送りこんで、あんたはビルマの軽井沢と呼ばれていた涼しい町でたらふく食いながら、飯を送れ弾を送れという連絡を無視して、ただ前へ進め前へ進めと号令をかけるだけでいたんだ」

「違う、それは違う」

「どう違うのかね」

「あれはこの国を救うために絶対に必要な作戦だったんだ」

「その国がもう駄目になりかけているということを、あんたら上の方にいる連中はとっくに承知していたはずだ。戦に勝った連中があんたを戦犯として裁かなかったのは、あんたがその手で奴等の敵である日本の兵隊を沢山殺してくれたのを感謝してじゃなかったのかね。あんたはどこかでインパール作戦は正しかったと敵側も認めているなどとほざいていたが、あいつらはあんたがいかに杜撰な作戦展開をしたかを承知した上で待ち構え、俺たちを殲滅《せんめつ》したんだよ。あの戦の失敗で六千人の命を失わせた張本人はあんた以外の誰でもありはしない。戦争の後、出てきた記録のすべてがそれを証しているよ。あんたはそれを読んだことも聞いたこともないとでもいうのかね」

「いや、私も私に対する批判は知っている。しかし私は部下を信じていた。信じていたからこそ多少の無理は承知であの作戦を行なったのだ」

「その多少の無理とは何なんですか。食うものも食わせず弾のない鉄砲を撃てというのかね。

その揚げ句に六千の兵隊がむざむざ死んでいったんだよ。その責任を誰が取るというのかね。その罪が問われることなしにすむことを誰が許す、神も仏も許す訳はないでしょうが。誰かが裁かなければ世の中の筋は通りはしませんよ。だからこの私がそれをしにここへ来ているんですよ。私は死んでいった仲間たちに誓って約束したんだ。だから今ここではしはしないが、いつか必ずあんたを殺す。警察に訴えても無駄な話だ。名前も知らぬ私の居所なぞわかる訳もない。今日はここで消えるが、私があんたから目を離すことは有り得ませんよ。どこへ居所を変えても必ず捜し出す。それがいつになるかわかりはしないが、それまでの間あんたは、食うものも食えず病み衰えてさ迷って死んだ仲間たちのようにせいぜいもがき苦しみながらかろうじて生きていけばいいのさ。ならば今日はこれで姿を消すが、私のこの顔だけは覚えていてほしいですな」

いって碁盤の上に置いた包みを取り上げ元にしまって立ち上がる私を、相手は呆気にとられたような顔で見上げていました。

それから半年、私は彼の身辺を見張りつづけました。私のいったことを真に受けたのか受けなかったのか、彼は転居することはなかった。警察が彼の家の周りをことさら警護する気配もありませんでした。彼としても己が昔犯した罪状について告白し官憲の手にすがって身を守ってくれともいえなかったのだろう。しかし私には自分が思い立ち決めてかかったことをあきらめる気は毛頭ありはしなかった。

あの男と多摩川の河原で出会ってから丁度一

年ほどした頃、彼はようやく思い立ってそれまで出かけることのなかった釣りに出かけました。ただ今度はあの釣りの相棒ではなしに孫らしい幼い男の子二人を伴ってのことだった。しかし私は臆することなく持つべきものは携えて彼等の後をつけていきました。

間もなく彼等三人の姿が目に入った。幸い辺りには人影がなかった。あの男を真ん中にして三人は川に向かって釣竿をかざしていました。

そのすぐ後ろまで近づき、

「牟田口さん」

声をかけた。

私のかけた声に気づいて彼は振り返り、私をまだ覚えていたのか一杯に見開いた目でまじまじ見返してきました。その彼に向かって私は懐にしていたものを取り出してみせた。

その気配に気づいて二人の孫も振り返って立ち上がり、私が手にしているものに気づいて竦《すく》んだ顔で私を見つめ、彼の顔を見上げなおした。

その彼等に向かって、

「おじさんはね、君らのお爺さんを殺しにきたんだよ。君らは知るまいが、この人はとても悪いことをしたんだ。昔軍人だった頃、間違った無理な戦争をして沢山の、それも六千人もの兵隊さんを惨めに殺してしまったんだ。君たちはもっと大きくなったら歴史の勉強をして知るだろうけれど、この私も殺されるところだった。私の仲間は皆死んでしまったんだよ。その責任をこの人は果たそうとしなかった。卑怯でずるい人なんだ。誰も神様も許すことはないと思う。

だからこの私が殺された仲間に代わってこの

人を裁いて殺すことになったんだ。そのことを君らのお父さんやお母さん、おばあちゃんにもしっかりと伝えてほしいんだよ、わかったね」

いった私を孫たちは固唾を呑みながらまじまじ見つめて堅くうなずいてみせました。その時、何かが私の体の中で音を立てて崩れたのです。

「いいか、あんたがみすみす殺した六千人の仲間に代わって、これから貴様を殺すぞ」

いいながら私は手にしていたものを彼に向かってかざし顔の正面に突きつけました。それを横から見てさすがに二人の少年たちは何が起ころうとしているのかを理解し、身をこわばらせ声も立てずにまじまじ私を仰ぎ見ていました。その内幼い方の少年が身を震わせ泣き出し、彼はその子をかばうように手を伸べ肩にかけ自分に引き寄せた。それを見てまた何かが私の体の内で萎えて崩れたのです。

そして額に向けていた拳銃を横にそらし、彼の顔の真横で引き金を引きました。拳銃は乾いた音を立てて鳴り、弾は後ろの川の遠くに落ちた。広い河原のせいで銃声は意外なほど轟かなかった。

続いて二発三発四発と一発ごとにそれぞれ千人の仲間の恨みをこめて遠い川の流れに向かって撃ちこんでやった。最後の六発目の時、

「これで六千人目の供養だよ」

つぶやいて手にしていたものを収《しま》いこむ私を、相手は痺れたように身動きもせずにただまじまじと見返したまま立ちつくしていました。

「さあ、これであんたとこの俺にとってのあの戦は終わりということにしてやるよ」

いい捨てるとそのまま踵を返し、呆然とした

ままの三人を残し振り返りもせずに一歩一歩河原の砂を踏みしめながら立ち去りました。思いもよらなかった事の結末への忌々しさのせいか、訳のわからぬ空しさのせいか、なぜか涙が溢れてきて流れていました。その涙の意味がわからぬまま、気づいたらまだ懐にしていたままでいたものを途中の背高い草むらに投げ捨てていました。

——ある奇妙な小説—— 老惨

「面白い小説を書こうと思うんだが」

「面白いとはどういうことだ、ストーリーテリングということか」

「いや、もっと型破りなものさ」

「そんなもの、今までに書いたことがあるのかね」

「まあそれに近いものならな」

「何だね」

「若い頃書いた『ファンキー・ジャンプ』かな。あれは三島由紀夫氏も羨んで褒めてくれていたけどな」

「あれはお前がトリュフォーらとの五ケ国でのオムニバス映画の打ち合わせでパリに行っていた時、当時パリのカーヴにアメリカから逃れて巣くっていたファンキーのジャズマンたちに痺れて書いたものだったけれどな」

「そうなんだ。それで俺が当時プロデューサーとして有名だった神彰《じんあきら》に相談されてファンキージャズのほとんどのプレイヤーを教えて日本に呼んでやったものさ。アート・ブレイキー、ホレス・シルバー、セロニアス・モンクたちな、ただし麻薬の常習者だったチェット・ベイカーだけは外したよ。あれは良い思い出だったな」

「それなら今一番痺れて興味があるものについて書くことだろうよ。それで今一番何に痺れて興味があるのかね」

「それは端的に俺が死ぬことだろうな、痺れてはいないがな。それが一番の気がかりだな、この齢になれば誰しものことだろうけど」

「ならばそれについて書くことだろうよ」

「しかし『死』は人間にとっての最後の未知、最後の未来というから、どう思ったらいいのかな」

「それはせいぜい自問自答することだろうな、それが物書きにとっての甲斐性ということじゃないのかね。しかし今さらなんでそんな心境になったのかね」

「それは俺の老いのせいだな。五年前にあの脳梗塞をやって以来体が完全にはいうことを聞かなくなって今じゃあ全身汗をかくようなスポーツも出来なくなってしまった。そんな自分が忌々しくって自分を持て余している心境だよ。だから多分もう目の前の俺の『死』についてばかり興味があるのさ」

「ならばそれについて書くことだろう」

「しかし体験もしたことのないものについてどう書いたらいいのかね。

それにしても家内の典子が骨折で長いこと入院していての寂しさと不便さはやりきれないな」

「それはお前の今までの勝手気ままな生きてきた方の報いだろうが、今さらそれをいって何になる」

「しかし俺は誰にも見取られずに家で一人で死

ぬのは嫌だな」

「それもお前の気ままないい分だろうな、誰にも報いというものはあるのさ」

「しかし俺はどういう死に方をするんだろうかね」

「それは医者に聞いた方がいい」

二人の主治医の会話

吉田脳神経外科医

「彼から自分はどんな死に方をするんだろうかとしきりに聞かれたんですがね、当惑しましたよ。なんであんなことを聞くんだろう」

佐々木院長

「それは当人がもういい齢になってくよくよしているせいだろうさ。なんにしろ勝手気ままにやってきた人間だからな。で、君はどう思う」

「そうですね、あまり確かにはいえませんが、私はやはり脳出血か心臓麻痺だろうと思いますがね。一応血液をさらさらにするバイアスピリンの服用は続けるように処方してありますが、なんでも彼は風呂に入った後湯冷めしないようにいつも水を浴びるそうで、あれは止めるようにあなたからいった方がよろしいと思いますね。最近のＭＲＩの検査では例の脳梗塞の引き金になった右の頸動脈のコレステロールでの狭窄《きょうさく》は進んではいませんがね」

「いずれにせよもう齢は齢だからな」

「当人は大分弱気ですな」

「奥さんが骨折でまた入院しているせいもあるだろうな」

主治医との会話

「私の親父も出かけていった先の社長室での会議中に脳出血で死んだんですが、会議の途中で眠り出してそのまま逝ったそうです。あれは楽な死に方だったと思いますな。しかし弟の裕次郎の方は肝臓癌で苦しみぬいて死にました。私はああいう死に方だけは嫌です」

「ならば念のために自分の死に方をあらかじめ周りには知らせておいた方がいいでしょうな」

「でしょう」

「しかしそれはいささか贅沢というものでしょう。人間最後の出来事についてとやかく詮索したり他人に相談したりすることはないんじゃないですかね、それはただの贅沢な我がままというものじゃありませんかね。誰でも老いてやがては何かで死ぬんですから。あなたの場合は早めに気づかれたから良かった。その後の経過もまあ順調じゃありませんか」

「しかしあれで老いには拍車がかかったな」

「贅沢をいっちゃいけませんよ」

「しかし老いは死への成育などと人はいいますが、私はそうは思いたくない。何が成育だ、ただの衰退じゃないですか。そう思えば昔三島由紀夫が四十すぎた自分を想うとぞっとするといっていたが、あの気持ちはこの今、朝歯を磨きながら鏡に映った自分を眺めると実によくわかりますな。しかしそれにしてもあの人はなんであんな死に方をしたんでしょうかね。彼にとっての最後の未来、最後の未知までを他人に顕示するというのはやはり自分自身にとって罪じゃありませんかね。そう、私はやはり死ぬ時は妻や子供たち、愛している者たちに自分の最後の未来と未知を見届けてもらいながら彼等と別れたいですな」

「それもあなたの手前勝手と贅沢じゃありませんか。人間は誰でも孤《ひと》りで死ぬんですよ」

「それはそうですな。私の大好きなあのアンドレ・マルロオの小説『王道』のしたたかな主人公のペルカンなる男が最期にいうんですな、『死、死など存《あ》りはしない。この俺だけが死んでいくのだ』とね」

「お前は案外卑怯な男なんじゃないか、そんな気がするがね」

「いや、その言葉だけは止めてくれ。俺は今まで傍《はた》から見ても卑怯だったことはないと信じているけれど」

「いや案外そうでもないのじゃないか」

「いやそんなことはない。俺はそう信じている」

「それはお前がそう思っているだけだよ。俺にはよく見えているがね」

「しかしこの俺は今まで何度かきわどく死線を超えてはきたが、ヨットのレースや他のいろいろな冒険でも」

「それはただお前が祝福されていただけのことだよ。その誰か、何かにはせいぜい感謝することだな。それを思い返して懐かしむのはいいさ、しかしそれに溺れても何にもなりはしないぞ」

「それはそうだ、よくわかっている。だから俺はこの前長らく壁にかけていたあの憧れの太平洋横断レースに初めて出た時のスタートのすぐ後、飛んできたヘリから撮られた写真、クルー全員がコックピットに立ち上がり夢中で手を振って応えている写真を外してしまったんだ。思い返してみればなんと俺以外の全員がもう死んでしまったんだよな」

「だからどうした、それが世の習いというものだ。お前だけが八十五という長寿を貰ったんだ。それを多としたらいいんだ」

「しかしなかなかそうはいかないな。あの昔々のトランスパックだけじゃなし、つい五、六年前のことまでひどく懐かしいよ」

「それが老いの極みということだ」

「ならこれから俺はどうしたらいいんだ」

「そんな今の自分に耐えつづけるしかありはしまい。あの西部邁みたいに自殺する訳にもいくまいに」

「この間いろいろ鬱陶しいことが重なるんで厄払いの護摩《ごま》を焚いてもらいに足立区のお大師様に行ってきた。その後寺の管主さんに招かれてお茶を頂いた時、難問を吹っかけて来世なるものが本当に在るのかどうかねって質したら彼がにこにこ笑って『そう考えた方が楽でしょうに』って外されたがね」

「しかし死ねばもう意識はありはしない。意識がない者になんで自分が今在るところの認識なんぞ出来るものかね」

「そういえば天台宗の大僧正だった今東光も来世なんぞないといってはいたな」

「来世はないということは死ねば虚無ということだよ」

「つまり虚無は存在する、虚無すら『死』の向こうに実在するということだな」

「それはあまりにも空《くう》だなあ」

「そうだよ、お釈迦様がいった通り『空即是色』ということだよ」

「それはいかにもつまらないな」

「そうだよ、あの無類のリアリストだった、俺が誰よりも尊敬していた賀屋興宣《かやおきのり》さんがいってた通り、死ぬことはいかにもつまらないんだよ」

「さて、ならばこれからどうするものかね」

「ハムレットじゃないがそれが問題だ。結局のろのろと生きていくしかありはしまいな」

「俺の腐れ縁だった立川談志が晩年いろんなところに癌が出来てきてしまって最後には声帯をやられて声が出なくなっちまった。それまでもしきりに死にたい死にたいとあちこちでいっていたが、何かで対談した時『それならさっさと手前で死んじまったらどうだ』といってやったら、その半年ほど前にポール牧という芸人が突然自殺してしまっていて、彼に続いて今度は立川談志が自殺しましたと、あんな安い芸人と並べられるのは嫌だから当分は死なないといっていたよ」

「それもつまらぬ見栄だな」

「しかし噂でもう後がないんでせめて家で死にたいといい出して退院してしまったと聞いたんで奴の家に電話してみた。娘さんが出て名乗ったらもうとても声が出ませんからというんで、俺からだといって受話器をただ耳に当ててやってくれと頼んで、やい談志お前ももうくたばりそうだってな、長い間勝手なことを吠えつづけてきたせいでやっとくたびれたらしいなって、わざと憎まれ口をきいてやった。それでもあいつは何かいい返そうとしてたが、言葉にはならずにただぜいぜいいっていたよ。あれは死に際のいい会話だったと思う。俺も死ぬ間際に誰に何といってくたばるものかね。ただ一人だけで黙って死ぬのは嫌だな」

「なぜ嫌だ」

「だってそれは寂しいからな」

ある時、顧問弁護士と会話をした。

「先生、一つ遺言を纏《まと》めておいてほしいんですがね」

「遺言とはものものしいですな。何か相続についてのことですかね」

「いや、私の死に際の問題ですがね。私には脳梗塞の前科がありますんでまたあれをくり返して惚けきってしまい、そのまま生かされつづけると、今の医学だと食道か腸に何か管を入れて繋ぐと意識がなくとも三年は生かされるそうですが、それは周りのためにも私自身のためにも止めてもらいたいんです。それを遺言として登録しておかないとうっかり死ねない気がしましてね」

「それは用意のいいことですな。私も賛成だ」

「でしょうが、相手はいつ来るかはわかりはしないからね」

「ならば間近な最後の未知について、あの『ファンキー・ジャンプ』のピアニストみたいにソロでアドリブで何か思いつくまま弾いてみたらどうかね。コードが外れても弾きが乱れても誰も聞いている訳じゃなし気ままなものじゃないか。聞いているのはお前さん一人でしかありゃしない。気ままなジャムセッションだぜ」

「それはいいな、まずイントロはゆっくりフォアビートのブルースからだろうな」

「あれはもう一体何十年前のことだったろうか。親父がまだ元気でいた頃、逗子の家で夏の夜夕食の後、家族で庭に出て涼みながらデザートの果物を食べていた。

仰いだ空は晴れていて満天の星だった。

俺はふと思った。ここにこうしてみんなしていられるのは後どれくらいのことだろうかと。そう思いながらみんなを見回してみたら、なぜか突然目の前の父も母も弟も懐かしくなってきたんだ。

あれは突然の感傷なぞではなしに体を突き上げるような突然の実感だったな。親父はその翌年に急逝してしまったが、その予感なんてものじゃない。なぜかもっとしみじみした肉親への今まで感じたことのない実感だった。星空を仰いでのセンチメントなんぞじゃなしに、何かもっと濃い実感だったな」

「あの時のことを思い出すとそれに引きずられ、早死にした親父や弟とのさまざまな思い出が出てくる。それをたどると切りがない。馬鹿がつくほど子煩悩だった親父。ヘアが生えてきた頃の私たち兄弟の体を一方的に洗ってくれたものだった。

そんな親父につけこんで一番小さいヨットのディンギを買ってくれとせがみ、女の子供ならピアノを買ってやったろうにと母が口添えしてくれ、多分親父はボーナスをはたいてのことだったろう、ディンギを買い与えてくれたものだった。

あれは俺たち兄弟の運命を決めた親からの贈物だったな。

あれから海は俺たち兄弟の人生の光背となって一生離れはしなかった。

海、海、海、俺はこの齢になってなお海に飢えつづけているよ。海はさまざまな形で俺の人生の中での渇きを癒してきてくれた。俺は間もなく死ぬだろうが、その後の子供たちとの約束で俺が弟のためにあの名島の灯台の見える海岸に建てた記念碑に並べて俺の記念碑を必ず建ててもらいたい。そこに刻む辞世の文句は決めてあるが。

『灯台よ　汝《な》が告げる言葉は何ぞ　我が情熱は誤りていしや』とな」

「荒天の海でタックとリーウェイをくり返し、ようやく灯台の灯を目にした時のあの期待と安息を何に喩えたらいいというのかね。

何度目かの沖縄レースで遠州灘の西端で時ならぬ冷水塊と強烈な北風に阻まれ延べ三日間三角波に苛まれた揚げ句見つけた陸の指標が浜名湖の橋の明りで、惨めな位置を覚らされた時の、あの落胆の味は今でも体の中にうずいてある。海は今までに一体何度船を操る我々の期待を裏切り突き離してくれたことか。

『それはないだろう』と我々は慨嘆し、『これが海なのだ』と海はいい返してきたものだ」

「ああそうだ、今この体のざまで俺は一体どれほどの間船の舵を引けるだろうかな。それにしても好きとはいえあの頃はタフだったものだ。

あの二度目の八丈島レースの時あらかじめ天気図を調べていたので丁度その頃前線が通過し海が時化《しけ》るのを知っていた。前日、今はもういない鍼《はり》の名人の岡田先生に頼んで船酔いを防ぐ置き鍼を手首に止めてもらった。あれは絶妙な効果で八丈本島の手前でクルー全員が出来上がってしまい、本島と小島の間の荒れた海峡を突破する時、俺が一人で延べ五時間も舵を引いたものだった。その間、中にいた秋岡が気をきかし昨夜の飯のシチュウの残りをお湯で溶いて差し出してくれたものだった。あの味は忘れられはしない。

いろいろ在った、実にいろいろ在った。

あれも俺の人生の中で幾つか超えてきた死線の一つだったかもしれない」

「他にもいろいろ在ったよな。

何かでマウグという奇怪な島の写真を見て抱えていた連載の仕事にもあきていた矢先、一つこの島で覚えたてのスクーバで潜ってみようと思い立ち仲間を誘って横山さんの船を借りて出かけたものだった。船足が遅くやっとたどりついたマリアナ諸島の北端のパジャロで焦って船底に飛び移る時、はいたままのフィンを引っかけて横転し仲間の膝の上に背中から落ちて肋骨を折った。

あそこからサイパンまで、痛みを抱えながら、途中火山の噴火で半分潰れたパガンの飛行場で緊急の飛行機に拾われやっとたどりついたサイパンの病院で背骨の怪我はここでは無理だと諭され、そのままグアムの海軍病院に運ばれていった。

祈る思いで写したレントゲンでは幸い背骨は無事でそのまま日本に飛んで帰り調べたら肋骨は一本ではなしに三本折れていたものだった。あの時、痛みに苛まれながら俺は本当に怯えていたたな。

あれは新聞に頼まれベトナム戦争の取材に出かけ、酔狂にも海兵隊といっしょにベトコンの待ち伏せ作戦に同行し雨の中でポンチョを被り暗闇の中で目を凝らして緊張していた時よりも恐ろしい思いだった。

俺の酔狂はいつも何か思いがけぬ恐怖をもたらしてくれるが、それはそれでしかたあるまい。まさに自業自得ということだ。

それらの物事も今思い出すとたまらなく懐かしいよ」

「そして妻をふくめて俺が愛した女たち、彼女たちも俺の人生の道に咲いた花たちだった。いろいろな出会いと別れ、未練たっぷりのものもあったし淡いものもあった。思い出そうとしても思い出しきれぬものもな。しかしそのどれもただの夢なんぞでありはしない。俺の人生のまぎれもない断片だよ」

「そして間もなく俺は死ぬ。人間の最後の未知、最後の未来を知ることになるのだが、その時果たしてどんなにそれを意識して味わうことが出来るものかな。最後の未知についてはもの凄く興味はあるが、それについてはその時点ではどう知り尽くすことも出来はしまい。それだけは悔しいがね」

「それにしても、それにしてもだ。この俺はもう間もなく死ぬんだろうが、その後のことをすこし考えておいた方がいいのじゃないかな。信長が愛吟していたという小唄『死のふは一定、しのび草には何をしよぞ、一定かたりをこすよの』じゃないが死んだ後おこがましく俺についてあれこれいわれるのは小癪《こしやく》でかなわないからな。

だから最近ようやく俺という男の生涯について克明な回想録を書き上げたからな。あれについては誰にも何もいわせはしない。まあともかくも馬鹿みたいに多くの本を書いたもんだ。同世代の仲間たちが軽蔑していた娯楽小説も沢山書いた。それで金も儲けたし、家も建てたし、贅沢もしたよ。中にはたいそう面白くて馬鹿売れした本がいくつもあった。それにあれこれ後ろ指さされる謂《いわ》れなんぞどこにもありはしない。

この国の支配者面していたアメリカについてこっぴどく毒づいてやった本も、あのアメリカで五十万部も売れたよ。

ただ一つの悔いはあるな。二十代で世の中に出られてちやほやされ面白半分に自作自演で映画に出たりして飛んだり跳ねたりしている間に、アメリカのハーコートブレイスという一流の出版社から何度も俺の小説の版権を欲しいという申し込みの手紙が来ているのを無視しつづけている内に相手から『お前には誠意がない』という最後通牒が来てしまったものだった。あの頃くだらぬ自作の映画に俳優として出たりせずに相手のオファーにきちんと応えていたなら、俺のハードな作品はきっとアメリカでは大受けしていたろうにな。

それもこれも人間の運命ということだろうな。

俺の人生での大きな悔いといえばそんなところだが、それは俺の作品に顔向けならない事柄だったよな」

「臨死体験についていろいろ研究しているキューブラー＝ロスによれば『死』の受容について五つの段階があるといっているよ。まず齢もふくめて自分の健康状態からして間もなく自分が死ぬだろうと思うようになる。そしてあれこれ考えてそれを事実としては否定しかかる。そしてそれが叶《かな》わぬと覚ると自分が忌々しくって怒り出す。そしてそれが避けられないと覚ると鬱になり、終《しま》いにはそれを許容するようになる」

「で、お前は今どの段階かね」

「そうだなあ、自分が忌々しいというところかな」

「ならばまだ先があるということじゃないのか」

「それがどれくらい先かが問題だよな」

「さてこの今になってみるとつくづく思うが、この俺は世の中の変化から遥かに遅れをとってしまっているな。その証しに俺はワープロは打ててもコンピューターは操れない。携帯電話も持たない。若者やメディアの使う流行りらしい奇妙な日本語にも鳥肌が立つ。この先この国はどういうことになるのだろうか。俺の孫たちの時代には支那の属国になっているのかもしれないな」

「だからどうする」

「俺も一端《いっぱし》の政治家だったから責任はあるだろうな」

「それはお前の自惚れに近い懸念だな。それはしょせん国民全体の科《とが》だろうよ。どうせ間もなく死ぬんだろうから、あんまり先のことをくよくよせずにいた方が楽に往生出来るのじゃないかね」

「しかし気になることはやはり気になるな」

「それよりも手前の往生際を考えた方がましじゃあないかね」

「しかし最後の未知、最後の未来というのはいくら考えても相撲にならないな」

「ならば考えるな、というより思わぬことだろうよ」

「思うものを思うなといわれてもそうはいかない」

「ということは恋愛みたいなものだな」

「死ぬことに恋する奴がどこにいるかね」

「つまりそれが人生そのものということじゃないのかね」

「つまりそういうことか」

「つまり、そういうことだな」

死者との対話

私は大学の社会学部の四年生ですが、もう単位もあらかた取り終え夏休みのアルバイトを探していたらゼミの教授からある精神科病院での仕事を紹介されました。精神科病院なるものにはいろいろな意味で興味が湧いて引き受け初めは雑用の仕事をしていましたが、ある時院長から何を見こまれてかある特定の患者の世話を頼まれました。

その人は割と有名な作曲家で病名は鬱病だそうで、暴れたりすることもないほとんど手のかからぬ患者でした。

仕事というのは彼の気のむいた時に車椅子に乗せて散歩させたり、時には何かの見学に手近なところへの外出もさせてほしいということでした。

私にとっては格好な条件で引き受けましたが、それがあんなことになるとは夢にも思いませんでした。鬱病というものの発作などともなわぬ、一見気分次第のごく穏やかな患者さんでしたが、何が原因で気がめいるのかは人によっていろいろあるそうです。

その相手は中条徹というその世界でかなり有

名な作曲家で映画やテレビの大河ドラマのための音楽を手がけてきたそうで、もう六十代半ばの白髪の端整な顔立ちの人で彼がなんで鬱病なる病で入院していたのかはわかりません。

初めて紹介され挨拶をかわした時もごく穏やかな人となりで、とても精神科病院の患者とは見えませんでした。

私の仕事として初めの頃は車椅子に乗せた彼を近くの公園に連れていき日向ぼっこをさせて病室に戻る程度の作業でしたが、その間にも話しかけられるままいろいろこちらの身の上話をさせられたりして、すぐに気持ちの通いあう仲になれたと思います。

彼が私について興味を示したのは私が高校の頃からある人の持つ大型のヨットのクルーとして国の内外のオーシャンレースに出た経験について問われるまま話した時で、他の会話よりも一際興味深げにいろいろ質されたものでした。

ある時ごく最近の島回りレースについて、私たちが思いがけぬ風を拾って優勝した話をしたら、

「そうか君は海のことはいろいろ詳しいんだろうな。僕は生まれが長野県だったせいか海についてはまったく知らないなあ。考えてみれば音楽の世界なんてけちで狭いものだからな」

急に妙にしみじみと独りごつものですから、

「そんなことないでしょう。音楽の世界なんて僕らから眺めればまったく別の華やかなものですよ。先生なんて僕らの知らぬ世界で生きてこ

られたんでしょうに」

「いやそんなことないな、絶対にないよ」

なぜかむきになったようにいうのには驚きました。

「それより君、さっき思いがけぬ風を拾ったといったけれど、あれはどういうことかね。僕は今まで風なんてものについて考えたことがないからな」

「たいがいの人はそうでしょうね、でも風というのは不思議に面白いものですよ。僕らヨット乗りには風だけが頼りの命綱ですからね。こうしてここにただ座っていても風を感じられるでしょう。そうするとヨット屋の習性で今なら海ではどんな風が吹いているかを想ってしまうんですよ。まあ僕らにすれば風は自分の脈みたいな、つまり別の命みたいなものですかね」

「そうかあの風が別の命かね、それは羨ましい話だなあ」

「ええ、風次第で生かされたり殺されたりしますからね、現にずっと以前の初島を回るだけのレースでは二杯の船が沈んで、十一人が死にましたから。それから五年前のグアムレースでも二隻の船が沈み何人かが死にました。僕も参加していましたが、あれはスタートの時から妙な空具合で予報の通り強い寒冷前線が二本も本州の南の海を通過してすさまじい時化になりました。僕らの船はメインの帆が裂けてしまい三角波のパンチで舵が壊れて途中であきらめて引き返しましたが、たどりつくのが精一杯でした。帰り道ですらこれできりなく流されて戻れずに死ぬのかと思いました」

「そうか風か」

妙に感心したように私を見なおすと、

「僕は風を君みたいに感じたりしたことがないからなあ」

「だって風は音楽にはならないでしょうに」

「いやそんなことはない、絶対にない。この自分がただ無知だっただけだよ。君のいうことはもの凄く面白い。だって僕は今まで風を音として聞いたり感じたりしたことなんてありはしなかったからなあ」

「とにかく船に乗っているといろいろな音が気になりますよ。音楽には関係ないだろうけど、それがとても気になるものです。その音次第で船がまともに走っているかどうかがわかるから」

「どんな音がだね」

「凪《なぎ》の後も突然風が兆してくると張ったままの帆が風を受けて船が走り出す時、大きな船が身《み》動《じろ》ぎして水を切る音がたまらないな。自分たちがこれで生き返った気がしみじみしますよ」

「するとそれまでは死んでいたということか、贅沢な話だなあ」

なぜか突然しみじみいわれ驚いて見返したら、

「いや羨ましいよ。僕もいつか風の吹いている海を眺めてみたいな」

「いいですよ、いつか先生の許しが出たらどこかへ遠出しましょうか」

「そうだなあ。君のいう風を感じさせる海をじっくり眺めてみたいなあ」

「いいですよ、いつかどこかそんなところを探して出かけましょうよ」

「ああ是非頼むよ、君の宿題だ」

いわれて私も考えました。相手が病人ですからそう遠くには行けまいし、迷った末にふと昔テレビで見た観光のコマーシャルの謳い文句で『風と話がしたかった、海を一人で見たかった、剱崎』というのを思い出しました。あそこなら東京から近いし、あの灯台の下の金田湾につながる海は暗礁も多く潮の流れも早く厄介な海で崖の上から眺めれば平地よりも風あたりも強く素人にもいかにも海らしい海に見えるでしょう。それに車椅子の積める車でなら一時間すこしで三浦半島の先端にはたどりつけるはずですから。

次の機会にそう告げたら先生も喜んで早速院長に申しこんで次の週に車椅子の積める病院の車を借りて出かけることになりました。

その日の天気は曇りで、たどりついた剱崎の崖から見渡す海は鈍色《にびいろ》で南からの風の立てる波が眼下にちらばる暗礁を際立たせ我々ヨット乗りにも厄介な険しい辺りの海の印象を証しだてていました。

私が眺めてわかる潮の流れのつくるヨットには厄介な潮目をさして教えると先生は身を乗り出して眼下の海を見渡ししきりにうなずいていました。

「ここはこの辺りでもとても厄介な海なんですよ。東京湾から出て相模湾に向かう船の近道なんですが、暗礁がちらばっていて辺り一番の難所なんです。現に昔レースに出ていた早稲田の船がこの先で遭難し六人が死にましたし、その後ある大学の船がレースにそなえて夜に横浜からこの裏の油壺に回航する途中この下の暗礁にのし上げて遭難したんですよ。あの遭難には不思議な話がありましてね。あれは海でしかない出来事だったなあ、海でしか有り得ぬ話かもしれませんね」

「ほう、どんなだね」

「その船の艇長が横浜を出てからすぐにどこからか家に電話しているんですね。それが不思議でね、まだ携帯電話なんてなかった頃ですから途中でかける訳はない。彼以外のクルーはみんな素人で夜中にわざわざ途中のどこかで船を電話のために岸につける余裕もない。どうしても電話するにしても途中走水の港しかありゃしません。電話では船は夜半に着くし明日のレースのスタートは午後の一時だからそれまで家で寝て出かけるから風呂を沸かしておいてくれよという伝言だったそうです。

そしてその後彼等はこの海の先の暗礁にのし上げて全員死にました。しかしクルーたちの遺体は見つかったけど夜中に電話してきた艇長の遺体だけは上がりませんでした。だから彼の未亡人はあの電話の余韻でしょうかね、かたくなに彼はまだ必ず生きているといい張って大学の合同葬にも出ないといい、皆は困ったそうですよ。

それを僕らの船のオーナーが、彼女が昔彼の船のクルーの一人だったせいで、彼等の結婚の媒酌をしたせいもあって散々説得して出席させました。そしたらその葬式の最中警察から知らせが入って彼の遺体がとんでもなく離れた茅ヶ崎の海岸に上がったというんです、潮の流れというのはいい加減ですからね」

「なるほど、でも不思議だな」

「不思議はまだあるんですよ。彼が死んでしばらくして一人っ子の娘が成人して結婚が決まってね、うちの船のオーナーも昔のよしみでお祝いに出たら、花嫁の母親の未亡人がいうには、結婚式の前夜に家に電話がかかってきて娘が出たら見知らぬ男の声でただ一言おめでとうといって切れたそうな。どうです、海には陸の上とは違っていろいろあるんですよね」

「なるほどいい話だなあ。しかしその電話をかけてきた当人はどこにいたのかねえ」

「そりゃあ天国ですよ」

「天国か、そんなものが在れば気安いことだがなあ」

「先生はそんなものを信じませんか」

「実際にそれが在ってそこに行ければ気安いことだがねえ。君は今まで随分怖い、危ない目に遭ってきているようだが、その最中に自分が死ぬことについて考えたことがあるのかな」

「それはありませんね、そんな余裕はなかったな。海での時化はそんな悠長なことを許しちゃくれませんよ。何年か前グアムレースでひっくり返った船から這い出し逆立ちした船の舵にしがみついて一晩過ごして駆けつけた保安庁の船に助けられた奴の話を後で聞いたけど、とにかく荒れ狂う海の真ん中で木端みたいな船の胴体で薄い舵の板に何も考えずただしがみついて一晩過ごしただけだそうですよ」

「なるほど死ぬことを考える暇もないというのは有り難いことなんだろうなあ」

なぜか深い溜め息をつきながら独りごつ先生を私は妙な思いで見なおしたのを覚えています。

「しかし先生、なんでここまで来てそんなこといわれるんですか。海は天候次第で怖い時もありますが穏やかな時はたまらなくいいもんですよ。それがなきゃ僕ら海に憧れたりはしませんよ」

「そりゃあ年のせいだろうな、さっきのような話を聞かされるといろいろ思わされるからな。その不思議な電話はどこからかかってきたのかねえ、一体誰がどこからかと思うよな」

「それは当然彼本人でしょう」

「ならばその二度目の電話は」

「それも当人でしょうね」

「しかし一体どこからかね」

「それは天国ですよ」

「ならばその天国というのはどこにあるのかね」

「天国は天国でしょう」

「天国というのは本当にあるのかね」

「あるんでしょう、なけりゃ困るし話のつじつまが合わないもの」

「つじつまかね、君たちそんなに恐ろしい思いをしながら海に出かけていって怖い時は天国にすがるということか」

「誰もそこまで考えていやしませんよ。船が風に押し倒されキールオーバーしそうな時でも祈る暇なんぞありゃしませんから。ただこの船をどうやって元に戻すかで精一杯ですからね、それで船がなんとか元に戻ればそこが天国という訳」

肩をすくめてみせた私に、

「君らいかにも幸せなものだなあ」

「先生だっていずれは天国に行くんですよ」

「いやそれはわからないな、それは知れたものじゃあるまいよ。第一死んだ後のことを誰が知っているものかね」

「でもそう考えた方が楽じゃないですか」

「楽かねえ、楽といってもどんな楽かな。とにかく誰も死ぬということについちゃ何も知りはしないんだからな。死ぬということは誰にとっても最後の未知、最後の未来だからね、そうざらにはあれこれいえまいよ」

なぜかむきになったように先生はいいました。

「折角海に来たのに随分難しい話になりましたね」

「いや、そうだがお陰で僕は楽しかったよ、有り難う」

私たちの劔崎への遠出は二人の関わりに何か新しいものをもたらしてくれたような気がしました。あれ以来、初めの頃は無口だった先生も向こうから軽い冗談をいったり私の身辺についていろいろ質したりするようになりました。

時折先生は私が尋ねもしないのに自分の身の回りの事柄について語り明かすようにもなりました。周りの反対を押し切ってした恩師の娘さんとの結婚、その相手との間に出来た一人息子は外国の学校を出た後、外国人の相手と結婚しなぜかこの国を嫌って戻らぬそうな。奥さんも八年前に膵臓の癌で亡くなり家庭もなく彼の病も無理からぬものに思えました。

そう聞かされれば音楽の世界ではかなり有名だそうな先生の身の回りには見舞いに訪れる人もほとんどなく、一度病院の裏の公園に散歩に出ていた時、何かの報告か相談にやってきた事務所の者をひどく煩わしげに追い返していたものです。

それからしばらくしてのある日散歩の出先で突然車椅子を止めさせ、

「今夜は気を変えて外で飯を食おう。病院の飯はあきたよ」

いって病院に戻り、いつかのように車椅子を乗せる病院の車を借りて私の運転で出かけました。行く先は昔はいきつけだったという青山の町外れの裏通りにある目立たない小体《こてい》な古いレストランでした。突然訪れた古い客を年配の夫婦の店主は驚いて迎えましたが、互いに気のおけぬ仲で案内された店の奥の二人差し向かいのテーブルに座ると先生は懐かしそうに辺りを見回し、

「ここならいいな」と満足げにつぶやくと、

「さて久し振りに酒でも飲むか。君もつき合えよ」

「そんな、いいんですか」

「精神病院の患者が酒を飲んではならぬという決まりはありはしないよ。むしろ僕には必要なのかもしれないがね」

いいながら先生は注がれた赤のワインを実に美味しそうにほとんど一息に飲み干しました。

「大丈夫なんですか、そんなに急に」

たしなめた私を手で制すると、

「僕にはあんな病院の薬よりも酒の方がいいんだ。医者よりも僕の方がよくわかっているよ。実はね、この僕は鬱病なんて病じゃないんだよ」

「じゃあ一体何なんですか」

「それが厄介な奴でね、そのせいで知っていたあそこの院長に頼んで逃げこんでいるのさ。あ

る時ある病気で診察を受けた時、いい加減な診断を貰った後で医者が席を離れた際カルテを覗いて病名を知ったんだ。僕は多分今年の内には死ぬだろうな」

「そんな馬鹿な。一体どういうことなんですか」

「僕の本当の病気はね、多発性硬化症という厄介な奴でね。このままでいくと大方今年の内には死ぬだろう」

「それは一体どういうことなんですか」

「どうもこうもない、そういうことなんだな」

他人事みたいにいいました。

「だから君とのつき合いもそれまでのことだな」

「そんな、それはなんとかならないんですか」

「ならないらしいな、誰に聞いてもね」

「先生はそれで平気なんですか」

「平気な訳はないさ、覚悟はしたけれどもね」

まじまじ見返した私に小さく肩をすくめると、

「人生というのは意外なことの積み重ねだね、まったく」

いわれて私としてはただまじまじ相手を見返すしかありませんでした。

「だからこの間、君に連れられてあの海を眺められたのはとても良かったよ。考えてみると僕の人生には、足りないことが多すぎたな。しかしそれを取り戻すにはもうあまり時間はなさそうだがね」

独り言のようにつぶやく相手を眺めながら私は身動きも出来ずにいました。

その次の日、私は早めに病院に行って院長に強引に面会を求めました。

前の夜先生から聞いたことを隠さずに打ち明けました。

「それで」

院長は困惑した顔で質してき、

「それでこの僕はどうしたらいいのですか」

「どうしたらといってもどういうことかね」

「僕の務めはただあの人の車椅子を押しての介護のはずでしょうが、その相手があんなことだと知りはしなかったですよ」

「だったらそう知った上で今まで通りにつき合ってあげてほしいな」

「しかしそうはいきませんよ。僕は医者じゃないし、ただのアルバイトということで来ていたんですからね」

いいつのる私をなだめるように、

「君の身内の近しい人で今まで誰か不幸はなかったかね」

問われて、

「それはまあ大分以前に父方の祖父が亡くなりはしましたが、それとこれとは違いますよ」

「いや同じようなことだよ。誰でもいつかは死ぬんだし、日常生活の中でも他人の不幸には多々出会うものじゃないの」

「それとこれとは違うでしょうに」

「まあそうだろうが。彼があなたにそんなことを打ち明けたというのはやはり何かの縁じゃないのかな。そう聞かされたからといってあなた本気で明日から彼の介護をやめる気ですか」

問い詰められ私としては肩をすくめ、うなずくしかありませんでした。

それでも翌日あの仕事を紹介してくれたゼミ

の教授に相談はしてみました。

「君は今世話している相手の人が間もなく死にそうだということで忌まわしいと感じているのかね」

「いやそういうことはありません」

「ならば、その世界である程度著名な人が君をある程度見こんでくれてのことだろう、心を割ってそんな話までしてくれたということは大切にすべきだと思うな。その人をちゃんと看取ってあげることで恐らく他では得がたいものを得られるんじゃないかと思うけどな」

教授にもいわれて揺れていた私の気持ちも定まりました。こうなれば心を決めてあの人が死ぬまでつき合うしかないという気にはなりました。

となればあの人の抱えている病気がどんなものなのか、あの人がいうように、果たして逃れようもないものなのかを確かめてかかろうと思いました。

あの人の抱えている多発性硬化症なる病気の正体はインターネットで調べればすぐにわかりました。それは素人の私にも救いがたい代物と納得出来ました。大脳、小脳、脳幹や脊髄など中枢神経のさまざまな部分が変質する原因不明の難病で病気は一進一退をくり返しながらすこしずつ進行し発病してから十年ほどして死亡する、有効な治療法はないとありました。多分先生も大分以前に発病し、それとは気づかぬまま今に至ったのでしょう。

これは難病中の難病で解説を読むとぞっとさせられました。

病が進むと感覚麻痺、痛み、手足の脱力、視野狭窄、言語障害、失禁等々眺めただけでも空恐ろしい事態が間違いなく到来するという難病でした。

こうなると私の立場は微妙なもので知るべきものを知った上でそんな相手にどう向き合いどう努め、どうつき合ったらいいのか誰に相談のしようもありません。ですから病院の院長とゼミの教授に相談してからもしばらく黙ったままでいました。

しかし打ち明けられてから半月ほどしたある日、散歩の途中に持参していた飲み物を手渡した時いつもと違って紙コップを受け取ろうとした先生の手がそれを受け取りそこなって地面に落してしまいました。

「おかしいな」

つぶやきながら先生は自分の手をしげしげ見なおし、私に向かってなぜかにやっと笑ってみせました。

「どうもいよいよかなこれは」

彼が体の中の異変についてどう感じていたのかはわかりません。あの日以来先生の口数は少なくなりいつも何かをしきりに考えているような様子で、私との会話も前よりも少なくなりました。

ある時など何か大事な用件の相談にやってきた事務所のスタッフをにべもなく追い返し相手の様子が気の毒なので取りなそうとしたら、いかにも煩わしげに、

「もう僕には大切な用事なんぞありはしないんだよ、あるのは死ぬことだけさ。しかしこれは難しいな」

吐き出すようにいいました。

「いろいろ考えてはいるんだがわかるはずはないよなあ。死ぬというのは最後の未知だものね。しかし僕にはわかってきたよ、死ぬとはまったくの一人旅だな」

いいながら身を起こすと私に向きなおり、

「わかってきたんだよ。死ぬとね、一人で暗い道をとぼとぼ歩いていくんだな、多分長い道だろうな。そしてその間に僕を悼んだり懐かしがっていた連中も皆僕を忘れてしまい噂もしなくなる、肉親にしたってそうだものな。僕も家内を亡くした後しばらくするとふとした時以外には彼女のことを想わなくなったものな。そしてその内僕も僕のことを忘れてしまうんだよ。だからつまらんことだよ、死ぬというのは」

「でもその道をずうっと歩いていけば別の世界に着いて、亡くなった奥様や昔の友達に会えるのじゃありませんかね」

「いやそんなことはないな」

「なぜですか」

「死ねば僕の意識は消えてしまう。意識こそが僕が在るという証しじゃないか、物事を捉えるのは人間の意識だろう、意識こそが僕の証しだよ。それがなくなれば僕もこの世の中から消える、僕が消えれば僕のいたこの世も消えるんだよ。つまり何もなくなるんだ。虚無さ、何もないということだけが在るということだよ」

「何もないということが在るというのはおかしいじゃありませんか」

「そう思うだろう、しかし虚無は虚無として確かに在るんだよ。例えば君カマイタチというものを知っているかね」

「なんですかそれは」

「それはね、何かの弾みにこの地上に出来る不思議な空間だよ。昔子供の頃潜って遊んだお寺の床の下に出来てしまうそこだけ真空の空間でね、うっかりそれに触れると肌が切れて血が出たもんだ。だから親はそれを恐れてあんなところで遊ぶのを固く禁じてくれたもんだよ。カマイタチがこの世に現われて在るというのはなかなか暗示的じゃないかね。つまり虚無もこの世界に確かに在るという証しだろう。

と思うと、死ぬということは必ずしも己の完全な喪失とはいえないんじゃないかと思うことにしているよ。いつか君が連れていってくれたあの岬の崖から海を眺めながら教えてくれた、遭難して亡くなったヨットマンが愛妻にかけてきた不思議な電話の訳もこれでわかるような気がするがね。あれは本当にいい旅だった。思い出す度感謝しているよ」

「ならば先生、もしも、もしもですよ、あなたがあの世に行ってしまわれても、僭越《せんえつ》ですがこの僕にあの世から電話してもらえる訳ですね」

なぜか半ば本気になって尋ねた私を見返すと笑いながら、

「さあそれは君次第だな。僕の実際の病の話を聞いて君が僕を見放して逃げないでいてくれるかどうかだな」

先生は試すように私を見なおしていいました。

夏を過ぎると先生の容体は素人目にも衰弱の進行がわかりました。食欲が減退しわずかながら口にしたものを嘔吐するようになり車椅子での外出の意欲もなくなり、ベッドの中でも身動きがままならなくなって終日仰向いて横たわったまま半分目を閉じて眠っているのか目覚めているのか傍目《はため》にはわからぬ様子でした。事務所の人は滅多に顔を見せませんでしたが、私は仕事というより何かわからぬ因縁に縛られたような気持ちで毎日彼の顔を眺めに通いました。

秋が深まるにつれ先生の衰弱は目に見えて進んでいきました。手足の脱力が激しく寝ていてもほとんど体が動かせず、その様子はまさに生ける屍といったありさまだった。命は体に繋がれた何本かの細いチューブによって保たれているありさまで見るも無残なもので、もし亡くなった奥さんがまだいたとしたらなんと思っただろうかという思いでした。

僭越とは思ったが院長に、

「これはこのままいつまで続けることなんですか」

尋ねたら、

「死ぬまでだな、もう苦痛は感じていないんだから命が絶えるまではそれを看取るのが我々医者の責任なんだよ。こうやって看取ることで他の同じ病の患者のためになることがあるのかもしれないという期待のためだけにね。少なくともこの病に関して我々は無力だと悟りながらもね」

院長は肩をすくめてつぶやきました。

それから三日ほどして病室を覗いた私に院長が、

「どうやら今夜が山だろうな、それにしても彼を看取る者は君だけなのかね。君もよく尽してあげたよな」

いわれても今さら返す言葉もなく、

「思いがけない仕事になりましたよ。でもなんだかとても僕の役にも立ちました」

思わず口にしていました。

その夜半、待機していた私を呼び出した院長が、

「今また意識が戻っているが、君から何か最後に伝えたいことでもあるかね」

促されて駆けつけた病室のベッドの上で先生は半ば目を開いたまま私を迎えうなずいてみせました。

そして、

「また君とあの海を眺めに行きたかったな」

割とはっきりした声でいいました。

「行きましょう。きっとまた行かれますよ」

その言葉に薄く笑いながらうなずいた先生に私はいいました。

「先生、向こうへ行ってしまったらあの海から僕に電話してくださいよ」

その声にちらと笑うと先生はうなずいたと思います。


後記。

この作品は河合隼雄さんの座談の中の挿話にヒントを得て書きました。

いつ死なせますか

その日、中塚京子は授業の後、部員の仲間と監督にいわれるまま近くの河川敷の練習場でノルマの十箱を打ち終えた。

飛距離を稼ぐためにいわれていたドロウ気味のティショットをなんとかこなせるようになった実感があった。これでいくと父親の進造の会社が経営している千葉のゴルフコースのインコースの難関の十六番の六百十ヤードのロングホールもスリーオン出来そうな気もしてきた。それにクラブの中では苦手気味なピッチングウエッジでの寄せを兄にいわれて八番を使ってのアプローチに切り換えてから自信がつき、この分でいけば昨年五位に終ったジュニア選手権で優勝の可能性も出てきそうな気がする。

辣腕《らつわん》の父親が事業の手を広げゴルフコースまで持つようになったお陰で元々ゴルフの達者だった父だけではなしに兄や母親までがゴルフマニアになり親戚をふくめての一族の中で、中学生の頃から力量を発揮してきた京子は学校での成績も抜群の上に男の生徒たちの中でも人気の容姿からして注目の的だった。

その日の夜家族揃っての晩餐の後、普段より午後の練習の疲れを感じていつも眺めるテレビの人気番組を見ることなしに床についた。翌朝体が妙にだるくすこし熱っぽい気がしたが登校し下校した後庭での素振りの練習もやめてベッドに入った。

翌日いつものように七時前に目を覚ましたが軽く目まいがし熱っぽい感じがしたので母親に告げ体温計で体温を計ったら七度五分あった。それでも午前には好きな小説についての英語の大事な授業があり、それを逃したくなくて登校していった。昼食には好きなカレーライスが出て残すことなく食べ終わったが午後の苦手な数学の授業の最中に悪寒《おかん》で身震いがしてきた。保健室に行って体温を計ったら体温は八度を超していた。養護教諭はアスピリンをくれて無理せずに担任の教師に相談して午後の授業は欠席し帰宅したらと勧めてくれた。担任の教師も保健室に連絡して確かめ早引けを許してくれ午後の自前の練習はあきらめて真っ直ぐに帰宅し、その夜は風呂には入らずにベッドに入った。

夜中にまた寒気がして母親にいって体温計を借りて熱を計ったら八度五分もあった。寒気のまま眠り続け翌朝計った体温は八度七分あった。それを聞いた母親は彼女を車に乗せて近くの掛かりつけの内科の小野田クリニックに運び診察を受けさせたが、医師の診察ではあきらかに風邪を引いており風邪薬を処方してくれ、様子からして今日明日の登校は控えて安静にして過ごせということだった。

発熱してから五日が過ぎたが熱は下がらずに体のためと思って母親が勧めるまま無理して食べた夕食を彼女は夜中に吐いてしまった。その後熱のせいだろう、ひどく体がだるくなって熱の下がらぬまま息苦しくなった。

幼い頃からむしろ兄を凌いで元気に過ごしてきた彼女にとっては初めての体験だった。

彼女の様子を確かめにきた母親に思わず、

「ねえママ、私大丈夫なのかしら」

訴えた彼女に、

「何をいってるのよ、質《たち》の悪い風邪だと先生もいっていたわよ」

「でもママ、なんとなく胸が苦しいのよ」

「大丈夫、熱のせいよ。お医者様も後すこしといってらしたわ、後すこしの辛抱よ。それより元気をつけるために、もうすこし好きなものを沢山お食べなさいな、そして元気になることよ」

いい残しはしたが、彼女もいつにない娘の様子に不安を覚え夫の会社に電話してみた。

「まさか肺炎を起こしかけているんじゃないだろうな、そのことをもう一度医者に確かめさせろ」

強くいわれて母親はその後彼女を毛布に包《くる》んで主治医のクリニックに運び肺炎の可能性について質された医者は首を傾げ、

「いや、聴診の限りまだそれはないと思います。念のため胸の写真を撮ってみましょう」

うなずきはしたが、撮影の後写真をかざして確かめた医者の顔が歪むのを見て母親は俄かに不安になった。

「何かあるんですか先生」

質した彼女をゆっくり見返すと、

「妙ですな、これは一度施設の整った大きな病院で確かめさせましょう」

怯えた顔でいう相手に、

「一体何があるんですか」

「私は肺炎を気にしていたのですが、レントゲンの写真ではその所見はまったく見られません。しかしその代わりに」

いい淀む相手に、

「その代わりなんなんでしょうか」

「その代わり、肺がすこし膨らんでいるのですよ」

「膨らむ」

「ええ、肺が水腫を起こしかけているように見えますな」

「水腫とは」

「肺がむくんで、腫れているんですよ」

「なぜそんなことに」

「理由はわかりません。しかしこのまま放置すると呼吸に困難をきたし大変なことになりかねないと思います。ですから是非しかるべき施設の整った病院にとお勧めいたします。私からも早速紹介させて頂きますから、すぐにでも是非」

緊張を隠せぬ様子の相手の気配に彼女は身動ぎしてうなずいた。

「なんなら私から今すぐに救急車の手配をしますが」

「そんなにあの子は危ないのでしょうか」

すがる思いで質した彼女に相手は強張った表情で大きくうなずき返した。

「いいですか奥さん、このまま肺の水腫が進めばお子さんは心肺停止の恐れがあるのですよ」

「心肺停止」

「そうです、命に関わりかねません。ですから是非ともすぐに」

いって相手は立ち上がり看護師を呼んでその場で救急車の手配を指図してくれた。十分後に到着した車に京子は寝かされたまま念のため同伴した医師ごと最寄りの広尾の都立の救急病院に運ばれた。

迎え入れた病院側は医師の説明のまま彼女の肺の撮影とエコーによる心臓の検査を行ない即座に彼女を集中治療室に収容した。

母親の昭子と連絡を受けて駆けつけた父親の夫妻に向かって小野田医師立ち会いの中で院長の高木からの説明があった。

患者は小野田の見立ての通り感冒の進展悪化によって肺に水腫を起こしていてこのまま放置すると心肺の活動が停止し死をきたす可能性が優に在るという。

「まず人工呼吸器と血圧を上げる薬物を使って血の流れを強くして健康を維持したいと思いますが、その結果次第ではある思いきった措置を講じなくてはならないかもしれませんな」

「思いきった措置というのは一体何なんですか」

質した進造に、

「それはＰＣＰＳという機械、つまり人工の心肺で血流と脈拍を助ける手段ですが、ただし」

いいかけていい淀む院長に、

「ただし、なんですか」

咎めるように促した進造に、

「これにはある副作用が有り得ましてね、それは事前にあらかじめ御両親に心得ておいて頂かなくては、とにかくこれは応急の処置なんですよ。何より大切なのはお嬢さんの命でしょうからね」

「副作用というのはどういうことです」

「それは薬物投与の結果次第で御相談することにしましょう」

かわすように院長はいった。

翌日病院からの連絡で出向いた両親が案内された部屋には何やら機械が据えられてい、京子は両足の太腿上部の血管にチューブに繋げられた針を差しこまれて横たわっていた。据えられた機械の一部の四角い箱を院長が指さし、

「これが酸素を蓄えた人工の肺です。この下のフィルターを通して酸素を大動脈に送りこみ、つまり輸血と同じ作用を続け心臓に送りこみ体中を循環させ右の心房を経て下大静脈に戻した後にこのポンプに戻し、また人工の肺を経て血液を還流させるのです。これによって脳のような重要な臓器に血液を還流させ生命を維持させる訳です」

「生命を」

喘いで質した進造に、

「そうです、お嬢さんは実に危ないところでしたよ。その点では小野田医師の判断は正しかったと思います。少なくとも手遅れにはならずにすみました」

「で、この子は助かるのでしょうか。ただの風邪と思っていたのに」

「いや風邪というのは千差万別でしてね。感染したウィルスによっては、患者の体質やその他の状況によって実に思いもかけぬことが起こるものなんです。つまり心臓がウィルスに感染してね」

「それでこの子は助かるのでしょうな」

たたみかけていう進造を見つめなおすと、

「とにかく今はこのまま様子を見守りましょう。しかしこの緊急手段には副作用もありますよ」

「副作用とは、どんなですか」

「いや、それはまた後日経過を眺めての上に」

外すように相手はいった。


院長室に戻った高木の部屋に京子を担当している内科の有吉部長が困惑した顔をしてやってきた。

「実はあの患者を回してきた彼女の主治医の小野田医師から電話がありましてね。彼女の実家は小野田にとってたいそう大事な関わりだそうなんです。患者の父親は手広く事業をしている人物で、なんでも小野田のクリニックの土地の購入や建て替えにも出資してくれたような関わりでしてね。小野田は自分の判断の手遅れであの患者がここまで来てしまったことにひどく責任を感じているようで、彼自身はＰＣＰＳについてはほとんど知らぬ様子でして、院長があの子の父親におっしゃったあの治療の副作用なるものについて父親はたいへん気にしていて小野田に問いなおしてきたそうです」

「それは親とすればそうかもしれないな」

「しかし小野田には一体なんと」

「それは難しいなあ」

「あれがしょせん一時の延命の策でしかないということを一体どう伝えたらいいものですかね。なんでもあの子の家はゴルフ場まで経営しているそうで、彼女はそこで腕を上げて今年の秋のジュニアの選手権では優勝も期待されているそうですがね」

「それはとても無理だ。第一まず足に来るよな」

「でしょう。それを見ればいかに親でも」

うつむいて口ごもる有吉に、

「時にな、うちで今までＰＣＰＳで一番長持ちさせた患者の症例は何日間だったかね」

「そうですな、私が関与した限りでは、たしか三百四、五十時間ほどの事例でしたがね。あれは中年の女性でしたな」

「それは記録的な事例だな。とすると長くても十日とわずかということか。それをいつどうやって悟らせるかだな」

「それであの子はどれくらい保たせられましょうかね」

「それはわからんな、とにかくあの機械を使って蘇生して助かるのはしょせん上半身でしかないのだからね」

「しかしそれを事前に告げるのは家族にとっては酷なことでしょうが」

「それはしかたあるまいに、医者として嘘を吐《つ》き通すことなど出来はしまいが、いくら手を尽して長引かせても行く先は見えているんだからな」

「しかし小野田医師の立場としては、彼の口からそれは告げられますまいに」

「長引けば長引くほど家族の出費はかさむよ。あの酸素を溜めた人工肺は長くてせいぜい四十八時間しか保ちはしない。一個六十万円はするよ、それを取り換え取り換えして十日間患者を保たせたらいくらになると思う」

「いやそんな経費の方は気にせずにすむ家族のようですが」

「しかしそれにしても結果は見えているものなんだから、いつ観念して、場合によっては死なせるかということじゃないか」

「ですからそれをいつの時点でどうやってですかね」

「それは副作用の症状が顕著になった時点で、むごいことだろうが親たちに見せつけるしかない。事前にその小野田という主治医に伝えさせても親たちは納得はしまいよ。やはりじかに見せるしかありはしまいな」

「ならば彼も助かるでしょうよ。これは誰にとっても実に厄介なことですな。患者当人も家族たちも呼吸困難が改善されれば一息ついての楽観でしょうからね」

「確かにな、これにくらべれば先週担ぎこまれた電車と駅のホームに足を挟まれて片足がちぎれそうになった若い娘の患者の方が遥かに気が楽だよ、あれは総員徹夜でなんとか神経まで繋いで片足失わせずにすんだからね。こっちは互いの心理戦のようなものだからな、それも結果は見えているのだから」


その翌日、今度もまた厄介な患者が救急のヘリコプターで病院に運びこまれたものだった。患者は暴力団の関係者で何かの抗争で拳銃で首を撃たれ、意識はあるが両手足が完全に麻痺していた。

刑事が同伴してい、院長に特に会いたいということで高木が面接した。特異なことなので怪訝な思いで面接した高木に年配の刑事が名刺を差し出し緊張した顔で切り出した。名刺には本庁の組織犯罪対策部の町田警部とあった。

「先生あの男、この後どれほど長保ちするものでしょうかね。最初看とった警察医の話だと重傷だが意識ははっきりしていて、しかるべき処置を講じればすぐには死なぬということでこちらに運ばせてもらったのですが」

「なるほど、それで」

「出来ることならあいつをすぐに死なせずに当分長生きさせてもらいたいのですよ」

「それはまあ、こちらとすれば出来る限り力は尽しますがね、しかし何か」

「訳がありましてね。あの男は大がかりの麻薬の売人で、あの男を鍵に大きな捕物をしたいと願っているんです。そのためになんとかあいつに口を割らせて摑みたいことがあるのです、ですから生かせておいて……」

「それは俄かに請け合えるかどうか、これからの診断次第ですな。首を撃たれたそうだが」

「そのせいで手足は動かないが、逮捕した時は助けてくれとはっきりわめいていたそうです。確かにまだ生きてはいますから、なんとか生き延びさせてその間にこちらも口を割らせたいんですよ」

「今は生きてはいてもともかく首の傷がどんなものか、精密に調べた上でないとなんとも請け合えないな」

「ですからすぐに」


運びこまれた怪我人を即座にＣＴその他の器材で綿密に調べた結果はすぐにわかった。

小一時間近く待たせた町田警部の元に戻った高木が、

「いや、あの男は幸運だったといえますな。撃たれた首を調べたが銃弾は奇跡的に延髄と脊椎の間にきわどく止まっている、それでかろうじて死なずにはすんだ。後わずかで延髄に届いていたら即死だったでしょう」

「即死でしたか、あの野郎」

「よくテレビの時代劇にあるじゃないですか、必殺仕置人でしたかな、針で後ろから首を刺して簡単に相手を殺す。あの患者も後、そうまさに何ミリかでというところでしたな」

「なるほど、でしたらとにかくなんとか当分生かせておいてください、お願いします。皮肉な話、これはただの人助けじゃないんですな、あいつらのせいでどれほどの者たちが麻薬に手を出して体だけじゃなしに命まで損なってきたかはわかりませんからね。だからなんとか吐かして奴等の組織を潰したいんです。そのための絶好の容疑者なんですよ」

「なるほど事についてはわかりましたが、それでも今俄かに尋問という訳にはいきませんよ。脳は損なわれていないから意識ははっきりしていますがね」

「ならばいつか尋問は出来ますな」

「ある時点まで来ればということです。今はしきりに寒い寒いといってはいるし、それはそうだろうな」

「ならばいつ頃になれば」

身を乗り出していう相手に、

「今はショックがひどいから。そんなに急ぐことなんですか」

「いや今すぐにとはいいませんが、で、奴はまだどれくらい保ちそうですか」

「さあそれははっきりとはいえないね、延命措置をすればまだかなりは保つだろうが」

「かなりというと、後どれくらいですか」

気負っていう相手に、

「さあ、措置次第ではかなりとは思うけど。あした事例は今までにも他にあったと思いますがね。場合によっては一生可能かもしれないね」

いわれて相手はのけ反ってみせた。

「一生、ですか」

「その気になれば、うちならば出来ますよ。それにしても、あんたがたには何かよほどの都合があるようだね」

質した高木をまぶしそうな目で見返すと、

「あるんですよ先生、ここだけのことにしておいて頂きたいが、これはうちの面子にも関わる事案でしてね。あいつに吐かせられたら外国絡みの大がかりな麻薬のルートを挙げることが出来るかもしれない」

「外国、どこのです」

「あの男、実は在日の北の側の朝鮮人なんです。この国の暴力団の仲間だが親の一族のルートで今までかなり大きな山をあいつが動かしてきたんですな。それがどんな経緯でか仲間が割れての騒動で撃たれた」

「なるほど、それならこちらも責任持って預かりますよ。まず俄かに死なせるということはありはしませんから」

「お願いします。しかしなんですな、間一髪というか、あいつが死なずにいたということでの人助けということなんでしょうかね、皮肉な話だ」

独りごつようにつぶやくと、

「ならば先生後はよろしくお願いいたしますよ。尋問が出来そうになったら一刻も早くお報せくださいい」

立ち上がると町田は深く一礼して部屋を出ていった。

夜になって家に戻った町田は迎えた妻の昭恵に、

「洋子はどうだった」

まず質してみた。

顔をしかめながら、

「まあなんとか、癌はすこし小さくなったらしいけど今日打った抗癌剤のせいでしょうかね、また吐いていたわよ」

「そうか、ならまだましだな。医者はこのままならなんとかなるといってくれてるんだろう」

「そうはいってもなんであの子がねえ」

「今さらいってもしょうがないだろうに、この頃若い者にも多いそうだな、本庁の婦警にも何人かいるそうだぜ。何かが狂ってきてるんだろうなあ」

いった夫を恨めしそうに見返しながら、

「抗癌剤って高いそうですね」

「そんなものは保険ですむ話だよ。余計なことをいうな」

娘のいる奥に気遣ったように潜めた声で強くいった。

中塚京子の容体は当然の経過をたどっていった。

人工心肺の作動の結果血液が循環して冷やされ発熱は治まったが血流は不自然になっている

ために意識は薄れ母親が見舞った時は彼女はうつらうつら眠っているように見えた。そんなありさまだから母親が話しかけても確かな返答など出来はしなかったが、しかし親とすればそれを見るだけでも安心はいった。

彼女が入院してから十日目小野田医師から病状について主治医の有吉に問い合わせがあった。彼女は半ばの昏睡が続いているが宛がわれた人工呼吸器とＰＣＰＳの作用で小康状態は続いているとはいえた。

「しかし失礼ですがあなたはＰＣＰＳについて精通はしておられないと思いますが、この治療はある期間続けると患者当人の体次第で副作用が起こります、それがいつどんなタイミングで起こるかは定かではないんですよ」

「どんな副作用でしょうか」

「あの装置で酸素を送り血液を支えているのはあくまでカテーテルを差しこんだ太股から上の重要な臓器だけなんです」

「というと」

「つまり下半身には確かな血流が有り得ないということです」

「それは」

相手は絶句してしまった。

「いつ頃からでしょうか」

「俄かに申せませんな。なんならそれがわかったらあなたにまずお知らせしましょうか」

問うた有吉に相手は絶句したまますぐには答えはしなかった。

進造は会社からの帰りに車を回して小野田の

医院の住宅側の玄関に乗りつけた。突然の来訪に驚いて迎え入れた小野田に、

「先生、率直にお聞きしますが、京子はあのままにして本当に助かるんでしょうかね、本当のことを教えてくださいよ。今日も帰りがけに病院に寄ってきましたが、あの様子は尋常じゃない。息も絶え絶えというかぼんやりしていて私を見ても私ということがわかっているのかどうか。この先一体どうなんでしょうか」

「いや、率直にいってそれは私にもわかりません。お嬢さんのような症例は私にとっても初めてのことです。普通風邪のウィルスが心臓にまで感染するなど考えられないことなんですよ」

「あの機械を使うと副作用が有り得ると院長はいっていたが、それはどういうことなんですか」

たたみこんで問われ、

「いやそれは私にもよくわかりません。ああした機械に患者を預けたのは実は初めてのことでして、しかし」

口ごもる小野田に、

「しかし何です」

「しかし、ともかくもお嬢さんの命だけは助けようということでしたから。私が拝見した限りでは、肺が水腫を、つまり肺がむくんで腫れていてあのままでいくと心肺停止になりかねぬところまで来ていましたからね、それを止めるためにはあの措置しかなかったと思います。普通の町の医院では出来ぬことです。しかし」

「なんですか」

「いえ、あのままでしたら手遅れだったと思います」

「ということは」

「あのまま亡くなっていたかもしれません」

「そんな」

「いえ、風邪というのは実は恐ろしいものなんですよ。我々にもまだわからぬことが沢山あるのです。抗生物質が出来る前にはどれだけの者がただの風邪で死んでいたかはわかりませんな」

「あの子はその例外の中の例外ということですか」

「私たちとしては今のところ最大の手は尽していると御承知ください」

「しかしその副作用というのは一体何なんですか。もうそれが始まっているんですかね、あの様子はただごとじゃない気がするな、あなたも自分で見届けてくれませんか。あの機械を使って本当に助かるのかね。どれほど続ければ埒《らち》が明くというのですか」

「それは私にはよくわかりません。ただ御承知願いたいですが、あの治療は凄くコストがかさみますよ。御覧になったあの酸素を入れた人工の箱は四十八時間で切れるそうです。一個六十万円するのですよ」

「そんなことはどうでもいいんだ。あの子の命と引き替えなら問題じゃない、わかってくれ」

叫んでいう相手を小野田はまじまじと見返した。

「ともかくあんた、明日にでもあそこに行ってあの子が一体どんな状況なのか質してほしい」

脅すようにいう相手を小野田は怯えた顔で見返しうなずいた。

「あなたも医者ならこれを見ればおおよそわかるでしょうに」

案内した小野田に促すと有吉部長は横たわっている患者の毛布とその下のシーツを剝ぎ、太腿の包帯を外して患者の裸の下半身をさらけ出した。出されたものを見て小野田は思わず息を呑んだ。

「おわかりでしょう」

立ちつくす相手に、

「もう始まっているんですよ。この後どうするかはあなたから両親を説得されるんですな、つらい仕事でしょうがね」

いわれて小野田は固唾を呑みながらうなずいた。

小野田が見下ろした京子の両足はあきらかにどす黒く変色し、あちこちに水疱が出来ていた。

「これはっ」

呻《うめ》いてつぶやく小野田に、

「そうです、壊死《えし》が始まりかけたんですよ。命は繋いでもしょせん足から上の体のことですからね」

「このまま行けばどうなるんです」

「足は保たないでしょうな」

塞ぐようにいった。

「すると」

「両足がなくても生きている人間はいますがね。ベトナム戦争の時なんぞ地雷でやられ両足を切断した兵隊も帰国してなんとかやっていたろうけれど、しかし若い娘さんをどうするか、むごい選択でしょうが誰かが決めてやらなければね」

「それは私には出来ない、出来る訳がない」

小さく叫んだ相手に、

「それはそうでしょう。やはり両親に決めさせることでしょうな、このままでいつどうやって死なせるかは親たちの責任でしょうよ。折角自分たちで生んで育てた子供なのですからね」

「しかし」

口走った相手に、

「やはり親たちにはじかに見させませんとね。で、いつにしますか」

なだめるようにいった。


「ともかく一度是非御自分たちでお見舞いしてお確かめになってください」

その夜自宅にやってきてしきりに願う相手に、不安な面持ちで、

「あの子に何かあったのですか」

すがるように質す母親の昭子に答えられずに、

「いえ、それは急にはございませんが、ともかく是非一度お見舞いになって容体を御覧になってくださいませ」

「あの機械は変わらずに続けてくれているんだろうな」

咎めるように父親の進造が質してき、

「はあ、それは勿論ですが」

「じゃあなぜ急にかね」

「それは私から申しかねることがございまして」

「だから何なんだね」

「お嬢さんの容体にある変化がございまして」

「どんなだ」

「それを是非御覧頂きたいと存じます。お嬢さんのためにもです。お願いいたします」

深々頭を下げる相手に何かを察し決心したよ

うに、

「わかった、明日にでも必ず行こう」

夫婦して顔を見合わせながら進造がいった。

その日容疑者の容体を確かめにやってきた町田に、

「あなたの御要望に応えて彼を助けるためにあの患者には確かな措置をしましたよ。これで当分彼は大丈夫でしょうよ」

高木院長が告げた。

「措置とはどんなことですか」

「首に止まったままだった弾丸を取り出しました。何かの弾みに弾が中に進んで延髄に当たれば前にもいったように患者は死にますからね」

「なるほど、それであいつは今後どれほど生きてられるんですか。税金をかけて生かしておくほどの奴じゃありませんが」

吐き出すようにいう相手を見なおしながら、

「まあこちらも医者だから御要望に応じ、あなたのお役に立つように命だけは助けたが、それでもまあそう長くは保たないでしょうな」

「で、どれほど保ちますか」

「さあ尋問がどれほどうまく行くかはわからぬが、意識はあっても両手足が麻痺していれば当然体全体が完全に動いている訳じゃないし、話すためにも横隔膜が完全に動いていないのだから酸素マスクで呼吸を助けてやっているんですよ」

「なるほど何もケアしなければ死んでしまう訳だ」

「いやそんなことを考えなくてもね、人間というのは一日に知らぬ間にどれほどの涎《よだれ》を飲みこんでいると思いますか」

「さあね」

「一五〇〇ccですよ。それがあの体でこれから先果たしてうまく飲みこめるかどうか、このまま放っておけば多分その内にそれが飲みこめずに窒息して死ぬでしょうな」

「結構ですな。それまでに証言が取れればいいということだ。なに手立てはありますから」

「どんな」

「こちらのいうことを聞かなければ、看護の手を抜いてすぐに死なすぞといえばいいんだ。家族も連れてきて説得させますよ。親たちにしても、ろくでもない息子にしても殺したくはないだろうからね」

「ということは」

「ええそう、場合によっては親も脅してやりますよ、当人に早く吐かせないと医者に手を抜かせるぞとでもね」

「それは困るな。こちらには医者としての立場もあるからね、相手が警察でもそんな形での協力が出来る訳はありませんよ」

「しかし相手が相手ですからね、あなたたちにすがって最後の最後まで手を尽して生き延びさせてくださいとはいいませんよ。調べたらあいつの親は帰化していて国籍まで取ってやがる。ということは普通の国民並みに税金での保険保護を受ける資格があるということなんですな。出来すぎた話じゃありませんか、この国もね」

「つまりそちらの調べがついて納得がいったら殺しても結構ということかね」

「まあ平たくいえばそういうことですな、いつ死なせるかはこちら次第で申し上げますよ」

「いや皮肉な話だな」

「何がですか」

「いや実は今同じくらい重症の患者を預かっていてね、こちらはいくら金をかけてもどうにか生かしてほしいという立場でね」

「へえ、どんな相手です」

「裕福なごく恵まれた家庭のまだ若い娘さんでね。しかしまず、もうね」

「それは気の毒ですな。実は私の娘も乳癌にかかりましてね。こちらはこのままならまあなんとかと医者はいってくれていますが、しかしそんな娘を持ってみてわかったがこの国は病人や怪我人に関してはよく出来ていますな、大したものだ。あれであの子が持ちなおしてやがては嫁にでも行ければ親としては御の字ですが」

「その代わりあの男についていては殺してくれてもいいという」

「いや、先生そんないい方はやめてくださいよ、私はただ事がすめばいつでもと申しているだけですから」

「しかしまあ、あの男をいつ死なせるかは私たちではなしにあなたが決めることに変わりはないでしょうが」

「しかしあんな奴をいつまでも一つベッドに寝かしておくのは無駄じゃありませんか。こうした救急病院はいつも満員と聞いていますがね」

「それはそうだが、あの男にしても人間の一人であることに変わりはない」

「それはそうではありますがね」

いいながら町田は肩をすくめてみせた。

「いずれにせよ、あの男がいつ死ぬかはこちらに任せてくださいよ」

その翌日、中塚夫婦は揃って緊張した面持ちで病院にやってきた。救急病棟の入り口で迎えに出た院長をすがるような目でまじまじ見つめてきた。思いきった表情で何かいいかける二人を身振りで制して院長は先立って病室の扉を開けてみせた。京子はいつものように真っ直ぐ仰向いて半ば目を閉じて眠っていた。小さく叫んで駆け寄り娘の顔に触ろうとした母親の腕を捕えて引き止めると両親に向かって立ちはだかるように院長が向かい合った。

両手を広げて二人を押しとどめる院長を怪訝に見返す二人に、

「いいですか、落ち着いて確かめてくださいよ。お嬢さんの身にはある変化が起きているんです。それを確かめてからこれから先のことを考えてください」

「どういうことですか」

「御覧になればわかります、落ち着いてね」

駄目を押すようにいうとゆっくり毛布とその下のシーツをめくり、下半身の包帯を剝がしてみせた。

剝き出しになった彼女の下半身を目にして二人は立ちすくみ息を呑んだ。横たわった彼女の両足は黒く変色し一面に水疱が散らばっていた。

「これはっ」

叫んで取りすがった進造の手の下で彼女の太股の皮が滑るようにして剝がれ、下から黒ずんだ肉が露出し饐《す》えてむかつくような異臭が鼻をついた。

「これはっ」

叫んだ進造を見返すと、

「そうなんです、お嬢さんの足は壊死して、つまりもう腐りかかっているんですよ」

「なぜだっ」

叫んで詰め寄る相手を手で制して、

「申し上げたでしょうが、これがこの装置による延命措置の代償なんです。彼女の命の引き換えにはこれしかなかったのです。小野田医師がここへ入院させなければお嬢さんは遠からずお宅で亡くなっていたでしょうな。しょせんここでお預かりしての二週間のお命でしたね」

「それでこの子はこれからどうなるんだ」

「この機械を働かせつづけても、血流が足りずに脳に障害をきたすかもしれません。しかしそれでもなおとおっしゃるなら両足を切断する以外にないでしょう」

「両足を」

叫んで絶句する進造に泣き叫びながら昭子が取りすがった。

「そうなってでもとおっしゃるなら、その措置はしますよ」

「いや駄目だ」

目を閉じ激しく首を振りながら進造は叫んだ。

「それならいい、それなら死なせてやってくれよ」

口走る彼に昭子が叫んだ。

「で、でもどうやってこれから」

質す相手に、

「このまま放置すれば多分意識は薄れそのまま、そうですな、朦朧としたまま亡くなると思います」

「つまり、苦しまずにかね」

「そうです、そういうことです」

「ならば、そうしてやってくれ。それしかないだろうに」

呻いて口走る夫に泣き叫びながら昭子が取りすがった。


その日、間を置いてやってきた町田警部が、

「先生お世話になりましたがやっと埒が明きましたよ。あいつ親たちにいわれて観念したのか吐くだけ吐きました。お陰で捜査が進み、奴等を挙げることが出来そうです」

「親が来たのですか」

「探して呼びつけましたがね、親たちにしてもこの国でのこれからもあるでしょうからね。母親が泣いて息子を口説いていましたよ」

「それで当人は今どんな具合ですか」

「呑気なもんです、親子して部屋のテレビで韓国のドラマを眺めていやがる」

「それでどうします、あの患者は」

「もうこれで用ずみですな。ですからいつでもね」

「といってもすぐにどうこういう訳にはいきませんよ」

「だったら勝手に死なせてやってくださいよ」

「そういうものかねえ」

「そういうものでしょうが、この世の中は」

いって肩をすくめ、

「いや、お世話になりました、後はよろしく」

立ち上がり頭を深々下げて町田は部屋を出ていった。


その翌々日、二つの棺が病院の地下の裏口から運び出されていった。

噂の八話

第一話　横浜の男

横浜生まれの横浜育ちの奇友ミッキー安川のお陰で横浜という個性的な町の人間を何人も紹介されたものだった。それらの男たちにまつわる噂や逸話はいろいろあったがどれも彼等の魅力を裏打ちするものばかりだった。

浜中譲次もその最たる者の一人で実は彼は私のよく行く当時日本で一番洒落たナイトクラブ、ブルースカイの支配人だった。ということを私は安川から彼を紹介されて初めて知ったものだった。それぐらい彼は日頃仕事場では客たちと接することのない陰の存在で、私が彼と知りあったきっかけはミッキーが始めたばかりのゴルフの連れにミッキーの顔の利く座間の米軍キャンプの中にあるゴルフ場に、これも始めたての彼を誘ったのがきっかけだった。

私にとってはかなり場違いな感じのするアメリカ軍のゴルフ場で、彼はミッキーと同じくらい流暢な英語で向こうの関係者と話していて外人の扱いには手慣れた感じだった。

私が彼がいきつけのナイトクラブの支配人だと知ったのはそこでだ。

以来クラブでも丁重に迎えてくれるようになったが、話のついでに席に座ってもつき合いに酒をすすめてもなぜか遠慮し決して口にしなかった。それが支配人としてのマナーなのかこちらも遠慮して強いはしなかったが、他の親しい客のテーブルでも同じことで酒を絶っていると いう理由は口にすることはなく、彼がそなえている雰囲気からしてもどうにも不似合いな気がしてならなかった。

そして物腰の柔らかなこの男が実はその世界では凄腕の存在だということを証す出来事が間もなく起こったという噂をやがてミッキーから聞かされたものだ。

ある時クラブの運営についてオーナーの中国人と意見が食い違いオーナーが怒って彼の解雇をいい渡したら彼が笑って「本当に私がいなくていいんですか」と念を押して立ち去ったそうな。そして次の日の夜、店を開けようとしたらボーイからバーテンダー、何人かのホステスも、さらに掃除のおばさんたち全員が姿を現さなかった。

オーナーがあわてて八方手を尽したが誰一人も姿を現さない。そしてオーナーの中国人は浜中に手をついて謝り店を開きなおすことが出来たそうな。横浜という特殊な町の夜の世界での浜中の存在感を証す見事な挿話だった。

それを聞いての後、彼にその経緯について質してもこの凄腕の男はただにこにこ笑って肩をすくめるだけだったが。

以来私はこの寡黙な癖に強い存在感のある男に魅かれて彼の店に行く度テーブルに呼んでは横浜の夜の噂話を聞き出したりしたものだが、そんな際も彼はいくらすすめても一滴の酒も口にせず、ただコーヒーだけですませていた。

夜の折角の酒のつき合いもしない訳を質して強いても笑って自分は元々下戸《げこ》ですからと慇懃《いんぎん》に断っていた。

そんな折の彼の様子は端然として取りつく島のないくらいかたくなで、目には見えない堅い壁を構えていると感じさせたものだ。

そんな彼がある時突然酒を口にしたものだった。彼と知り合ってからミッキーに誘われて彼もゴルフを始め、ある年の連休の週末ミッキーの古い気の合った友人で互いに独身時代二人して一つの部屋で暮らしていたという外国の汽船会社の日本での支配人をしているフランク相原を加えての四人で二泊三日のゴルフの旅で伊豆のゴルフ場巡りをしたものだった。互いにスコアの出来は程々で特に私とミッキーが競り合って互いに口汚く牽制し合ってそれを他の二人が笑ってちゃかしたりしての、スタッグならではの愉快なゴルフ旅だった。

最後のラウンドを終わり風呂から上がってクラブハウスの食堂で打ち上げの晩飯を取り出したら、浜中がしみじみ溜め息をついて、

「いやあ、楽しかったねえ、お陰で命の洗濯をさせてもらいましたよ」

取り寄せたビールを飲んでいる私たち三人を眺め渡し、突然、「私もいっしょにお酒を頂こうかしらね」といったものだった。

驚いた私が、

「ジョージ、君は酒を飲まなかったんじゃないか」

質したら、

「ええ、昔あることがあって酒はやめることにしていましたが、今日は特別楽しい思いをさせてもらいましたからね、もういいでしょうよ」

何かを断ち切るようにきっぱりといったものだった。

そして運ばれてきたビールを目を細め、実にうまそうに飲みこみ、見守る私たち三人に向かってうなずくと、

「ああっ、やっぱりお酒は美味しいよねえ」

しみじみつぶやいたものだった。

その口振りがなんともたまらなく、彼がさらに二口三口飲み干した後、私が思わず、

「ジョージ、一体昔何があって酒をやめたんだね」

質してみた。

そんな私に向かって薄い微笑でうなずくと、

「私、以前に人を殺してしまったことがあるんですよ。それで酒はやめました」

手にしていたジョッキを両手で包むようにして置きなおすと、肩をすくめながらつぶやいてみせた。

「私が昔進駐軍のクラブのマネージャーをしていた時、酒に酔った兵隊が何かでふざけて日本人のボーイの腹を殴ったんですよ、その相手が日頃胃潰瘍で苦しんでいた男で気を失いまして

ね。だから私も怒ってその兵隊を殴りました。それが階段の上でね、相手は下まで落ちて首を折って死んでしまったんですよ。結婚したての男でね、可哀そうでしたよ」

「それでどうなった」

「裁判にかけられたけれど彼等もフェアでね。軍の規則に、ベースで働いている日本人には絶対に手を出してはならぬとあって、あのクラブでの出来事を眺めていた他の兵隊たちの証言で私は無罪になりましたがね」

いい終えて一息つくと、

「しかしなんだろうと人を殺すというのは嫌なことですよ」

手にしているジョッキを眺めながら彼はつぶやいた。

第二話　僧

その男は玄関脇の部屋の濡縁に座って動かずにいた。私が訪ねたのは北鎌倉の建長寺の老師の自宅で、訪れた相手は朝比奈老師の次男で彼は私と高校同期の男で鎌倉周辺の同級生でつくっていたサッカーチームのゴールキーパーだった。

次の草試合のグラウンドが急に変わったので各メンバーに連絡が取りきれず彼の家の電話だけが出ないということで鎌倉の画材屋に用事があった私が、ついでに足を延ばし彼に告げるつもりで寺の広い境内を歩いて上り一番奥の老師の自宅にたどりついた。

玄関に出てきた彼に玄関脇にいた妙な男につ

いて質したら、

「ああ、あれは庭詰めの奴だよ」こともなげにいう。

「それは何なんだ」

「この寺で修行したい奴が老師の許可が出るまで雨が降っても風が吹いてもいつまでもああしているのさ、我慢比べみたいなものだな」

「その後どうするんだ」

「決まってるだろ」

いって顎で奥の座禅の建物を指してみせた。

「あそこで何やら悟りを開くまで座っているのさ」

「どんな悟りかね」

「知らねえな、俺にはまったく興味ないよ。老師が授けた公案とかいう問題を考えるんだそうな」

「どんな問題だ」

「それが俺からいえばふざけた話でな。両手打ち合わせて、立てる音の代わりに片手で打つ音はいかにかとか、松の木に吹きつける風の言葉はいかに、それに答える松の木の言葉はいかにかとかさ、まるで話にならねえ酔狂なことよ」

「この家にいるお前がそんなことをいっていいのかね」

「だから俺は跡は兄貴に譲って株屋になっちまったのよ。あそこで座っている連中の気が知れねえな。一度覗いてみろよ、浮き世離れというのはああいうことなのかね」

「俺も一度見てみたいと思ってたんだがね」

「ああいいよ」

簡単に請け合ってくれ先に立つと先刻目にした玄関脇の座ったきりの男を無視して母屋の先

の古い平屋の建物まで案内してくれ、さすがに足音を忍ばせて方丈の戸口をそっとわずかに開けて中を覗かせてくれた。薄暗い建物の中に二列に並んで向き合い十五、六人の坊主たちが座禅を組んで座っていた。それはこの寺の外の世界とは位相の異なる不思議な世界に見えた。

足音を忍ばせて引き返しながら、

「なっ、俺たち凡人にはとても及ばぬことよ」

肩をすくめながら彼は嘯《うそぶ》いた。

私が方丈からの細道を下りてくると道に迷ったような若い小綺麗な女が近づいてきて、このお寺の事務所はどこかと尋ねてきた。心当たりはないので何用かと質すとここにいるはずの兄に会いたいという。答えようもなく今来た老師の家で尋ねたらと答えてやった。なぜか今にも泣き出しそうな顔の相手が気になって立ち止まって見送ったが、今目にしてきたものの印象とは場違いの様子だった。妙に気になったので次の日曜日の試合の後、彼に尋ねていったはずのあの若い女の様を質してみた。

彼が会って聞いた彼女の尋ね人は元医者の実の兄で、誤って自分の許嫁を殺してしまったそうな。

「そいつは厄介だな、東慶寺とは違って殺しの犯人を匿う訳にはいくまいが」

「そいつは彼の思いこみで、その相手は白血病で血液の癌のあれは見立てがとても難しいそうだよな。しかし後でそれと知れて手遅れで死んじまったらしい。それをあの男が一人で背負いこんで仕事を捨てて坊主になる気になったらしいよ」

「どんな奴だね」

「ああ、お前が試合の予定を教えに来てくれた時、玄関脇で庭詰めをしていた男がいたろうが」

「なるほど、それで老師の弟子になったということか、殊勝というかご苦労な話だな」

「腕は知らないが医者をしていた方が上がりはましだったろうにな」

それから一年近くが過ぎた頃、私は彼と再会したものだった。父親の祥月命日に母親の住む離れでの供養のための読経に母が招いた坊さんたちの中に彼らしい男がいた。僧形はしていたが一同の中で末席にはべって先輩たちのいいなりに仏壇を整えなおす仕種からしてようやく駆け出しの坊主と知れた。

法要の後の母屋の食堂での直会《なおらい》の席に私も同席して酒をすすめ、件の男に話しかけようとしたがなかなか機会が得られなかった。

食事の後、彼等は次の勤め先を訪れる前に役得の酒の酔いを冷ますために海岸を散歩しながら向かいたいといって家を辞していった。

季節柄人気も少ない海岸でならと私は間を空けて家を出て彼等のいるはずの海岸へ向かって歩いていった。

小広い海岸中程の風と波が作った、車道を背にした緩やかな砂浜の斜面に堅苦しいお勤めから解き放たれて安らいだ坊主たちが衣のままに仰向けに寝そべって久し振りの禁断の酔いを冷ましていた。それは眺めても安らぐ微笑ましい風景だった。

そしてあの男だけが新参の立場を憚《はばか》ったよう

に仲間から離れて膝を抱えて蹲《うずくま》っていた。

そこからすこし離れて潜めた声の届くあたりに私も腰をおろしてみた。

しばらくし彼がじっと目をこらし遠い沖を見つめた後、胸をそらし味わうように海からの風を吸いこむのを見て、

「北鎌倉の山の松風の味と潮風は違うでしょう」

かけた声に気づいて彼は確かめるように振り返り私を認めると、

「先ほどはたいそうご馳走にあずかりました」

いうと深くゆっくりと頭を下げてみせた。

「私は実はずうっと以前にあなたにお目にかかっているんですよ」

いった私を怪訝そうに見返すと、

「いつのことでしょうか」

「あなたが老師の家で庭詰めしていた時ですよ。そしてあの後あなたの妹さんにもお目にかかりましたな」

いうと相手は初めて身を起こし、まじまじ私を見なおしてきた。

「私はあなたがなんで庭詰めまでして剃髪されたのかも知っていますよ。人を愛するということがいかにつらいかいかに重いかということもね」

いった私を拒むようにはっきりと向きなおった相手に、

「しかし出家されお経を唱えても昔の仕事のようにはっきり人を救えるものですかね。それを一番知っているのはあなたが殺してしまったと思っていた許嫁の方じゃないのかなあ。あなたの頃にくらべれば医学はとても進んで以前は助

からぬものも今では助けられるのじゃないですか。あなたがさっき私の死んだ親父のために挙げてくれたお経も有り難いが、人を救うというのはそう簡単なものじゃないのではないかな。あなたがその僧衣を捨ててもう一度白衣を着なおすことであの妹さんもあなたの親も本当にも救われるのじゃありませんかね」

　いってしまった私をまじまじ見つめなおすと何かいいかけた様子だったがなぜかかすかに身震いして黙ったまま彼は立ち上がってそのまま波が打ち寄せる渚に向かって歩み出していった。


　それからしばらくしてのサッカーの草試合で顔を合わせた老師の息子がいきなり嬉しそうに、

「うちじゃ大事件でな、親父の弟子が一人夜逃げしちまったんだよ。うちの老師大先生はかんかんだったが、俺にはわかるね、彼の気持ち」

第三話　海軍さん

　小学校で同級の彼の家は土地持ちの金持ちで何軒かの家作を持っていたが、その時隠れんぼで庭にまぎれこんだ揚げ句鬼ごっこで遊んでいた家は母屋の前の屋敷で時折俗に海軍さんと呼ばれる海軍の高級将校の勤務移動の際の仮住まいに用立てられていたそうな。

　その時も中の座敷に人の気配はあったが家主の倅《せがれ》もいっしょだったせいで構わず庭先に流れこみ走り回っていたものだった。

　その内浴衣を着た借り主らしい男が若い綺麗な女性と並んで縁先に現れ、遊び回っている私たちを呼び止めなぜか叱りもせずに縁先に呼び寄せた。叱られるのかと思って近づくとなぜか座敷に上がれという。すでに顔見知りらしい家主の息子に続いて上がるとなぜか四人いた遊び仲間を一人一人膝の上に乗せて強く抱きしめてくれたものだった。皆も戸惑いながらじっとされるままにしていたが、その内一人一人に年を質して抱きしめ「元気で早く大きくなれよ」と声をかけられた。

そして中で一番大柄の私に年を尋ね、「そうか来年は中学だな、どこの学校に行くんだ」

質されたので私は胸を張り、

「湘南中学です」

答えたら驚いた様子で見なおし、

「そうか湘南に行くのか。そしてどうする」

さらに胸を張り、

「卒業したら海兵に行きます。必ず行きます」

答えた私を驚いた顔で見なおし、

「そうか、君は海兵に来るか」

当時私が進学するつもりでいた湘南中学は父兄に海軍の高級将校が多く中には真珠湾攻撃の司令長官だった南雲中将の息子たちもいて海兵の予備校の如き存在で、海軍兵学校に行けば出身校を問われて湘南と答えれば上級生からも一目置かれるという名門だった。

「そうか君は湘南から海兵に行くつもりか」

確かめるように質しなおし前よりも強く抱きしめてくれた。

なぜかそれが面映ゆく、おもねるような気分でつい、

「おじさんたち新婚だろ」

私がいったら愉快そうに声を立て笑い、私を

抱きしめなおし声をかけ先刻の綺麗な女性を呼びつけ、いわれるまま彼女が奥から取り出してきた金平糖を何粒ずつか手渡してくれたものだった。戦争中でもう甘いものに枯渇していた頃とて幼い私たちには思いもかけぬ贈物だった。お菓子の甘みを満喫した後、私は思いきって、

「おじさんもうすぐ出征していくんでしょう」

尋ねてみた。すると抱いていた私の体を正面に抱きなおし、

「ああそうだよ」

笑ってうなずいてみせた。

「どんな軍艦に乗るの」

「大きな軍艦だよ」

「戦艦」

「戦艦じゃないな。もっと大きな船だよ」

「そんな船あるの、なら空母かな。今どこにあるの」

「さあそれはいえないな」

「秘密か」

「ああそうだ、大事な秘密だよ」

抱きなおした私の体を揺すって笑ってみせた。

それから半月ほどして同じ家の庭に入りこんで遊んだが、もうあの二人の姿は見えなかった。

さらに半年もたたぬ内に戦争の様子は急に変わり、サイパンが落ちたせいで敵機の空襲が激しくなり高台にある私の家からも遥かに遠い東京の燃える火の手の様子が夜の空を遠く染めて見え、平塚や横浜の火の手は間近に目に出来た。

その頃になるとあちこちの噂で日本の機動部

隊がミッドウェイでアメリカに大敗を喫したという情報が流布され出した。それでもまだ戦の形勢に関しては決定的な判断がつかず湘南という比較的のどかな辺りに住む私たちには国の危うさの実感はありはしなかった。

その頃通学の道端に突然二階建てのかなり大きな家が建てられた。聞くところ海軍士官の交流機関水交社のための仮の宿舎で、さらに戦死して近くの軍港横須賀に運ばれ戻った士官たちの遺骨を弔って遺族に渡す式場を兼ねてもいるという。

それを明かすようにその建物の脇を通って下校する生徒たちの班長を務めていた私が先生にいわれて子供たちを代表して戦死者の遺骨の伝達と慰霊の席に出るようにいいつかったものだった。その度担任の教師は私の腕に黒い腕章を巻いてくれた。

あれは敗戦の兆しが子供の目にも濃くなり出した頃だったと思う、その日も教師は突然私を呼びつけ帰る途中例の水交社の建物に寄り道してこれから行なわれる葬儀に参列しろと命じて黒い腕章を手渡してくれた。

そして二階の板張りの広間に遅れて入り正面の席に白い布で包まれた遺骨の箱を膝に抱きしめ座っている若く美しい女性を目にした時、思わず固唾を呑んだ。座っていたのはまぎれもなくあの時庭にまぎれこんで遊んでいた私たちを呼び上げ金平糖をくれた海軍士官の新婚の奥さんだった。

思わず出かける声を堪え、ただまじまじと彼女を見つめていた。その視線に気づいたかどうか彼女はただ薄い微笑で私を見返していた。

しかし私は目をそらし彼女が膝に抱いた白い骨箱の前につけられた紙に記された、私を抱きしめ「大きくなれよ」といってくれたその人の名前を必死に読み取ろうとしていた。

そしてその場にいる見知らぬ誰かにでも彼がいつどこでどうして戦死したのかを質そうとしたが出来るはずはなかった。

次の日の朝いっしょに登校した件の海軍さんが借りていた家の持ち主の倅に昨日あの建物での葬儀で見たあの海軍さんの未亡人と彼女が抱いていた新婚の夫の遺骨の箱について話したら彼がにべもなく、

「あんな箱に本物の遺骨なんて入っている訳がないよ。前に聞いたが、箱の中にはただ、誰々の遺骨と書いた板っきれが入っているだけだよ」

いったものだった。それはそうだろう、軍艦に乗って戦死した海軍さんの骨を拾って納められるはずがないだろうことは子供の私にも痛いように理解は出来た。しかし私を抱きしめて早く大きくなれよといってくれたあの彼が板きれ一枚になってあの綺麗な人に抱かれて戻ってきたことを私はどうにも許す気になれはしなかった。

後に年経て物書きとなり、いろいろなつてをたどり、名前だけは確かに控えていたあの彼が、いつどこでどのようにして亡くなったかを知りたくて探したが、ある人の忠言で海兵のあった江田島の史料館に参照したら、わかった。

彼のいっていた戦艦よりも大きな船とは、この日本で最後に進水した空母、その名も『信濃』で横須賀の海軍工廠で建造され進水の後西の水域に配属され就航中に横須賀を出て間近な水域の遠州灘で、待ち受けていたアメリカの潜水艦の魚雷を何発も受け敢えなく沈没してしまったそうな。

私には自分を膝に乗せて抱きしめてくれたあの人の敢えない最期は理不尽でなんとも許しがたいが、それよりもあの美しく若い未亡人が彼の遺骨を抱きしめて座っていたあの建物が戦後、近くの池子にあった海軍の弾薬庫の整理にやってきたアメリカ軍の黒人兵専用の日本女の売春婦宿になってしまったのは胸が焦げつくほど憎たらしい。

第四話　生き仏

遠出の釣りで南の島まで出かけるため漁船用の氷を入れに船をつけた埠頭に折から遠洋の漁から戻った漁船が着いた。

それに向かって今まで氷を吐き出す機械の横に立っていた男が何か叫びながら走り出した。

男は船員たちの降りるタラップの脇に立ちつくして降りてくる誰かを待ちわびている様子だった。その内に船から下ろす荷物を運ぶつもりらしいトラックがやってき、積み荷のところに立ちつくしている男が邪魔になりそうでクラクションを鳴らしどかせようとしたが、男は気づかずにぼんやり立ったままでいる。

腹を立てた運転手が降りてきて男を小突いた

ら男はあっけなくよろけて倒れ転がってしまった。

丁度その時船から降りてきた船員がそれを見咎め運転手に食ってかかり、いきなり相手を小突いた。ふいを突かれ相手は尻餅を突き起き上がるとわめいて飛びかかったが、次に降りてきた船員たちが二人に割って入り訳を質して納めた。

その間も件の男は出来事の訳がわからぬ様子でぼんやり立ちつくしていた。

仲裁した船員に何をいわれてか運転してきた男は肩をすくめ確かめるように件の男を見返すとあきらめたように踵を返して立ち去り運転してきた車を横に離して止めなおした。それを見定め件の船員はまだぼうっと立ちつくしている男の肩を労るように抱くと促し立ち去っていった。

その様子はこの港の賑わいには妙にそぐわぬものに見えてならなかった。

なぜか気になり私は目の前に止まっている遠洋漁船の第七洋神丸という名前を記憶にとめたものだった。

それからしばらくして三崎の同じ埠頭で氷の補給に立ち寄った時、またあの男が氷の施設のある建物の壁に寄りかかりぼんやり海を眺めているのを目にしたものだ。

思いきって近づき、

「第七洋神丸はこれからここに入るんですか」

質してみた。

男は驚いた顔で私を見返し嬉しそうに薄く笑

うと何度もうなずいてみせた。それはなんとも不思議な笑顔だった。

「あなたはいつもここで彼を待っているの」

質した私に彼はいかにも嬉しそうに激しく首を振りうなずいてみせた。


それからさらにしばらくしてまた遠出のために氷を詰めに例の施設の前に船を止めた時目で探したがあの男の姿は見当らなかったので、思いきって氷の事務所の職員に質してみた。彼もあの男のことを覚えていて、

「ああ、あの男ね、第七洋神丸はまた戻ってはきますが、あの男はもういませんよ」

「いない、なぜです」

「この前にね、この目の前で癲癇《てんかん》を起こしてぶっ倒れ脇のビットにまともに頭をぶつけて運ばれていったが、骨が折れてて死んじまったそうだね」

「彼は癲癇持ちだったのか」

「噂じゃ、いつかの航海でひどい目に遭ってのことだったらしいがね。この前彼の目の前で誰かが悪いものを見せてね。網にかかってたでかい鮫の腹を裂いたら中からそいつが食った人間の足が出てきてね。私らが見てもぞっとさせられたが、あの男にはなぜかひどく応えたらしいよ。それでぶっ倒れちまったようだな」

「彼がいつもここで待っていたあの第七洋神丸の仲間は」

「ああ、彼とは長い仲だったらしいがね」

私にはここで何度も目にしたあの男の印象が忘れられずに、ついその気になって港の海運事

務所で第七洋神丸の帰航予定を確かめ、あの男の連れにどうしても質したい気がしてならなかった。そして彼の船の帰航の日にわざわざ三崎まで出向いて彼を待ち受けたものだった。

その動機は最初に見た、あの男をかばってトラックの運転手といがみあったあの男の気迫と肩を寄せ合って帰っていく二人の後姿の得もいえぬ印象だった。


彼を捕らえて質した私をいぶかるように見返し訳を知ってうなずくと、

「あいつは生き仏だったんだよな、あいつのお陰で俺は死ぬ気になったのを二度止められて助かったのさ。モートロックで遭難しフィリッピン近くまで千何百マイルも流される間、避難のボートに乗って七人の内俺たち二人だけが生き残った。その間頭の狂った奴等が皆海に飛び込んで目の前で鮫に食われて死んでいった。この俺も二度死ぬ気になった。その度あいつが気づいて俺を殴り倒して止めてくれたんだ。あれは地獄だったよ。鮫という鬼と顔つき合わせながら何十日か。俺はあいつのお陰で狂わずにすんだが、あいつはやられたな。生きてはいながら仏になっちまったんだよ」

第五話　悪夢

これも奇友ミッキー安川から紹介された横浜の本署の古手の刑事から聞いた話だが、裏世界でしたたかに生きてきている連中にも案外繊細なというか、神経の細かいせいでノイローゼになる手合いがいるそうな。

「それがね、手前一人で悩むというならいいんだが、妙な妄想に駆られて乱暴を働くんで始末が悪い。特に彼一人でいる時に妄想にかられて周りにいる人間に突然乱暴を働くんですよ。その筋の人間だから時々事を起こして引っぱられてきて留置所に入れるとそこで周りの人間と事を起こして質が悪い。私も一度立ち合ったことがあるが隣に寝ていた者を妄想にかられて危うく絞め殺すところだった。あいつは一度精神病の医者にかけた方がいいんじゃないかと思うね。とにかく狂って人を殺しかねないからね」

「どんな男かね」

「組では一端の奴でね、渾名《あだな》も人斬り源治といわれてましてね。まだ殺しはしてないがヤッパで相手を斬るので名の知れた暴れ者で、傷害では一度短く二年ほど中にいましたが殺しはやってはないんで、それで逆に組ではある意味重宝されているらしいんですな。しかし後で聞いたら刑務所の中でも同じ部屋の連れの首を絞めて殺しかけたそうだが、それで懲罰房に一人放りこまれて本人はかえって落ちつけて喜んでいたそうな」

「やくざの因果応報というのもめずらしいが、そいつの妄想というのはどういうことなのかね」

「それが妙な話でしてね。青山、たしか青山とかいってたな、足が悪くてすが目の男に付きまとわれていて自分はいつ寝首をかかれるかわからないとね。多分以前何か関わりのあった相手の恨みを買っているんじゃないかと。あいつの前科をさらってみたんですが、どこにもそんな大それた恨みを買うような前はありゃしませんでしたな」

ノイローゼで妄想を抱え怯えているというやくざはめずらしく物書きの興味からその刑事の紹介でその男とミッキー安川の立ち合いでお茶を飲んでみた。渾名に似合わぬ細身の慇懃な男だった。私は腐れ縁にならぬようにただ相手の様子を眺めるだけにしておいたが、ミッキーの方が身を乗り出しいろいろ聞き出していた。彼に質されて相手はその気になり身につけている小型の刃物を取り出して見せ、これだと深い傷にはならず顔とか手の傷だと相手がすぐにひるんで容易に事が足りて効果があると気負わず話してみせた。

最後に私が彼の恐れているという妄想について軽く触れ、それはあんたが今の稼業に踏みこんだりするずっと前の何かの出来事に関わりがあるのじゃないかと質したら、その時だけ彼の顔にひるんだような影が走り、それを隠すようにうつむいた後、なぜかまじまじ私の顔を見返していた。


それから二年ほどして彼は組がらみの騒動で今度は深く相手を刺して重傷を負わせ四年の懲役を食ったそうな。その噂を聞いてからしばらくして例の刑事から電話があった。

「御面倒な話ですが、あの男がどうしてもあなたに会ってじかに打ち明けてお願いしたいことがあるというので、厄介でしょうが中にいるあいつから話を聞いてやってはくれませんか。なんでも家族のことが不安で是非ともお願いがあるというのでね」

「まさか刑務所にまで例の男がやってくるなんてことじゃあるまいな」

「いえそうじゃなくて、あいつの家族のことらしいんですが」

いわれて私も行きがかり上、家族の不安云々と聞いて気にかかり生まれて初めて府中の刑務所に彼を尋ねていってやった。

網戸を隔てた面会室で向かいあった彼は恐縮した様子で、

「君の家族のことというのはどういうことかね」

質した私に声を潜め、

「前に先生と話した時にあなた、私のずっと以前の出来事との関わりについて尋ねましたね。何か御存じなんですか」

「いやまったく、君と知り合ったのは最近のことじゃないか、君の昔を知る訳もないよ」

いうと得心した顔で声を潜め、

「実はもう時効だけれど、俺昔まだ若い頃つまらぬことで仲間を殺しました。それも相手の家に火をつけて家族ごと殺しちまったんです。焼けている家から飛び出し俺を追いかけてきたあいつもスコップで殴り倒しました。その時這いつくばりながら俺を見上げて、この仇は必ずだぞと叫んでくたばった。それから何度もあの時の姿で夢にまで出てきやがんすよ。そしてこの仇は必ずお前だけでなしにだぞとね」

「その相手が足が悪くてすが目の青山だということか、どんな関わりだったのかね」

「若気の悪事の相棒でいい仲だったんだけど、あるかつあげの取り分で仲間割れしちまってね。俺はまだ親の家の居候だったが、あいつはもう一軒家を構えているのが小癪でね、それで火をつけてやった。しかし奴には貰いたての女房と生まれたばかりの餓鬼がいたのは知りませんでした。後から知らされて後悔しました。俺とて血のかよった人間だからね」

「それでこの私を呼んで何をいいたいのかね」

「お願いですから、私の家に行って女房に俺の留守の間、青山と名乗る男から連絡があっても絶対に相手にするなとくれぐれもいってやってほしいんですよ」

「しかしその相手はもういないはずだろうが」

いいかけた私を塞ぐように網戸の仕切りに手をかけ、額をこすりつけ、

「いや、あいつはいるんですよ、でなけりゃあんなにひつこく出てくる訳がないでしょう」

「それはあんたの後ろめたさから来る気のせいだよ」

いったが激しく首を振ると、

「いや、あいつは必ずいるんですよ。あの時とどめを刺しておけばよかったんだ」

「もし彼が生き残っていたとしたら、あんたの夢でなんぞじゃなしに、必ずじかに現れるだろうにな」

「だからなんです。あいつがやってきたら絶対に会うな、家には入れるなと、家の者に必ずそういってやってくださいよ」

その気配に気おされ、

「ああ、わかった必ずそうするよ」

しかたなしに強くうなずいてやった。

彼が記して渡した家族の住む家は千葉の市川の辺鄙《へんぴ》な外れの畑の中の一軒家だった。突然訪

れた私を中年の彼の女房は怪訝な面持ちで迎えたが、私は偽って保険の勧誘員と名乗ってやった。そして念のために最近にも今までも彼の友人と名乗る青山という足と目の不自由な男が訪れたことはなかったかと質してみた。その問いも、彼女は怪訝な面持ちでそんな相手はまったく知らぬと答えただけだった。

これであの男も刑務所の中でこれからはうなされることとなく眠れるに違いない。

第六話　喋りすぎた男

大分以前のことだが、三島由紀夫あたりが横浜の元町の魅力に熱を上げて東京の田舎者たちが横浜に熱を上げだしメディアが横浜を舞台にした企画をいろいろ考え始め、横浜が舞台の小説を幾つかものしていた私にまで相談があった。

といっても私にさしたる案がある訳でもなく、横浜の裏社会にも詳しい、これも横浜育ちのミッキー安川に持ちかけたらいろいろ噂に詳しい、そのせいで新聞屋ペイパーという渾名の奇妙な男を紹介された。彼から本業は靴磨きでそのせいでシューシャイン・ジョーという渾名のフィリッピンとアメリカ人の混血でゲイの男を紹介された。豪華な観光船の着く乗り降りの客の多い桟橋の一角で仕事を構えているシューシャイン・ジョーに靴を磨かせていたら靴を磨きながらズボンの裾から手を入れてこちらの足を撫でて触る。薄気味悪いので止めたが、後から聞いたらあれがオカマとしての趣味だそうな。

それはなんとか我慢してテレビの企画の話を

したら喜んで身を乗り出し、したり顔で彼ならではの横浜の裏社会の噂をべらべら語り出した。いろいろ耳新しい話もあったが、中で一番興味をそそられたのは浜の裏社会の連中と組んで高価な荷抜きや麻薬の密輸入に手を貸している主にプエルトリコ人たちのつくるパチーコという秘密組織の暗躍ぶりだった。

彼等は手に人目につかぬ小さな入れ墨をしてい、握手する時それを見せ合っては秘密の仕事の確認を計るそうな。

ということで彼を紹介されたテレビのスタッフは大喜びし、彼からの情報を元に人の知らぬ横浜の本体を実に面白い番組に仕立て上げたものだった。

それは評判に乗ってシリーズ化され画面にまで登場したシューシャイン・ジョーは横浜の名士にまでなり彼の仕事は大流行になったとか。

そしてある時、前にも関わりのあった本庁の古手の刑事が突然私を尋ねてきたものだった。そして眉を顰《ひそ》めながら「先生、実は困ったことになっていますなあ。シューシャイン・ジョーというオカマ野郎ですがね、テレビの番組に出てすっかり有名になりやがって、あちこちでべらべらしゃべりやがって困ったものですよ。なんでも始めはあなたの紹介でテレビがやってきたそうだが、どうか気をつけてくださいよ」

「それはわかる気がするな。あれだけきわどいところまでしゃべられると裏社会の連中も気がたつだろうな」

いった私を塞ぐように、

「そんなことじゃないんですよ。厄介なのはあいつがばらしたパチーコとかいう外国人の組織のことですよ。これは我々の手の及ばぬところでしてね、実体があるのはわかっていても手の出しようがありません。彼等にあのオカマ野郎について不穏な動きがあるという情報もありましてね、ですからもうあの馬鹿には関わらないで頂きたいんですよ。相手は筋を違えても何をするかまったくわからぬ連中ですからね」

「わかった、ならば俺も彼等の仲間として手に印の入れ墨をしておこうかな」

「冗談ではありませんよ」

いい置いて帰っていったその刑事から三日して突然電話があった。くぐもった声で彼が告げてくれたものだ。

「あいつらやりましたよ。あのおしゃべりのオカマ野郎を消しました。徹底した見せしめでね、磔《はりつけ》ですよ。一昨日の夜に倉庫の並んでいる桟橋であの男の胴っ腹を小型のフォークリフトの先でぶっ刺して、そのままリフトを持ち上げ倉庫の壁に貼りつけ宙吊りにしていましたよ」

第七話　私には約束がある

山小屋はK岳の迷い沢の入り口の尾根の上にあった。小屋からの眺めは絶景で、特に冬に入る前の晩秋の頃は登山客も少なく荒涼とした風景の中に右手の下には昔の氷河の名残りの小さな湖が見え、隔絶した世界の風景はこの世のものとは思われない風情だった。そして迷い沢の奥には別名人食い岩とも呼ばれる高さ四百メートルのカーテン岩がある。

Ｋ岳の北面にそそり立つ高さ四百メートルの一枚岩はクライマーたちの功名心をそそる自然の罠で、幅の広いこのスラブの直登の新しいルートを開こうと何人かの者たちが試みては遭難をくり返していた。

山小屋の主の宮原老人もその一人で、若い頃カラコルムのＫ２登攀《とうはん》の日本チームのメンバーとして出かけ頂上寸前での悪天候にはばまれ挫折した後、彼もカーテン岩の直登を試みて滑落して骨折し山をあきらめ自分で小屋を開いたそうな。

私はこの枯れたが、昔はいかにもしたたかだったろう山男が好きで、いつかカーテン岩にまつわる書き物のために岩を眺めにやってき迷い沢をさ迷った後、彼の小屋に投宿して以来親しい仲になった。

彼の山話の中で興味をそそられたのは山で遭難があった時、特にあの人食い岩での遭難の折には必ず予感のようなものがあるという。

「こちらもあの岩に関しては札つきの男だけれど、事前の相談ならばともかく死んだ後に頼られてもどうにもなりはしないからな。それが不思議なことにあの岩に出かける前にここに泊まった時に妙な予感がするんだね。ある男は単独登攀していて滑落し宙吊りになったまま死んだ時、夜中に家の戸を叩いて俺を起こしてくれたよ。とにかく山ではいろいろなことがあるもんだよ」

その年の秋も遅い頃、季節を選んで私はまた彼の山小屋を訪れていた。季節外れなのにめずらしいことに若い女が一人で投宿してきた。綺麗な顔立ちのどこか寂しげな印象の、しかし私たちとの会話ははきはきとしていて、身にまとっていたものは山登りのためのしっかりした出立ちだった。

「こんな遅い季節によく来ましたね」

問うた私に薄く微笑うと、

「私、約束があるんです」

「ああ、後で誰か来るのね」

いった私に肩をすくめながらうなずいてみせた。

そんな彼女を小屋の親父はなぜかまじまじと見なおしていた。

その夜、初めての雪が降った。

そしてその朝、あの女の姿が消えていた。

小屋の戸口から出て彼女の足跡は小屋のある尾根の下の湖に向かって続き、湖の水際で消えていた。

「どういうことかね」

振り返り質した私に、

「約束があるといっていたよな。あの岩のどこかで死んだ誰かが呼び寄せたんだろうよ」

肩をすくめながら山小屋の親父はいった。

第八話　鮫の噂

その頃、私たちは夜っぴて走りたどりついた式根島のカンビキ湾に錨をして朝寝た後遅い朝食をとって入り江でひと泳ぎしていた。昼近く警察官を乗せたボートがやってき、新島との間の海峡にでかい鮫が出て人を食ったので近くの海での遊びには気をつけてくれと警告してくれたものだった。

なんでも新島の港のすぐ沖で飛魚の追いこみ漁をしていた時にでかい鮫が出て漁師を襲ったそうな。

夕方に船を新島に回しいきつけの焼き肉屋で夕飯を取る時ついでに、結婚して島にいて建設仕事をしている以前私の船のクルーをしていた植松を呼んで鮫の噂について質してみた。

式根島との間の海峡は潮が早く魚の通り道でいい漁場だった。いつかは海を埋め尽くすほどのブリの大群を見たこともある。飛魚は島の名産のクサヤの原料でそれを狙っての追いこみ漁だった。三人の若い衆が手にした道具で水の中で音を立て魚の群れを構えている網に向かって追いこむ原始的な漁で、その最中に魚の群れを追ってかでかいホホジロが現れたそうな。構えた網の外にいた二人は鮫を知らされ夢中で網の中に逃げこんだが、船の間近だが網の外にいた男が網に取りつき船に這い上がろうとしたところ鮫は他の二人をあきらめ方向を転じ彼に襲いかかり噛みついた。

そして彼を真横にくわえたまま船の回りを一周し姿を消したそうな。それを眺めて作業の船に乗っていた父親が血相を変え息子を助けに飛びこもうとするのを仲間ははがい締めにしてなんとか食い止めたそうな。

この出来事は島に恐慌をもたらした。なぜならば数日後には島の東側の海でサーフィンの大会が開かれる予定だった。鮫の噂が立てば大会に支障をきたすに違いない。口止めがいい渡され、鮫退治のために豚の頭を丸ごと餌にした延《はえ》縄《なわ》が仕かけられたが、なんとその豚の頭はある日食いちぎられて姿を消していた。

それでもなおサーフィンの大会は行なわれたが沢山のサーファーを見守る船を出しての警戒の効果あってか集まった者たちが襲われることはなかった。

そしてあの人食い鮫があの後どこへ行ってしまったかが噂にもならなくなった頃、私は偶然にも彼と再会したものだった。

あれからしばらくしてテレビ局の依頼で秘境で難所のトカラ列島の海中の探索の企画が持ちこまれ奄美大島を起点に北上してのことで、まず大島独特の追いこみ漁の手伝いの撮影から始まった。そんな関わりで泊まった漁協の組合長の民宿の座敷の床の間に馬鹿でかい鮫の口の骨が飾られているのを見て驚いた。

鋭い歯の並んだ口の骨の幅は一メートルを超していた。

宿の主に質すと、大分以前入り組んだ島の入り江に迷いこんだ鮫が島から出られずに定置網に引っかかり動けなくなって死んだそうな。浜に引き上げた鮫の死体を眺める子供たちの写真もあってその大きさは漁船ほどあった。

それを見て私としては以前見聞きした人食い鮫のいくつかの噂を思い出さぬ訳にいかなかった。

一つはかつて瀬戸内海にまぎれこみ作業中の潜水夫を着こんでいる分厚い潜水服ごと半身食いちぎったきり行方の知れぬ鮫、そしてもう一つはいきつけのあの新島で聞いた人食い鮫。

ともに瀬戸内海と奄美大島という閉鎖水域にまぎれこんだ化け物だが、瀬戸内海の方はその後の消息は知れてはいない。

ひょっとしたら奄美の方かと思って質してみた。

「こんな馬鹿でかい鮫が上がったら何を食ってきたか試してはみないものですか」

問うた私をまじまじ見返すと肩をすくめながら組合長がいったものだった。

「それは当然あいつの腹を裂いてみましたよ。何が出てきたと思います。とんでもない話でね、何か動物の頭の骨と、人間の片腕の骨でしたよ。そしてその腕の骨になんというんですかね、潜水用の外国製の高いんでしょうな、時計が巻きついていましたよ。あれはあいつどこかで人を食ったんでしょうな」

私はよほど新島のあの若い男の末路を奄美の島で聞きとったことを息子を失った漁師の親父に伝えてやろうかと思ったが止めておいた。

海では思いがけぬことがありすぎるが、それにしてもだ。

死線を超えて

これは私の一生を通じて唯一の私小説だ。私は元々私小説なるものを軽蔑していたが、この出来事によって今まで考えもしなかったことを考えさせられている限りそれを書き残しておくことは私自身への責任に思え、これを記すことにした。

それは青天の霹靂《へきれき》のように私を襲った何かの悪意に満ちた通り魔のような病いだった。

大きな病いは三十代の半ば頃、読売新聞の委嘱を受けてベトナム戦争の取材に出かけ、興味に駆られ深夜雨の中最前線でのベトコンへの待ち伏せ作戦にまで同行し、緊張と疲れに重ねて現地での粗悪な食べ物のせいで下痢の後肝炎にかかり帰国後に発病し半年の静養を強いられたものだが、その最中に決心し政治にコミットすることに決めたものだった。しかし二度目の大病は八十を超えた齢からして身にこたえた。

平成二十五年の二月の初旬、私は脳梗塞を起こして一月間の入院を強いられた。家内が股関節の骨折で入院中のことで通いの家政婦の作る夕飯がいつも味気なく鬱々としていた頃、次男がやってきて気晴らしにも厚着して散歩ぐらいしたらどうだというのでその気になり出かける気になった。玄関に出ていつも散歩に履く靴を履こうとしたらなぜか靴の紐が蝶々結びに結べない。

厚着はしていたが外があまりに寒くいつもの道をはしょって帰りかけたら屋敷町の中で道に迷って立ち往生してしまった。立ちつくしていたところへ見知りの男が来て不審げに質してきたが、道を尋ねるのは業腹でなんとかナビゲイションして家までたどりついたが念のためにもう一度靴の紐を結んでみたがなぜか出来ない。

いかにも不審なので念のために主治医の広尾の都立救急病院の院長に電話して質したら「それは極めて危険な兆候だからすぐに来い」といわれ、タクシーを呼んで乗りつけたらＭＲＩにかけられ、その場で脳梗塞と診断され即時入院とあいなった。

梗塞は右の頭頂葉に起きていて左半身に麻痺が起こりかけていた。そして翌日なぜか二階の集中治療室に移されたが、その訳も後に教えられた。

私の電話も幸運で、あのまま家で寝込んでいたら野球の長嶋選手同様の重体になっていたろう。梗塞の原因は右の頸動脈のコレステロールによる狭窄で、それがさらに飛ぶ可能性が有り得るので場合によってはこれも危険な作業のステントによる狭窄の拡張をはからなくてはならぬかもしれぬのでＩＣＵに移したそうな。

後日、昔読んだ小林秀雄の『棺桶に片足突っこんだという表現を笑う者は多かろうがそうした人間には成熟した老年はあり得ない』という

言葉を思い出し、院長に「僕はまさに片足突っこんでいたんでしょうな」といったら、

「冗談じゃない、あんたは両足突っこんでいたんですよ」

といわれたものだった。

二階の集中治療室というのは私のようにきわどい患者ばかりがしまわれて慣れてくるとそれなりの興味が持てた。夜になると「嫌あっ、嫌あっ」と叫ぶ女の声が響き渡り私の部屋にまで聞こえるのでナースに質したら蜘蛛膜下出血の患者で痛みが襲う予感がすると恐れて悲鳴を上げるそうな。その声のあまりの痛々しさに引かれて部屋を抜け出し一目でも彼女の様子を目にしたいと忍んで出かけたが、やはりその度ナースステイションで見つかり部屋に引き戻された。今でもあの悲痛な叫び声は忘れられない。

私が入院して間もなく病院全体にただならぬ気配が感じられたが、翌日訳を質してみたらラッシュ時に地下鉄の駅で背後から押されて線路に転落した若い女性が片足を挟まれ切断寸前だったのを外科医全員が総力を上げて明け方まで奮闘し、なんとか切断を免れたそうな。

首都圏随一の救急病院だけあって救急患者の搬入は暇がなく人間の存在の有無をかけた劇が終日展開されている実感は物書きの私にとっては得がたいものだった。

歩行がなんとか自由になってからリハビリの傍ら院長の案内でさまざまな見聞を納めることが出来た。例えばじかに目にしたＰＣＰＳなる機械は肺に重い支障をきたした患者を救うために絶大な効力を発揮するものの足に刺したチューブから酸素を送りこみ肺や上半身の臓器を救

済はするがそれはあくまで緊急の措置としてでしかなく、一時命は取りとめても下半身特に両足は血流を欠いて日ごとに腐っていかざるを得ないという。それを見て聞いて私としてはすぐにある一族の悲劇を思いつき短編小説に仕立てることが出来たものだった。

さて退院しての後のことだが、元来左利きの私だったのが右の頭に梗塞を起こしたせいで左手では字が書けなくなり得意の絵も描けなくなってしまった。さらに恐らくは記憶をしまう引き出しのような海馬の近くの障害ですっかり字を忘れてしまった。漢字だけではなしに『な』行のぬとねといったひねくれた平仮名までがうまく書けない。漢字もイメイジとしては頭に浮かぶ。海は三ずいに毎日の毎というつくりのイメイジはあるが俄かには書けないのだ。文章は幸い以前からワープロをこなしていたから機械を頼りにして書けるが昔みたいに左利きの手で一晩百枚を書き上げるなどということはしょせん不可能なことで、これがワープロのなかった昔だったら飯の食い上げになっていたろう。困るのは書き上げた原稿のゲラの校正で家内の手を借りて口述しないと字が乱れて校正にはならない。医者はリハビリに新聞を写して一日千字を書けば治るとはいうが、くだらぬ新聞記事を千字写す気にはとてもなれず手書きの原稿は絶望となってしまった。画集を二つ出し個展も二度開いた絵の方も家に一室アトリエを構えてはいるが、なぜかそこに入るのが億劫というより恐ろしい気がして絵具も乾いてしまう。このジレンマは未曽有のもので、それを意識すると神経が苛立ち精神が衰弱していくのがよくわかる。

畏友だった江藤淳は脳梗塞を起こした揚げ句に不自由な己の肉体をかこって『江藤はかつての江藤にあらず。もって諒とされよ』と遺書に書き残して自殺してしまったが、彼があの病後に書いた『幼年時代』は彼のそれまでのやや説教がましい文体にくらべると幼なくして死に別れた母親と癌で亡くした愛妻への思慕がつのっていつになく平易で心のこもった絶品だったが、病いの後の私の作品は文体のタッチは別段どう変わることもなかった。

そして早稲田大学の社会学科の森元孝教授から以前いわれたサゼッションを思い起こし、新しい仕事に取りかかった。

森さんとの縁は彼が以前、政治家だったために文壇では不遇な扱いを受けつづけていた私の小説全体を総括して『石原慎太郎の社会現象学』なる私の作品全体についての総括的な分析と解説を、私の最初の長編小説『亀裂』を踏まえてサブタイトルに「亀裂の弁証法」として作者にとってはまさに至福な評論を書いてくださり、そのお礼に一席もうけて歓談した折、森さんが突然「あなたは実は田中角栄のことを好きだったのではありませんか」と質してきて、「いや好きというよりもこの現代に彼のような中世期的な、バルザックの作品の主人公のような異形な存在感をそなえた人間は滅多にいませんでしたからね」と答えたら、

「私はあなたの一人称で書いた作品、『刃鋼』とか『生還』とかを高く評価しているのですが、

田中角栄のことを一人称で書いてみたらどうですかね」

いわれた言葉に強い啓示を受けたような気がしていた。退院の次の日、家で机に座りなおした時、森さんから受けた啓示が閃《ひらめ》きその気になってしまった。好き嫌いは別にして角さんという人物は同じ政治の世界にいた私にとって他の誰にくらべても異形な存在だった。私は一時期彼の卓抜な金権力に反発して他の外交案件にも反発し、私が主唱して青嵐会なるグループを結成し彼と真っ向から対立した人間だが、そんな関わりを超えて他のいろいろな案件を踏まえて彼と二人さしで交した会話のやりとりをふくめ、彼に対しては容易に忘れがたい記憶がいろいろあった。その気になって思い返してみると彼にくらべて私が異例な恩顧をこうむった他の何人かの政治家の印象は消し飛び、角さんの生々しい印象だけが際立ち浮かび上がってきた。

そして彼についての評伝を一人称で書き出すことに何の躊躇もしなかった。

彼に関して私の記憶や印象だけではとても事足りず、書くにあたっての参考資料を探したが、その段になって驚くほど多く田中角栄に関する本がすでに出回っているのに気づいた。しかしその中で何よりも印象に強かったのは日本経済新聞に角さん自身が書いたという、あの小林秀雄が絶賛していた『私の履歴書』と、彼の愛人の一人で神楽坂の名妓だった、彼との間に男の子を二人もうけた辻和子さんの書いた『熱情』、そしてもう一つ彼の秘書を務めた朝賀昭氏について書かれた『角栄のお庭番　朝賀昭』だった。

朝賀氏は角さんが死ぬまで彼の側にいて彼がみまかる時の最後の言葉を聞き取った人間だった。

ちなみに後日あるホテルのスポーツクラブで同じメンバーの朝賀氏と出会い聞かされたが、角さんの二人の愛人辻さんともう一人の佐藤昭《あき》さんに関して種々連絡を担当したのは佐藤さんに関しては朝賀氏、辻さんに関しては角さんの親戚の従妹さんだったそうな。

そうした資料を踏まえて私の手になる一人称での田中角栄の伝記は案外に早く出来上がった。出来上がった作品に私がつけた題名は『田中角栄正伝』だったが一読して発行元の幻冬舎の社長でこれまた天才的な編集者の見城徹が『天才』という題名に変え、担当者が表紙の写真もこれまた初めて目にする、角さんが自分自身で例のちょび髭を鋏で切っているなんとも珍奇なものにして、題名も表紙も一見して魅力的なものに仕立ててくれたものだった。

それが発売されるやいなや驚くほどの反響を呼び驚くほどの売れ行きとなり、たちまち五十万部を突破し、それにつられて角さんに関する他の書籍も並べられ本屋の店頭は時ならぬ角栄ブームとなった。私の『天才』は漫画もふくめていかなる出版物をも凌いでその年の売り上げのトップを記録してくれた。

これは角さんと見城という二人の天才の功徳というよりない。この現象を眺めていくつかの映画やテレビの会社からドラマ化の申し出があったが、遺児の田中真紀子さんの田中家としての強い意向で実現におよばなかった。

私としては本の中にも記したが、アメリカの意向にそって歪められた日本の司法がロッキード裁判という冤罪を仕立てた末に亡くなった父親の無念を子供として抱えているだろう彼女の気持ちがよくわかるが。

『天才』をものした後、余勢を駆って入院の体験とそこでの見聞を下敷きにして『救急病院』なる異色な長編小説をごく簡単に書き上げもした。その意味では私は脳梗塞という人生の罠に捕えられながらも、一応死線は超えることが出来たといえたろう。

いずれにせよ森教授の啓示によって生まれた久し振りのベストセラーは脳梗塞という忌まわしい通り魔に襲われ挫折した私にとって何よりの救いだった。利き手の左腕がよく利かずに鬱々としていた私にとって自分を表現出来る最後の手立ての創作が歴然として復活出来たという現実は、もう昔のように全身びっしょり汗をかくようなスポーツが出来なくなった私にとって一縷の生き甲斐だった。

しかし人には贅沢ともいわれようが中学の頃から続けてきたサッカーが三十にもなると昔のようには走りきれずテニスを始め、十年ごとに新しいスポーツをたしなむことにして四十の年にはスクーバダイビングを始め新しい人生観を獲得出来、議員時代にも週に三度千メートルは泳いできていた私が病の後、久し振りに三百メートル泳いだだけで心拍数が上がり、血圧が二百を超したりして慌てて取り止めたり弱った足を鍛えなおそうと家の近くのジムでマシンを使ってのトレーニングを三日続けたら足へのオーバーロードのせいで翌日の散歩で萎えていた足が利かず途中で転んで怪我をし連休のヨットレースをあきらめざるを得なかった。

私の一命を救ってくれた主治医は、私の一気《いっき》呵成《かせい》の悪い癖を直せというが、そう簡単に生まれつきの気性が変わるものでありはしない。そのジレンマの中で鬱々として以前の自分に憧れながら過ごしている毎日の中で以前には有り得なかった物事をしきりに考えるようになった。

それは肉体の衰退がもたらす当然の帰結だろう。それはまぎれもなく己の『死』についての思考といおうか予感と推測だ。ある哲学者は老衰は死に向かっての成育だといっていたが、それにしても私が今味わっている不本意さはとても成育などとは思えない。この衰退の先にあるものはまぎれもなく己の死以外に有り得ないのは自明のことだが、死そのものが今こうして在る私自身にとっていかなるものなのか、いかなる意味を持つのかが一向にわからない。私が政治家の中で唯一人私淑した無類のリアリストだった賀屋《かや》興宣《おきのり》さんが晩年見舞いに行った私に「今しきりに考えているのは死ぬということですな。死ぬというのはいかにもつまらない、死ねば自分で自分のことを忘れてしまい、私の死を悼んでくれた誰もが私のことを忘れてしまうのだからね」といった言葉の重い虚しさの予感がこの私にも強くある。それは死への恐れなどではなしに、あのマルロオが彼の名作『王道』の中で主人公のペルカンにその死に際でいわせた、『死、死などありはしない。ただこの俺だけが死んでいくのだ』という名文句に強く共鳴する予感なのだが。

先日ある有名な人気俳優が死に、その親友の、彼もまた有名な俳優が荼毘《だび》の後彼の骨壺を手にして「人間て死んでしまえばこれだけのものなんですねえ」とテレビのカメラの前で慨嘆していたのが極めて印象的だった。それはただのセンチメントではなしに、まさにリアルな慨嘆として響いてきた。

私は一応熱心な仏教徒だし宗教の経典の中で私の知る限りただ一つ、時間と存在について説いた法華経についての解説までものした男だが死後の世界、来世については信じきれない。死はあの賀屋さんがいった通りいかにもつまらぬものに違いなかろうが、そのつまらなさの本質は己の意識の消滅による己の存在への意識の消滅そのものだろうし、死んで灰になった人間にいかなる意識の在りようもなかろう。

私は生前の小林秀雄氏からベルクソンを読まなければ駄目だぞとよくいわれたものだが、彼はなぜ人間の死後の不可知なエネルギーについて強く肯定し交霊術研究会にコミットまでしたのだろうか。小林さんにいわれて私もベルクソンを読んだりはしたが難解に過ぎて死後の世界について肯定するよすがにとてもなり得はしなかった。ごく最近すぐれた精神病理学者の斎藤環氏と対談した時、「あなたのように自意識の強い人間が死後の世界の有無について考え迷うというのはつらいでしょうね」と同情され、逆にあなたは超越者とか超越的なものを信じますかと質されたものだが、私は日本の新興宗教について総括的な『巷の神々』なる労作をものした時、神秘的能力をそなえそれを体現してみせ、それに依って人々の神仏への信仰を育み一教をも樹立した現存する超越者たち何人かとじかに面談し、私自身に関与する奇跡のような体験をすることも出来た、がそれでもなお来世というる超越的な存在を信じきることが出来ずにいる。この折り合いのつかなさは不安というよりも苛立ちであって、その超越のために何をどうしたらいいのか一向にわかりはしない。

『色即是空。空即是色』というのは存在と時間についての最高のアフォリズムだが、これを演繹《えんえき》すればやはり『虚無』なるものに帰結するのではなかろうか。やはり虚無こそが「実在」し、時間は虚無に繋がる存在の写す影ということではないか。

無類の享楽者だった今東光は自ら天台宗の大僧正だったのに来世を否定していたそうな。もし来世が実在し、そこに至るまでに自分自身を忘却せずにいられて、そこまで保たれていた意識を踏まえて生前に死に別れた懐かしい者たちに再会出来たなら、そんな贅沢はありはしまいに。未熟な生を与えられている私たちにそんな贅沢がそなえられているとはとても思えはしないのだが。

脳梗塞という奇襲に出会って倒れた私が、なんとか死線を超えられてなお今こうしたジレンマに遭遇しているのはいかなる試練と心得ていいのだろうか。私もまたしょせん迷える羊ということか。

いずれにせよ人間は必ず死ぬということを誰もが知っているが、それを信じきって生きつづけている者などいはしまい。私もその一人だが、一応有り難い摂理によって死線を超えることが出来たのにその延長に在る、今なお、一応幸せに楽しく過ごしてきた人生の帰結について自分自身の折り合いのつかぬ体たらくを晒しているのはなんということだろうかと思う。

そして今この私の内的なありさまを知る者は私以外に誰もいはしないし、私がこんなものを記さぬ限り私の他の作品は読まれても誰もそれを通してこの今私が内側に抱えている厄介なるものについて知ったり察したりすることは出来はしまい。

坂口安吾の織田信長についての文章のエピグラフに彼が愛唱したという小唄が載っていた。初めて目にするものだった。『死のふは一定、しのび草には何をしよぞ、一定かたりをこすよの』なる一句だったがその最後の「かたりをこすよの」という文句の意味がわからずに友達の国文学者に質したら「おこがましく語る」という意味だそうな。死んだ者への彼を知る生者の得手勝手な追悼の言葉ということらしいが、明智の謀反によって本能寺で死んだ信長の死ぬせつなの本心などしょせん誰にもわかりはしまいが。この私が死期の迫ったこの齢で今抱えている折り合いのつかなさへの、恐れなどでは決してない、ただの忌々しいほどの焦慮など、私の死んだ後他の誰にもわかりはしまい。それを抱きながら薄い氷の上を歩むような恐れとも焦りともつかぬこのはかなさは一体何に対する代償なのだろうか。それでも死線を超えた私はその上を恐る恐る歩いてはいくが。

ハーバーの桟橋での会話

仲間と連休の最後の暇つぶしに、酒を飲みながらほとんど機走で相模湾を渡り熱海まで温泉につかりにいった。

熱海のヨットハーバーはいつの間にか拡張され、立派な手摺のついたテラスまで出来上がり、船が舫《もや》われるポンツーンにはメンバーのカードなしでは入れぬハーバーには見知りの、最近レースでは勝ちまくっている「ブレイブ・ハート」のオーナーの稲葉が迎えに出てくれていた。

舫いをとり、仲間が上陸した後、忘れた財布をとりに戻った私を一人待って、稲葉はゲートの門の鍵を閉めなおした。改めて彼のレーサーの横に泊めたＬＯＡ（全長）では同じ五十フィートの、しかしコックピットには波雨よけのドジャーまでついた、キャビンのスペースをたっぷりとって天井の高い、セイルワークはジブのローラーやリーフをふくめてスピンアップまでコックピットで出来る仕組みの、つまりデッキワークはほとんど要らぬため甲板がたっぷり盛り上がった、いかにものただの遊び船の私の持ち船を見なおしながら、

「でもなんであなた、この頃レースを止めちま

ったんですか。こんな船でこんなとこまで温泉に入りに来たって、いかにも物足りないでしょうが」

半ば気がひけたように斜めに私の顔を窺いながら、同情するようなくぐもった声で彼はいった。

「ああ、まったく物足りないな。先週もこの沖でつき合いの釣りをしてて、どっかのクラブの草レースだったんだろうがな、あの島を回る十五、六杯のレースを友達のパワーボートから眺めてたけど、じーんときたな。なんだろう、レースをやっている船ってのは走る様子がまったく違うんだよな。遠くから眺めても、走る船の居住まいっていうのかね、どの船も息を殺してただひたすらひたひたと走っているのが、本当に痛いように感じられてわかるんだよ。微風だったからなおさらにな」

「そうね、そうだろうね。でも、なんでレースを止めちまったんです。あなたの前のジャーマン・フレイズは傑作だったのにねえ。私らレースの度、憧れて眺めてましたよ」

なじるようにいった。そしてそういわれたことに私は半ば感謝し、半ば後ろめたいような思いで言い訳していた。

「いや、彼女も段々歳でね。売る前まではなんとかごまかして勝ってたけど、もうあんたのタイプの船には勝てないと思う。なにしろＬＯＡが同じでも水線長がそのまま長いんだからな。新しいシリーズはコロンブスの卵の発想だよ」

「なら新しいものをつくってくださいよ」

追いこむようにいう。

「それがね、元々悪かった脚腰がますます駄目になって、レースの最中デッキの移動に俺だけ這って歩いてたんだよ。怪我したところが悪くなってというより、体全体が老化してきて波をこらえられないんだよな。そして、スキッパーのわがままで、船で俺だけがハーネスを着けたことがないんだよ」

「そりゃいけないね」

「もともと舵を引くだけで、バウワークはしないからな」

「でもさ」

「その舵引きも、この頃は長くなると脚にこたえて、つらくなってな。で、いつだったかな、えらく吹かれてて、その風がまた大きくふれて変わって嫌な波になってさ、爪木の沖でウォーターハンマー食らって横倒しに近くなった時、俺だけが飛ばされて船から落ちかけた。というよりほとんど落ちたんだよな。足一本がスタンションに引っかかってたのを、クルーが夢中で引き上げてくれた。そう、一昨年の神子元《みこもと》レースだったな。それでもうレースはあきらめたのよ、仲間にも迷惑だしな」

「ああ、あの時は狂ったみたいなナラエ（北東風）が吹いたよね、四十ノットはあったな。俺たちもメインスルを破いて、下田にも入れず、西伊豆にも取っつけずに、流して御前崎まで逃げましたよ」

「ということだが、こんな冷暖房までついている船でいると、ますます、もう一度レースをやりたいよなあ。女よりレースが恋しいよ」

「でしょうが」

「しかしもうしょせん体力の問題なんだよな。あの頃の俺はもうどこかへ行っちまったのさ。

思い出すと懐かしいというか悔しいよ。いつかの夏、『インディペンデンス』の慶應の大ＯＢのオーナーの小野田さんがいい出して当時の大型艇が稲取に集まって芸者あげて大騒ぎをして、翌日レイティング無視のスクラッチレースを油壺までやった。季節柄全レグが南の追っ手のラフィングマッチで追っ手の舵は得意の俺が六時間ぶっ通しで引いたよ。ファーストホームでフィニッシュしたら今でいう熱中症でね。海に飛びこんだまま一時間くらい体を冷やして浮いていたが、その夜から二日間ひどい下痢をして、それでも生きていたもんだ。今の俺なら死んじまうだろうな。

それと二度目の八丈島レースだ。あの時は大時化に遭って全員マグロになっちまったが、俺はあらかじめ天候の予測をしていたんで、前の日、鍼の名人に頼んで船酔い止めの皮内鍼を手首に打ってもらっていた。それが絶大に効いてね。真上りの強風の下、八丈本島と八丈小島の水道を抜けて小岩戸の端に取りつくまで五時間一人で舵を引き通したよ。途中で新参のクルーが一人、中から這い出してきたが、周りの凄まじい海を眺めて悲鳴を上げて引っこんでしまったな。あんな俺はもういないよ」

「それをいいなさんなよ。この俺だっていつかは同じことよ」

「でも、あんたは割と遅くヨットを始めたのに、よく頑張ってるよな。去年のファーストネットでの成績も立派だった」

世辞ではなしにいった私に振り返ると、何かをゆっくり思い返すように、

「私はね、この歳になってでもヨットを始めて

つくづくよかったと思ってますよ。仕事はまあうまくいっていて、一応周りの信用もついてるし、仕事がうまくいってないと、金任せのヨットの道楽だけは出来ないからね。

市長だってこの町に関わる仕事のしぶりを見てこっちのいうことも聞いてくれて、このハーバーをつくる気になった。最初は傍でぐちゃぐちゃいう奴等もいたが、今じゃ新しい観光資源にもなってるし、市からも感謝されてますよ。ま、仕事の出来で船にもすこしは贅沢出来るしね。来年は新しい船でまたシドニー・ホバートをやります」

「偉いね、羨ましいな」

「だって、あんたがこの道を開いたんじゃないですか。あなたがこの国じゃ初めて外国のレースに出かけていったんでしょ。誰かがいってましたよ。あの頃、トランスパックをやるってのはヒマラヤの山をやるみたいなもんだって」

「いや、ヒマラヤはあんなに優雅なものじゃないだろうよ。俺も以前サウスコルからパラシュートつきであの大雪渓を滑るという冒険隊のつき合いでクーム氷河の下のベースキャンプまで行ったことがあるけど、まずあの氷河を登るのも命懸けだよな」

「ま、そりゃそうだね。あなたがトランスパックをやった頃、私はまだ学生でもっぱら山をやってましたから。あなたが初めてトランスパックをやったのが、たしか一九六三年。その翌年、俺は大学を卒業してすぐ、サポート隊でだったけどアンナプルナに行ったな。その次の年にはK2だった」

「へえ、そいつは知らなかった。あんたの山の戦歴も大したものなんだな。俺の最初のボースンも山屋だったけど。山と海は、ザイルの扱いもシートワークも似ているだろうしな。両方とも厳しい時は厳しいだろうが」

「いやいや、そりゃあ全然違いますよ。海と山じゃあね」

「そうかね。いつかあの登山家の森村克己をレースに乗せたことがある。彼がカンチェンジュンガで行方不明になるすこし前だったけど、初島レースだったがめずらしく吹いたな。彼、もう二度とヨットなんぞ結構だ、よくまあこんな酔狂なことをやるものだなあっていってたけどね」

「あの森村さんがですかね。それはまあ、お世辞でしょうよ。私は彼にくらべりゃ百分の一くらいの山屋だったけど、山にくらべりゃ海は遥かに楽なもんですよ。そりゃまったく楽なもんです」

「どうしてよ」

「だってさ、ほとんど沈むことのない船の中にいるんだものね。だって、どんなに時化ていても飲まず食わずで何日も過ごすなんてことは海じゃないものさ。大抵の船なら、怒鳴れば時化の中でも飯も飲み物も出てくるからね。外ではどんなにひどくても、ウォッチを交替すればキャビンの中は極楽でしょ。私は一人で二日飲み食いせずに岩棚でビバークしたこともありますよ」

「へえ、どこでさ」

「いや、日本の山ですが。それだって自分で背負っていってた荷物のお陰ですがね。とにかく山じゃあ一人最低八キロの荷物は背負うんだから、主将だろうと誰だろうと自分一人で八キロもね。でも船じゃ私は飯なんぞはつくらないから。あなただってでしょうが、自分の金で船をつくってるオーナーキャプテンは絶対に飯は炊かずにすみますからね」

「そりゃまあ、そうだよな」

「それにさ、海じゃ時化の中で船から落ちたらまず死にますよ。それははっきりと厳しいよ。だからこそハーネスを着ける。着けていればウォーターハンマーで叩きつけられて気を失っても甲板には止まってるが、山じゃジッヘルのロープを巻いていても、宙吊りでそのまま死ぬこともありますよ。あなたがいつか書いていた、アイガー・バントのトニー・クルツみたいにね」

「あれは凄い話だよな。あいつはあの北壁の途中で仲間二人は落石で落ちて死んでその後、彼一人は宙吊りになって残って丸二日だったか生きていたよな。たまたま登山鉄道の管理人が鉄道の管理に山の胴体の中のトンネルを歩いていて、彼の助けを呼ぶ声を聞いて気づいたんだよな。トンネルの窓から覗いて確かめたらすぐ目と鼻の先の断崖の途中に引っかかって生きてた。トンネルの窓からわずか二十メートルほどのところにぶら下がっていたんだよな。二十メートルといや、手を伸ばせば届きそうなもんだろうが、真下は二千メートルの断崖だから迂闊《うかつ》には乗り出せない。窓から明りで照らして声をかけて励ましたが、結んでいたザイルの結び目がカラビナの穴を通らない。奴はそれをほぐそうと最後は歯で嚙んでまでみたが、どうにもならなかったんだってな。そうやって間近で人が見守る中で丸二日間、四千メートル零下三十度の空中で悪戦苦闘して最後は救急の連中が見ている前で宙吊りのまま息絶えて死んじまったんだよな。なんでそこまでするのかねということだな。

あの頃、この世の中で誰が初めにあのアイガー北壁を登るかと評判になってて懸賞まで出ていたそうだが。功名心に駆られた山登り屋たちが何組か競って登り出して、それをまた眺めに客たちが麓のホテルに集まって下から望遠鏡で連中を眺めていたそうな。結局三組の内の二組が脱落し、クルツの組だけが残ったんだよな。そして彼も失敗しちまった。目の前でぶら下がったまま死んだクルツの死体を救助隊はどうにも取りこめずに結局、長い竿につけた刃物であいつをぶら下げたままのロープを切って二千メートル下の谷間に落として収容したらしい。しかし人間、なんでそこまでするのかねえ」

「そりゃあ功名心ですよ。私だって、山登りでも仲間と競って無理して滑落して半日宙吊りになってたこともありましたよ。誰だって試合には勝ちたいものね。あなただってそうでしょうが」

むきになっていい返す彼も日頃レースに執着するあまりスタートの際のポジション取りにこだわってかなり強引な舵取りで風下ルールを無視するような突っこみで接触事故を起こし、後で抗議を喰ったことが何度かあったものだ。

「君はレースでは相当がめつくて、何度か問題を起こしたこともあったよな」

「それはしかたないでしょうに。試合に出る限りは誰でも勝ちたいしね、そのために金もかけてるしさ。あなただってそうでしょうが。ヨットの試合というのは厄介ですよね、だってスタートの時の一艇身の遅れの差が島周りのレースをして二日目にフィニッシュしてみりゃ、その差がそのままということがあるからね。あなただってそう簡単にレースでの勝ちをあきらめる気はしやしないでしょうに。ましてスタート時はなおさらだもの」

肩をすくめていう彼を、私はなんとなく見なおしてみた。

確かにそれがヨットのレース屋の根性というものだが、高い金をかけたセイルを張り、きわどいトリムで一尺の差を争う風任せのヨット乗りの心情なるものは陸の上でさまざまな仕事にかまけて気を張り急ぐ並の人間には通じまいが。

「そういや、あんたの船はいつかハワイのパンナムレースからの帰り道、マリアナ近くで台風に巻きこまれてキールオーバーしながら、それでも帰ってきたよなあ」

「そうですよ、あれからですよ。やっぱり山よりも海の方が遥かにましだって覚悟しなおしたのは」

「覚悟かね。後になって協会の雑誌への報告で読んだが、あんたのあの報告はもの凄く刺激的だったな」

「そう、あれで悟ったのよ。山なんぞよりも海の方がずっとましだとね。あれが山のケースだと間違いなく俺は死んでたろうけどさ。だから俺としてはあれで一生山よりも海をやろうと決めちまったのよ。仕事の方の出来はまあまあだから、金に糸目さえつけなけりゃ、海の上でなら人一倍きわどく生きられますからね。だからこれからは徹底して海をやってやろうとね。それにしてもなんであなたはレースをあきらめたのよ。俺としてはこんなあんたを眺めていて、いかにも悔しいよ」

「俺だって悔しいよ。だけどもうつくづく歳なんだよな」

「そんなことないさ、誰でも歳はとるのよ。俺は悲しいよ。第一惜しいじゃないの、まだそうやって生きているんだからさ」

「そういってくれるのは嬉しいがね、しかし」

「しかし、何よ」

「人間歳をとるというのがいかに忌々しいか、なってみなきゃわかりゃしないんだ。君は今いくつになったね」

「俺かい。俺はもう七十の大台ですよ」

「ならば、後十年もたてば今の俺の気分もわかるだろうぜ」

「そんなものかな」

「ああ、そんなもんだよ。この忌々しさはこの歳にならなきゃわかりゃしねえよ。まったくこの手前がなんてざまだってことさ。しかし、もうあまり無理はしない方がいいぜ。命あっての物種ということもまま海でならあるからな。特にこの頃は気象が昔にくらべて大分狂ってきたからな。この間、対馬近辺の海で漁船が何杯か沈没したよな。あれなんか局地的に起こった竜巻のせいらしいが、あんな海象は昔は滅多にありはしなかったよな。俺が一度だけトップにいながらレースをあきらめた、あの大昔の訳のわからぬ時化もそうだった。結局、早稲田と慶應の船が二杯沈んで十一人が死んだあの時化は、相模湾に入ってきた前線がなぜかあそこでずたずたに切れて渦巻いて四方八方から突風が吹いて、どでかい三角波が立って船はまるでロデオの馬みたいになりやがって舵がどうにも利かなくなった。三崎の城ヶ島の灯台の沖だったが、間近の灯台の灯がセイルに差して間近の三角波の姿が帆に映るのさ。髪を振り乱した狂った女みたいな影でな。あれは不気味だったよ。あの時だけは俺からいい出してレースをあきらめた。それで近くのホームポートの油壺に逃げこんだ。お陰で他の連中が海で死んでいった頃、俺たちは自分の家の布団の中で寝られたよ。あれでクルーの信用もついたけどさ」

「そりゃあ海じゃいろいろあるから。だから海なんじゃないのよ」

「ああ、そりゃそうだ。海はいつも誰も知らぬ海だ」

「だからあきらめたら駄目ですよ。よくまあコックピットにドジャー（波雨よけ）が二つもついているこんな与太船に乗ってられますね」

「いってくれるじゃねえか」

「あなただからこそいうんですよ。あきらめたら駄目よ。何事も死ぬまではね」

「死ぬまでかね」

「だって誰でもいつかは死ぬんだからさ」

「そりゃそうだ。しかし死ぬというのは一体どんなことなのかね」

「なんでまた」

「いや、この頃しきりにそれを考えるのさ」

「あんた、それが怖いの」

「いや、怖いというよりも空しい気がするがね」

「そりゃ当たり前のことだよ。それを考えても切りがないよね。だから死ぬ前に好きなことだけをしとけばいいんじゃないのかね。死ぬのは当たり前、だからその前に好きなことをしとくのも当たり前のことじゃないの」

「なるほどそういうことか」

「そういうことですよ。だからこんな与太船は捨てて、またレースをしてくださいよ。それまでは海を捨てちゃあ絶対に駄目ですよ。で、あなた今度はどうしてあの彼女を連れてこなかったのよ」

「ああ、あれもあきらめたよ」

「なぜ」

「とにかく歳が離れすぎているからな」

「そんなことはないでしょうが。しょせんこの世は男と女のことじゃないの」

「ああ、しょせん男と女のことだよな。だからということさ」

「未練はないの」

「ないといえば嘘になるのか。いや、ないよ」

「そりゃ嘘でしょうが」

「だろうな」

「人間てのはそうやって自分に嘘をつきながら歳をとって死んでいくのかね」

「だろうな。でも、嘘をつく暇がないまま死ぬ奴もいるわな」

「なら、あんたもせいぜい嘘をつきなさいよ。自分でわかっていながらでもさ」

「でも、自分に嘘をつき尽くせるものじゃないと思うな」

「そうかな。だって苦しいでしょうが」

「ああ、すこし苦しいよな。苦しいというより忌々しいよ、何もかもが」

「でしょう。なら自分に正直になって、そんなふうに苦しむのは止めなさいよ。第一あんたらしくないよね」

「止めてどうする」

「だから、また始めるのさ。苦しみながらでも」

「何を」

「何をって、レースをさ。女もですよ。それで死んだっていいじゃないの。あのアイガー・バントで宙吊りになって死んだトニー・クルツみたいにさ。そしたら誰かが吊るされたままのロープを切って落として楽にしてくれますよ」

「なるほど、で誰がそれを」

「奥さんでもいいじゃないの。捨てた女ならなおいいじゃないの。頼まれればこの俺でもいいですよ。しかし、それは結局あんた自身のことじゃないのかね。誰でも歳をとってその先死んでいくんじゃないの。その前に怖じ気づいて迷って一番好きなものを捨てる手はないと思いますがね。よくさ、腹上死というのがあるよね。相手にもよるだろうけれど、一番好きな女とあれをしてる最中に女の腹の上で死ねれば最高じゃないの。傍の奴等は笑うかもしれないが、当人はどう悪びれることもないやね。よしんばあんたがハーネスをつけずにデッキを這いずり回っている最中に三角波にさらわれて消えて死んでも誰が咎められますかね。好きな女の腹の上で行った瞬間に心臓が止まっちまってあの世に行っちまうのと同じ。なんというのかね、そうさ、それが悦楽ということじゃないですかね」

「おい、いってくれるじゃないか」

「そうですよ。俺はヨットに関してはあんたに憧れて追いかけてもきたんですよ。そのあんたに陸の上で当たり前に無様に死んでもらいたくないよね」

「いってくれるよな」

「ああ、いいますよ。こんな船はまったくあんたらしくないからね」

顎で私の目の前の与太船を指しながら吐き出すように彼はいった。

いわれながらも私としては肩をすくめてみせるしかなかった。

その後、この町では顔の広い彼の紹介でどこかの宿屋の露天風呂を使わせてもらいいっしょに食事をし、したたか酒を飲んで別れた。

夜は小広い船のキャビンのバースで眠り、翌日の昼すぎには舫いを解いてハーバーを出た。前の夜、彼がいっていた通り前日の北風はおさまり、帰り道には手頃な南西の風が吹きそめていた。

熱海のすぐ先の真鶴手前の三ツ石岬を過ぎる頃には風力は増して十メートルほどの追っ手の風になり、スピンを上げるまでもなくゼノアでの帆走にしてようやく追っ手の波に白い兎が飛び始めたのを見て、私が久し振りにラット（舵輪）を手にしての帆走となった。

しかし格好の追い風で良い波が立ち出したのに船は一向に走らない。

何十年か前の最初の沖縄レースで那覇から三崎までのレグは巨きな風の渦に巻きこまれ、強風のつくる波高十メートル近い追い波を背にしてプレイニングというよりもハワイ辺りでのビッグウェイブにきわどく乗るサーファーたちのように船が危うくのめって波に乗り損なってバウチンせぬように、緊張というより怯えながらも懸命にラットを握ったものだったが、四十フィート近い船をきわどく波乗りさせる瞬間の、あのきわどい緊張の中でのエクスタシーはこの身に染みこんで今でも忘れられないのだが。

しかし格好の追い風の下なのに船はびくともせず、波に乗って滑ろうともしない。

その内、私は苛立ちクルーに向かって怒鳴りつけ、一向に滑ろうとはしない船のためにセイルのトリムを命じたが、まったく埒が明かない。

「なぜだ、何をしてやがるんだ、貴様ら」

がなりたてる私に向かって一番古手のクルーが、

「それは土台無理ですよ。この船の線形ではとてもプレイニングはしませんよ」

真顔で慰めるようにいってくれた。

「なるほどそうかな」

「そりゃそうですよ。陸で上架した時見てご覧なさいよ。船底はマッチ箱みたいなもんですからね」

「なるほどそうか、そんなに違うかね」

「そりゃあ違います。なにしろ冷房までついてる船ですからね」

肩をすくめていうクルーに、

「そりゃそうだろうな。俺もこんな船に乗るのは初めてだからな」

「僕らもそうですよ」

「そうか、なんだな、こんな風でもプレイニングしない船というのは、いくら努めても行かない女と同じということか」

「そりゃまあ、そうですよね」

「それに乗ってる男も馬鹿ということだな。よしわかったよ、俺は止めたよ」

「はあ」

「この船は捨てるよ。そしてまた戻るぞ」

「どこへですか」

「海へだよ。レースに戻ることにする。こんなまま死ぬのは止めることにしたよ」

「そりゃ本当ですか」

「本当だよ。昨日あのハーバーの桟橋で、あの野郎にさんざん小突かれてみて、今この船のこのざまを見て決めたんだよ」

「本当ですかね」

「ああ本当だ。死ぬ前の最後の本当だよ」

あいつに聞こえるくらいの大声で私はいった。

「いいかあっ、俺は戻るぞ」

【初出】

青木ケ原（完全版）
「青木ケ原」　「新潮」二〇〇〇年新年特別号
「夢のつづき
――続 青木ケ原」　「文學界」二〇一〇年七月号
やや暴力的に　「文學界」二〇一三年十月号
僕らは仲が良かった　「文學界」二〇一三年一月号
夢々　「文學界」二〇一一年三月号
世の中おかしいよ　「文學界」二〇一二年四月号
うちのひい祖父さん　「文學界」二〇一四年五月号
ワイルドライフ　「文學界」二〇一五年三月号
海の家族　「文學界」二〇一五年四月号
ある失踪　「文學界」二〇一五年五月号
ヤマトタケル伝説　「文學界」二〇一五年九月号
特攻隊巡礼　「正論」二〇一五年九月号
暴力計画　「小説幻冬」二〇一七年八月号
――ある奇妙な小説―― 老惨　「文學界」二〇一八年七月号
死者との対話　「文學界」二〇一九年七月号
いつ死なせますか　「文學界」二〇一六年八月号
噂の八話　「文學界」二〇二〇年一月号
死線を超えて　「文學界」二〇一七年十月号
ハーバーの桟橋での会話　「小説幻冬」二〇一七年三月号

※本書には、今日の人権意識に照らして不当・不適切と思われる語句・表現が使われておりますが、時代背景と作品価値に鑑み、修正・削除は行っておりません。

〈著者紹介〉
石原慎太郎　1932年神戸市生まれ。一橋大学卒。55年、大学在学中に執筆した「太陽の季節」で第1回文學界新人賞を、翌年芥川賞を受賞。『化石の森』（芸術選奨文部大臣賞受賞）、『生還』（平林たい子文学賞受賞）、ミリオンセラーとなった『弟』や2016年の年間ベストセラーランキングで総合第1位に輝いた『天才』、『法華経を生きる』『老いてこそ人生』『子供あっての親――息子たちと私――』『男の粋な生き方』『凶獣』『救急病院』『老いてこそ生き甲斐』『新解釈現代語訳 法華経』『宿命《リベンジ》』など著書多数。

石原慎太郎 短編全集Ⅱ
2021年12月20日　第1刷発行

著　者　石原慎太郎
発行人　見城 徹
編集人　森下康樹

発行所　株式会社 幻冬舎
〒151-0051 東京都渋谷区千駄ヶ谷4-9-7

電話：03(5411)6211(編集)
03(5411)6222(営業)
振替：00120-8-767643
印刷・製本所：中央精版印刷株式会社

検印廃止

ISBN978-4-344-03892-9 C0093
幻冬舎ホームページアドレス　https://www.gentosha.co.jp/

この本に関するご意見・ご感想をメールでお寄せいただく場合は、comment@gentosha.co.jpまで。